자전 소설

自傳
小說

* '자전소설'을 기획한 계간 『문학동네』와 작품 수록을 허락해준 출판사 문학동네, 창비, 문학과지성사, 민음사에 감사드립니다.

자전소설

自 傳
小 說
───
03

차례

우주의 다리를 건너서

박 상 우

1958년 경기도 광주에서 태어났다. 1988년 『문예중앙』 신인문학상에 중편 「스러지지 않는 빛」이 당선되며 등단. 소설집 『샤갈의 마을에 내리는 눈』 『인형의 마을』 『독산동 천사의 시』 『사랑보다 낯선』, 장편소설 『칼』 『가시면류관 초상』 등이 있다. 이상문학상, 동리문학상을 수상했다.

작가를 말한다

그는 진지하다 못해 엄숙했다. 대답할 내용은 미리 속에서 되새김질을 해두었다가 한 번도 말을 바꾸거나 더듬지 않고 천천히 이야기했다. 그는 보이지 않는 칼 한 자루를 옆구리에 차고 있는 것 같았다. 날카롭거나 잘 벼린 칼이 아니라 무디고 상당히 무게가 나가는 무쇠칼일 거라는 생각을 했다. 빠르고 날렵하게 단시간 내에 끝내지는 못하지만 상대방을 서서히 짓이기고 으깨뜨리는 무쇠칼. 그는 무쇠칼의 이미지를 가지고 있었다. 하성란(소설가)

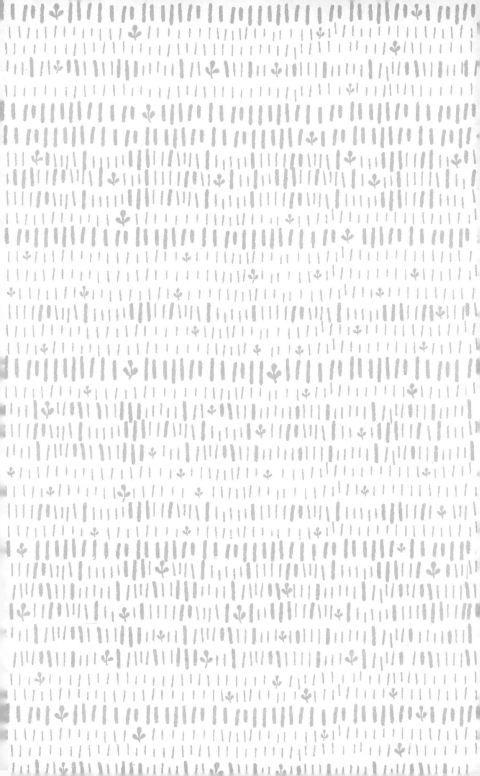

나는 1958년 여름에 세상에 태어났다. 양력으로 8월 16일, 음력으로는 7월 2일이다. 명쾌한 성격과 뜨거운 열정을 지녔다는 사자자리(Leo) 태생이다. 혈액형은 A형, Rh＋ 타입. 내가 세상에 태어나던 1958년에 대해 나는 별다른 감회가 없다. 그런데 세상 사람들은 내가 1958년에 태어났다고 하면 으레 "아, 오팔년 개띠!"라며 새삼스런 눈빛으로 특이한 변종을 바라보듯 한다. 1958년에 세상에 태어난 개띠에게 무슨 저주의 마술이라도 걸렸다는 것인가? 지금도 나는 그 이유를 알지 못한다. 더욱 가관인 것은 '오팔년 개띠'를 수상쩍은 눈빛으로 바라보는 사람들조차도 내가 궁금해하는 이유를 알지 못한다는 것이다. 내가 어째서 1958년 개띠로 세상에 태어나게 되었는지 모르겠지만, 아무튼 그것이 나에게는 함축적인 세상의 부조리처럼 느껴진다.

박상우 | 우주의 다리를 건너서

나의 뇌리에 58년 개띠로 각인된 가장 유명한 인물은 10·26 사태로 시해당해 세상을 떠난 박정희 전 대통령의 아들인 박지만 씨이다. 대체로 58년 개띠들이 그에게 느끼는 감정은 각별하다. 세상에 태어나고 얼마 지나지 않아 박정권이 시작되었고 대학 생활이 끝날 무렵까지 줄곧 유신의 그늘에서 살았으니 58년 개띠들은 이래저래 그에 대해 각별한 감정을 느끼지 않을 도리가 없다. 박지만 씨가 육군사관학교를 졸업한 직후부터 나는 육군사관학교에서 군대 생활을 했다. 그곳에도 58년 개띠인 박지만 씨에 관한 얘기가 전설처럼 떠돌고 있었다.

박지만 씨의 인생이 파란만장하게 펼쳐지는 걸 지켜보며 나는 문학을 위한 인생을 예비하느라 질풍노도의 시간 속을 떠돌았다. 작가가 되겠다는 목표만 유일하게 지니고 있었으니 나에게는 등단이 모든 것을 좌우하는 키워드가 아닐 수 없었다. 그런데 그 우여곡절이 놀랍게도 박지만 씨의 아버지 제삿날 이루어졌다. 1988년 10월 26일 오전, 자살하기 일보 직전에 당선통지를 받아들게 된 것이다. 참으로 기이한 연루가 아닐 수 없다.

*

듣는 사람들은 웃을지 모르겠지만, 나는 여섯 살 때 첫사랑을 경험했다. 그리고 삼십 년이 더 지난 오늘날까지도 그때의 일을 어제의 그것처럼 또렷하게 기억하고 있다. 잠시만 보지 않아도 견딜 수 없이 마음 간절해지던 그리움, 함께 있는 동안의 이를 데 없던 평화로움, 그리고 헤어지던 순간의 공포스런 안타까움과 헤어진 뒤로 더욱 절실하게 그리워지던 세월. 그것이 지금의 나에게는 순수로부터의 아득한 유배 과정처럼 되새겨진다.

내가 그녀를 처음 만난 건 직업군인이었던 아버지의 새로운 부임지에서였다. 눈이 유난히도 크던 그 여자아이는 우리 가족이 세들어 살게 된 주인집의 무남독녀 외동딸이었다. 형제자매만 없는 게 아니라, 어찌된 셈인지 그녀에게는 엄마까지 없어서 어린 내 눈으로 보기에도 몰골이 말이 아닐 정도로 남루했다.

부신 햇살이 폭포처럼 쏟아지던 계곡과 가재, 진달래, 머루, 쑥, 찔레꽃 같은 것들을 절로 떠올리게 하는 동갑내기 여자아이. 인근에 사귈 만한 또래의 아이들이 아무도 없었으니 그녀와 내가 가까워진 건 너무나도 당연한 일이었다. 그녀와 헤어져야 하는 저물녘을 나는 싫어했고, 그녀와 떨어져 있어야 하는 밤을 또한 싫어했으며, 그 모든 것에 대한 보상처럼 그녀를 다시 만날 수 있는 아침을 너무나도 간절하게 기다리곤 했었다.

사랑이 한껏 깊어진 어느 봄날, 그녀와 나는 집 앞에서 흙장난을 하며 놀고 있었다. 그때 비포장도로로 뽀얗게 먼지를 휘날리며 지프가 달려와 그녀와 나의 소꿉놀이 현장을 덮쳤다. 두 명의 군인이 내려 다짜고짜 나를 지프에 실은 것이었다. 그녀는 공포감에 질려 그 커다란 두 눈을 치뜨고 지프에 실려가는 나를 보며 꼼짝도 못하고 있었다. 하지만 나는 그것이 군인 가족의 이사 가는 방식이라는 걸 이미 알고 있었다. 그날 실려가는 나를 지켜보던 그녀의 눈망울을 뇌리에 아로새기며 나는 오직 한 가지 결심만 굳혔다. 이사 간 곳에서 밤에 몰래 빠져나와 다시 그녀의 집으로 되돌아가겠다는 것.

내가 그녀의 집을 다시 찾아간 건 그로부터 십이 년이 지난 뒤였다. 고등학교 2학년 겨울방학 때 나는 드디어 그녀를 만나러 가기 위해 길을 나섰다. 긴긴 기다림과 그리움, 그리고 인내의 세월이 흐른 뒤였다. 하지만 그해 겨울 그녀의 집이 있던 곳에서 내가 발견한 것은 거대한 과수원뿐이었다. 그녀의 집이 있던 일대에 엄청난 넓이의 과수원이 들어서 있었기 때문이었다.

그 뒤로 아주 오랜 세월 동안, 수긍되지 않는 것을 수긍하기 위해 나는 을씨년스런 현실과 싸우지 않을 수 없었다. 그리운 것은 아무것도 되돌아오지 않고, 되돌아오지 않는 걸 그리워하는 인간의 가슴은 병든다는 것.

지금도 나는 여전히 그녀를 그리워하고 있다. 어쩌면 내가 쓰는 모든 소설의 밑자리, 거기서 그녀와 나의 완성되지 않은 사랑이 전혀 다른 결실을 거두고 있는지도 모를 일이다. 소설이라는 게 어차피 우리 모두가 잊고 사는 인생의 시원을 말하려는 몸부림이 아니고 달리 무엇이겠는가.

*

1972년, 나는 중학교 2학년 내내 한 여자를 마음에 품고 살았다. 열다섯, 개나리 진달래 분분하던 어느 봄날 그녀는 봄꽃보다 더 화사한 웃음을 흩날리며 내 눈앞에 나타났다. 하지만 대학을 갓 졸업한 그녀를 보며 감전된 건 비단 나만이 아니었다. 긴 생머리와 흰 치아, 경쾌한 걸음걸이를 보며 내 또래의 모든 아이들이 발악적으로 환호성을 터뜨렸기 때문이다. 그 일 년 동안은 그녀가 세상의 중심이었다. 아이들뿐만 아니라 어른들의 세상에서도 그녀에 대한 관심은 지대해져 그녀는 결국 연애담의 주인공이 되고 온갖 소문에 시달리다 연말에 학교에 사표를 내고 말았다. 참으로 황당한 결말이 아닐 수 없었다.

학교를 떠나기 며칠 전 그녀는 교재실로 나를 불렀다. 나는 그녀가 머물던 일 년 동안 오직 그녀에게 잘 보이기 위해 머리통이 터져라 공부를 했고, 그녀가 가르치던 몇 백 명 아이들 중에 가장 좋은 성적을 기록했다. 그녀는 나의 고등학교 진로에 대해 물었고, 당시 나는 서울에 있는 고등학교로 진학할 예정이라는 말을 했다. 그녀의 집이 서울이었기 때문에 그녀는 몇몇 고등학교를 구체적으로 거론하며 열심히 공부해 반드시 서울로 진학하라는 말을 했다. 그리고 나에게 자신의 집주소를 적어주었다. 그날 건네받은 그 주소가 결국 내 인생의 흐름을 바꾸는 결정적 계기가 되고 말았다. 한 알의 밀알처럼 툭, 하고 내 운명의 공간으로 떨어지던 그녀의 주소를 나는 삼십 년이 지난 지금까지도 또렷하게 기억하고 있다.

그녀가 떠나고 나는 3학년이 되었다. 불행하게도 서울로 진학하는 일이 제도적으로 불가능해졌고, 나는 학급반장에 학생회장 일까지 겸하게 되어 학생들과 선생들 사이에서 짓이겨진 샌드위치가 되어가고 있었다. 개똥 같은 세상, 정말 세상 사는 낙이 없었다. 그래서 어느 날 밤, 나는 그녀에게 아주 오랫동안 망설이고 망설이던 장문의 편지를 썼다. 마빡에 피도 안 마른 놈이 현실을 개탄하고 인생을 운운했으니 그녀가 읽기에 얼마나 어이가 없었을까.

목련이 피었다 지고, 개나리와 진달래가 피었다 지고, 철쭉과 연산홍이 피었다 졌다. 하지만 벚꽃이 눈가루처럼 흩날릴 무렵까지 그녀에게서는 답장이 오지 않았다. 내 편지가 배달되지 않았나, 이사를 간 건가, 아니면 건강에 무슨 이상이라도?…… 이런 심정은 대부분의 사람들이 겪어봤을 터이니 더 이상 길게 언급할 필요가 없으리라.

오월 중순경에 나는 애타게 기다리던 답장을 받았다. 답장을 받았을 때의 기쁨 같은 건 구태의연한 기술이 될 터이니 건너뛰자. 학교를 그만두고 서울에 있는 집에서 몇 달 쉰 뒤에 그녀는 춘천에 있는 사립중학교 교사가 되었다고 전했다. 그리고 지방 수험생이 서울로 진학할 수 없게 된 입시제도에 대해 매우 안타까워했다. 하지만 그 첫 편지에서 나는 내 인생의 흐름을 잉태하는 두 개의 단어를 접수했다. '춘천'이라는 지명과 '춘천고등학교'라는 교명이었다. 나는 그것을 일종의 지령으로 접수했고, 그것 이외의 모든 가능성을 무시했다. 죽기 아니면 살기. 나에게 다른 선택이나 고려는 있을 수가 없었다. 정해진 지명, 정해진 교명을 미션으로 완수해야 그녀를 다시 만날 수 있다는 걸 분명하게 알아차린 때문이었다.

당시 서울 진학의 길이 막힌 뒤로 영동 지방에서 공부깨나 한다는 애들은 모두 강릉고등학교를 목표로 입시 준비를 하고 있었다.

학교에서도 상담을 통해 강릉고등학교로의 진학을 강력하게 권고하고 있었다. 하지만 그녀가 보낸 첫 편지를 읽은 다음날부터 나를 에워싸고 있던 세상은 하루아침에 요동치기 시작했다. 내가 강릉고등학교로 진학을 하지 않겠다, 아니 춘천고등학교로 진학하겠다, 하고 폭탄선언을 해버린 때문이었다.

성질머리 고약한 담임은 특수반 반장이자 학생회장인 내가 춘천고등학교로 갈 경우 다른 아이들에게 미칠 영향을 생각해봤느냐며 나를 완전히 머리가 돌아버린 놈으로 취급했다. 그러고는 늦은 밤까지 나를 학교에 잡아놓고 도대체 춘천으로 가려는 이유가 뭐냐며 때로는 윽박지르고 때로는 타이르며 황당 시추에이션을 연출했다. 하지만 웃기는 말씀, 나는 눈썹 하나 까딱하지 않고 춘천고등학교가 아니면 고교 진학을 하지 않겠다고 버텼다. 결국 아버지까지 학교로 상담 호출을 받았으나 천만 다행스럽게도 당신은 내 편을 들어주셨다. 담임의 집요한 설득과 강요에 은근히 부아가 치밀어 "내 아들이 춘천고등학교로 진학하면 안 된다는 법조항이라도 있나요?" 하고 당신은 간단하게 되물었다고 나에게 전했다.

결국 나는 선생들로부터 노골적인 야유와 미움을 받으며 일 년을 보냈다. 촌놈의 새끼, 춘천고등학교가 얼마나 센데 거길 가려고 덤벼? 너 거기 갔다가 떨어지면 창피해서 후기고등학교 어떻게 다니려고 그래? 괴로운 시간을 견디는 데 가장 큰 격려와 위로가 되었던 건 물론 그녀의 편지였다. 나는 쌍코피가 터질 정도로 죽어라 공부하고 그녀에게서 오는 편지를 유일한 정신적 위안으로 삼았다.

그런데 내가 춘천고등학교로 진학한다는 폭탄선언이 있고 난 이후 나와 비슷한 성적을 유지하던 특수반의 다른 친구 하나가 자신도 춘천고등학교로 진학하겠다는 선언을 하고 나섰다. 그리하여 그 친구와 나는 학교에서 같은 부류로 대접을 받았지만 나는 그런 주변 정황에는 터럭만큼도 신경을 쓰지 않았다. 자나 깨나 앉으나 서나 오직 시험에 붙어야 한다는 일념으로 온몸이 달아올라 내 주변에서 일어나는 일들에는 도무지 반응을 하지 않은 것이었다. 만약 누군가 내 옆에서 욕을 해대고 침을 뱉는다 해도 나는 꼼짝 않고 버티고 앉아 공부에만 열중했을 터였다.

아무튼 입시 때 나는 771번, 친구는 773번의 수험번호를 부여받았다. 아버지가 동행했지만 나는 시험을 보며 불안과 초조에 떨어야 했다. 친구가 시험이 너무 쉽다며 매 시간 교실에서 가장 먼저 나가곤 했기 때문에 나의 걱정은 배가되지 않을 수 없었다. 그런데 시험을 치르고 이틀이 지난 뒤 발표된 합격자 명단에 771은 있었지만 773번은 없었다. '춘천'이라는 한 알의 밀알을 통해 서로 다른 인생의 흐름이 조성되는 순간이었다(그 친구는 지금 미국에 살고 있는데 몇 년 전 강남대로에서 참으로 기적적으로 재회해 한동안 '춘천' 얘기를 나눈 적이 있었다. 그가 '춘천고등학교에 합격했더라면~'이라는 가정과 내가 '춘천고등학교에 불합격했더라면~'이라는 가정은 참으로 많은 생각을 하게 만들었다. 현재와는 완전히 달라졌을 인생 흐름의 뿌리에 놀랍게도 '춘천'이라는 한 알의 밀알이 들러붙어 있었기 때문이다).

춘천고등학교에는 합격했지만 내가 그녀를 만난 건 2월 말경이
되어서였다. 입학을 위해 춘천으로 올라와 하숙방을 얻고 난 직후
에야 비로소 통화가 되어 명동의 한 커피숍에서 그녀를 만날 수 있
었다. 그녀를 기다리던 한 시간 정도의 겨울날 오후, 그 시간의 밀
도에는 내 인생의 모든 비밀이 내장되어 있었다. 하지만 나는 그것
도 모른 채 설레고 떨리는 가슴으로 턱없는 기대감을 부풀리고 있
었다. 그녀가 있는 춘천에 나도 살게 되었으니까 그 기쁨을 어찌
말로 형용할 수 있으랴.

그녀는 열일곱인 나의 눈으로 보기에도 많이 지쳐 보였다. 사람
이 지쳐 보인다는 건 인생을 힘들게 살고 있다는 의미와 별반 다를
게 없다. 일시적으로 회복할 수 있는 문제가 아니라 근원적으로 힘
든 문제를 겪는 사람에게서 느껴지는 심도와 압력 같은 것. 그녀는
몇 마디의 대화를 나눈 뒤에 너무나도 조용하고 힘없는 어조로 내
가 뒤로 나가자빠질 만한 발언을 했다.

"나 학교에 사표 냈다. 건강이 좋지 않아서 쉬어야 할 것 같아.
너한테는 참 미안한데…… 어쩌니?"

난 기억력이 참 좋은 편인데 그녀에게서 그 말을 전해들은 다음
순간부터의 일들은 기억에 남아 있는 게 없다. 아무튼 그녀가 춘천
을 떠나게 되었다는 말을 전해들은 그 순간, 춘천으로 흘러들어간
내 인생은 전혀 다른 흐름을 조성하기 시작했다. 결국 열화와 같은
시간을 보내며 미션을 완수한 뒤에 내가 얻은 건 참담한 실연의 감
정뿐이었다. 그녀가 떠나버린 춘천, 내가 끝끝내 적응하지 못한 춘

천…… 나는 춘천에 당도하자마자 마음의 발목을 절단당하고 말았다. 그래서 아무리 날아도 끝끝내 착지할 수 없는 새처럼 오래오래 남루하고 누추한 시간 속을 부유해야 했다. 나는 그때 고작 열일곱 살이었으니까.

*

나는 고등학교 1학년 때부터 시를 쓰기 시작했다. 지금 생각하면 시라고 내세울 수도 없는 것들이 대부분이었다. 하지만 당시의 나에게 가장 소중한 것은 누가 뭐라고 해도 시였다. 깊은 밤에도 나는 쉽게 잠을 이루지 못했고, 뜬잠을 자다가도 퍼뜩 눈 비비고 일어나 새벽의 깊은 정적 속에서 시를 부화시키곤 했다. 춘천은 짙은 안개가 자주 끼던 호반의 도시였다. 지정학적 특성으로 인해 문인과 폐병환자가 많이 배출된다는 그 도시에서 나는 삼 년 동안 유학 생활을 하며 시를 썼다. '고등학교를 다녔다'거나 '공부를 했다'는 표현이 어울리지 않을 정도로 문학에 깊이 심취해 있던 무렵이었다.

춘천에서 나를 가장 힘들게 만든 건 '혼자'라는 현실에 내 심신을 적응시키는 일이었다. 그때껏 나는 '혼자'라는 물리적 정황을 막연한 관념으로만 치부하고 있었다. 하지만 그것은 피부를 아리게 만들거나 살갗을 따갑게 만들 수 있는 실제 상황이었다. 거리를 배회하거나 안개 자욱한 공지천 둑길을 걷는다고 그런 문제가 쉽사리 해결될 리 없었다. 그때 나 자신을 위무할 수 있는 유일한 행위가 시를 쓰는 일이었다. 시를 쓰는 동안만은 모든 걸 잊을 수 있었다. 아무런 결핍감도 느껴지지 않고 혼자라는 사실 자체를 까마득하게 망각할 수 있었다. 그것은 마치 강도 높은 약물처럼 나를 진정시키고 또한 만족시켰다.

나는 자작시를 적어둔 두툼한 노트를 항상 지니고 다녔다. 얼마나 많은 시가 그 노트 속에 담겨 있었는지 정확하게 기억할 수 없다. 내 주변의 몇몇 친구들도 그 노트의 정체를 알고 있었고, 그것을 기화로 자신들의 연애편지에 내 시를 인용할 수 있게 해달라고 은밀하게 부탁을 하기도 했다. 물론 시를 빌려주는 일 같은 건 하지 않았다. 그 대신 시처럼 감미로운 연애편지를 대신 써주고 제과점에서 진추하와 아비의 「어느 여름밤(One summer night)」을 들으며 빵을 얻어먹곤 했다. 하지만 그때까지도 문학은 나에게 길이 아니라 일종의 분위기였다. 분위기를 걷어내고 그것 자체가 하나의 길이 되기 위해 얼마나 많은 시간과 인고의 과정이 필요한지를 그때 내가 알았더라면 나는 결단코 작가나 시인이 되지 않았을 것이다. 지금은 너무 많은 걸 알아버렸지만 그때는 뭘 몰라도 너무 모르고 있었던 것이다. 고작 열일곱, 마빡에 피도 안 마른 때였으니까.

나는 삼 년 내내 문학책을 읽고 시를 쓰며 춘천에서 살았다. 외롭다는 것 말고 별달리 기억나는 게 없다. 옆방에 같이 하숙하던 친구가 있었는데, 집이 안양이던 그 친구는 어머니를 일찍 여의어서인지 거인처럼 큰 덩치에도 불구하고 항상 과묵하고 우울한 표정으로 고개를 숙이고 다녔다. 둘이 있을 때 어쩌다 그가 입을 열

때가 있었는데, 그때마다 그는 녹음기처럼 동일한 말을 되풀이하곤 했다.

"난 오래 살지 않을 거야."

"난 조만간 죽을 거야."

이태 뒤, 거인처럼 덩치가 큰 그 친구는 결국 자살했다. 비단 그 친구가 죽어서가 아니라 그때 내 주변에는 죽음이 아주 가까이 있었다. 깊은 밤 창유리에 덮이는 안개의 입자에도 죽음이 어려 있었고, 이른 아침 호면으로 내려앉는 돋을볕에도 죽음이 깃들어 있었다. 그때의 나에게는 죽음도 또한 일종의 관념이었다. 관념이 그렇게 농밀한 분위기로 주변을 어른거리니 나 자신이 삶과 죽음의 경계 지대를 어른거리는 그림자 같다는 생각이 들 때가 많았다. 그래서 새벽까지 죽음이라는 버거운 관념을 부둥켜안고, 청춘이라는 관념을 부둥켜안고, 인생이라는 관념을 부둥켜안고 충혈된 눈으로 앉아 있어야 했다. 잠들지 않는 열아홉, 모든 것이 낯설었지만 어느 것 하나도 온전하게 내 것이 되지 않던 무렵이었다.

*

나는 대학에서도 사 년 내내 시를 전공했다. 하지만 내가 흑석동 중앙대 문예창작과에 입학해서 확실하게 배운 것이라곤 술을 마시는 일과 객기를 부리는 일, 그리고 문학은 대학에서 배울 수 있는 게 아니라는 것뿐이었다. 문학이란 어차피 독학으로 이루어지는 것이라는 걸 일찌감치 알아버린 것이었다. 그래서 학교도 안 나가고 다리가 퉁퉁 부을 정도로 서울 시내 곳곳을 돌아다니며 도보 여행을 했다. 그때 가장 즐겨 찾던 곳이 남대문 시장이었다. 내가 '세상에서 가장 큰 백화점'이라고 명명한 그곳의 골목을 누비고 다니노라면 시간 가는 걸 망각할 수 있었다. 내가 참으로 흥미진진하게 받아들인 것은 삶의 다양하고 다채로운 풍경들이었다. 사람들의 이마와 눈가에 잡힌 주름이 예사롭게 보이지 않았고, 그들이 인생을 향해 꼬장꼬장한 표정으로 앉아 맞담배질을 하는 모습을 보고 있노라면 왠지 모르게 가슴이 뿌듯해지곤 했다.

시를 쓰는 일은 거의 병적인 상태로 깊어졌다. 날마다 친구들과 술을 마시고, 날마다 술에 곯아떨어지곤 했다. 체중이 49킬로까지 내려가 얼굴에 광대뼈가 튀어나올 지경이었다. 하숙비를 책과 음반을 사는 비용으로 용도 변경하기 위해 부모님 모르게 자취를 시작한 때문이었다. 말이 자취(自炊)이지 나에게 있어 진정한 의미의 자취란 '스스로 취하는 일(自醉)'일 수밖에 없었다. 당시 나를 지탱하던 소중한 덕목으로 시 외에도 음악과 책이 추가돼 있었다. 특히 음악에 깊이 빠져들어 말로 형용하기 어려운 무한공간성을 경험할 수 있었다. 눈을 뜨는 아침마다 차이코프스키의 「이탈리안 기상곡(Capriccio Italien)」을 듣고, 흐리거나 비가 내리는 날은 벤자민 브리튼의 「아르페지오네 소나타(Arpeggione Sonata)」를 자주 들었다. 물론 팝도 좋아해서 그때 이미 수백 장의 음반을 소장하고 있었다. 아무려나 음악을 통해 나는 참으로 많은 것을 배울 수 있었다. 책이야 나의 업이니 당연히 읽어야 하는 것이지만 음악에서 얻은 감

성적 가르침은 뒷날 내가 작가가 되어 쓴 모든 글들의 배음(背音) 역할을 해주었다. 모든 글에는 음악적 요소가 있는 것이다.

대학 2학년 때 나는 146알의 신경안정제를 삼키고 자살을 시도 했다. 아무리 기억해봐도 뚜렷한 이유 같은 건 없었다. 그날은 일 요일이었고 잠에서 깨어 창을 열고 내다보니 아침부터 부슬부슬 비가 내리고 있었다. 나는 막막한 심정으로 내리는 비를 바라보다 가 잠을 더 자야겠다고 생각하고 다시 자리에 누웠다. 하지만 정 신이 점점 더 또렷해지고 내리는 빗소리까지 들려 신경이 점점 더 곤두서기 시작했다. 그때 문득 남대문 시장을 지치도록 걸어다니 던 무렵에 사 모아둔 146알의 신경안정제―왜 그렇게 많은 신경 안정제를 사 모았는지 목적을 알 수 없다. 분명하게 말하자면 뚜렷 한 목적의식 없이 그런 일을 했다고 해야 할 터이다―가 떠올랐다. 나는 슬그머니 자리에서 일어나 약봉지를 옷장 위에서 내려 몇 알 의 신경안정제를 꺼내 먹었다. 하지만 잠은커녕 정신이 더 또렷해 졌다. 그래서 몇 알을 더 먹었고, 다시 몇 십 알을 더 먹었고, 이윽 고 남겨진 정제를 모조리 털어 넣고 주전자를 입에 물었다. 잠시 뒤 뒷골에서 픽! 하고 백열전구가 꺼지는 듯한 느낌이 들었고, 그와 동 시에 모든 것이 어둠 속으로 가라앉았다. 그게 끝이었다. 깨어났을 때 나는 병원에 누워 있었고, 그때는 이미 내가 약을 먹은 날로부터 십오 일이 지난 뒤였다. 그날 의사는 나에게 이렇게 말했다.

"자네의 문제가 뭔지는 모르겠지만 죽는다고 문제가 해결되나? 신경안정제는 아무리 많이 먹어도 안 죽으니까 다음번엔 확실한

약을 먹도록 하게."

우울한 시절이었다. 박정권 말기의 흉흉한 분위기로 인해 자학적인 삶을 사는 청춘들이 많았고, 그것이 시대의 공분모처럼 대기 중에 무겁게 드리워져 있었다. 나는 그때 청춘이 너무 버거워 날이 면 날마다 '빨리 늙고 싶다'는 말을 되풀이했다. 하늘의 끝이 보여, 땅의 끝이 보여, 세상의 끝이 보여…… 미친놈처럼 중얼중얼 시를 읊조리며 이곳저곳 부유하는 물풀처럼 떠돌아다녔다. 앉으나 서나 자나 깨나 시를 생각했지만 그때는 왠지 시가 나를 위무한다는 느낌이 들지 않았다. 알 수 없는 거리감, 그리고 불안과 초조로 인해 눈을 뜨고 있는 시간이 너무 버겁게 느껴졌다. 그래서 백발이 된 노인네들을 상서롭지 않은 눈빛으로 바라보았고, 인생이 주마등처럼 빨리 지나가기를 빌고 또 빌었다.

*

80년 5월, 나는 교생실습생이 되어 있었다. 58년 개띠들의 운명은 언제나 갈림길이었다. 시위대로 나가지도 못하고, 제대로 된 체제실습도 할 수 없었다. 날마다 실습을 끝내고 시위 현장으로 달려갔지만 난감한 기분에 시달리기만 했을 뿐 몸으로도 정신으로도 나는 쾌연할 수 없었다. 5·17, 5·18, 그리고 모든 게 나락으로 떨어졌다. 학교에는 휴교령이 내려지고 서둘러 온 가을과 겨울을 뒤로한 채 우리는 구겨진 졸업장을 들고 황망히 대학을 떠났다. 왜 그렇게 도망자 같은 심정이었던가, 지금 돌이켜보아도 원통함이

가시지 않는다.

80년 그해 가을, 내가 알고 지내던 한 사람이 자살했다. 5·17 연루 혐의로 몇 개월 동안 도피 생활을 하던 끝이었다. 벽제 화장터에서 그가 한 줌의 재로 변하는 걸 지켜보며 나는 시를 향해 타오르던 나의 열정이 재가 되어 바람 속으로 허망하게 흩어지는 걸 느꼈다. 내 운명이 방향을 꺾는 순간이었다.

이듬해 3월 27일 나는 군에 입대했다. 그리고 입대와 동시에 시를 포기했다. 그토록 오래 나를 사로잡았던 시를 포기하게 된 저간의 심정에 대해서는 더 이상 언급할 필요도 없으리라. 시국이라는 이름으로 그렇게 많은 청춘들이 산화하는 걸 지켜보는 동안 압축미를 중시하는 시가 저절로 풀려 내 마음에 타령을 만들어내기 시작한 때문이었다. 그때 나는 소설을 쓰기로 작심했다. 그리고 경계근무를 서며 육군수첩에다 소설을 쓰다가 발각돼 영창 대기를 한 적도 있었다. 아무려나 시에서 소설로 영역을 바꾸게 된 기구한 내 팔자에 대해서는 하고 싶은 말이 많지만 결국 하나 마나 한 얘기라는 걸 알기 때문에 더 이상의 언급은 생략하리라.

*

1984년 10월 24일 새벽 2시 40분, 나는 저탄 더미가 시야를 가로막은 황지역(현재의 태백역)을 나섰다. 늦가을 비가 부슬거리고 있었지만 주변의 풍경은 이미 한겨울을 방불케 하고 있었다. 해발 600미터, 5월에도 눈이 온다는 고산지대에서 나는 한 삼 년 인생 공부를 할 요량으로 그곳에 첫발을 디뎠다. 군에서 제대한 교사 자원에게 임지에 대한 우선 선택권이 있었음에도 불구하고 소설을 쓰겠다는 포부로 '인생 공부'라는 통과의례를 추가한 것이었다. 내 계획이 뜻대로 실천될 수 있다면 한 삼 년 그곳에서 아이들을 가르치며 소설을 쓰고, 등단을 하게 되면 자연스럽게 그곳을 떠날 작정이었다. 그런 것을 일컬어 '청운의 꿈'이라 했던가.

내가 생각한 광산촌도 나에게는 일종의 관념이었다. 그곳에 부임하자마자 담임을 넘겨받으며 나는 단박 그것을 알아차렸다. 한 클래스에 퇴학생이 열세 명이나 되고, 일 년에 전교 퇴학생이 이백 명 넘게 나온다는 광산촌 중학교. 그런 곳에서 소설을 쓰겠다고 작정한 나의 꿈은 사치스러워도 너무 사치스러운 꿈이었다. 한 클래스의 삼분의 일 정도가 결손 가정인 아이들을 보며 소설을 꿈꾸는 내가 이중인격자 같다는 생각을 할 때가 많았다. 때로는 부르주아 문학으로 변신을 꿈꾸는 황당한 야망가 같아서 학교에서 보내는 모든 시간이 바늘방석처럼 따갑게 느껴졌다.

결국 나는 그곳에서 삼 년 동안 소설 한 줄 쓰지 못했다. 꿈과 현실 사이의 쟁투를 이기지 못한 채 나는 날마다 술을 마셨다. 그리고 청춘의 기로에 서서 뭔가 선택을 하지 않으면 안 된다는 절박한 심정에 시달리기 시작했다. 대학 졸업반일 때도 기로였는데, 교사 생활 삼 년이 지나고 1987년이 되자 세상은 다시 뒤집어지기 시작했다. 1980년 5·18 무렵에는 교생실습 중이었는데, 1987년의 6·29선언 무렵에는 45일 동안 1급 정교사 자격 연수를 받아야 하는 처지가 되어 있었다. 1급 정교사 자격 연수를 잘 받아야 교감 교장 승진이 빨리 된다는 말을 수도 없이 들으면서도 나의 정신은 그때 이미 다른 시공을 헤매고 있었다. 지금 뭔가 선택하지 않으면 안 된다, 지금 선택하지 않으면 영원히 1급 정교사로 살아야 한다는 내면의 강박이 해일처럼 휘몰아쳐 결국 나는 자격 연수를 일주일 남겨두고 학교에 휴직계를 제출하고 말았다. 왜 그런 파행을 감행 했는가, 누군가 묻는다면 나는 그것에 대해 이성적으로 설명할 자 신이 없다. 그냥 그럴 수밖에 없는 일이 세상에는 더러 있는 것이 다. 그때 나는 스물아홉이었고, 어떤 쪽으로든 인생의 주사위를 던 지지 않을 수 없었으니까.

학교를 휴직하고 나는 일 년 동안 경의선 열차가 지나다니는 철 로변의 백마(白馬)라는 시골마을에서 소설을 썼다. 그리고 일 년 동안 쓴 소설을 문예지에 응모하고 학교에 복직했다. 그때의 내 심 정은 정말 참담하고 절박했다. 형식적인 절차로 복직은 했지만 그 때 이미 나의 마음은 학교를 떠나 있었다. 아이들을 위해서라도 교 사 생활을 더 이상 해서는 안 된다는 결론을 내린 뒤였으니 이제 내 인생에 남겨진 마지막 출구는 오직 소설밖에 없었다. 응모한 소 설이 당선되지 않으면 더 이상 세상을 살 가치도 명분도 없다는 결 론을 내리고 있었던 것이다.

해마다 당선자를 발표하던 무렵이 훨씬 지났으나 당선통지가 오 지 않았다. 모든 것이 끝났구나, 나는 학교 운동장 주변에 심어진 플라타너스를 내다보며 마음을 정리하기 시작했다. 서른 살, 이제 더는 삶을 이어갈 명분이 없다고 생각했다. 이번에 낙선하면 내 재능을 원망하며 문학에 대한 모든 미련을 떨쳐버리리라, 이미 오래전부터 나는 작정하고 있었다. 돌아보기도 끔찍스럽지만 그때 나는 한없이 냉소적인 심정으로 자살을 꿈꾸고 있었다. 소설을 쓰겠노라, 삼 년을 작정하고 들어간 고산지대에서 보낸 시간이 어느덧 사 년 팔 개월이 지나 있었다. 그리고 해발 650미터의 고산지대에는 어느덧 을씨년스런 겨울 풍경이 완연해지고 있었다. 지겨운 청춘, 이제 더 이상 내가 지상에 남아 있어야 할 대의와 명분이 무엇이란 말인가.

2교시 수업이 진행 중이던 교실 창가에 서서 나는 그런 생각에 사로잡혀 있었다. 그때, 텅 빈 학교 운동장으로 인줏빛 오토바이 한 대가 진입했다. 우체국이나 전신전화국 직원들이 타고 다니는 소형 오토바이, 그것을 보며 나는 쓴웃음을 짓지 않을 수 없었다. 저 오토바이가 내 당선통지서를 전해주러 오는 축하의 메신저라면 얼마나 좋을까, 하는 열망과 자괴감.

그것은 꿈도 아니고 또한 환상도 아니었다. 그날 2교시 수업 중에 내가 본 인줏빛 오토바이, 그것이 실제로 나의 당선통지서를 전달하러 온 때문이었다. 2교시 수업이 끝난 직후에 나는 축전을 받아들었고, 그것을 또 다른 인생으로 나아가게 하는 장도의 여행권으로 되새기지 않을 수 없었다. 1988년 10월 26일, 시해당해 세상 떠난 박정희 전 대통령의 제삿날이었다.

*

등단과 동시에 나는 학교에 사표를 제출했다. 그리고 이십대가 막을 내리고 삼십대가 막을 올리던 그때, 무작정 서울로 올라와 전업작가의 길로 들어섰다. 말이 전업작가였지, 부지기수의 소설가들 틈바구니에서 살아남을 수 있으리라는 일말의 보장도 없이 일종의 폭거를 감행한 것이었다. 도대체 무엇을 믿고 그렇게 과감한 결단을 내릴 수 있었을까.

당시에 내가 지니고 있던 것이라곤 문학에 대한 독실한 신앙심뿐이었다. 독실한 신앙심이 아니라 광신적인 믿음이었는지도 모를 일이었다. 문학을 위해서라면 목숨을 걸 수도 있으리라는 젊은 날의 과도한 열정, 그것 이외 내가 가진 것이라곤 다른 아무것도 없었다. 그때 분명하게 깨달은 사실 한 가지, 전업작가란 '내일이 없는 인간'이라는 것이었다.

나는 등단 직후부터 밤에 작업하는 올빼미 형으로 살았다. 그때는 날마다 밤을 지새워 창작하고 아침 여섯시경에 잠자리에 들었다. 정오 무렵에 깨어나 약수터에 다녀오고 어슬렁거리다 깊은 밤이 되면 다시 작업을 시작하곤 했다. 하루 세 갑 정도의 담배를 피우고, 소설 한 편을 끝내면 2박 3일씩 폭음을 하곤 했다. 당연히 몸에 무리가 올 수밖에 없었다. 어느 날부터인가 잠자리에서 일어날 수도 없을 정도로 깊은 피로감이 느껴지기 시작했다. 책상에 단 십분도 앉아 있을 수 없을 정도로 피곤했다. 수면 부족 때문인가 하여 늘어지게 잠을 잤지만 아무리 자도 피로는 풀리지 않았다. 한의

원에 갔더니 젊은 한의사가 맥을 짚어보고 나서 "왜 이제야 왔느냐?"며 처량한 눈빛으로 나를 쳐다봤다. 기분이 나빠 병원을 찾아갔더니 만성피로증후군이라고 했다. 담배를 끊지 않으면 나아지지 않을 거라고도 했다.

며칠 자리보전을 하고 누워 있자니 형언하기 어려울 정도로 비감스러워 견딜 수가 없었다. 작가가 되기 위해 살아온 숱한 시간들, 고작 만성피로증후군에 무릎을 꿇기 위해 여기까지 힘들게 온 것인가 싶어 눈두덩이 욱신거렸다. 그래서 벌떡 자리에서 일어나 울분의 힘으로 담뱃갑을 통째로 꺾어버렸다. 소설을 쓰기 위해 담배를 완전히 끊어버린 것이었다.

담배를 끊었지만 담배보다 더 무서운 내면적 결핍감이 남아 있었다. 등단하자마자 '90년대 작가'라는 수식을 달고 활발하게 작품 발표를 하게 된 것은 참으로 다행스런 일이었지만 발표를 하면 할수록 내면적 결핍감과 불안감이 고조되어 매번 글을 쓰는 일이 고통스런 고행의 과정처럼 여겨졌다. 왜 그럴까, 머리털을 쥐어뜯으며 나뒹굴었지만 근본적인 대답은 얻을 수 없었다. 시간이 가면 갈수록 내가 글을 쓰는 게 아니라 쥐어짜고 있는 것 같다는 생각 때문에 견딜 수가 없었다. 평생 글을 쓰겠다고 나선 마당에 초반부터 이런 고갈 상태에 시달려야 하다니 나 자신이 너무 한심스럽게 여겨졌다.

1988년 등단으로부터 1999년 「내 마음의 옥탑방」으로 이상문학상을 수상할 때까지 십 년 동안 나는 쉬지 않고 앞으로만 나아갔다.

불안과 결핍에 시달리면서도 멈추면 죽는다는 강박 때문에 신선한 창작이 아니라 쥐어짜는 창작을 강행한 셈이었다. 그래서 이상문학상을 수상하게 되었다는 전화통보를 받던 날 아침 여덟시경에 나를 사로잡은 것은 기쁨이 아니라 강렬한 절필에의 욕구였다. 내면에서 터져오르는 준엄한 고함은 내 작가 생활의 한 시기가 끝났음을, 그리하여 새로운 시기를 예비하기 위해 지체 없이 잠수하라는 꾸짖음에 다름 아니었다. 비워라, 채워라, 그리하여 다시 시작하라!

*

1999년부터 2008년까지 나는 십 년 동안 작가적 갱신을 위한 충전의 세월을 보냈다. 나의 침잠에 대해 나는 어느 누구에게도 설명하지 않았고 나의 결핍과 갱신에 대해서만 집중했다. 무지로 남아 있던 분야에 대한 공부를 하고, 문학과 나와의 관계를 재정립하고, 작가로서의 내 존재에 대해서도 새로운 인식의 눈을 떴다. 하지만 십 년 세월을 견딘다는 건 결코 쉬운 일이 아니었다. 그래서 들끓는 자아를 잠재우기 위해 카메라 하나 어깨에 메고 산으로 섬으로 바다로 미친 듯 쏘다녔다. 그 모든 과정이 나에게는 고스란히 신생의 과정이 되었다.

젊은 날 나는 문학이 나의 모든 것이라고 믿었다. 그것이 나의 종교라고 믿었고, 그것이 나의 구원이라고 믿었다. 작가가 되고 난 뒤에도 그 생각에는 오랫동안 변함이 없었다. 죽어라 글만 쓰고,

글을 통해 모든 걸 해결해야 하는 세월이 흘렀다. 그 세월을 통해 몇 가지 깨달은 게 있었다. 나에게서 벗어나 작가와 소설, 그리고 세상 사이의 함수관계에 눈을 뜨기 시작한 것이었다.

소설은 혼자 시작해서 혼자 끝내야 하는 지난한 마라톤이다. 그 과정에서 작가는 인간과 인생에 대해 탐구하고 고심한다. 이 세상의 모든 소설이 그것을 다루기 때문이다. 인간과 인생을 다루지 않는 소설은 없다. 그것을 다루지 않으면 소설이 아니고, 그것이 빠지면 애당초 소설이 되지 않는다. 그것이 소설의 특징인 동시에 이 세상의 모든 분야와 소통할 수 있는 통로이다. 작가의식이 이쯤 이르게 되면 자신을 사로잡고 있던 좁은 자아에서 벗어나지 않을 도리가 없다. 문학에 대해 지니고 있던 맹신과 과도한 열정이 부끄러워지기 시작하는 것이다. 그래서 날마다 술 마시며 부끄러워라, 부끄러워라, 살아온 날들을 되새김질하게 된다.

이제 나는 문학이 내 인생의 전부라고 생각하지 않는다. 문학은 인간과 인생을 캐는 한 자루의 호미일 뿐이다. 그것은 도구이자 수단이지 그것 자체가 절대적 가치가 아닌 것이다. 문학에 대한 신앙심으로 날려 보낸 숱한 불면의 밤들, 문학에 대한 과도한 열정으로 치렀던 숱한 논쟁들, 문학의 이름으로 만들어냈던 숱한 면죄부들이 이제는 낡은 잡지의 표지처럼 닳아버렸다. 하지만 그런 대가를 치르지 않았다면 지금 이런 말도 입에 담을 수 없을 것이다. 버려야 하는 바로 그것을 통해 인간은 배우는 존재가 아닌가.

나는 이제 소설에 쫓기지 않는다. 젊은 시절에는 내내 그것에 쫓

기고 쟁투하며 살았다. 정말 힘겹고 역겹고 숨 막히는 세월이 아닐
수 없었다. 나의 정체를 모르고 또한 소설의 정체를 모른 때문이었
다. 이제 나는 그것에 쫓기지 않고, 그것과 함께 살아간다. 예전처
럼 소설이 '쓰기의 산물'이라는 생각도 하지 않는다. 모든 소설은
쓰기가 아니라 '짓기의 산물'이어야 한다. 새빨간 거짓이지만 진실
을 추구하고, 꿰맸지만 꿰맨 자리가 보이지 않는 비법은 거기서 나
오는 것이다.

작가가 잘못 가면 잡가(雜家)가 된다. 소설가가 아니라 요설가나
독설가, 혹은 망나니나 개차반이 될 수도 있다. 아무튼 자기가 시
작한 일이고 자신이 매듭지어야 할 일이니 무엇이 옳고 그르다 말
할 수 없다. 문제는 결과가 아니라 과정이다. 어차피 인간의 손으
로 신의 경지에 이른 소설은 쓸 수 없다. 이것이 소설이다, 라고 죽
기 전에 단정적으로 말할 수도 없다. 소설만 그런 게 아니라 무릇
세상의 이치가 그와 같은 것이다. 그런 의미에서 문학은 '하는' 것
이 아니라 온몸으로 '사는' 것이다.

작가가 자신에게 갇힐 때, 문학은 작가의 감옥이 된다. 감옥에
갇히지 않기 위해 작가는 항상 열려 있어야 한다. 자신의 존재 좌
표를 인식하고 자신의 현재 위치를 가늠해야 하는 것이다. 나는 도
덕군자가 되기 위해 작가가 된 게 아니다. 이 세상의 특정한 편을
들기 위해 작가가 된 것도 아니다. 나의 오른쪽 어깨 위에는 천사
가 앉아 있고, 왼쪽 어깨 위에는 악마가 앉아 있다. 물론 나는 어느
편도 아니다. 필요에 따라 악마에게 귀 기울여주기도 하고, 상황에

따라 천사에게 귀 기울여주기도 한다. 그것을 위해 나는 항상 악마와 천사의 경계 지점에 위치한다. 그곳이 작가라는 이름의 연출가가 머물러야 할 위치이다. 필요하다면 악마와 천사가 탱고를 추게하고, 상황에 따라서는 악마와 천사가 섹스를 하게 만들 수도 있다. 그것이 도식적 세상을 뛰어넘는 예술적 방식, 내가 터득한 소설가적 복무 방식이기 때문이다.

나는 내가 왜 문학을 하는지 모른다. 또한 문학이 무엇인지에 대해서도 단정적으로 말하지 못한다. 그것이 명쾌하고 분명한 것이었다면 아주 오래전에 문학을 접어버렸을지도 모른다. 문학의 진정한 매력은 모르면서도 가게 하고, 가도 가도 끝이 나지 않는다는 데 있다. 이제 여기까지 걸어왔으니 돌아갈 수도 없고, 살아오며 다른 길을 터득하지 못했으니 샛길로 빠져나갈 수도 없다. 다만 앞으로 나아가야 할 길이 있을 뿐이니 죽는 날까지 말없이 그 길을 가야 한다. 소설을 통해 인간과 인생을 캐는 평생의 작업…… 저물녘 빈 들판에 호미 한 자루 들고 선 늙은 농부의 모습에서 나는 인생의 과정을 충실하게 살아낸 장인의 모습을 떠올린다. 그것이 나의 말년 모습이 되기를 간절히 바라기 때문이다.

작가적 갱신을 통해 내가 얻은 가장 큰 결실은 문학적 영감을 샘솟게 하는 주체로서의 '나'에 대한 재발견이다. 글에 대한 섣부른 욕망을 버림으로써 나의 망상자아가 스러지고 근본자아가 나타난 것이다. 창조와 창작을 동시에 구현하는 원천(源泉)으로서의 '나'―그것을 얻은 뒤로 나는 창작과 창조의 관계에 대해서도 새로운 인식을 얻을 수 있었다. 창조의 그늘에 창작이 있는 게 아니라 창조의 바탕 위에서 창작이 함께 숨 쉴 수 있다는 걸 알게 된 것이다.

*

전업작가로 생활한 지 어느덧 이십 년이 지났다. 그해 박정희 제삿날 당선통지서를 받아들고 이틀 만에 학교에 사표를 내고 곧바로 전업작가의 길로 나섰으니 세월이 참 많이 흐른 셈이다. 하지만 물리적으로 이십 년 세월이라고 말하는 것이 내 의식에서는 이십여 일쯤으로밖에 여겨지지 않는다. 소설을 쓰기 시작한 이후로 더이상 나에게는 시간이 흐르지 않았기 때문이다. 뿐만 아니라 모든 것이 내포된 시공에 내가 머물고 있기 때문이다. 과거와 현재와 미래가 함께 하는 공간에서 나는 소설이 아니라 나를 읽고 쓰는 일을 되풀이하고 있다. 문학이 세상의 전부라고 믿던 과도한 열정과 맹신도 버리고 이제는 문학을 하나의 도구로 받아들이고 있다. 문학은 다만 사람과 인생을 경작하는 데 필요한 한 자루의 호미와 같은 것이다. 그것에 목을 매고 다른 것을 보지 못한 젊은 날의 열정을 이제는 잔잔한 미소로 되새기며 소설과 친구처럼 지내고 있다. 억지스럽게 쓰려 하지 않고 자연스럽게 짓고자 하는 것이 이제는 나의 글쓰기 방식이 된 것이다.

내가 글 쓰는 사람이 되겠다는 생각을 처음 한 것은 초등학교 5학년 겨울방학 때였다. 어머니가 늑막염으로 입원해 있던 병원 이층의 난간에 서서 해가 지는 서쪽을 내다보며 아주 막연하게 그런 생각을 했었다. 그로부터 사십 년 가까운 세월이 흐르는 동안 나는 오직 '글'이라는 화두 하나를 마음에 품고 세상을 살아왔다. 다른 분야에 대해서는 무지하고 부족한 것 일색이지만, 그래도 글을 통해 나는 세상과 우주의 이치를 깨닫고자 여전히 근면한 자세로 노력하고 있다. 나 자신의 결핍을 인정하고, 나 자신에게 영원히 겸손하고 싶기 때문이다.

소설가로서의 내 인생은 크게 습작기와 창작기로 나뉜다. 소설가가 되고자 했던 뜨거운 열망의 시간, 나는 바람 부는 세상의 변방을 떠돌며 외롭고 절망스런 시간에 시달려야 했다. 하지만 이윽고 작가가 되고 원하던 대로 오직 글만 쓸 수 있는 입장이 된 뒤부터 인생의 풍파는 절로 가라앉았다. 문학에 대한 허상을 걷어내니 그것을 통해 나를 보고, 나를 통해 세상을 볼 수 있었다. 문학은 결국 '나로부터 다른 나에게로 가는 과정'이란 걸 알고 나니 내가 선택한 문학이 그렇게 대견할 수 없다. 인생의 진정한 의미는 '다른 나'를 발견하는 것이지 '남(他人)'을 발견하는 게 아니기 때문이다.

젊은 날의 상처는 참으로 값지고 소중한 것이다. 내상과 내출혈의 경험이 없다면 문학은 단지 '나'를 구원하기 위한 이기의 도구로 전락하고 말 것이다. 청춘은 열정으로 문학을 하고, 장년은 지혜로 문학을 하는 것이니 양자는 상호보완의 관계이다. 뿐만 아니라 그와 같은 상호보완성이 작가의 한 몸에서 구현되고 또한 체득되어야 한다. 그러므로 서두르지 말고 죽는 날까지, 손을 놓지 말고 고갈되는 날까지 작가는 우주적인 탐사를 게을리하지 말아야 한다. 나로부터 다른 나에게로 가는 길, 문학은 인생과 인생을 이어주는 가교이니 영원히 끊어지지 않는 다리인 것이다. 하나 됨을 위하여, 하나 됨을 향하여, 나는 죽는 날까지 쉬지 않고 다리를 건널 것이다.

문어(文魚)에게 물어봐 함 정 임

1964년 전북 김제에서 태어났다. 1990년 동아일보 신춘문예에 단편「광장으로 가는 길」이 당선되며 등단. 소설집「이야기, 떨어지는 가면」「버스, 지나가다」「네 마음의 푸른 눈」「동행」「곡두」, 장편소설「행복」「춘하추동」이 있다.

작가를 말한다

그녀의 소설을 읽을 때면 자주, 내가 읽던 장면에서 두세 페이지 앞으로 되돌아가곤 한다. 내가 따라온 것이 레몬의 신맛이었는지 모과의 향기였는지 석류의 붉은 속이었는지, 잠시 혼돈에 빠지기 때문이다. 그래서 혹시 한 문장이나 두 문장 내가 빠뜨리고 온 것은 아닐까, 재확인하는 것이다. 그런데 다시 돌아가봐도 건너뛴 문장은 없다. 어떻게 된 것인가. 귀신에 홀린 것인가. 숨바꼭질을 하는 것인가. 그녀 소설의 행간에서 숨바꼭질할 때마다 주인공의 행위에 대한 내 독법이 얼마나 안이하게 고착화되었는지를 다시 깨닫는다. 박상순(시인)

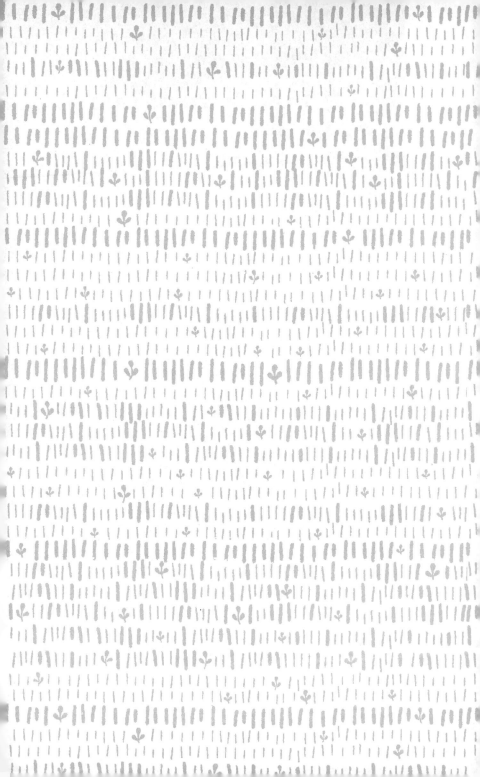

나는 한 시간째 문어를 어떻게 요리할까 생각 중이었다. 지붕에서 탱크 지나가는 소리가 났다. 다시 귀 기울여보니 이번엔 우박 떨어지는 소리가 났다. 나는 삼 년 오 개월째 십층 아파트의 십층에 살고 있었다. 십층 아파트는 지은 지 십 년이 넘어가고 있었다. 탱크 지나가는 소리가 정말로 지붕에서 나는 것인지는 확실하지 않았다. 그러나 십층 아파트의 십층에 살고 있는 나로서는 지붕에서 나는 소리로밖에 달리 생각할 수 없었다. 냄새는 그렇다 쳐도 탱크 지나가는 소리나 우박 떨어지는 소리가 아래층에서 올라올 수는 없는 노릇이었다. 그러고 보니 탱크 지나가는 소리 속에 우박 떨어지는 소리는 어제도 났다. 아니, 내가 트렁크를 끌고 집에 들어온 그제 오후에도 무슨 소리가 들렸었다. 트렁크 바퀴 소린가? 나는 트렁크 손잡이를 놓고 잠시 트렁크 옆에 멈춰 서 있기

까지 했었다. 트렁크 바퀴가 구르고 있지 않은데도 소리는 계속 났
다. 여덟 개의 문어다리 중 두 가닥이 도마 위에 올려져 있었다. 나
는 문어가 어떻게 통째로 내 집 냉장고에 들어와 있는지 이유를 알
아내려 했지만 당장은 알 수 없었다. 탱크 지나가는 소리인지 트렁
크 바퀴 굴러가는 소리인지 분간하고 난 뒤 부엌으로 가 냉장고 문
을 열었을 때 텅 빈 선반 위에 거대한 문어 덩어리가 놓여 있었다.
냄새를 맡아보니 신선도는 그리 떨어지지 않았다. 내가 집을 비운
이 주일 사이, 그것도 최근 며칠 사이 누군가 이곳에서 문어 요리
를 하려고 한 것이 틀림없었다. 문어 요리에 골똘하고 있는데 환이
내 옆에 와 서 있었다. 방금 전까지 우박 떨어지는 소리에 섞여 코
고는 소리를 들었던 것 같았다. 환의 희고 투명한 살빛이 베란다
창으로 비쳐든 직사광선에 반사되어 내 눈가에 닿았다. 환은 언제
나처럼 벌거벗고 있었다. 문어 몸에서 다량의 점액질이 비어져나
와 있었다. 내가 문어다리를 오른쪽 둘째손가락으로 꾹 눌렀다. 감
촉이 차갑고 미끌하고 끈적했다. 괜찮아? 환이 어깨동무하듯 오른
팔로 내 몸을 감싸며 물었다. 나는 대답 대신 피식 콧소리를 내며
한번 더 손가락으로 문어다리를 꾹 눌렀다. 환은 언제나처럼 겁먹
은 듯한 눈으로 방금 내 손가락이 찔렀던 부위를 내려다보았다. 괜
찮아? 나도 환이 내려다보고 있는 부위에서 눈을 떼지 않고 싱겁
게 되물었다. 괜찮은 거지, 응응? 환은 내가 멀리 떠났다가 돌아올
때면 완전히 다른 사람이 되어 돌아온 것은 아닌가 확인하곤 했다.
내 골반에 맞닿은 환의 골반뼈가 쇠처럼 딱딱했다. 환이 나를 안은

팔에 힘을 와락 주었다. 환의 남성에 힘이 들어가 창처럼 날카롭게 앞으로 죽 뻗쳤다. 문어를 내려다보고 있던 환과 나는 동시에 그 물건으로 눈을 돌렸다. 그것은 환의 몸의 일부이면서도 그와 전혀 상관없는 독립된 개체처럼 보였다. 환이 그런 괴상한 물건을 지니고 있다고 생각하니 갑자기 존경스러운 마음이 샘솟았다. 환은 자신의 독립된 개체로부터 눈을 떼지 못한 채 즐겁고도 난처한 표정을 지었다. 나를 의식해서인지 환의 독립된 개체는 성장 말기의 애벌레처럼 주름을 최대한 늘이며 꿈틀거렸다. 나는 즉시 칼을 찾았다. 문어를 더 이상 그대로 놓아둘 수 없었다. 내가 칼을 놓는 곳은 대략 두 군데, 식기건조대 아니면 싱크대 칼꽂이였다. 식기건조대에 없는 걸로 봐서 칼은 싱크대 칼꽂이에 꽂혀 있는 게 분명했다. 아프지 않은 거지, 응응? 환이 나에게 묻기 전까지 나는 오래전부터 내가 아프다는 사실을 깜박 잊고 있었다. 그러고 보니 내가 몹시 아프겠군! 내가 당신이 되어보면 나를 더 잘 이해할 수도 있을 거야, 응. 환은 자신의 독립된 개체가 싱크대에 닿지 않도록 조심하며 다소곳이 내 말에 귀를 기울였다. 싱크대 문을 열고 칼꽂이에서 칼을 뽑으려면 내 팔에 감긴 환의 손을 풀고 환을 뒤로 약간 물러나게 해야 했다. 환은 아주 조금 두 발을 뒤로 뗐다. 환은 아주 조금 떨고 있는 듯했다. 칼꽂이에도 칼은 보이지 않았다. 나는 할 수 없이 살 밖으로 점액질을 밀어내고 있는 문어를 바라보며 어떻게 요리할까 조금 더 생각하려고 했다. 그때 현관 벨이 울렸다. 아이는 벨을 누르고 정확히 오 초가 되면 현관문을 발로 쾅쾅 찼다.

나는 문을 열면 아이에게 발로 문을 차지 말라고 단단히 주의를 주려고 했다. 그러나 아이는 번번이 터질 듯이 차오른 오줌보를 움켜쥐고 뜨거운 철판 위에 올려놓은 물개 새끼처럼 폴짝폴짝 뛰어오르고 있었다. 아이가 오줌 누는 소리를 들으며 환을 생각해냈으나 그는 벌써 소라게처럼 자신을 감쪽같이 숨기고 없었다. 나는 볼일을 보고 으스스를 치며 화장실에서 나오는 아이에게 따지듯이 문어를 아느냐고 물었다. 아이는 내 입에서 나온 문어라는 단어가 근래 한번도 들어보지 못한 것이라는 듯 생뚱한 표정을 지었다. 웬 문어? 나는 아이의 그 표정을 잘 알았다. 아니 아이의 표정은 얼마 전에 내가 아이에게 지어 보였던 것과 완벽하게 일치했다. 그때 아이는 나에게 부산에 언제 가느냐고 뜬금없이 물었다. 나는 아이의 입에서 나온 부산이란 데가 근래 한번도 들어보지 못한 것이라는 듯 생뚱한 표정을 지었었다. 웬 부산?

그의 이름은 무라카미였다. 아이는 곧잘 무라카미의 이름을 까먹었다. 무라카미가 생각날 때면 부산—! 하고 불렀다. 그를 만난 것은 일 년 전, 로마의 시스티나 예배당에서였다. 미켈란젤로의 천장화 「천지창조」를 보기 위한 관람객이 바티칸 박물관의 높은 벽을 따라 백여 미터 이상 늘어서 있었다. 오전 열시경의 로마는 벌써부터 용광로로 치닫고 있었다. 조금이라도 그늘이 보이면 사람들은 애어른 할 것 없이 자석처럼 그리로 주르륵 달라붙었다. 무라카미가 언제부터 내 옆에 서 있게 되었는지 알 수 없었다. 아이가

무라카미의 존재를 알아보았을 때 우리는 백여 미터 줄의 삼분의
일 지점에 서 있었다. 처음 어영부영 모여든 사람들이 거기에서부
터 세 명씩 정돈이 되고 있었다. 무라카미는 벽 쪽으로 조금 떨어
져 있었지만 남이 보면 우리는 영락없이 가족의 모양이었다. 게다
가 주변에 동양인이라고는 우리―무라카미와 나와 아이―밖에 없
었다. 아이는 무라카미를 만난 이후 '우리'라는 말을 몹시 좋아했
다. 무라카미는 우리가 그를 발견하기 전부터 책을 들여다보고 있
었던 듯했다. 슬쩍 곁눈질해보니 일본어로 빽빽이 인쇄된 로마 여
행 가이드였다. 그는 스페인 광장 부근을 읽고 있었다. 나와 이 주
째 로마에 머물고 있던 아이는 스페인 광장이라면 로마의 어느 구
역보다 빠삭했다. 힐끔힐끔 무라카미의 책자를 훔쳐보던 아이가
스페인 광장의 분수 사진을 알아보고는 그와 나 사이를 비집고 들
어와 정색을 하고 그를 올려다보았다. 나는 눈으로 열심히 환전소
를 찾으면서 손으로는 아이를 그에게서 떼어놓으려고 짐짓 모르게
애를 썼다. 그럴수록 아이는 점점 더 내 손을 뿌리치고 아예 그쪽
으로 바짝 다가가 섰다. 나는 내심 현금 걱정을 하고 있었다. 단체
여행자들이 떼로 몰려들기 전에 입장하려고 아침 일찍 숙소를 빠
져나오느라 지갑에 현금을 채워넣는 것을 깜박 잊었다. 이탈리아
에서는 미술관이나 유적지에 갈 때마다 아이의 입장료가 문제였다.
일곱 살에서 여덟 살 사이인 아이를 놓고 폼페이에서는 무료 입장
을 시키는가 하면 콜로세움에서는 유료 입장을 명령했다. 이번 시
스티나 예배당에서는 아이의 입장이 어떻게 판정이 될지 전혀 예

측할 수 없었다. 지갑에 현금이 넉넉하다면 문제 될 것이 없었지만 만약 유료 입장이 선고되면 나는 다음에 다시 오든가 돈을 바꾸어 와 처음부터 다시 줄을 서야 할 판이었다. 나는 줄이 줄어들수록 거위처럼 고개를 쑥 뺀 채 한 번씩 발을 구르고 있었다. 아이는 내 사정도 모르고 한사코 내 옆구리를 쿡쿡 찔러댔다. 어느덧 아이는 무라카미와 대화를 트고 있었고, 통역을 구실로 나를 참여시키려 하고 있었다. 나이는 몇 살입니까? 나는 아이가 시키는 대로 일본인에게 영어로 물었다. 물론 내 표정은 아이의 무료 입장 여부에 시달리고 있는 만큼이나 난처한 기색을 띠고 있었다. 서른네 살입니다. 그도 영어로 대답했다. 서른네 살. 아이는 내가 통역해줄 때마다 확인하듯 복창했다. 우리 엄마는…… 나는 머릿속으로 열심히 셈을 하고 있는 아이를 제치고 그에게 사과하는 한편 아이에게 처음 만나는 사람한테 나이를 묻는 것은 아주 큰 실례라고 주의를 주었다. 그러자 이번엔 그가 아이의 나이를 물었다. 여덟 살, 아니 일곱 살. 이번에는 아이가 그의 질문을 알아듣고 직접 대답했다. 그는 대견하다는 듯이 아이에게 미소를 듬뿍 지어주었다. 아이는 그 기세로 그에게 강한 친밀감을 느꼈는지 어디에서 누구랑 함께 살고 있는지 물어달라고 나에게 정식으로 요구했다. 나는 애는―? 하고 난색을 보이다가 끝내 물러서지 않는 아이의 말을 전달했다. 요코하마, 혼자. 그는 재밌다는 듯이 더욱 다정하게 웃으며 아이의 머리를 손으로 쓰다듬었다. 아이도 나도 그의 말을 듣고는 한동안 어리둥절했다. 분명 그가 한 말은 한국말이었다. 혼자? 아이의 얼굴 표정이 봄꽃처럼 활짝 피었다. 나는 얼굴을 붉혔다. 그는 처음부터 나와 아이의 말을 알아듣고 있었다는 말인가! 조금, 한국말, 합니다. 아이와 그는 나 없이도 띄엄띄엄 대화를 이어갔다. 잠시후 그는 아예 여행 책자를 접어 겨드랑이에 끼고 있었다. 나는 여전히 눈으로 환전소를 찾았다. 그러나 환전소가 없다는 것은 벌써 파악하고 있었다. 나는 무라카미. 그의 말이 끝나기가 무섭게 아이가 받았다. 나는 컴퓨터 엔지니어. 아이는 마치 놓쳐서는 안 되는 중요한 암호문처럼 그가 말할 때마다 내 손을 잡아끌었다. 아이는 그가 한국말을 한다는 것이 신기하다 못해 자기가 그렇게도 찾아 헤매던 단 한 사람을 만난 듯이 행복에 겨운 눈치였다. 우리 엄마는—아이가 하마터면 나를 말할 뻔했다. 나는 엉겁결에 아이의 입을 콱 막았다—자그가. 나는 누가 들을세라 얼른 뒤를 돌아보았다. 들어봤자 아무도 못 알아들을 테지만 나는 마치 꼬리를 들킨 구미호처럼 낯빛이 새파래졌다. 저, 아이 입장료를 혹시 그 책에서 알 수 있을까요? 화제를 바꾸기 위해 겨드랑이에 낀 책자를 가리키며 내가 서둘러 그에게 물었다. 그는 잠시 아이와 어리둥절한 표정을 주고받더니 이내 성실하게 책자를 뒤적였다. 내 사정을 대충 눈치 챈 그는 만약 아이가 입장료를 내야 하면 자기가 낼 수 있다고 호의를 보였다. 나는 현금이 안 되면 달러로 통용을 해보겠다고 정중히 사양했다. 아이는 자기의 입장료를 내주겠다는 그의 말에 더욱 고무되어 나보다도 오히려 그와 가족처럼 바짝 달라붙었다. 아이의 표정을 보니 그의 마음씀에 보답하기 위해 무언가 흥미로운 것을 알려주려고 안달하고 있었다. 우리 아빠는 하늘에…… 나는 입술을 달싹하는 아이를 뒤로 밀치고 영어와 몇 마디 아는 일본어로 그에게 연달아 질문을 퍼부었다. 일본어라 해봤자 무라카미라는 이름을 가진 일본 작가 몇과 일본 뮤지션 몇 그리고 내가 가봤던 도시들의 이름 나열에 불과했다. 그러면서 브릴리언트 그린이라는 모던 록 그룹의 「데어 윌 비 러브 데어(There will be love there)」를 아느냐고 물었다. 그는, 물론 일본 사람이면 그 노래를 모르는 사람은 없을 거라고 말했다. 나는 그럼 엑스 재팬의 「세이 애니싱(Say anything)」을 아느냐고 물었다. 그는, 물론 자기 또래의 삼십대 일본인이라면 누구나 엑스 재팬을 잘 알 것이고 그 노래는 자기도 정말 좋아한다고 말했다. 나는 그럼 그 두 곡의 제목을 일본어로 말해줄 수 있느냐고 물었고, 그는 말할 것도 없이, 물론입니다, 라고 이번엔 한국말로 자신 있게 말했다. 그러고는 노래 제목을 일본어로 발음한 다음 나에게 따라 해보라고 했다. 나는 내 귀에 닿은 그의 발음을 똑같이 따라 하려고 했다. 그는 소리는 내지 않았지만 입을 벌려 크게 웃었다. 도모 아리가토 고자이마스. 나는 짐짓 익숙하게 일본어로 인사를 했다. 일본어를 입에 올리는 일은 극히 드물었지만 이상하게도 일본어를 몇 마디 할 때면 내 몸에 혹시 일본인의 피가 흐르는 것은 아닐까 잠시 혼란스럽기도 했다. 관람객의 줄은 현저히 줄어들어서 우리는 어느덧 매표 창구 가까이 와 있었다. 그와 대화가 오갈 때마다 아이의 눈이 소리를 따라 이쪽저쪽으로 바쁘게 오갔다. 아이는 종종 활짝 웃는 그와 나를 보고 매우 만족스러운 듯 이번엔 내 팔에 꼭 매달렸다. 마침내 요금표가 보였다. 내가 아이의 요금을 확인하려고 키를 쭈욱 늘여서 까치발을 떼는 순간 그가 아이 키에 맞춰 몸을 숙였다. 음, 그런데 '자그가'가 무엇입니까? 아이가 힐끗 나를 올려다봤다. 동시에 그가 아이의 입 가까이 자기의 귀를 가져다댔다. 나는 움찔 놀라며 손으로 더듬더듬 아이의 입을 찾았다. 아이는 내 손아귀에서 벗어나려고 심하게 얼굴을 찡그렸다. "자까!" 아이는 깨물듯이 내 손 틈으로 발설하고야 말았다. 찡그러진 입에서 말이 찡그러져 나왔으나 '자까!'라는 소리가 터져나오자 나는 불에 덴 듯 아이의 입에서 손을 확 떼어버렸다. 꼬리를 들킨 구미호는 내가 아니라 아이였던 것처럼 방금 손에 닿았던 작고 여린 존재가 징그럽기만 했다. 내 눈에는 아이가 치맛자락으로 겨우 감추고 있던 어미의 꼬리를 철없이 까발린 새끼 여우로 보였다. 부산에, 세 번, 간 적, 있습니다. 그가 몸을 일으켜 세우고는 나에게 말했다. 저 작은 종자가 과연 내 뱃속에서 나온 것인지 낯선 눈으로 아이를 관찰하느라 그의 말을 놓쳤다. 뭐라고 하셨습니까? 아이가 애석해하는 눈으로 나를 올려다봤다. 부산―, 이번엔 내가 아이를 따라 복창했다. 아, 부산―! 아이의 눈동자에 개구리알처럼 작고 흐물흐물한 형체가 맺혔다. 아이는 부산에 간 적이 없었다. 부산을 끝으로 세 사람은 더 할 말이 없는 사람들처럼 지극히 덤덤해져서 순서에 따라 조금씩 발걸음을 떼었다. 마침내 매표 창구에 이르렀다. 아이는 결국 입장료를 내야 했다. 그는 부득부득 아이의 입장료를 내려고 했다. 나는 입장료를 내주는 대신 아이와 잠시 그 자리에서 기다려달라고 부탁했다. 창구 옆 환전소에서 현금을 바꾸어 올 때까지 무라카미와 아이는 서로 영원히 떨어지지 않을 것처럼 손을 꼭 붙잡고 있었다. 시스티나 예배당으로 올라가는 계단에서 나는 정중하게 그를 먼저 올려보냈다. 일본인답게 그는 예의 바르게 그 즉시 내 뜻을 존중했다. 그러고는 아이와 인사를 나누고 계단을 밟고 올라갔다. 아이는 그와 함께 가겠다고, 왜 그가 우리와 함께 가면 안 되느냐고 항의했다. 나는 화가 난 듯 아이와 조금 떨어져서 계단을 밟았다. 그는 계단 끝에서 주저 없이 오른쪽 문으로 들어갔다. 미켈란젤로의 「천지창조」를 보려면 나와 아이는 계단 끝 왼쪽으로 들어가야 했다. 계단 끝까지 올라왔을 때 오른쪽으로 들어갔던 그가 다시 나와 노트를 내밀었다. 괜찮다면 이름과 연락처를 적어달라고 했다. 출장차 부산에 또 갈지도 모른다고 했다. 나는 순순히 내 이름 석 자를 적어주었다. 도모 아리가토 고자이마스. 그가 고개를 푹 숙였다. 순진하게 웃는 그의 얼굴을 보자 아이의 표정이 밝아졌다. 나와 아이는 정식으로 그와 작별인사를 했다. 무라카미, 본 조르노! 아이는 로마에 머무는 동안 틈이 날 때마다 스페인 광장에 가자고 졸랐다. 그곳엔 맥도날드와 분수가 있어 아이가 좋아했지만 무라카미를 만나고 난 뒤에는 사정이 조금 달라졌다. 귀국하고 한동안 아이는 무라카미를 잊어버린 듯했다. 그런데 어느 날 새벽 잠에서 깨어난 아이가 컴퓨터 앞에 우두커니 앉아 있는 나에게 다가와 안겼다. 부산에 언제 가요, 우리? 그때까지 나는 부산을 까맣게 잊어버리고 있었다. 나는 생뚱한 목소리로 웬 부산—? 하고 물었다. 부산은 나와 아무 연고가 없었고 앞으로도 당분간 볼일이 없을 것이었다. 아이는 자기가 무얼 물었는지 잊어버리고는 멀뚱히 내 얼굴을 바라보다가 그대로 내 품에서 잠이 들었다. 언젠가 부산에 가긴 가야 할 것이었다. 요즘도 아이는 가끔 잠을 자다가 꿈을 꾸듯 부산—! 하고 불렀다.

내가 지금의 내 아이만할 때 내 엄마에게서는 언제나 일본 냄새가 났다. 그것은 매일 쓰는 다이알 비누 냄새보다, 얼굴에 바르는 분 냄새보다 강하고 야릇한 냄새였다. 엄마는 오 년 전 유월 일본에 갔다. 그해 봄 나는 어이없이 암으로 남편 환을 잃었고, 엄마는 꿈에 그리던 도쿄행 비행기를 탔다. 그전에 나도 환과 일본에 갈 생각을 했었다. 당시 도쿄에는 친정 큰오빠네가 살고 있었다. 남편은 도쿄 물가가 좀 비싸냐고, 우리가 가면 큰형님 내외분에게 폐를 끼친다고 내 생각을 돌려세웠었다. 나는 더 이상 환에게 일본 얘기를 꺼내지 않았다. 그런데 무슨 마음이 들었는지 환이 자발적으로 나에게 일본에 가자고 했다. 그때 환은 다니던 신문사를 그만두고 소설 쓰기에만 전념한 지 일 년이 되어가고 있었다. 머지않아, 언제? 소설 쓰기도 직장 생활도 살림, 육아도 어느 것 한 가지 변변히 해내지 못하고 허둥대며 사는 내가 안쓰러워 마음에서 저절로 우러나온 말이라는 것을 나는 모르지 않았다. 머지않아, 유월쯤. 그 말을 할 때 우리는 병원 응급실 침대에 나란히 앉아 있었다. 새

도시 외곽에 자리잡은 교통사고 처리 전문 병원의 응급실은 모든 시스템이 마비되어버린 것처럼 한산했다. 그래서인지 휴가차 응급실을 찾은 사람들처럼 우리의 마음도 덩달아 한산했다. 환이 밖에 무엇을 두고 온 사람처럼 창밖을 오래 응시했다. 그러면서 간절히 내뱉은 말이 '머지않아'였다. 환은 그날로부터 머지않아 거짓말처럼 숨을 거두었다. 봄이 되어 수를 생각할 때면 나는 가끔 그날의 그 눈길을 떠올렸다. 그때 환은 창밖의 무엇을 보고 있었을까. 환의 사십구재를 치르고 나서 나는 제일 먼저 도쿄행 왕복 비행기표를 끊었다. 엄마는 슬픔을 모르는 어린아이처럼 한껏 들떠서 도쿄행 비행기에 올라탔다. 한 달 후 도쿄에서 돌아온 엄마는 예전처럼 일본 얘기를 하지 않았다. 내가 기억하는 한 엄마는 내가 출가하기 전까지 단 하루도 일본 얘기를 하지 않은 날이 없었다. 엄마의 일본 얘기만 나오면 내 머릿속은 자동으로 기억장치가 돌아갔다. 한 분뿐인 외삼촌이 도쿄 유학생이었다는 얘기, 귀국해서 신여성과 대전에서 새살림을 차렸다는 얘기, 일본인 선생이 엄마를 하도 탐내서 하마터면 일본에 가 살 뻔했다는 얘기, 큰오빠가 외삼촌을 쏙 빼닮았다는 얘기. 내가 내 아이만할 때 엄마는 이광수의 연애소설들을 애독했다. 밤이면 나와 두 살 터울의 막내오라비를 당신 겨드랑이에 하나씩 끼고 고단한 목소리로 이광수의 『흙』을 홍얼홍얼 읽다가 잠에 곯아떨어지곤 했다. 친족들이나 이웃 사람들은 중요한 일이 있을 때면 엄마를 찾아왔다. 내가 아주 어릴 때부터 보아온 풍경이라 이상하고 말 것도 없었다. 그러나 나이가 들수록 엄마라는 존재가 의문이었다. 서른아홉에 다섯 새끼를 거느린 한 집 안의 가장이 된 여자가 영화를 본다거나 조간신문을 탐독한다거나 이광수의 소설을 읽는다거나 한다는 것은 거의 불가능한 일이었다. 그런데 엄마는 영화도 보고 조간신문도 빠짐없이 읽고 이광수 소설도 외다시피 즐겨 읽었다. 엄마는 누구일까, 아니, 나는 누구일까. 그런 생각이 얼핏 들었을 때 내 콧속으로 훅 끼쳐들어온 것이 일본 냄새였다. 엄마가 글을 읽고 표현한다는 것, 그것은 일종의 일본을 느끼는 것이었다. 엄마에게는 문희 남정임의 영화도 이광수의 『흙』 도 일본 없이는 존재하지 않았다. 엄마의 자의식은, 엄마의 현실은, 그러니 살면 살수록 이 세상 것이 아니었다. 내가 엄마의 인생을 말할 나이가 되었을 때 엄마는 누구의 소설도 읽지 않았다. 차라리 다행이었다. 도쿄로 떠나는 엄마를 배웅하고 돌아오면서 내가 처음 비행기를 타고 간 나라가 일본이었음을 새삼 깨달았다. 엄마만큼은 아니어도 나 역시 일본을 무척 동경했던 모양이었다. 환이 그렇게 속절없이 내 곁을 떠나지만 않았어도 나는 엄마의 진짜 일본에 대해 물어봐줄 수 있었다. 그러나 나는 아무 말도 할 수 없었다. 더욱이 아무 말도 들을 수 없었다. 엄마는 일본 얘기를 가슴에 묻었고 나도 머지않아 비행기를 탔다.

　떠나고 돌아오는 일이 잦아졌다. 세상에서 가장 싫은 것 한두 가지를 대라면 나는 병원에 가는 것과 비행기를 타는 것이라고 서슴없이 말할 것이다. 공항 탑승 대기의자에 앉아서 끔찍이 싫어하는 것을 왜 해마다 몇 차례씩 감행하는지 자문하곤 했다. 그것은 나에게 사랑이 무엇이냐, 그리하여 현실은 무엇이냐고 묻는 것처럼 도무지 해답을 찾을 수 없는 일이었다. 묵묵부답으로 탑승 대기의자에 앉아 있는 것처럼 언제부터인가 비행하는 동안 습관처럼 찾아오는 자각증세가 있었다. 그것은 차마 말하기 민망하지만, 울음행위였다. 울었다, 라고 하지 않고 '울음행위'라고 말할 수밖에 없는 이유가 따로 있었다. 몽골에서 시베리아를 지나갈 때였다. 나는 내가 울고 있다는 것을, 내 눈에서 눈물이 흐르고 있다는 것을 뒤늦게 깨달았다. 높이 만이천 미터, 창밖은 영하 오십 도, 기내 유리에 성에가 끼어 있었다. 기내 스크린도 꺼지고, 사람들은 저마다 눈가리개를 착용하고 모포를 목 끝까지 끌어올린 뒤 잠을 청하거나 잠들어 있었다. 어두운 허공에 나 혼자 깨어 있다는 고립감이 태초의 공포처럼 엄습했다. 지금 이곳은 어디인가. 왜 나만이 깨어 있는가. 나는 왜 울고 있는가. 나는 누구인가. 몽골에서 시베리아를 지나가는 하늘길. 하나의 영상이 호리병 속에서 빠져나온 연기처럼 어둠속에서 돌아갔다. 영상은 손거울보다 작았지만 주위의 깊은 어둠 탓인지, 현실인가, 분간이 안 갈 정도로 생생했다. 하얀 소복을 입은 여자가 흙구덩이 속으로 들어가려고 몸부림치고 있었다. 소복을 입은 여자가 흙구덩이 속으로 들어가지 못하게 붙잡고 있는 가족들 외에 다른 사람들은 모두 흙구덩이를 둘러싸고 주욱 서 있었다. 여자의 몸부림에 흙구덩이 속에서 퍼낸 붉은 흙이 건너편까지 튀었다. 소복을 입은 여자의 얼굴이 무척 낯이 익었다. 흙구덩이를 둘러싼 사람들의 얼굴도 얼핏 눈에 익었다. 그들은 하나같이 죄지은 사람들처럼 착잡한 표정으로 흙구덩이 속으로 고개를 푹 떨구고 있었다. 그들 중 유독 한 사람이 소복을 입은 여자를 정면으로 바라보고 있었다. 그 사람은 어떤 표정도 짓지 않고 있었다. 차마 돌 같았다. 소복 입은 여자는 누구의 얼굴도 바라보지 않았다. 오직 우는 것에 미쳐 있었다. 영상은 거기에서 멈추어지곤 했다. 우느라 미쳐 날뛰는 소복 입은 여자와 그녀를 바라보고 있는 돌 같은 남자. 그들은 누구인가. 나는 그들을 오래전부터 잘 알고 있는 듯했으나 도무지 그들의 이름이 생각나지 않았다. 혈족처럼 가까운 듯하면서도 외계인처럼 생소하기만 했다. 그들은 몽골에서 시베리아, 시베리아에서 몽골에 이르는 광활한 하늘길에서 살고 있었다. 언제나 그 모습으로 차가운 시베리아 벌판과 어두운 몽골 초원에서 나를 기다리고 있었다. 나는 어둠 속에서 오직 나만이 볼 수 있는 손거울을 보듯 선명하게 그들을 보았다. 탑승객들이 눈가리개를 거두고 모포를 개키며 기지개를 켤 때 나는 손거울을 접듯 흥건히 젖은 손바닥을 오므리며 내가 아주 오래도록 울고 있었다는 것을 깨달았다. 어쩌면 그렇게 한번 소리 죽여 울기 위해 매년 나는 비행기를 탄 것인가. 지난여름 동유럽 노선의 마지막 도시인 부다페스트를 떠나며 두 가지 상반된 감정에 사로잡혔다. 더 이상 손거울 같은 것은 들여다보지 말자. 아니, 손거울에서 다른 모습을 볼 수도 있지 않을까.

우박 떨어지는 소리는 길게 가지 않았다. 대신 빙판에서 스케이트 지치는 소리가 계속됐다. 나는 여전히 문어를 어떻게 요리할까 생각 중이었다. 그동안 아이는 두 번 더 발로 문을 찼고 나는 아이를 붙잡고 단단히 주의를 주려고 이마에 잔뜩 힘을 주고 현관문을 열었다. 아이는 터질 듯이 차오른 오줌보를 한 손에 움켜쥔 채 단단히 야단치려는 나를 밀치고 후닥닥 화장실로 뛰어들어갔다. 너 정말 문어를 모른단 말이야? 볼일을 다 보고 으스스를 치며 나오며 아이는 웬 문어—?냐는 생뚱한 표정을 짓고는 들어올 때와 같은 속도로 문밖으로 뛰쳐나갔다. 도대체 누가 문어를 가져다놓았단 말인가. 내가 집을 비운 사이 아이의 외조모와 외숙모와 친조모가 번갈아 냉장고를 관리했다. 나는 태어나서 한번도 그들이 만든 문어 요리를 먹어본 적이 없었다. 그러면 누가? 눈을 있는 대로 치떠서 이리 돌리고 저리 돌려보아도 떠오르는 얼굴이 없었다. 환의 얼굴만 떠오를 뿐이었다. 그런데 환은 어떻게 되었지? 놀랍게도 환은 어찌나 숨기를 잘하는지 한번 숨으면 소라게보다 오래 모습을 드러내지 않았다. 그러고 보니 소라게도 통 눈에 띄지 않았다. 아이는 곤충 전문 사이트인 쥐라기 농장의 회원이 된 이후 장수풍뎅이 기르기에 열중했다. 내가 어쩌다 억지로 관심을 보이기라도 하면 벌레 중에 가장 힘이 센 놈이 장수풍뎅이라며 마치 제 팔뚝 굵기 자랑하듯 의기양양해하면서도 정작 그 옆에서는 턱없이 심심해했다. 아이의 자랑스런 투구벌레는 아직 애벌레 상태라 한 달에 한 번 똥을 갈아주는 일 외에 도무지 해줄 게 없었다. 소라게를 기를 때는 평소보다 밤귀가 세 배쯤 밝아졌었다. 아무리 셀룰로이드 테이프로 단단히 붙여놓아도 날카로운 집게손으로 테이프를 자르고 나와 침대 밑이나 항아리 뒤로 숨어들었다가 밤이면 여기저기서 활동을 개시했다. 소라게의 성장보다는 피나는 탈출기에 관심이 컸던 아이에게는 그것이 날마다 흥미진진한 술래잡기였지만 밤귀가 무뎌본 적이 없는 나에게 소라게는 신경증을 도발하는 매우 달갑지 않은 생명체였다. 동유럽으로 떠나기 전 집 안의 소라게를 모두 소탕하기로 했다. 아이는 대신 나에게 24시간 안에 장수풍뎅이 애벌레를 분양해준다는 약조를 받아냈다. 소라게를 소탕한다고는 했지만 눈에 보이는 것을 잡는 것에 그쳤다. 이전에 사라진 것까지 합치면 족히 스무 마리는 넘었는데 내가 잡아낸 것은 고작 예닐곱 마리에 불과했다. 나머지 소라게의 행방이 잠자리를 사납게 했지만 수가 불어나지 않는 한 두고두고 잡는다 생각하고 눈을 질끈 감았다. 이슥한 새벽녘에 마실 가는 녀석의 꽁무니를 쫓을 때는 일말의 쾌감마저 솟구치지 않던가. 소라게는 두고두고 잡는다 치고 비질비질 점액질을 뿜어내는 문어가 문제였다. 다리 두 가닥은 당장 요리해 먹는다 쳐도 냉장고 안에 남은 거대한 문어 덩어리는 어떻게 할 것인가.

부산에 한번 다녀오긴 해야 했다. 에비는 결국 한국을 떠났다. 나는 하루하루 그녀에게 연락을 미루고 있었다. 동남아시아의 작은 섬으로 이루어진 그녀의 나라는 이곳보다 겨울이 늦게 찾아올 것이었다. 내가 부산에 가려고 하는 것은 아이 때문도 무라카미 때문도 아니었다. 에비, 아니 그녀의 남편, 그 이전 나의 친구 목마를 위해서였다. 목마가 내 친구였나? 목마의 사십구재를 치르던 날 에비는 확인하듯이 나에게 넌지시 속삭였다. 옛날, 좋은 친구였죠? 나는 한번도 목마를 친구라 생각해본 적이 없었지만 그렇다고 친구가 아니었다고도 할 수 없어서 고개를 끄덕여주었다. 섬나라 태생의 에비는 그녀의 아름다운 눈처럼 마음도 맑고 깊었다. 에비와 함께 있으니 마치 목마도 그녀 옆에 있는 것처럼 가깝게 느껴졌다. 내 친구 목마는 바다를 사랑했다. 목마를 알고 얼마 안 되어서 그에게 멋진 말을 들었다. 태양과 함께 바다는 떠나가고. 그것이 랭보 시의 한 구절이라는 것을 알았을 때 나는 심하게 부끄러움을 느꼈다. 명색이 불문학도이며 랭보 애독자였으면서 그처럼 멋진 시구는 들어본 적이 없었던 듯했다. 목마는 곧잘 랭보뿐만이 아니라 그즈음 자기가 읽는 책을 나에게 권해주곤 했다. 그러면서 자연스럽게 자기가 좋아하는 음악도 추천했는데 애석하게도 나를 열광시킨 것은 거의, 아니 단 한 곡도 없었다. 목마와 나는 묘하게 동질적이면서도 현저히 이질적인 데가 있었는데 그것이 무엇인지 정확히는 알 수 없었지만 그가 추천한 음악과 책이 어느 정도 실마리를 쥐고 있었다. 그는 특유의 느리고 여린 부산 사투리로 배리 메닐로와 이상은과 솔 벨로의 『죽음보다 더한 실연(失戀)』과 조르주 바타유의 『에로티즘』을 권해주었다. 나도 그즈음 열중하고 있던 록 아티스트들과 책들을 그에게 권했을 텐데 그것이 무엇인지 정확히 떠오르는 게 없었다. 나는 그보다 주는 데 인색했거나 받는 데 정신이 없었거나 둘 중의 하나였나보았다. 베리 메닐로는 한두 번 듣고 다시 찾지 않았고 이상은은 그가 종종 기타를 치며 그녀의 노래를 불렀기 때문에 굳이 그럴 필요도 없었다. 나는 그들을 좋아하는 목마에 대해 조금 골몰했지만 오래가지 않았다. 나에게는 1988년 8쇄본의 솔 벨로의 『죽음보다 더한 실연』과 1989년 초판본의 조르주 바타유의 『에로티즘』이면 충분했다. 목마가 아니었으면 나는 솔 벨로를 읽지 않았을 것이고 반대로 목마가 아니었어도 조르주 바타유는 읽었을 것이었다. 1988년에서 1989년 사이 목마는 믿음직스럽게 소설가가 되었고, 나는 그 이듬해 얼떨결에 소설가가 되었다. 1993년 초여름 목마와 나는 약속이나 한 듯이 거의 동시에 결혼을 했다. 소설 쓰는 일이 삶이 되면서 우리는 우주의 행성처럼 아득해졌는가 하면 창공의 별처럼 문득 뚜렷이 빛나기도 했다. 목마의 어이없는 부음 기사를 접하고 내가 제일 먼저 한 것은 책장으로 달려가 그가 서명해준 책들을 찾아내는 것이었다. 베리 메닐로나 이상은의 앨범은 그때나 지금이나 가진 적이 없었지만 솔 벨로와 조르주 바타유의 책은 그때나 지금이나 위치가 조금 바뀌었을 뿐 내 집의 다른 오래된 책들과 함께 한 식구처럼 살고 있었다. 한 사코 흙구덩이 속으로 뛰어들려는 여자는 언뜻 한 사람을 보았을지도 몰랐다. 흙구덩이 저편에서 거울처럼 여자를 비추고 서 있던 단 한 사람을. 비행기를 타고 만 미터 이상의 허공을 날아갈 때면 그 얼굴이 보이곤 했다. 월드컵이 한창이던 2002년 유월 어느 날

아침 부음란에 엄지손톱만하게 인쇄되어 나온 그의 흑백 얼굴사진은 분명 내가 아는 사람이었으나 동시에 내가 도무지 모르는 사람이었다. 내가 목마를 알아보는 순간 그의 존재는 하얀 가루가 되어 부산 앞바다에 뿌려졌고 더 이상 이 세상에 없었다. 그 사람은 더 이상 이 세상에 없다. 나는 목마의 사십구재에 가서 끊임없이 절을 하면서 주술처럼 그 말을 되풀이했다. 그 말은 그때가 처음이 아니었다. 오 년 전 환의 사십구재를 치르면서 그 말뜻을 돌이킬 수 없는 자연의 섭리로 받아들였었다. 에비는 그녀의 나라로 돌아가기 전날 나에게 전화를 해왔다. 오 년 전 내가 했던 일들을 고스란히 치르고 어린 딸과 함께 모국으로 돌아간다고 했다. 에비는 목마를 떠나보내고 나서 더욱 목마에 대한 사랑이 크고 넓어졌다고 했다. 그래서 후생에도 꼭 목마를 만나 이생에서 못다 한 사랑을 하겠다고 했다. 나는 목이 메지 않으려고 안간힘을 쓰느라 헛기침을 자주 했다. 에비가 떠나는 날 나는 만 미터 허공이 아닌 내 집 어두운 방 구석에 앉아 오래도록 울었다. 환도 목마도 나도 아닌 에비가 나를 울렸다.

밤이 되자 탱크 지나가는 소리는 잠잠해졌다. 우박 떨어지는 소리도 뚝 멎었지만 마른하늘에 날벼락 치듯이 느닷없이 머리 위를 두드려댈 것이었다. 탱크 지나가는 소리도 우박 떨어지는 소리도 들리지 않자 바람 소리가 대로변에 서 있는 십층 아파트의 십층 집 창문을 간간이 흔들었다. 바람을 잡으려고 창문을 열고 고개를 내밀었다가 아파트 외벽에 눈에 띄게 진행된 균열만 확인했다. 그러지 않아도 해가 바뀌면 이사를 갈 생각이었다. 균열 문제 때문만은 아니었다. 일 년째 끌어오던 매매가 내가 집을 비운 사이 이루어진 것이었다. 그 많은 날들을 놔두고 하필 내가 동유럽에서 돌아오던 날 숨 돌릴 틈도 주지 않고 불청객이 들이닥쳤다. 지붕에서 나는 시끄러운 소리가 탱크 지나가는 소리인가 우박 떨어지는 소리인가 분간하려고 트렁크 옆에서 가만히 귀 기울이고 있을 때였다. 문을 열자 사십대 중년 사내와 그보다 약간 연하로 보이는 중년 여성과 예닐곱 살의 꼬마가 액자 속 가족의 초상화처럼 오종종 모여 서 있었다. 그들이 누구인지 파악하는 데 조금도 시간이 걸리지 않았다. 그들은 내 아이의 외조모이거나 친조모 둘 중 한 사람의 강력한 반대에 의해 집 구경도 못한 채 거액의 아파트를 구입한 대범한 사람들이었다. 아직 잔금을 치르지 않았으니 완전한 소유자는 아니었으나 나는 예의를 다해 그들의 용기 있는 매입에 일단 경의를 표하고 이 방 저 방 격식을 갖춰 그들을 안내했다. 제일 먼저 부엌. 여자는 부엌 창으로 건너다 보이는 나지막한 동산과 그 아래 펼쳐진 그림 같은 집들을 보고 하아, 하고 입을 벌리더니 다물 줄을 몰랐다. 하아, 전망 하나 끝내줍니다. 남자도 여자 발뒤꿈치에 붙어 서서 여자와 똑같은 형태로 입을 벌리더니 다물지 않았다. 나는 그들이 다 감탄할 때까지 그들 뒤에서 뒷짐을 지고 왔다 갔다 하면서 어떻게 하면 저 행복한 가족에게 집 구경을 잘 시켜줄까 고심했다. 그다음은 화장실. 거실 화장실을 거쳐 침실 화장실로 가 내가 손끝으로 천장을 가리키자 남자는 헛침을 삼켰는지 헛기침을 하느라 제대로 눈을 뜨지 못했다. 나는 남자가 아니라면 여자라도 검게 착색된 천장의 실태를 정확하게 파악하도록 오랫동안 욕실을 보여주었다. 다음은 바닥이 검버섯처럼 시커멓게 좀먹은 세 개의 방들과 베란다 벽. 내가 베란다 창문을 활짝 열자 남자와 여자와 아이가 눈이 부신 듯 얼굴을 찡그리며 뒤로 주춤 물러섰다. 왜 밖을 보라고 하는지 어리둥절해하는 여자에게 나는 느긋하게 팔짱을 끼고 머리를 밖으로 쑥 빼보라고 권고했다. 여자는 약간 두려운 듯한 표정을 남자에게 짓더니 지금껏 격식을 갖춰서 성심성의껏 집을 안내한 나를 생각해서 시행한다는 듯이 소극적으로 머리를 살짝 창밖으로 내밀었다. 나는 성큼 여자에게 다가가 여자가 머리를 밖으로 잘 빼내도록 뒤통수를 힘껏 받쳐주었다. 여자가 기겁을 하며 머리를 안으로 거둬들였다. 나는 벌벌 떨고 있는 여자를 제치고는 시험해 보이듯이 창밖으로 머리를 쑥 빼내서는 이쪽저쪽 휙휙 돌려보았다. 그러고 나서 여자에게 다시 해보라고 권유했다. 여자는 세 번 그러고 나서야 외벽의 균열 상태를 확인했다. 그들은 처음 들어올 때 약간 상기되었던 표정을 완전히 바꿔서 조용히 내 집에서 나갔다. 나는 한 편의 가족 초상화가 엘리베이터에 실려 내려가는 광경을 끝까지 지켜본 후 문을 닫았다.

내가 집이라고 기억하는 집은 거의 다 바람으로부터 자유롭지 못했다. 그래서인지 바람 소리가 조금도 들려오지 않으면 오히려 쉽게 잠들지 못했다. 삼 년 오 개월 전 대로변 십층 아파트의 십층인 이 집으로 이사 오게 된 것은 어쩌면 바람 소리에 이끌려서였는지도 몰랐다. 나는 이 년 육 개월간 바람 소리라고는 창문을 열고 한 십 분 빛을 쬐며 귀를 기울여야 겨우 들리는 아주 고요하고 고요한 아파트에 살았었다. 환과 육 개월, 그 없이 이 년, 그 집에서 살았다. 바람 소리 없는 죽음처럼 고요한 그 집에 엎드려 이 년을 보낸 것은 곳곳에 밴 환의 숨결 때문이었다. 그 집에서 고작 한 블록 떨어진 대로변 십층 아파트의 십층으로 이사 오면서 나는 환에게 일말의 죄책감을 느꼈다. 삼 년 오 개월이 어떻게 지나갔는지 몰랐다. 습기와 곰팡이와 균열이 심했지만 나는 새 집에 정을 붙였다. 대로변 십층 아파트의 십층은 죽음처럼 고요할 새가 없었다. 신촌과 광화문과 서울역과 영등포를 오가는 온갖 종류의 버스 소리와 근처 암센터를 들고 나는 다급한 앰뷸런스 소리, 거칠 것 없이 북쪽에서 불어닥치는 바람 소리, 거기다 햇빛 부서지는 소리까지. 나는 이 집에서 처음으로 창문으로 쏟아져들어오는 빛이 얼마나 시끄러운지 알게 되었다. 불청객이 다녀간 이후 나는 자주 이 도시를 떠나는 꿈을 꾸곤 했다. 내가 집을 떠나지 않으면 집이 나를 떠나는 황당한 꿈도 꾸었다. 어찌나 집에 매달려 떨어지지 않으려고 했는지 꿈에서 깨어나보면 내 몸은 침대 끝에 겨우 걸쳐져 있었고 침대 위는 싸움판처럼 온통 사납게 헝클어져 있었다. 나는 새벽의 어스름 속에서 꿈의 현실을 직시하려고 두 눈을 부릅떴다. 만 미터 허공의 어둠 속에서 펼쳐지던 영상이, 꿈인가 분간할 수 없을 정도로 몽롱하게 돌아갔다. 아이는 장수풍뎅이를 기르고, 어쩌다 빛 속에 모습을 보인 환이 소라게처럼 손살같이 사라졌던 집은 이 세상 어디에도 없었다.

　문어는 나흘째 냉장고 선반에 그대로 놓여 있었다. 거죽이 적자색에서 약간 흑자색으로 변했을 뿐 신선도는 크게 떨어지지 않았다. 탱크 지나가는 소리, 혹은 우박 떨어지는 소리의 정체는 사흘 만에 밝혀졌다. 내가 집을 비운 사이 아파트 입주 십 주년 기념으로 대대적인 페인트칠 공사가 단행되고 있었다. 초벌칠로 외벽의 균열 부위가 허옇게 표시되었다. 어떻게 하면 문어 요리를 잘할까 생각하고 서 있다보면 이 창 저 창에 페인트공의 신체 일부가 보였다 안 보였다 했다. 그들이 훑고 지나간 아파트 외벽은 온통 흰 애벌레들로 꿈틀거렸다. 일주일 후 우리 동을 끝으로 페인트 작업이 모두 끝나면 더욱 살기 좋고 아름다운 단지가 될 것이라는 안내방송이 나왔다. 세월이 조금 더 흘러 내가 이 집, 이 도시를 떠나게 되면 처음 환의 집을 떠났던 삼 년 오 개월 전보다 더 깊이 죄책감을 느끼게 될지도 몰랐다. 바람 소리뿐 아니라 아파트의 습기와 곰팡이와 균열 상태를 누구보다 잘 살펴보고 있을 사람은 환일 것이었다. 어쩌다 바람 소리에 홀려 거실에 나와 서 있으면 소라게도 물정 없이 따라 기어나오다 나에게 들켰다. 소라게는 소라 속에 숨어서도 내가 자기를 발견한 즉시 아닌 척 돌멩이 행세를 했다. 소라게를 집어 바람 부는 창밖으로 던지면 집에 남은 소라게는 이제 한

두 마리뿐. 나는 소라게를 똑똑히 바라보고 있으면서도 짐짓 아무 것도 보지 못한 척 시치미를 뗐다. 소라게는 잘도 속아서 발가락을 비죽 내밀고는 바쁜 볼일이라도 있는 것처럼 빠르게 장수풍뎅이가 잠들어 있는 아이의 침대 밑바닥으로 기어들어갔다. 아이는 소라 게를 잊은 지 오래였다. 그것은 무라카미의 존재를 잊고 지낸 기간 과 맞먹었다. 장수풍뎅이는 성충이 되려면 아직도 백 일이나 남았 다. 아이는 잠에서 깨어나는 즉시 장수풍뎅이를 찾을 것이면서도 정작 그 옆에서는 습관처럼 몹시 심심해할 것이었다. 나는 내일도 틈만 나면 문어를 어떻게 요리할 것인가 생각할 것이었다. 문어가 자리를 차지하고 있는 한 나는 이 집에서 한 발짝도 움직이지 못할 것이었다. 소라게보다 빠르게 사라지는 환은 매일 밤 내가 만든 문 어 요리를 꿀꺽 먹어치우고 말 것이었다. 너무 깊이 숨어 나오는 길을 잃어버렸는지 환은 밤이 깊도록 아무 소리가 없었다.

멋진 한세상

공 선 옥

1963년 전남 곡성에서 태어났다. 1991년 『창작과비평』에 중편 「씨앗불」을 발표하며 등단. 소설집 『피어라 수선화』 『멋진 한세상』 『명랑한 밤길』 등. 장편소설 『오지리에 두고 온 서른 살』 『수수밭으로 오세요』 『내가 가장 예뻤을 때』 등이 있다. 신동엽창작기금. 오늘의 젊은 예술가상. 올해의 예술상. 오영수문학상. 가톨릭문학상. 만해문학상을 수상했다.

작가를 말한다

여자들은 그녀를 한번쯤 보고 싶어한다. 소위 여자다움이란 것과는 거리가 먼 그 거친 모습에 통쾌함을 느끼며 그녀처럼 본심을 말하고 사는 삶은 어떨까 궁금해진다는 것이다. 덫에 치인 짐승처럼 관계에 치여 단지 일상을 전장으로 만들고 싶지 않아서 말과 행동을 거르고 사느라 속에 응어리가 쌓일 대로 쌓인 여자들은 그녀를 보며 대리만족을 느끼나보다. 저마다 자신의 성에 충실하게 굴면서도 또 그것에 넌더리치고 있는 그녀들에게 공선옥의 모습은 신선하지만 당혹스러워서 자신의 일상에 들여놓기는 조금 껄끄러우면서도 한 발 물러서면 통쾌한 것이 된다. 공선옥 스스로 자신의 근원적인 결함이라고 말하는 것이 사람들에겐 그녀만의 메리트가 되고 있다. 윤효(소설가)

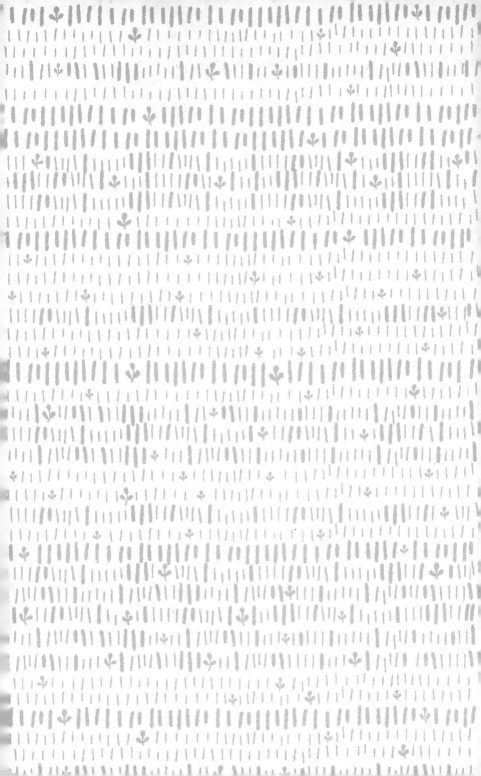

비가 오는군요. 우산이 없는데 어떻게 한다지요? 건물 처마 밑으로 들어가는 게 우선 취할 수 있는 가장 손쉬운 방법이지요. 오늘 내가 당신을 만나고자 한 건 별다른 일이 있어서가 아니라 그냥 한번 보고 싶어서예요. 그냥 보고 싶어서라고 하기가 왠지 쑥스럽고 미안해서 그 '이유'를 갖다댔지요. 기실 하나도 중요하지 않으면서 중요한 것을 보여주고자 한다고 말입니다. 속깊은 당신이라면 '중요하다는' 그것에 그리 큰 의미를 두지 않으리라, 여겨지면서도 당신을 만나기로 한 시간이 가까워질수록 조금씩 두려워지는군요. 혹시 중요한 것을 보고 싶은 기대로 왔다가 하나도 중요하지 않은 것임을 알아채는 그 순간에 일어서서 나가버리지나 않을까. 혹시 그렇게도 보고 싶던 당신 얼굴 보자마자 당신이 그렇게도 싫어하는 눈물이 나도 모르게 솟아나오지나 않을까. 사람이 되

공선옥 | 멋진 한세상

도록이면 눈물을 보이지 않고 살아야 하는데 말입니다. 어떤 시인의 시를 읽으면 왜 그렇게 마음이 편안해지던지요. 눈물을 사랑하는 사람을 사랑하라는 그 메시지가 참으로 가슴에 와 닿더군요. 한데 불행하게도 전 아직 개인적으로 눈물을 사랑하는 사람을 사랑해보는 행운을 누려보지 못한 듯합니다. 내가 사랑한 사람들은 내 눈물을 그리 달가워하지 않더군요. 아마 하도 울어싸서 그런 모양입니다. 처음에는 저도 굉장히 서운했더랬습니다. 그리고 의문을 가졌죠. 왜 사람들은 타인의 눈물을 싫어할까. 그러다가 내린 결론인데요. 타인의 눈물을 통해서 혹시 자신의 눈물을 보게 되는 게 두려워서가 아닐까, 하는 나 나름대로의 결론을 얻었지요. 그 결론을 얻은 뒤부터는 내 눈물을 싫어하는 사람도 그리 밉지가 않더라구요. 아니 오히려 그들에 대한 따스한 연민 같은 게 솟아나기도 하더라니까요. 생각해보세요. 사람이 진심으로 타인의 눈물을 닦아준다거나, 아니면 같이 울어준다거나, 아니면 타인이 울도록 가만히 내버려두는 사람만 있는 세상이라면 정말로 더 이상 바랄 것이 없는 세상이 되겠지만요, 그렇지 않고 겉으로만 눈물 닦아주는 척 속으로는 하나도 타인의 눈물에 공감하는 마음이 없는 사람들이, 그런 사람들이 사는 세상이 더 무서울 것 같지 않으세요? 타인이 울면 신경질 내는 사람이 오히려 더 타인의 눈물에 공감하는 사람이 아닐까, 타인의 아픔에 제 마음도 아픈 사람이 아닐까, 하는 마음이 들게 된 것은 그리 오래지 않습니다. 그리고 이제 저도 그렇게 많이 울지는 않습니다. 속으로야 어쩌는지 모르지만 겉으로는 많이 고요해졌다고나 할까요. 그러니 안심하세요. 저 만나면 또 그 여자 눈물 짜는 거나 봐야 하나, 하는 걱정일랑 접어두세요. 그나저나 비가 좀 오래 오려나봅니다. 오늘이 저희 어머니 제삿날이랍니다. 딸만 셋인 저희 집에선 언니가 제사를 지내지요. 저와 동생은 참석만 한답니다. 언니도 직장에 다니는 사람이라 얼른 언니 집에 가서 제사 준비를 도와야 한다는 걸 알면서도 저는 지금 이렇게 당신을 만나러 이곳에 와 있군요. 하기야 옛날이나 지금이나 저 하는 짓이란 게 늘 그렇습니다. 마음과 몸이 따로따로인 거 말입니다. 해야 할 일을 미뤄두고 딴짓 하는 거 말입니다. 어머니 살아생전에 늘 서의 그 딴짓을 두고 말하곤 했죠. 그놈의 어깃장으로 신세 조져먹을 년이라나, 뭐라나. 저희 어머닌 말을 막하는 분이었죠. 그렇다고 성질이 괄괄하다거나 사나운 분은 아니었어요. 무척 온순하고 순진했죠. 사람들이 속여먹기 딱 좋을 그런 타입이었어요. 어머니를 가장 많이 속인 건 아버지였죠. 그다음이 자식들이었구요. 많지도 않은 자식인 세 딸 중 가운데인 제가 가장 많이 어머니를 속여먹었을 겁니다. 한마디로 전 '나쁜년'이죠. 암요. 나쁜년이고말고요. 저도 어머닐 닮아 말을 막하는 편이죠. 그게 편해요. 말 막하고 욕 잘하는 사람들치고 그렇게 악한 사람은 없는 거 같아요. 그렇지 않으세요? 자화자찬이라구요? 하기야, 사람이 악하면 얼마나 악하겠어요. 그치만 생애는 틀리지요. 한번 삐그덕 어긋난 한 생애는 곤두박질쳤다 하면 끝이 없는 낭떠러지로 떨어져내리기도 하지요. 그리하여 다시는 헤어나오지 못할 수도 있는 경우를 저

공선옥 | 멋진 한세상

는 보았습니다. 어머니 아버지의 생애도 그러한 경우였지요. 그 자식들인 우리는, 그 우리 중의 나는, 어머니 아버지가 한참 낭떠러지로 추락하고 있던 그 순간에도 당신을, 보고 싶어했습니다. 언니가 울고 동생이 울었지요. 어머니는 울 힘도 없어 미쳐버렸고 아버지는 종적을 감추었습니다. 왜 그때가 자꾸 생각나는지 모르겠네요. 어머니 제삿날이라서인가요. 새삼스레 당신을 이곳에서 만나자고 한 때문인가요. 조심히 오세요. 저는 요 앞 다방에 가 있겠습니다. 이곳에 와 제가 없으면 속깊은 당신은 제가 가 있는 저 다방으로 지체없이 올라오실 거라 믿습니다. 저는 당신이 저를 발견하기 좋으라고, 그리고 제가 당신을 발견하기 좋으라고 창가에 앉아 있겠습니다. 난데없이 비가 오는군요. 당신을 만나기에는 그런대로 괜찮은 날씹니다. 저는 아직도 소녀 취향이 고스란히 남아 있어서인지 어쩐지는 모르겠지만서도 이렇게 비 오는 날이면 당신을 만나고 싶더군요. 비 오고 바람 부는 날이면 더욱더 그렇습니다. 햇빛 찬란한 날에도 문득 생각나더군요. 아무 일도 일어나지 않은 저녁때, 어떤 날은 느닷없이 아침에 잠에서 막 깨어나자마자 당신이 보고 싶었습니다. 당신을 보고 싶어하는 제 마음, 그것은 일종의 만성적인 허기와도 같은 것이 되어버렸습니다. 그 허기가 채워지면 나는 더 이상 당신을 보고 싶어하지 않을 수도 있겠습니다. 그러나 이 허기는 절대로 채워지지 않을 허기임에 분명합니다. 세상의 무엇으로 당신을 보고 싶어하는 제 마음을 채운단 말입니까. 그리하여 이 허기야말로 저의 숙명이 아닌지, 유치하게 들릴지 모르지만, 유치하다고 생각해도 할 수 없습니다. 저는 그것을, 그 허기를 제 운명으로 받아들이고 싶으니까요. 이렇게 말해놓고 나니까 뭔가 잔뜩 긴장되어 있던 제 마음이 조금 풀리는 듯합니다. 사람은 가끔 이렇게 터무니없이 그리고 유치하게 거창해질 필요도 있는 것 같습니다. 그러나 다방 안으로 들어오니 저는 어쩔 수 없이 움츠러들 수밖에 없군요. 귀청을 찢는 저 음악 소리, 바로 다방 안에서 가장 눈에 잘 띄는 곳에 놓인 대형 텔레비전에서 나오는 소립니다. 정말 시끄러운 소리는 딱 질색이에요. '딱 질색'이라고 표현해놓고 보니 또 어머니가 떠오르는군요. 제가 당신을 그렇게도 보고 싶어하던 그때, 그러니까 '그때, 그 시절' 얘긴데요. 그때 어머니는 저희와 함께 살았지요. 광주 우산동 산동네 꼭대깃집에서 살았어요. 그날 전 어디를 갔다 왔냐 하면, 광주 무등경기장에 갔다 온 길이었지요. 거긴 왜 갔냐구요? 그때 썼던 일기가, 아, 일기라기보다 기록이라고 하는 게 낫겠군요, 그것이 지금 저한테 있습니다. 부끄러운 고백이긴 합니다만 사실은 제가 가지고 나온 이 '기록'을 당신에게 보여주고 싶었습니다. 언젠가 당신에게 보여줄 날을 의식하며 기록했다고나 할까요. 당신이 내게 오리란 믿음을 저는 한번도 버리지 않았습니다. 그것은 말 그대로 '강력한 예감'이었습니다. 그리고 오늘 바로 그날이 온 것 같습니다.

아이구, 저놈의 텔레비전은 다 뭐랍니까? 사람 정신을 하나도 없게 하는군요. 저래도 아이들은 이야기만 잘하는군요. 맞아요, 제 눈에는 아이들로 보이는군요. 아이들. 그때, 그 시절, 저도 딱 저

공선옥 | 멋진 한세상

아이들만했을까요? 그런데 그때 내 모습이 지금 저 아이들보다 훨씬 숙성했다고 느껴지는 건 시대 때문일까요? 시대 얘기가 나왔으니 말인데 지금 저기 저 아이들 또래의 다른 아이들을 다른 장소에서 봤을 때도 아이로 보일까요? 어느 시대에나 그렇듯 누구나 다 똑같은 시대를 사는 건 아니겠지요. 이를테면 아직도 한 시대 전의 생활을 살아가는 사람도 있을 것이고 또 지금 현재의 시대보다 더 앞 시대를 살아가는 사람도 있을 거란 말입니다. 자꾸 말이 이상하게 꼬이기는 합니다마는 당신은 속이 깊으므로 제 얕은 속에서 나온 말을 거진 다 알아먹어주리라 확신합니다. 왜 제가 이런 말을 하는고 하니 말입니다, 지금 제가 아이들로 보고 있는 저 아이들 또래의 젊은이를 이 다방 안이나 아까 제가 당신을 만나기로 한 저기 보이는 저 대학 교정 같은 곳에서 안 보고 건설현장에서 땀 흘리고 있는 모습으로 봤다면, 공장에서 먼지 뒤집어쓰고 있는 모습으로 봤다면, 고기잡이배에서 거친 바람과 싸우고 있는 모습으로 봤다면 그들을 결코 아이로는 보지 않았을 거란 말입니다. 그러니, 제가 그때 휴학을 안하고 대학을 계속 다니는 모습이었다면 그때의 저와 지금 저 아이들의 모습이 별반 차이가 없을지도 모른다는 말입니다. 그러나 저는 그때 엄연히 '백수건달'이었지요. 좀더 정확히 말하면 '백수건달과 그 애인'쯤 될까요. 제가 정말로 그 건달의 애인이었는지, 그 건달이 정말로 건달이었는지도 지금은 확실치 않지만요.

당신, 영화 좋아하세요? 중국이나 이란 영화 괜찮지 않던가요?

그 영화들을 보면 또 당신이 떠오르더군요. 못 말릴 그리움입니다 그려. 제가 지금 사는 곳이 영화관도 없고 그곳에서 유일한 문화 공간이랄 수 있는 비디오가게에서조차도 제가 좋아할 만한 영화는 들여놓지를 않는지라 거개가 신문 문화란에 영화 담당 기자가 소개한 기사만으로 그 영화들은 이러이러하리라, 짐작하는 건데요, 언제 한번 볼 기회가 있으면 정말 좋겠습니다. 아, 이건 봤어요.「햇빛 쏟아지던 날들」이라는 제목으로 출시된 비디오였지요. 그 영화를 보며 생각한 건데 그때 그 시절을 '건달과 아가씨'라 이름 붙일까요? 아무튼 그 시절이 무척 많이 떠오르더군요. 하면 제게도 그 시절이 '햇빛 쏟아지던 날들'이었을까요? 그토록 스산했던, 그토록 천둥벌거숭이로 싸돌아다니던 스무 살 언저리가요? 그때 당신은 어디 가 있었어요? 내가 그때 당신을 부르는 소리를 당신은 듣지 못했나요? 혼자 마시는 건 부끄럽고 그렇다고 함께 마실 사람은 구하지 못해 이 홉들이 소주 한 병과 새우깡 한 봉지를 사들고 그곳이 어디쯤인지 분간도 안 되는 찔레덤불 속으로 기어들어가던 계집아이를 본 적이 있었다면 그 아이가 바로 저랍니다. 지금 와 생각해보니 그때의 저도 분명 아이는 아이였던 것 같습니다. 아이는 아이로 자라야 하는데, 한 시절을 놓치면 다시는 되돌릴 수 없는 것이 우리 생애 아닙니까. 무엇이 그리 급해서, 끔찍이도 일찍 이 세상 밖으로 뛰쳐나와 그토록 헤매고 '돌아댕겨야' 했는지, 지금 생각하면 그저 아득할 뿐입니다.

공선옥 | 멋진 한세상

버마, 아웅산에서 폭발 사고가 났다고 한다. 나는 지금, 무등경기장에서 막 돌아왔다. 로마에서 이곳을 친히 방문한 요한 바오로 2세를 '알현'하기 위하여 나는 어젯밤부터 내 건달 애인과 무등경기장에서 밤을 샜던 것이다. 우리가 요한 바오로 2세를 만나고자 했던 이유를 설명하면 이렇다. 지난 성탄절 때 감옥에서 나온 폭도, 내 애인은 총 개머리판으로 얻어맞은 허리병이 도져 몹시 고통스러운 나날을 보내고 있는바, 약으로도 못 고치는 그 병을 영험한 힘을 가진 사람이 치료해줄지도 모른다는 기대를 가졌던 것이다. 애인의 말에 의하면 어쩌면 요한 바오로 2세가 예수처럼 병든 사람을 치료할 수 있는 능력을 가졌을지도 모른다는 것이었다. 그리하여 그분을 뵙기 가장 좋은 자리를 맡아놓기 위하여 우리는 전날 밤부터 그곳에서 우리의 메시아, 요한 바오로 2세님을 기다려야 했던 것이다. 그러나 그분을 직접 알현할 수 있는 기회는 우리한테 오지 않았다. 사람들이 너무 많았기 때문이다. 밤을 새서 기다린 보람도 없이 나는 그만 애인과 헤어져야 했다. 배는 너무나 고픈데 돈이 없었기 때문이다. 우리는 각자의 집으로 돌아가 배를 채운 뒤 다시 만날 수 있을 거였다. 만나서는 광주 시내를 마냥 쏘다니는 것이다. 광주공원, 무등산, 지산유원지, 충장로, 황금동 뒷골목을 무작정 싸돌아다니는 것이다. 싸돌아다니다가 아는 '폭도'를 만나서 그한테 돈이 있다면 황금동 뒷골목에서 막걸리나 돼지 족발 목욕하고 나간 국물 따위를 얻어먹을 수도 있을 것이다. 그런 날은 운이 아주 좋은 날이다. 그리고 운 좋은 날은 그리 흔하지 않다.

나는 '살금살금' 집으로 왔다. 집에 오기 전 버스에서 내리자 언니가 반대편 버스 정류장에 서 있는 모습이 눈에 확 들어왔다. 나는 가로수 뒤로 몸을 숨겼다. 언니는 안내양 제복 위에 그녀가 짠 스웨터를 걸친 모습이다. 손에 가방을 든 것이 오늘 숙박을 가는 모양이다. 왠지 가슴이 찌르르 아파온다. 다행히 언니가 타고 갈 버스가 금방 와주었다. 그 버스가 완전히 시야에서 멀어질 때까지 나는 가로수 뒤에 몸을 숨기고 있었다. 길을 건너려는데 머리가 좀 어지럽다. 하기야 어제 오늘, 이틀 동안 내가 먹은 거라고는 호빵 하나에 요구르트 하나가 전부니 어지러울 만도 하다. 이렇게 어지러울 정도로 배가 고프지 않았다면 나는 집에 올 생각은 하지도 않았을지 모른다. 어디 배만 고픈가. 길거리를 돌아다니는 동안 제대로 씻지도 못한 내 몰골은 말이 아니다. 세수도 안한 얼굴에 건달 애인이 자기 집에서 나를 주기 위해 훔쳐가지고 나온 로션과 분을 발랐더니 그것 자체가 땟국물이 된 듯하다. 대로를 가로질러 골목으로 들어섰을 때, 주인집 아저씨가 저만치에서 특유의 팔자걸음으로 내려오고 있다. 나는 되도록 얼굴을 숙이고 모른 척하고 아저씨를 지나친다. 아저씨는 얼마 전까지 수피아여고 스쿨버스 운전하는 일을 했다. 나는 아저씨가 버스를 몰고 가다 신호등에 걸려 멈춰 서 있다가 내가 '수상쩍은 몰골'로 길을 건너는 것을 빤히 쳐다보았다는 사실을 알고 있다. 그 아저씨는 나를 보면서 어디서 많이 본 가시낸데, 누굴까, 하고 생각하는 것처럼 보였다. 그래서 신호가 바뀌었는데도 나를 쳐다보느라 출발을 못하여 뒤차들로부터 빵빵거리는 채근을 받았던 것이다. 그 집보다 더 싼 집이 없어 내리 오 년째를 살고 있는데도 아저씨는 아직도 그 집에 세들어 사는 사람들을 제대로 식별하지 못하는 체한다. 아저씨는 차 안에서는 나를 빤히 쳐다보다가도 이렇게 구체적으로 마주치면 시선을 딴 데다 둔다. 피차에 그것이 편할지도 모른다. 아니 편하다. 집주인 아저씨가 아니더라도 누구나 그렇지 않을까. 사람이 가까이 마주 본다는 것, 밀착된다는 것, 그것처럼 불편한 것은 없다. 나는 요즘 식구들이 불편해 죽을 지경이다. 그래서 어젯밤에도 집에 들어가지 않았던 것이다. 외박을 하고 다음날 오정때가 다 지나 험한 몰골로 다시 집에 들어서는 이런 생활도 불편하기 짝이 없다. 아무튼 불편하더라도 심신이 지칠 대로 지친 '최후의 순간'에 기어들 곳은 그래도 집, 아니 내 식구들이 있는 이곳, 단칸 문간방뿐이다. 잔뜩 찌푸린 날씨다. 라디오에서는 저 찌푸린 날씨만큼이나 우중충한 장송곡을 징하게도 틀어젖힌다. 장관도 죽고 대통령 주치의도 죽었다. 북한이 저지른 소행이라 한다. 하여간 대통령만 빼고 대통령 옆 사람들은 다 죽은 것 같다. 라디오를 듣는 어머니는 '징허다'고 한다. 징한 것은 쌔고쌨다. 우리 엄마 표현대로 '징글 몸서리나는 것'들.

우선 나한테 몸서리나게, 징그럽게 싫은 것은 대문간의 변소에서 나오는 냄새다. 변소에서 다섯 걸음 정도밖에 떨어지지 않은 이 방에서는 앉아 있을 때나 서 있을 때나, 밥을 먹을 때나 잠을 잘 때나 저 냄새를 맡아야 한다. 어쩌면 식구들이 불편해서, 엄밀히 말

하면 식구들 보는 것이 불편해서 내가 툭하면 대문을 나서는 것이
아니라 바로 저 냄새를 맡기 싫어서인지도 모른다. 그리고 엄마가
집주인 아줌마한테, 엄마한테는 전혀 어울리지도 않을, 엄마 딴에
는 '세련되게' 한다고 어쭙잖은 도시풍의 말투로다가, 아줌마, 아
줌마는 저 냄새 안 나요? 나는 정말 화장실 냄새가 딱 질색이란 말
이에요, 라고 하는 소리를 듣기 싫어서인지도 모른다. 언제부터 엄
마가 화장실 냄새가 '딱 질색'이었단 말인가. 바로 지난겨울까지만
해도 시골집에서 똥거름을 만지작거렸던 엄마가. 엄마는 지난겨
울, 우리들이 자취하는 광주 우산동 산동네 꼭대깃집의 문간방으
로 보따리 하나를 안고 들어섰다. 빚쟁이에 쫓겨 아버지는 어디론
가 도망을 가고 엄마는 도시 딸들의 자취방으로 피신을 한 거였다.
이제 우리 집은 어찌될까. 우리 집은 폭삭 망했다. 언니 혼자 고군
분투하지만, 고속버스 안내양 월급으로 그 많은 빚을 언제 다 갚는
단 말인가. 나는 일찌감치 나 살길을 스스로 찾아나서지 않으면 안
될 것이다. 아버지도 아버지만 살자고 엄마를 버려두고 도망을 가
지 않았는가. 엄마만 불쌍하게 되었다. 불쌍한 엄마가 나는 부담스
럽다. 어제도 오늘도 엄마는 내가 밖으로 나도는 것을 어디 돈벌이
자리 알아보러 다니는 줄로 알고 있는 눈치다. 안 알아본 것도 아
니다. 지난해 여름에도 나는 배로 치자면 난파선이 된 우리 집 경
제 사정에 조금이라도 보탬이 되고자 '겁나게' 노력한 결과로 그
난리를 치러내지 않았던가. 내 삶의 한 기록으로 삼고자 그때 일을
여기 적는다. 언젠가, 먼 훗날에, 혹시 이 기록을 보고 웃을 날도

있겠지, 하는 희망도 품어보면서.

　정말로 웃음이 나오는군요. 지금이라고 그때하고 크게 차이 나게 사는 것도 아닙니다만, 지나간 날들의 편린을 보매, 지나간 과거가 불행했거나 행복했거나 간에 먼 훗날인 지금에 와서 그것을 들여다보는 사람에게 '재미'를 주는 것이 어인 일입니까. 내 과거를 훔쳐보는 기분이 가슴 아프면서도 즐거워지는군요. 그해 여름에 무슨 일이 있었을까요? 궁금하세요? 그럼 빨리 오세요. 그때의 아이가, 지금 삼십대 후반의 아줌마가 되어 당신을 기다립니다. 요새 길거리에서 집 나온 아이들 보신 적 있으신지요. 요즘 아이들은 굳이 결손가정, 우리가 흔히 결손가정이라고 말하는 것이 지나치게 있는 사람들, 가진 것 많은 사람들의 잣대로 바라보는 경향이 있기는 합니다만, 어쨌든 결손가정 출신이 아니더라도 집을 나온다고는 합디다마는 제가 그때 확실히 결손가정의 아이였던 것 같습니다. 그래서 저는 요즈음, 희한한 차림새로 거리를 배회하는 속칭 '거리의 아이들'을 보면 묘한 동질의식이 들더군요. 바로 제가 그랬으니까요. 여자아이가 집을 나오면 가장 빨리 오라고 유혹하는 곳이 술집인 것은 그때나 지금이나 마찬가집니다. 지금은 어쩐지 모르겠지만 그때는 술집 다음이 가정부였던 것 같습니다. 가정부 다음이 공장노동자, 흔히 쓰는 말로, '공순이', 그다음이 우리 언니처럼 버스안내양, 안내원을 왜 안내양이라고 했는지 모르지만요. 왜 제가 술집 다음 가정부 가정부 다음 공장노동자 공장노동자 다음 안내양 식으로 나열을 하느냐 하는 것은 조금 있다 말씀드리기로 하구요, 안내군 얘기를 좀 하자면요, 그때 고속버스나 시내버스의 안내원들을 안내양이라고 했어요. 그런데 시외 완행버스의 안내원, 다시 말하면 차장은 남자들이 했지요. 남자인데도 사람들은 입에 익은 대로 안내양, 안내양 하니깐요, 남자 안내원이 막 신경질을 내면서요, 나는 남자이므로 '안내군'으로 불러주라, 하더라구요. 그때, 시골집으로 식량서껀 김장김치를 가지러 간 적이 있었지요. 엄마는 여느 해나 다름없이 시골집에서 김장도 하고 메주도 쑤어놨습니다. 그리고 그해 겨울을 다 못 넘기고 시골집을 떠나온 겁니다. 엄마는 빚쟁이들이 무서워 시골집에 가지 못하므로 학교도 안 다니고 그렇다고 직장에도 안 다니는 내가 시골집을 왔다 갔다 하며 '식량보급'을 했더랬습니다. 그날은 진눈깨비가 내리는 고약한 날씨였지요. 그래도 그날 밤 안으로 시골집에 '잠입'해 들어가 식량과 물품들을 소리 안 나게 꾸린 다음 사람들 눈에 안 띄게 집을 나서야 하는 것이 내게 주어진 사명이었습니다. 그렇게 하지 않으면 식구들이 내일 당장 밥을 굶게 될 것이기 때문입니다. 아무리 악이 극에 달한 빚쟁이들이라 하더라도 주인 없는 집에 함부로 들어오거나 물건들에 손을 댈 수는 없었으므로 시골집은 모든 것들이 다 제자리를 지키고 있었습니다. 도시의 자취방에 비하면 그야말로 '사람 살기 좋게' 모든 것이 다 갖추어진 상태, 그대로지요. 무슨 생각을 하다 이렇게 시골집에 대한 장황한 묘사로 내달리고 있나요? 자꾸자꾸 생각이, 기억이 물밀어오는군요. 저의 두서없음을 용서하세요. 당신을 만날 생각이 저를 좀 흥분시키나봅니다. 오시면 먼저 상기된 제 뺨을 좀 만져주시겠어요? 뜨거운 열기가 당신에게로 전달되기를 감히 바랍니다. 그날, 안내군이 안내하는 시외버스를 타고 갔지요. 누가 그랬어요. 어이, 안내군, 왜 차가 이렇게 징징거려싸? 안내군이 친절히 승객의 불만에 양해를 구하더군요. 워낙에 날씨가 안 좋아 그렇다고, 하면서 대신 손님 서비스 차원에서 카세트테이프를 틀어주더라구요. 꽃마차는 달려간다, 꾸냥에 귀고리는 바람에 한들한들, 손풍금 소리 들려온다, 방울 소리 들린다, 뭐 그런 가사의 노래였지요. 지금도 버스를 타고 낯설고 스산한 밤길을 가는 날에는 그 노랫소리를 환청으로 듣고는 하지요. 손풍금 소리 들려온다아, 방울 소리 들린다아…… 노랫소리는 경쾌했고 고물버스는 벌벌거리며 빙판인 비포장도로를 기었습니다. 그래도 승객들은 노랫가락 소리에 더 이상의 불만은 접어두고 고요해졌습니다. 그 안내군의 스산한 얼굴이 아직도 눈에 환합니다. 지금은 한 사십대 중년, 애아범 된 지도 한참 지났을, 애아범이 다 됩니까, 일찍 장가갔다면 손주 볼 나이가 되어 있을지도 모르겠습니다. 어쨌든 그런 남자 안내원이 있는 버스를 타고 시골집에 왔더랬지요. 밤에, 나 혼자, 도둑처럼, 그 큰 시골집 방과 정재와 도장방과 헛간과 장독대를 돌며 식량과 물품들을 부대에 담고 보자기에 싸놓고 그날 밤은 그 빈집에서, 그 냉골방에서 혼자서 지셨더랍니다. 내가 광주로 유학을 가기 전 그러니까 그곳의 중학교를 다닐 때 쓰던 스탠드의 백열등을 이불로 감싸서 빛이 밖으로 새어나가지 못하도록 하고 밤새 백열등을 손으로 감쌌다가 볼에 대었다가 발바닥에 대었다가 하면서요. 날이 밝는 대로, 아니 날이 밝기 전 저는 그 식량과 물품들을 짊어지고 마을을, 내 살던 정든 고향집을 빠져나가야 합니다. 아버지는 왜 빚을 졌을까요. 농토가 없어서 말이지요. 이 땅, 이농의 역사가 말이지요, 우리 아버지의 경우만 봐도 그렇게 단순한 게 아니랍니다. 얼마 전 고향 동네엘 갔더니 아이엠에프 사태의 여파로 하우스농사며 가축농사를 대량으로 짓는 내 남자 동창들이 전부 어깨보증으로 맞물려 있어 어디로 도망을 가고 싶어도 지금은 도망도 맘대로 못 간다고 하더군요. 아버지의 경우가 그랬습니다. 그러니, 아버지의 자식인 나 또한 동네 사람들을 마주쳐서는 안 될 입장이었지요. 실제로 농협 대출건으로 맞보증을 섰던 마을 사람들이 광주의 우리 자취방으로 몰려와 당신 남편의 소재를 대라고, 니 아버지 있는 데를 불라고 어머니 멱살을 쥐어흔들고, 우리들 머리채를 뒤흔들고 가기도 했으니까요. 그런 와중이었으니 학교가 다 됩니까. 나도 언니처럼 부지런히 돈을 벌어 아버지 빚을 갚아야 할 상황이었지요. 하지만 우리 집에서 돈을 버는 사람은 오직 광주고속 버스안내양인 언니뿐. 그리고 그 언니가 받는 한 달 월급은 고스란히 빚, 빚, 이자, 이자로…… 나도 뭐라도 해야 했습니다. 정말로, 돈을 벌어야 했다구요. 아버지한테서 이따금 편지가 왔어요. 돈을 벌어야 산다고, 돈이 있어야 우리 집이 웃고 살 수 있다고. 그래서 나도 뭔가를 해보겠다고 스무 살 나던 여름에 다니던 대학을 때려치우고 서울로 갔던 것이 아닙니까.

공선옥 | 멋진 한세상

이것이 그것의 기록인갑습니다.

상경기

서방에 있는 인성다방에서 『선데이서울』을 보다가 '가정부 구함' 광고를 발견했다. 왜 그 다방에 들어갔냐, 하면 누구를 만나기 위해서도 아니고 커피를 마시기 위해서도 아니었다. '아르바이트 생 구함'이라는 딱지를 보고서 들어간 거였다. 나는 사실 돈이 없어 이런 다방에도 들어올 처지가 못 된다. 주인은 내가 안경을 썼기 때문에 채용할 수가 없다고 말했다. 하도 기가 막혀 이왕 들어온 김에 엽차 한잔 마시고 디제이가 틀어주는 「왓 캔 아이 두」 한 곡을 선 자리에서 끝까지 듣고 다방 탁자 위에 있던 『선데이서울』 한 권을 집어들고 거리로 나왔다. 주인아저씨가 남의 집 책을 무담시 들고 나가느냐, 고 뒤에서 쫓아와서는 험상궂게 인상을 구겼다. 아저씨가 채용을 안해주니 여기에 씌어 있는 이런 데라도 알아봐야겠다고 했더니 그가 혀를 차고 안으로 들어가버렸다. 사실 지난 봄에도 나는 내 신체조건의 '결격 사유' 때문에 언니가 다니는 고속버스 안내원 시험에서도 불합격을 먹은 바였다. 심사위원들이 주욱 앞에 앉아서 아가씨들을 '나라비' 세워놓고 심사를 했다.

뒤로 돌아, 앞으로 나란히, 치마를 약간씩 걷어올려보시길, 웃어보세요, 옆으로 약간 돌아보세요, 심사 끝. 심사위원 중에 언니가 특별히 내 동생이니 잘봐주라고 미리 부탁을 해둔 '심과장'이라는 사람도 있었기 때문에 나는 안심을 했다. 그런데 합격자 명단에 내가 없었다. 언니는 심과장에게 달려가 한번만 봐달라고 통사정을 했다. 내 동생이 취직 못하면 우리 집은 망한다고, 이미 망했는데 뭘 더 망해먹을 게 있다고 발버둥을 치는데, 내 성질이 있는 대로 끓어올랐다. 심과장은 이미 결정된 사항을 자기 맘대로 할 수는 없는 일이라고 매정하게 돌아섰다. 언니가 나한테 오더니 머리를 쥐어박았다. 나는 억울했다. 내가 뭐 언니처럼 날씬하고 싶지 않아서 안 날씬한가, 내가 뭐 언니처럼 키가 크고 싶지 않아서 작은가, 내가 뭐 언니처럼 예쁘고 싶지 않아서 안 예쁜가. 대학 1학년 1학기 중퇴자는 고졸이나 마찬가지므로 고졸 학력에 나 같은 신체조건을 가진 여자아이가 갈 수 있는 곳은 공장밖에 더 있겠는가, 나름대로 판단하고 공장엘 갔다. 임동의 방직공장엘 갔다. '박주임'이라는 사람이 취직을 하러 온 아가씨들을 차례로 면담하였다. 드디어 내 차례가 왔다. 박주임이 내 아래위를 훑어보았다. 최종학력이 뭐야? 내 딴에는 자랑스럽게, 네, 전남대학 국문과 1학년을 중퇴했습니다, 큰 소리로 말했다. 그러자 주임의, 여기 이력서에는 고졸이라고 적혀 있는데? 하는 눈초리가 나를 째려보는 것 같았다. 나는 자연스럽게 말이 얼버무려지며 얼굴이 화끈 달아올랐다. 주임이 말했다. 어쨌든 1학년 중퇴라 하더라도 대학생을 채용할 수는 없응게 딴 데를 알아보시랑게. 아무짝에도 쓸모없는 대학 1학년 중퇴 학력. 아무짝에도 쓸데없는 내 외모. 나는 비관하고 말았다. 정말 어디 가서 콱 혀 깨물고 죽어버리고는 싶은데 그러자니 내 청춘이 너무 불쌍하단 생각이 들었다. 언젠가, 고향동네 시정(詩亭) 서까래에 이런 시구절이 씌어 있는 걸 보았다. '살자니 고생이요, 죽자니 청춘이라'. 내 신세가 딱 그 짝이 아닌가.

어쨌든 지난봄에 입은 정신적 타격이 심하기는 했던 모양이다. 그동안 세상에는 '가정부'라는 직업도 있다는 것을 모르고 있었으니. 어쨌든 세상은 몰인정하고, 나와 우리 집이 살아날 길은 언니 혼자만으로는 가망없단 것을 뼈저리게 느끼고 있는바, 식모 자린들 대수랴. 『선데이서울』, 고맙다. 서울로 가자.

나는 완행열차를 탔다. 엊그제 언니가 타다 놓은 월급 중에서 차비와 약간의 여비를 덜어내는 대신 편지를 남겨놓고 자취방을 나서는데 그렇게 홀가분할 수가 없었다. 옷가지를 담을 가방이 없어 며칠 전 보아둔 서방시장의 가방가게로 갔다. 아무리 시골 소녀의 상경길이라지만 보따리를 보듬고 갈 수는 없지 않은가. 아무도 없는 틈을 타서 가방을 하나 '쌔빌' 참이었다. 하지만 가방가게 주인 여자의 눈초리가 그날따라 매섭게 보여 할 수 없이 없는 돈을 털어 가방 하나를 사서 보따리에 임시로 싼 옷가지를 쑤셔넣고 역으로 갔다. 애인네가 세들어 사는 집에 전화를 했다. 한참 있다가 다시 애인네의 집주인 아줌마가, 갓방 총각 없다고 전해준다. 이제 그 자식 애인 노릇은 오늘로 끝이다. 한많은 광주에서의 생활은 이걸로 일차 정리가 된 것 같다.

그때는 왜 그렇게 도둑질하고 싶은 일이 많았는지요. 지금은 내가 가지고 있는 물건도 남한테 다 주어버리고 싶을 만큼 물건들 쌓여가는 것에 대한 신경증적 증세까지 생겨난 처집니다만 그때는 말이지요, 미치게 도둑질이 하고 싶었습니다. 왜냐구요? 하도 없어서요. 자취방 집주인네 김치, 된장, 고추장 훔쳐먹는 일은 도둑질로도 느껴지지 않았어요. 아시다시피 80년 5월 광주에 그 '난리'가 났었잖아요? 그때 어떤 일이 있었느냐면요, 아마 대부분의 자취생들이 그랬을 겁니다. 광주로 통하는 사방길이 다 막혔잖아요, 오도가도 못하는 상황에서 광주는, 광주 사람들은 다 고립된 겁니다. 일주일에 한 번, 혹은 한 달에 한 번꼴로 시골집에서 식량을 '공수'받아 먹고사는 자취생의 처지는 그야말로 아사지경에 처했더랍니다. 그때는 가스레인지가 아직 나오지 않은 때라, 석유곤로나 연탄화덕에 밥을 해먹었는데요, 5월이라 연탄은 때지 않았어요. 모든 먹을 것들을 석유곤로 하나에다 끓여 먹었는데요, 그 석유곤로에 붓는 석유까지도 주인집 거를 도둑질해다 먹었지 뭡니까. 한 집에 자취생이 어디 하나둘입니까, 보통이 세넷이지요. 이곳도 옛날에는 시골 농가였는지라, 헛간으로 썼거나 축사로 쓰던 건물들을 전부 연탄아궁이 만들어 방으로 꾸며서는 인근 시골에서 올라오는 학생들한테 놓아먹고 사는 집이 많았습니다. 그런 자취생들이 주인집 장독대며 연탄창고며를 풀방구리 드나들듯 하며 솔개솔개 빼내먹은 '주인 거'가 아마 솔찮지요? 그러게 자취생 들인 집 아줌마들 모이면 그런 성토들을 하는 거지요. 자취생 몇 년만 들여먹었다가는 자기네 집 기둥뿌리 들어먹겠다고 말입니다. 그래도, 그리고 그후로도 오랫동안 그 시절, 그 동네, 그 집들에 자취생들은 바글바글 끓었더랬습니다. 그리고 자기네 된장 고추장 빼내먹었다고 자취생한테 얼굴 붉히는 집주인 못 봤습니다. 요즘은 광역시로의 유학이나 전학, 전근 따위가 법으로 금지된 세상이라지요? 그 자취생들 세상, 그 풍물도 한 시절 전 얘기가 되었습니다그려. 이왕 말이 나온 김에 80년 5월에 어땠느냐, 하는 얘기를 좀더 해보기로 하지요. 아주 배가 고팠어요. 언니도 직장에 못 나갔어요. 사방을 군인들이 에워싸고 있는데 어떻게 나가요. 나가면 어디서 날아오는지도 모르는 총알에 즉사하는 판인데. 돈도 없어요. 돈이 있다 하더라도 어디서 식량을 사요? 가게에 나가봐도 썩은 국숫가락 몇 올 주더라구요. 자기네도 팔 것이 없어요. 물자가 동이 났어요. 집주인 아줌마가 우리 방문을 두들기데요. 밥 한 사발, 김치 한 사발 들이밀어주면서 하는 말이, 시민군 차 타면 밥은 먹는다데, 그래요. 고맙다는 인사치레 할 염도 없이 밥부터 먹고 봤어요. 밥을 퍼먹으면서 공짜로요? 내가 물었지요. 아줌마가 또 그래요. 공짜로 준다데. 누가 그래요? 석이 학생이 그러데. 석이 학생이라 함은 자취방에서 가까운 동신고등학교에 다니는 '머스마'를 이르는 거예요. 아줌마 아저씨가 어찌나 도덕 관념이 투철한지, 한집에 사는 자취생들 중 혹시 남녀 간에 '불미스런 일'이 생길까봐 아주 감시가 철저했어요. 숫제 집주인이 아니라 무슨 기숙사 사감이었다니까요. 자취생들 간의 왕래는 철저하게 차단하면서 본인들은 이방 저방 왔

다 갔다 하면서 이쪽 정보 저쪽에, 저쪽 정보 이쪽에 날라다주고는
했지요. 아줌마가 그 역할을 했어요. 문간방 여학생들 내일 무등산
으로 소풍 간다데, 학생네는 어디로 가? 상하방, 석이 학생네는 낼
영화 본다데, 문간방 학생네는 영화 안 봐? 그 아줌마도 여간 심심
한 것이 아니었나봅니다. 영화 보면 자기도 같이 데려가달라고 부
탁을 하곤 했지요. 자기를 선생님이라고 속여주면 자기는 공짜 영
화 보고 나와서 그 보답으로 순대를 사주겠다구요.

아줌마 말을 믿고 진짜로 시민군 차를 탔어요. 순전히 밥 얻어먹
으려구요. 밥, 실컷 얻어먹었어요. 밥만 얻어먹은 게 아니라 효동
초등학교에서 아예 시민군 밥해주는 솥단지에 불 때는 일을 했어요.
음료수며 빵까지 '배 터지게' 먹었어요. 정말 기분 째지는 5월이었
어요. 무슨 축제 같았다니까요. 제가 언제 한번 그렇게 먹어본 역
사가 없었어요, 그때까지. 뭣이 그렇게 많은지, 인심이 절로 써지
데요. 시민군들한테 주고 남은 음료수, 빵을 한보따리 싸가지고 집
주인네, 상하방네, 식당방네, 할 것 없이 인심 팍팍 썼던 5월이었
다니까요. 글쎄.

석이 학생, 지금도 그 이름을 완전히는 몰라요. 아마 이름의 끝
자가 석 자였나봐요. 동신고 3학년, 무슨무슨 석이었겠지요. 돌아
오지 않았어요. 5월 27일 아침에 자취방 문 앞이 환했어요. 그날따
라 햇빛이 찬란한 아침이었어요. 그 집 앞, 새로 지은 이층 슬라브
집 옥상에 군인 두엇이 총을 들고 서 있다가 내가 자취방 문을 열
자마자 헤이 아가씨이, 하더라구요. 막 떠오른 햇빛을 받은 총구에

서 나오는 빛이 반사되어 눈앞이 하얗게 느껴지더군요. 27일, 28일, 29일, 30일, 그리고 5월이 다 가도록 상하방 학생은, 그 머스마는 돌아오지 않았어요. 아줌마도 입 다물고 나도 입 다물었어요. 여수가 집이라더군요. 여수에서 올라온 그 머스마의 어머니가 입술을 깨물며 아들의 짐들을 챙겨갔어요. 그뿐이에요. 언니는 다시 서울과 광주를 하루 두 차례 이상 왔다 갔다 했고 나는 대학입시 준비에 바빴고 시골집에서는 아버지가 세계은행 차관인가 뭣을 얻어서 들인 열일곱 마리 젖소 중에서 열 마리가 죽어나가고 중학생인 내 바로 밑 동생은 저도 내년에 광주로 유학 오고 싶은데 아무래도 우리 집 사정이 언니인 나와 저를 동시에 도시유학 시키기는 어려울 것 같다고 일요일에 집에 간 나한테 눈물을 보이고 자취집 상하방에는 이제 갓 결혼한 집주인네 딸 부부가 들어와 아기를 낳았습니다. 80년에 태어난 그 아기는 지금 스무 살이 되었겠군요. 그래요, 스무 살이에요. 세월이 참 징그럽습니다. 그때 태어난 아기가 지금 스무 살이라니요. 나는 그때의 내가 지금의 나인데요. 그때 태어난 아이는 지금의 나를 그때의 나로 절대로 보아줄 수가 없을 텐데 말입니다. 세월을 생각하면 참 기부터 막힙니다. 내가 태어난 때가 60년대 초반입니다. 6·25 전쟁이 끝난 지 십 년 이쪽저쪽이란 말입니다. 우리 어머니는 6·25 전쟁 당시 열세 살이었대요. 열아홉에 결혼하여 곧바로 아버지가 군대 가는 바람에 61년 스물네 살에 언니를 낳고 63년 스물여섯에 나를 낳았어요. 나는 6·25 전쟁, 하면 나 태어나기 이전 일이므로 아주 먼 일 같아요. 그러나 생각해보면 그리 먼 일이 아니에요. 겨우 십 년이에요. 세월을 생각하면, 저는 촌스럽게, 그리고 우리 어머니가 곧잘 쓰던 말을 따르자면 '없이 사는 사람들의 한'부터 떠올라요. 그리고 그 한이란 게 다름아니라 내 부모님의 한세상이에요. 세월은 정말 매정해요. 그냥 무조건 흐르면 그뿐이에요. '없이 사는 사람들의 한' 따위 깡그리 묻어버리지요. 그리고 세월이 참 무지막지한 것이, '있이 산 사람들의 영광'은 드러내지요. 그것도 멋지게 드러내요. 그래서 최근에 드러난 '노근리 학살 사건' 같은 경우는 무지막지한 세월의 속성상, 좀체로 드러나지 않던 '없이 산 사람들의 한'이 그대로 드러난 폭이지요. '노근리'가 어디 그 노근리뿐일까요, 그리고 그때의 노근리일 뿐일까요. 우리 외할아버지가 48년에 돌아가셨는데요, 억울한 죽음이었어요. 외할머니는 지금도 말 안하세요. 외갓집 동네가 '방죽골'인데요, 그 방죽골이 바로 또 노근리예요. 이렇게 언성이 높아지는 제 모습, 제가 보기에도 우스꽝스러운데요, 천성인 걸 어쩌겠어요. 당신 앞에서는 좀더 차분하고, 좀더 아리따운 모습 보이고 싶은데, 흐트러진 자세부터 좀 가다듬겠습니다. 그런데 당신은 왜 이리 늦어지지요? 그리고 비는 왜 이리 내리지요? 조금씩 불길해지네요. 불길한 마음을 녹이기도 할 겸 그때, 서울 갔을 때 적었던 얘기, 이름하여 '상경기'를 좀더 들여다볼까요?

여름밤의 서울행 완행열차, 상상을 초월할 만큼 난리굿이다. 일곱 시간을 내리 입석으로 갔다. 통로에 신문지를 깔고 좀 앉아 있을래도 앉을 공간이 없다. 공간이란, 내가 섰는 딱 그 자리, 그만큼 뿐이다. 한마디로 옴도뛰도 못하겠다. 새벽에 용산역에서 내렸다. 서울, 말로만 듣던 서울이다. 듣기만 하던 국제빌딩이 바로 눈앞에 보였다. 날이 밝는 대로 전화를 하기로 하고 일단 대합실 의자에 앉아 눈을 붙였다. 서울 오기 전에 생각했던 것보다 겁이 하나도 안 난다. 이제부터 돈을 버는 거다. 무엇을 해서? 식모 일을 하면서. 차차 서울이 익숙해지면 다른 일을 찾아보자. 광주, 지긋지긋하다. 내 다시는 그 지긋지긋한, 가난뿐인 전라도 땅에 내려가지 않으리라. 성공하기 전에는. 부자가 되기 전에는. 모든 위대한 '처음'은 다 이렇게 보잘것없이 시작되는 거다.

드디어 날이 밝았다. 역 광장으로 나와 『선데이서울』에서 오려 낸 그 전화번호로 전화를 걸었다.

"여보세요? 거기가 가정부 구한다는 광고 낸 집이 맞습니까?"

"맞습니다. 거기는 어디세요?"

"예, 여기는 지금 용산역 앞입니다. 거기를 찾아가려면 어디로 가야 하지요?"

"여기로 오려면 택시를 타고 광화문 십층짜리 건물, 교육회관 앞으로 가자고 하세요. 그러면 내가 마중을 나갈게요. 그런데 아가씨 얼굴 예뻐요?"

"저요? 모르겠어요. 아니, 안 예뻐요."

"괜찮아요. 안경만 안 썼으면 안 예뻐도 상관없어. 빨리 와요."

"그, 그런데 제, 제가 지, 지금, 그렇게……"

"만나서 얘기해요."

철커덕, 저쪽에서 먼저 전화가 끊어졌다. 아마 내가 말을 더듬거렸기 때문에 답답해서 먼저 전화를 끊어버렸는지도 모른다. 서울 사람들이 영리하다더니, 아마 전화를 받은 그 여자도 보통 영리한 여자는 아닌 것 같았다. 광주 사람들이라면 적어도 이렇게 딱딱 끊어지게 말하고 행동하지는 않을 것이다. 낯선 길 천천히, 조심해서 오라고 당부의 말이라도 좀 해주잖고 매정하게 만나서 얘기하자며 전화를 끊어버리는 여자, 그 여자가 가정부 구하는 집의 주인일까?

안경을 일단 벗을까 하다가 가정부 일 하는 데 왜 안경 쓴 사람은 안 되는지 도저히 이해가 안 가 될 대로 되라는 식으로 안경을 쓴 채 택시를 탔다. 택시 안에서 왜 그렇게 잠이 쏟아지는지. 자서는 절대로 안 되는데. 이제 나의 맨 처음의 위대한 역사가 시작되려는 순간이지 않은가. '식모로 시작하여 갑부가 된 아무개의 역사'가 말이다. 먼 훗날에 내 자서전의 스무 살 부분은 이렇게 시작될지도 모른다. '그는 용산역에 내렸다. 날이 밝는 대로 전화를 걸었다. 그의 인생에서 잊지 못할 몇 사람 중의 한 사람을 이제 곧 만나게 될 터였다. 그 사람은 다름아닌 그가 식모로 들어가 살게 될 집의 안주인이었다'라고.

웃음이 나오다 못해 재채기가 다 나오는군요. 그런 기가 막힌, 아니 하도 흔해 기가 막히기까지는 않겠군요. 어쨌든 그런 상경의 역사를 가진 수많은 '촌가시내'가 저뿐인 줄 알았어요. 그리고 그런 일화가 흔해빠졌다는 것을 살면서 알게 되었는데요, 그 뒷이야기는 뻔한 거 아니겠어요?

그때는 그랬어요. 이놈의 안경이 내 인생에 어깃장을 놓는다고. 훗날 생각해보면 이 안경이 나를 '수렁에서 건져'주었는데 말이지요. 또 수렁에서 건져주었다는 생각을 하면 안경이 좀 서운해져요. 그때 안경만 아니었더라면 세상 끝까지 가보는 경험을 해볼 수도 있었을 텐데, 하구서요. 그 끝은 어디일까요. 그 끝을 생각하면 또다시 모골이 송연해지고…… 하여간 그렇습니다. 하얀 원피스를 입은 아름다운 여자가 마중을 나와 있더군요. 내가 택시에서 내리자 그냥 그 여자가 나한테 와요. 하여간 서울 사람들 영리하다고 속으로 감탄하며 안경을 벗었다 썼다 했지요. 그 여자가 나를 자기 집으로 데려가며 그 안경을 벗으면 앞이 하나도 안 보이느냐고 해요. 그렇지는 않다고 했더니 그럼 안경을 한번 벗어보라고 해요. 안경을 벗어 보였더니 웬일인지 다시 쓰라고 하네요. 그렇게 하면서 그 여자의 집으로 갔어요. 교육회관 맞은편, 좁은 골목을 따라 한옥들이 즐비하더군요. 그 골목의 제일 끝집으로 들어갔어요. 느낌이 좋더군요. 아, 저기가 바로 서울 양반집들이구나, 싶어지는 게. 여자가 안내하는 방으로 들어가서 여자가 시키는 대로 일단 기도부터 했지요. 여자가 그렇게 하라고 했어요. 찬송가도 부르더군요. 오 주여, 길 잃은 어린 양을 제게 보내주셔서 정말 감사합니다, 라나 뭐라나. 그날이 마침 일요일이었지요. 하여간 로마에 가면 로마법을 따르란다고 저는 주인이 시키면 시키는 대로 하는 수밖에 없지 않겠어요? 그런데 그 방에는 길 잃은 어린 양이 저 말고도 두서 넛 더 있었어요. 찬송가가 끝나고 여자가 배고픈 양들아, 내가 먹을 것을 가져오마, 하고서 잠깐 나간 사이에 소변을 보려고 변소에 들어가 있는데 그 소리를 들었지요. 얼굴 안 예뻐도 몸매 좋은 애로 두 명만 보내줘. 안경은 어때? 그걸 말이라고 물어? 안경은 절대 안 돼, 재수없어. 지금도 그 소리가 '소름 끼치게' 생생합니다. 호남고속버스 터미널까지 어떻게 왔는지 모르겠습니다. 광주 내려간 안내양 울 언니가 서울에 도착할 때까지, 그리고 다시 광주 내려갈 때까지 서울을, 말로만 듣던 서울을 실컷 구경했습니다. 그야말로 '선데이서울'이었지요. 어쨌든 서울은 그냥 구경만 하기에는 멋진 곳이더군요. 하여간 멋졌어요.

이제 좀이 쑤시는군요. 지나간 일도 이젠 별로 떠오르지 않고, 당신이 오지 않으니 재미도 없고. 비는 여전하군요. 아, 다, 당신인가요? 아, 아니군요. 그런데 왜 저 사람이 나한테 오지요? 혹시 당신이 보낸 사람인가요?

저는 방금 아까 그 다방에서 쫓겨나왔습니다. 당신이 보낸 사람인 줄 알고 나는, 평소에는 그렇게 잘 웃지 않는, 입이 함박만하게 찢어지는 웃음을 웃으며 나에게 오는 그 사람을 보고 있었는데요, 그 사람이 나보고 글쎄, 자기 집 장사 분위기 다 망쳐도 유분수지, 오늘같이 장사 되는 날씨에 그리고 한창 장사 되는 그 시간에 다 늙은 아줌마가 겨우 차 한잔 시켜놓고 장시간을 상석을 차지하고 앉았느냐고, 나가시라고, 내 등을 떠밀어대지 뭡니까, 하 참. 그런데다가 당신 기다리느라 언니 집에 늦은 것 같아 미안해서 전화를 했더니 오늘 어머니 제사가 취소되었답니다. 부부싸움을 했다나 어쨌다나. 딸만 둔 부모들은 제사상도 맘대로 못 얻어먹는군요. 살아서 박복했던 양반들이 죽어서도 그렇습니다그려. 당신, 영원히 오지 않을 당신, 그리고 이미 내 안에 들어와 있는 당신, 나는 이제 안내군 없는 시외버스를 타고 내가 요즘 살고 있는 집으로, 시골길을 달려갈 일만 남았습니다. 안내군은 없어도, 그 노랫소리는 또 들을 수 있을지 모르겠습니다. 꾸냥에 귀고리는 한들한들, 손풍금 소리 들려온다, 방울 소리 들린다아…… 세상은 여전히 몰인정하고 세월은 무지막지하게 흘러갑니다. 아무리 그리하여도 꾸냥의 귀고리 한들거리고 손풍금 소리 들려오기만 하면 그런대로 멋진 한세상일 법도 한데 말입니다. 네? 뭐라구요? 개 같다구요?

이별전후사의 재인식 김도연

―그녀와 그의 연평해전, 그리고 즐거운 트위스트

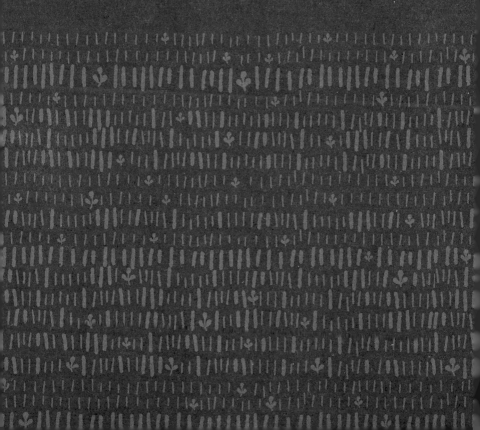

1966년 강원도 평창에서 태어났다. 1991년 강원일보 신춘문예에 당선되며 등단. 소설집 「0시의 부에노스아이레스」 「십오야월」, 장편소설 「소와 함께 여행하는 법」 「삼십 년 뒤에 쓰는 반성문」이 있다. 중앙신인문학상, 허균문학작가상을 수상했다.

작가를 말한다

그는 즐겨 가축을 서열화해왔는데, 그중에서 소가 가장 높은 지위를 차지해왔다. 그동안 그는 그다음 서열인 개와 자신을 동급에 놓아왔고, 오리나 닭은 자신보다 낮은 서열로 자리매김해왔다. 앞에서 보았듯, 작가는 때로 오리와 동급이 될 때도 있는데, 그때는 꿈속에서 그랬다는 식으로 살짝 비켜간다.

최근에 펴낸 장편 『소와 함께 여행하는 법』을 읽다보면 소는 아버지와 서열이 같다는 것을 느낄 수 있다. 작가는 아니라고 우기겠지만, 소를 이유 없이 구박할 때는 영락없이 아버지에 대한 일종의 반항으로 여겨진다. 소와 여행하는 것은 아버지와 여행하는 것이고, 돌아온 탕아인 '나'가 아버지가 되어가는 과정으로 읽힌다. 헤어진 여인이 이 여행에 동행하는 것은 일종의 성인식이라고나 할까. 작가는 또 아니라고 박박 우기겠지만, 나는 이 소설을 통해 작가가 비로소 소의 반열인 성인(成人)에 도달했다고 믿는다. 이홍섭(시인)

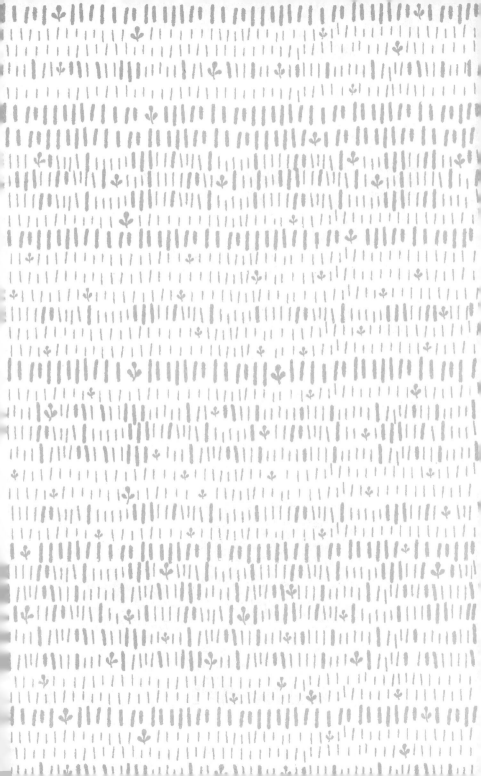

한여름이었다. 그는 남한강변의 이름만 남은 작은 나루터 마을에서 그녀를 기다렸다. 들어가 쉴 만한 곳도 없는, 정말이지 쇠락해가는 시골 마을인지라 문을 닫은 중국집 처마 밑에서 겨우 햇살을 피할 수 있었다. 어느 쪽에서 그녀가 나타날지 알 수 없었기에 담배를 피우며 구부러진 길의 오른쪽 왼쪽을 번갈아 살폈다. 어느 날 갑자기 그녀를 찾아야 한다는 강박에 사로잡혀 어느 인터넷 사이트로 들어가 그녀의 나이와 이름을 치자 백여 명의 그녀가 동시에 나타났다. 그는 그녀의 생일을 잊어버렸기에 더 이상 범위를 좁히지 못하고 참고 또 참으며 같은 이름의 홈페이지와 블로그를 하나하나 점검해나갔다. 일 년에 한 번 정도 그의 꿈에 나타나 까닭도 얘기하지 않고 펑펑 울다가 사라지는 게 헤어져 지낸 지난 팔 년 동안 두 사람 사이에서 벌어진 일의 전부였다. 휴대폰 화면의 시간을 재차 확인하고 왼쪽 어깨에서 자꾸만 흘러내리는 가방을 추스르고 있을 때 흰색 자가용이 마을 초입으로 들어와 망설임 없이 멈췄다. 그리고 한 여자가 내렸다. 그의 마음속으로 호박돌만한 무엇이 쿵 떨어졌다. 멀리서 보아도, 그녀였다.

1997, 이별전후사의 인식

누가 다음 대통령이 될까? 그녀는 곰팡이 냄새가 희미하게 피어나는 침대에 누워 평소와 달리 자기 몸에 손도 못 대게 하며 텔레비전 뉴스를 시청했다. 가을이 깊어가는 밤이었다. 달아오를 대로 달아오른 그는 그녀의 물음에 대꾸할 여력이 없었다. 하지만 그녀는 침대 위의 고슴도치 같았기에 섣불리 접근할 수 없었다. 그랬다가는 가시에 찔려 피를 흘리는 정도가 아니라 아예 그녀가 떠나갈 거라는 불안 때문이었다. 힘들어? 그녀는 벌거벗은 그의 몸, 특히 아랫도리를 보며 물었다. 아니…… 참을 만해. 누가 될까…… 정말로 궁금하다는 얼굴이어서 그도 이불 속으로 들어가 알몸을 감춘 채 텔레비전을 들여다보았다. 하지만 전국을 순회하며 선거운동을 하는 후보들 중 과연 누가 차기 대통령이 될 것인지 그로서는 당연히 알 수 없었다. 예상해보는 것도 귀찮았다. 정치에 관심이 없어서가 아니었다. 낮 동안 그녀와 함께 강남의 아파트 단지를 돌며 백여 장이 넘는 과외 전단지를 붙인 노고를 그녀가 풀어주길 바

랄 뿐이었다. 늦은 저녁을 먹고 집으로 들어올 때만 해도 그는 보
람과 기대에 부풀어 있었다. 부엌 겸 욕탕에서 서로의 등에 즐겁게
비누칠을 해주고 뜨거운 물로 샤워를 할 때에도 문제 될 게 전혀
없어 보였다. 침대 위에서의 갑작스런 돌변에 대해 해명을 요구하
고 싶었지만 그는 나라의 앞날에는 관심을 두지 않고 오로지 개인
적인 즐거움에만 탐닉한다는 비판을 듣고 싶지 않아 입을 다물었다.
누굴 찍을 거야? 지금까지 내가 찍은 후보가 국회의원이나 대통령
에 당선된 적이 한번도 없었어. 그래서 고민이야. 차라리 투표를
하지 않는 게 나을 것 같아. 어느새 시들어버린 성기를 되살리려고
이불 속에서 만지작거리며 그는 우울하게 대답했다. 한 표라도 더
모아야지, 그걸 말이라고 하는 거야? 근데…… 지금 뭐 하는 거야?
그녀가 이불을 와락 들쳤다. 저질! 그의 손아귀 속에서 당황한 성
기가 어찌할 줄 모르고 있었다. 머릿속에 오직 그 생각밖에 없지!
그는 묵묵히 이불을 끌어당기고 텔레비전을 시청했다. 대통령 선
거는 혼전을 거듭하는 중이었다. 그녀의 말대로 한 표가 아쉬운 상
황이었다. 세번째로 대권에 도전하는 후보는 이번에도 실패하면
여러 정황으로 보아 영영 꿈을 접어야 할 듯싶었다. 그는 비장한
표정으로 고개를 끄떡였다. 무슨 일이 있더라도 신성한 투표권을
행사하겠다고. 처음으로 야당과 여당이 자리를 바꾸는 일에 기꺼
이 동참하겠다고. 그러나 그는 알고 있었다. 그렇다 하더라도 그녀
와 그가 다리품을 팔아가며 붙인 과외 전단에 적힌 연락처로 전화
를 걸어오는 학부모는 없을 거라는 사실을. 구제금융 시대에 새로

김도연 | 이별전후사의 재인식

이 과외를 신청할 배짱을 가진 학부모를 찾기란 쉽지 않기 때문이었다. 그것은 그녀 역시 조만간 아무런 일거리가 없는 신세로 전락한다는 걸 의미했다. 그는 긴 한숨을 꺼내놓았다. 화났어? 아니야, 좀 피곤해서 그래. 오늘 힘들었지? 이리 와. 내가 껴안아줄게. 됐어, 그만 자자. 어이구, 삐쳤구나! 어느새 태도를 바꾼 그녀는 얼굴을 이불 속으로 디밀고 들어가 그의 사타구니에 고정시켰다. 반면에 그는 텔레비전에서 시선을 떼지 않았다. 한 후보는 경상도를 휘젓고 다른 후보는 전라도를 훑고 있었다. 그렇게 그들은 서울을 향해 서서히 진군하는 중이었다. 그의 사타구니에 얼굴을 파묻은 그녀도 서서히 달아오르고 있었다. 그 역시 마찬가지였지만 애써 표정을 풀지 않은 채 텔레비전에 몰두했다. 그렇지만 정말 마음에 드는 후보가 있는 것도 아니었다. 그녀의 강요가 아니라면 투표하고 싶지도 않았다. 그녀의 따스한 입김은 풀이 죽어 있던 그의 물건을 조금씩 키우고 있었다. 어쩔 수 없이 그도 잠시 대통령 선거를 잊고 뾰로통해진 마음도 풀 겸 이불 속으로 머리를 디밀어야 할 상황이었다. 불안해. 그러나 예고 없이 튀어나온 그녀의 한마디에 그는 급격하게 허물어졌다. 텔레비전 속으로 뛰어들어가 대통령 선거에 출마해 세상의 모든 불안을 없애겠다는 공약이라도 내걸고 싶은 심정이었다. 이불 속의 그녀는 다시 그의 사타구니에 대고 말했다. 침대 위, 곧 허물어질 것 같은 무덤 속에서 새어나오는 듯한 한마디를. 불안해.

뭐, 금반지를 내놓으라고? 나라의 운명이 걸린 문젠데 당연히 우리도 동참해야지. 이건 우리 두 사람이 만난 지 일 년을 기념하는 의미로 마련한 커플 반지잖아. 그는 그녀의 가느다란 손가락과 자신의 투박한 손가락에서 반짝이는 금반지를 우울한 눈빛으로 들여다보았다. 달아나려고 하는 그녀의 마음을 붙잡기 위해 술값, 밥값, 책값을 아껴 어렵게 마련한 반지였다. 그 반지가 그녀의 약지를 부드럽게 감싸고 있는 것을 볼 때마다 그는 마음속에서 피어오르는 불안의 연기를 어느 정도 잠재울 수 있었다. 생각 같아선 그녀의 약지만이라도 갑자기 굵어져서 영영 반지가 빠지지 않았음 싶었다. 안 빼고 뭐 해? 그는 너무나도 간단하게 그녀의 손가락에서 빠져나온 반지 위에다 원망 가득한 눈빛을 얹어놓았다. 이렇게까지 할 필요는 없잖아. 대체 우리가 뭘 잘못했다고 반지까지 내놓아야 되는 거야! 투덜대지 말고 빨리 빼. 작은 반지 두 개를 은행에 넘긴 뒤 그는 아직 할부금이 많이 남아 있는 그녀의 소형차를 타고 겨울 바다로 향했다. 오랜만에 떠나는 여행이었다. 반지를 넘기고 받은 돈이면 넉넉하진 않지만 바다까지 갈 수 있는 기름값과 숙박비, 그리고 밥값을 해결할 수 있었다. 이력서 낸 거는 어떻게 됐어? 그가 보습학원에 뿌리고 다니는 강사 이력서를 두고 하는 말이었다. 그는 대답 대신 운전대를 잡고 있는 그녀의 손가락에 새겨진 반지 자국을 훔쳐보았다. 연락 없어? 차라리 계속해서 국가 경제를 걱정했으면 좋을 것 같았지만 그녀는 그러지 않았다. 좀 기다려봐야 될 것 같아. 언제까지? 연락이 온 데는 페이를 턱없이 깎

아내리니 어쩔 수가 없어. 아무리 아이엠에프라지만 그건 해도 너무하는 거야. 강사가 지들 종이야 뭐야. 그녀는 급브레이크를 밟아 길옆에 차를 세웠다. 두 손으로 운전대를 꽉 움켜잡은 채 온몸을 부들부들 떨었다. 반지를 끼고 있던 자리는 더 하얗게 변해버렸다. 그들이 찾아가는 겨울 바다는 혹독한 추위를 견디지 못한 채 꽁꽁 얼어 있을 것 같았다. 지금 그 알량한 자존심 내세울 때야? 멀쩡했던 사람들이 길거리로 나앉는 세상이잖아! 난 지금 이 차 할부금도 못 낼 지경이야! 그와 그녀는 한동안 서로 다른 풍경을 바라보며 담배를 피웠다. 그는 그동안 그녀의 차를 얻어타기만 했지 한번도 할부금을 대신 내줄 생각을 하지 못했다는 사실을 비로소 알아차렸다. 미안해. 그는 그녀의 손을 쓰다듬었다. 허전하고 쓸쓸했다. 돌아가면 예전의 반밖에 강사료를 받지 못한다 하더라도 일을 해서 그녀의 걱정을 덜어주리라 마음먹었다. 새 반지를 그녀의 가느다란 손가락에 다시 끼워주리라 고개를 끄떡였다. 그리고 그는 긴 한숨을 토해냈다. 호흡을 가다듬은 그녀는 다시 바다를 향해 소형차를 몰았다. 오디오에서 흘러나오는 노래가 그녀와 그의 침묵을 따스하게 쓰다듬어주고 있었다. 노래 테이프의 한쪽 면이 모두 돌아가자 그는 용기를 내어 침묵 속에서 설계했던 청사진을 그녀에게 내비쳤다. 차라리 우리 합치는 게 더 경제적이지 않을까? 합치다니? 결혼? 동거? 날 먹여살릴 자신 있어? 그녀는 다시 난폭하게 차를 세웠다. 아차 했지만 그는 본의와 다르게 진행되는 상황을 되돌릴 수 없었다. 반지 판 돈으로 여행 가면서 그게 말이 되는 소리야! 미안해. 해빙의 기미를 보였던 바다가 재빠르게 제자리로 돌아가고 있었다.

아이엠에프를 미리 예견하고 저 둘을 미국에 파견한 게 아닐까? 오직 박세리와 박찬호의 세상인 것만 같았다. 실의에 빠져 집을 나가고, 머리를 밀고, 자취를 감추고, 심지어 스스로 목숨을 버리는 사람들이 허다한 세상에서 박세리와 박찬호는 등불 같은 존재로 변해 있었다. 두 사람이 던지고 치는 작은 공 두 개가 태평양 건너에서 희망을 잃고 사는 이들에게 미소를 되찾게 해줬다고 텔레비전 속의 사람들은 떠들었다. 그 영향인지는 몰라도 그와 그녀에게도 짧은 평화가 찾아와 머물렀다. 그는 중고생을 상대로 열심히 목소리를 팔아 그녀의 자동차 할부금을 두 번이나 내주었고, 그녀는 혼자 사는 그를 안타까이 여겨 어머니가 해놓은 김치와 밑반찬을 부지런히 퍼날랐다. 그와 그녀는 명절을 이용해 비싸지는 않지만 정성이 담긴 선물을 들고 양쪽 집에 인사도 드렸다. 불안한 그 무엇이 여전히 저 밑바닥에 웅크리고 있었지만 서로에 대한 배려가 앞섰기에 수면을 뚫고 나오지는 않았다. 세상에서 낙오되지 않았다는 위안으로 손을 잡고 함께 텔레비전을 시청하는 밤은 그 무엇과도 바꿀 수 없는 소중한 시간이었다. 그리고 그 텔레비전 화면 속에서 박찬호와 박세리가 번갈아 강속구를 던져 양키들을 삼진아웃 시키거나 엘피지에이 우승컵을 거머쥐고 있었다. 그녀가 말했다. 박찬호를 보면 힘이 느껴져. 야구 보느라 밤을 새워도 다음날 아무렇지 않다니까. 박찬호의 힘이 태평양을 건너와 내게까지 전해지나봐. 그는 텔레비전 뉴스 속의 박찬호를 뚫어지게 살폈다. 잘하긴 잘하는데…… 뭐랄까, 심오한 영혼의 무게가 덜 느껴져. 힘만 보인다고 할까. 반면 박세리에겐 힘과 영혼이 골고루 섞여 있는 것 같아. 힘이 있어야만 이 복잡한 세상을 직통버스처럼 뚫고 나갈 수 있다니까! 그렇지 않으면 시내버스처럼 손님이 기다리는 모든 정류장에 일일이 다 서야 하는 거잖아. 그게 얼마나 피곤한 일인지 알아? 박세리의 원동력도 역시 힘에서 나온 거야. 저 굵은 다리를 봐. 그녀는 연못에서 걸어나오는 박세리의 굵은 종아리를 가리켰다. 그와 그녀는 마치 서로의 성을 바꾼 채 토닥이는 것 같았다. 그는 그녀의 지적이 같은 여자로서 박세리를 모독하는 것임을 눈치챘다. 맨발로 연못에 들어가 공을 치고 나오는 박세리의 모습에 온 국민이 눈시울을 적시고 박수를 보내지 않았던가. 당연히 그의 반격이 필요한 시점이었다. 하지만 야구장에서 분을 이기지 못해 이단옆차기를 시도한다는 건 도무지 용납할 수 없는 일이야. 내가 다 얼굴이 화끈거린다니까. 언제까지고 힘으로만 버티겠다는 게 말이 되는 얘기야? 자기 가슴으로 돌멩이가 날아오는데 가만히 당하고만 있으라고? 그게 심오한 영혼을 지닌 자의 처세술이야? 그와 그녀는 한동안 격앙된 어투로 좁은 침대 위에서 서로의 세계관에 대해 공격과 방어를 하다가 결국 서로 등을 돌리고 누웠다. 하지만 두 사람 모두 쉽게 잠들지 못했다. 그는 과연 어떤 사람이, 헤아리기조차 힘든 돈을 벌고 있는 박세리의 남편이 될 것인지 궁금해하다가 탄식을 내뱉었다. 희망이라니. 박세리와 박찬호는 결코 그와 그녀의 희망의 대상이 될 수 없었다. 그는 입술을 깨물고 남몰래 울었다. 그렇게 깊어가는 주말 밤 그녀는 몸을 돌려 그의 목덜미를 눈물로 적시며 말했다. 난 가난하게 사는 게 정말 싫어. 장밋빛 미래를 약속한다는 게 헛된 공약처럼 여겨졌기에 그는 돌아누워 말없이 그녀를 힘껏 껴안아주었다. 당장은…… 껴안아줄 힘밖에 없었다. 방은 어두웠다.

딱 두 시간이면 돼. 마지막으로 선물할 게 있어. 선물? 헤어지기로 합의한 뒤 보름가량 지나 그는 그녀에게 전화를 걸었다. 보름 동안 그는 아주 더디게 이삿짐을 쌌고 학원강사 생활을 정리했다. 그 보름 동안에도 시도 때도 없이 그녀의 알몸이 떠올랐지만 애써 지워버렸다. 대상조차 불분명한 증오가 치솟을 때도 묵언을 서약한 수도자처럼 이를 악물었다. 사 년 동안의 연애가 소리조차 없는 신음으로 변해 이의 틈새로 빠져나가고 있었지만 도처에 노숙자들이 자리를 깔고 있는 사호선 명동역을 빠져나오는 그녀를 보자 그는 이내 미소를 지어 보였다. 웬 선물? 그동안 제대로 된 선물 한 번 못했잖아. 미안해서 그러니까 부담 갖지 마. 돈은 있어? 그는 고개를 끄덕이고 명동 거리로 그녀를 데려갔다. 20세기가 끝나간다는 명동의 밤거리는 활기차 보였다. 그는 그녀의 목에 목걸이를 걸어주었다. 처음엔 너무 비싸다며 사양하던 그녀도 보석매장의 화려한 조명에 조금씩 취해갔는지 세번째 매장에서 비로소 웃음

을 지었다. 그는 앙가슴 위에서 반짝이는 목걸이를 건 그녀를 옷가
게로 데려갔다. 이건 너무 비싼 브랜드야. 괜찮아. 그는 자신이 좋
아하는 색의 옷을 그녀에게 강제로 권했다. 하지만 치마는 아랫배
가 너무 나와 맞지 않았다. 그녀가 원하는 걸로 바꿀 수밖에 없어
아쉬웠지만 어쩔 수 없었다. 그녀는 조금 미안한 표정으로 물었다.
이러다 거지 되는 거 아냐? 괜찮아. 한 바퀴 돌았더니 힘들다. 어
디 들어가서 쉬다가 헤어지자. 명동 거리가 내려다보이는 이층 맥
줏집에서 그와 그녀는 한동안 담배를 피우고 술만 마셨다. 나, 내
일 고향으로 내려가. 그렇구나. 거기 가면 먹고 자는 건 해결되니
까 좀 쉬면서 내가 정말 하고 싶은 걸 해보려고. 그렇구나. 그동안
돈도 없는 나 만나느라고 힘들었지? 아니야, 당신 좋은 사람이란
거 알아. 나, 약속이 있어서 조금 있다가 일어나야 돼. 벌써 두 시
간이 다 돼가네. 근데…… 누굴 만나는데? 응…… 아는 사람. 남
자야? 그냥 선배야. 그만 갈게. 선물 고마워. 같이 나가자. 나도 가
야 하니까. 명동 거리를 꽉 채운 사람들은 제각기 길이 다름에도
불구하고 서로 충돌하거나 뒤엉키지 않고 자연스럽게 흘러가거나
흘러오고 있었다. 그는 계단 앞에 우두커니 서서 옷이 든 종이가방
을 들고 인파 속으로 사라지는 그녀의 뒷모습을 물끄러미 바라보
다가 무엇인가가 생각난 듯 달려갔다. 그리고 그녀의 어깨를 잡았
다. 가로등과 네온 불빛, 소음이 가득한 거리에서 그녀는 눈물을
흘리며 걷고 있었다. 예상하지 못했던 모습에 그는 잠시 망설이다
가 이윽고 그녀의 귀에 입을 대고 말했다. 너는 잘 모르겠지만 네

성기는 명기니까 어느 남자에게 가도 사랑받을 거야. 고마워. 그녀는 다시 떠나갔고 그는 그 자리에 서서 눈두덩이 붉어질 때까지 손등으로 눈을 비볐다. 20세기가 온갖 요란을 떨며 가짜 21세기로 넘어갈 때까지.

2007, 이별전후사의 재인식

어떻게 날 찾을 생각을 했어? 아주 드물게, 꿈에서 너를 보는 게 전부였는데 그냥 어느 날부터인가…… 마음 한구석이 왠지 모르게 허전해지는 걸 느꼈어. 왜 이러는 걸까, 며칠을 곰곰이 생각하다가 갑자기 번개가 치듯 네가 떠올랐던 거야. 찾아야겠다! 찾아야만 한다! 그날부터 오직 그 생각만 했던 거야. 그는 입술에 묻은 닭기름을 닦지도 않은 채, 그녀를 찾아나섰던 길을 이야기했다. 밤나무가 우거진 골짜기 유원지의 식당 방갈로에 마주 앉아. 탁자의 넓은 쟁반 위에는 파헤쳐진 닭뼈들이 아무렇게나 흩어져 있었다. 그녀는 맨손으로 뜯은 살점을 그의 접시에 계속 올려놓았다. 빈 소주병은 탁자 아래에서 담뱃재와 꽁초를 받아들이고 있었다. 시간이 많이 흘렀네. 얼굴이 발갛게 변한 그녀가 그의 담배를 꺼내 불을 붙이며 말했다. 그리고 이렇게 다시 만났네. 그는 그녀의 목에서 여전히 반짝이는 목걸이를 물끄러미 바라보았다. 자루 속에 가득 찬 얘기들 중에서 어느 것을 먼저 꺼내야 할지 종잡을 수 없었다.

말을 꺼내기도 전에 먼저 목이 막힐 정도였다. 아이들은? 응, 아들 하나 딸 하나. 나랑 헤어지고 곧바로 결혼한 모양이네? 그런 셈이지. 너는? 응…… 아들 하나. 그렇구나…… 그와 그녀는 서로의 빈 잔에 술을 따라주고 동시에 마셨다. 집구석에만 있다가 오랜만에 이런 데 나오니 좋다. 여긴 꼭 과수원에 있는 원두막 같아. 나다리 좀 펼게. 그녀는 무릎을 꿇었던 다리가 불편한지 탁자 아래로다리를 뻗고 치마로 허벅지를 꼼꼼하게 덮었다. 이웃 방갈로에서넘어오는 화투 치는 소리를 들으며 그는 무릎 앞에서 꼼지락거리는 그녀의 아담한 발가락을 훔쳐보았다. 세월이 지났음에도 불구하고 변함없이 귀여웠다. 나, 많이 늙었지? 아는지 모르는지 엄지발가락을 까딱거리며 그녀가 물었다. 아냐, 그대로야. 너도 그대로야. 우리 지난주에 헤어지고 다시 만난 것 같아. 팔 년이 지났어……그래, 팔 년…… 그는 고개를 끄덕였다. 그녀의 말대로 지난 팔 년은 마치 일주일처럼 빨리 지나간 것 같았다. 담배 연기와 백숙 냄새가 빠져나가는 작은 창문 밖에서 매미가 울었다. 밤꽃 냄새도 가느다랗게 피어났다. 멀리서 소쩍새인지 뻐꾸기인지 구분하기 힘든울음소리도 들려왔다. 참, 뭐 해? 고향에서 집사람이랑 조그만 학원을 운영하고 있어. 잘돼? 먹고살 만해. 넌 언제 서울을 떠났어?결혼하면서 바로. 남편이 지점장으로 승진했거든. 당신 와이프는나보다 이뻐? 아니, 그냥 착해. 그녀의 발가락은 그의 무릎 앞으로조금 더 다가와 있었다. 그는 휴지를 가져오면서 그녀가 다가온 꼭그만큼 뒤로 물러났다. 그와 그녀가 팔 년 만에 다시 만나 닭을 뜯고 소주를 마시는, 이름만 남은 작은 나루터 근처의 밤나무숲은 서로가 살고 있는 곳에서 거의 중간쯤에 위치하고 있었다. 한적한 곳에 자리잡고 있어 다른 이들의 시선에서도 비교적 자유로운 곳이었다. 그는 먹다 남은 닭과 닭죽, 빈 소주병, 운두에 립스틱과 기름기가 묻어 있는 빈 술잔, 가늘고 굵은 닭뼈를 차례로 훑어보았다. 그것들은 세기가 바뀌던 그날 밤, 그녀와 헤어진 명동의 밤하늘을 물들이던 불꽃들의 썩지 않은 잔해인 것처럼 느껴졌다. 그 잔해들이 새롭게 만난 밤나무 골짜기의 밀실 같은 방갈로에서 어떤 모습으로 변화를 할 것인지 그는 아직 알 수 없었다. 선풍기가 돌아가고 있었지만 그녀는 더운 듯 위에 걸치고 있던 얇은 겉옷을 벗었다. 그는 그녀의 맨어깨에 걸쳐져 있는 슬립과 브래지어 끈에서 시선을 돌렸다. 왜…… 날 찾았어? 돌아간 시선을 다시 끌어오는 그녀의 취한 듯한 말이었다. 그는 그녀의 목을 타고 내려와 앙가슴 위에서 반짝이는 목걸이에다 곤혹스러운 시선을 고정시켰다. 닫지 않는 물통을 향해 내미는 그녀의 손을 따라 탁자 아래의 발가락도 함께 움직였다. 짧은 순간 그의 무릎으로 팔 년 전의 바람이 칼날처럼 스윽 지나갔다. 만나고 싶었어. 나도. 그리고 그녀와 그는 좁은 방갈로에서 서로 시선을 마주치지 않으려 애쓰며 한동안 허둥거렸다. 때가 탄 벽지와 창 옆에 걸려 있는 커튼, 방 한구석에 놓여 있는 잘 개켜진 군용 모포와 화투, 그리고 용도를 알 수 없는 담요, 안에서 잠글 수 있는 문고리까지 모두 훑어본 뒤 그는 먹다 남은 닭으로 집요하게 몰려오는 파리를 쫓으며 입을 열었다. 술 깰 때까지 화투나 칠까? 둘이서 무슨 재미로? 내기를 걸면 되잖아. 잠깐만! 그녀의 핸드백 속에서 휴대폰이 울렸다. 그녀는 화면을 들여다보더니 한숨을 폭 뱉고는 통화를 했다. 엄마야. 왜 우는 거니? 그래, 그래! 아줌마한테 맛있는 거 해달라고 그래. 엄마 친구 만나고 조금 있다가 들어갈게. 그래, 알았어. 그래, 엄마 바쁘니 그만 끊어. 그는 그녀가 통화를 하는 동안 거의 숨을 멈추고 있다가 호주머니 속에서 휴대폰을 꺼내 벨소리를 진동으로 전환시켰다. 무슨 내기? 가야 되는 거 아냐? 괜찮아. 그녀가 군용 모포와 화투를 끌어오고 그는 탁자를 한쪽으로 밀었다. 옷 벗기 내기 어때?

재는 왜 저렇게 잘 넘어져? 샤워를 하고 나오자 알몸의 그녀는 침대 위의 이불 속에서 머리만 내민 채 텔레비전을 시청하고 있었다. 맨체스터 유나이티드에서 활약하고 있는 축구선수 박지성을 두고 하는 말이었다. 두꺼운 커튼이 창을 가린 모텔방에서 유일하게 조명 역할을 하고 있는 게 텔레비전이었다. 사실 그는 밝은 곳에서 그녀의 모든 것을 보고 싶어했으나 그녀는 그렇지가 않았다. 어딘가에 숨어서 노려보고 있을지도 모를 몰래카메라에 대한 두려움 때문이었다. 그도 그녀의 옆에서 쿠션에 등을 반쯤 기대고 누워 관계 뒤의 노곤함을 즐기며 수시로 넘어지는 박지성의 뒤를 쫓아다녔다. 파울을 얻기 위한 계산된 행동이 아닐까? 다치면 자기만 손해잖아. 옛날처럼 실의에 빠진 국민을 위해 희망을 전해줄 시기도 아닌데 왜 저런 무모한 행동을 하는 거지? 자세를 바꿔 모로 누운 그는 이불 속으로 손을 들이밀어 그녀의 가슴과 배, 사타구니를 어루만졌다. 햇살 환한 한낮에 두 사람이 모텔에서 머무를 수 있는 시간은 두 시간이었지만 아직 한 시간도 넘어서지 못하고 있었다. 만나는 횟수가 늘어나면서, 어두침침한 모텔에서 오후의 시간을 보내는 날들이 많아지면서 텔레비전의 채널을 돌리는 손놀림도 함께 바빠졌다. 잠시 쉬는 시간을 이용해 텔레비전을 시청하고 다시 어둠 속으로 들어가 사랑을 나누는 일이 되풀이되었다. 한 달에 두어 번 정도밖에 만날 수 없는 처지였으므로 만나면서 헤어지기까지의 시간들은 정말이지 시험문제를 일 분에 한 문제씩 풀어도 모자랄 만큼 소중하고 귀한 것이었다. 그는 안타까운 시간의 파편들로 조합된 듯한 그녀의 몸 구석구석을 옛날과 조금도 다름없게 복원시키려는 듯 어루만졌다. 그러자 그녀의 가느다란 목에서 짧은 탄식이 넘어왔고 픽, 하는 소리와 함께 박지성이 출전한 경기를 중계하던 텔레비전 소리가 죽어버렸다. 어둠 속에서 두 사람은 이내 서로의 몸 곳곳을 찾아 깊은 동굴을 헤매는 장님새우들로 변해버렸다. 우리…… 같이 살까? 뺏뻣하게 굳어버린 듯한 그녀의 목젖을 따스한 혀로 풀어주고 있을 때 탄식처럼 새어나온 그녀의 말이었다. 아스라한 절벽을 기어오르다 돌덩이에 맞고 주르르 흘러내리듯 그는 그녀의 몸 위로 빈 자루처럼 허물어졌다. 그리고 한동안 꼼짝도 하지 않았다. 박자가 엇갈리는 두 사람의 숨소리만 어둠의 밑바닥에서 피어나고 있었다. 그럴 수…… 있을까. 그는 예상하지 못했던 그녀의 기습적인 숫에 비틀거리고 있다는 사실을 들

김도연 | 이별전후사의 재인식

키지 않으려고 애를 썼다. 아니, 기습적인 숏이 아니라 그것은 게임의 규칙을 송두리째 바꾸자는 말로 들렸다. 사실 그녀와 그의 재회는 서로의 역할에 대해 상당 부분 분명한 명시가 아닌 암묵적인 동의 아래 진행되고 있던 터였다. 그가 머릿속의 혼란을 추스르기도 전에 그녀의 다음 말은 표정을 분명히 한 채 건너왔다. 난 그럴 수 있어. 그리고 그녀가 설정해놓았던 어둠을 더듬어 환하게 방을 밝혀놓고 쾅 소리와 함께 화장실로 사라졌다. 그는 한참 동안 양손을 휘젓다가 침대와 벽 사이에 들어가 있는 리모컨을 찾아 텔레비전을 켰다. 얼굴에 여드름이 많은 박지성은 여전히 공을 쫓아 초록의 잔디밭을 종횡무진, 달리 보면 좌충우돌 달려가고 있었다. 그도 담배를 피우며 그 뒤를 따라 그녀의 진의란 것을 찾으려고 바삐 걸음을 옮겼다. 넌 지금도 그때 내가 널 찼다고 여기고 있을 거야. 화장실에서 나온 알몸의 그녀는 더 이상 불을 끄지 않았다. 아니야. 그때 난 사실…… 네가 원하는 어떤 부분도 채워줄 수 없는 상황이었어. 그런데도 널 잃어버리기는 싫어서 안절부절못했지. 알아. 그래서 시간이 흐른 지금에야 비로소 말을 꺼낸 거야. 그녀는 이불을 밀쳐버리고 헝클어진 그의 머리를 왼쪽에서 오른쪽으로 쓰다듬어주었다. 평소 그는 늙어 보이지 않으려고 오른쪽에서 왼쪽으로 머리를 넘기지만 어쩔 수 없이 참아야 했다. 그러니…… 당연히 오지 않은 미래를 화사하게 치장하느라 바빴던 거야. 그리고 돌아와 한숨지었지. 허공에다 공약을 남발한 기분이었거든. 알아. 하지만 그때 우리 두 사람은 더 이상 어쩔 수 없었어. 그와 그녀는 환한 전등불 아래에 누운 채, 서로 다른 방향을 보며 포옹을 했다. 그 사이에 그는 머리카락의 방향을 제자리로 옮겨놓았고, 그녀는 아나운서와 거의 동시에 소리쳤다. 페널티킥! 박지성이 또 넘어졌어! 그러나 그는 포옹을 풀지 않고 덤덤하게 말했다. 그거 재방송이야. 알아. 모든 게…… 코미디 같아. 넘어지고…… 일어나고…… 절실해 보이는 게 없어. 그녀의 입김이 그의 목을 타고 돌았다. 그는 말없이 그녀의 알몸을 더 세게 껴안았다. 그녀의 입김이 다시 피어났다. 우린…… 어디로 가는 걸까. 모텔을 나가야 할 시간이었다.

그러니까 우리는 성별을 떠나 똑같은 전업주부들이네. 바람난 전업주부들. 아니야! 난 그것과 다른, 사랑을 하는 거야. 그녀의 단호한 주장에 머쓱해진 그는 벗어놓았던 옷을 주섬주섬 찾아 입었다. 귀퉁이로 밀어놓았던 상을 끌어당겨 고개를 끄떡이며 닭의 가슴살을 뜯었다. 모텔이 안방이라면 밤나무가 우거진 골짜기 유원지의 식당 방갈로는 그와 그녀의 전용 별장 같은 곳이었다. 그렇게 되기까지 방갈로의 창밖에 밤꽃이 피었고 가시가 촘촘한 밤이 열렸고 어느새 벌어진 가시 사이로 윤이 나는 밤알이 뚝뚝 떨어졌다. 그리고 겨울이 도착해 이른 함박눈이 내리고 있었다. 지금까지 모두 몇 마리의 닭을 뜯었을까? 상 밑으로 다리를 뻗어 발가락으로 그의 사타구니를 간질이던 알몸의 그녀는 갑자기 입을 닦고 상 위의 절반도 먹지 않은 닭을 호기심 가득한 눈으로 살피기 시작했다. 창밖에선 함박눈이 게으르게 내리고 있었다. 여자의 가느다란 교성이 이웃 방갈로에서 건너왔다. 그는 약간의 술기운에 기댄 채 낯선 여자의 교성을 훔쳐들으며 그동안 먹은 닭의 수를 헤아리다가 포기했다. 그는 하품을 했다. 사람의 눈을 피해 방갈로의 문을 안에서 잠근 채 사랑을 나누고 닭을 뜯고 술을 마시는 일이 갑자기 지루해졌기 때문이었다. 한숨을 감추려고 술을 삼켰다. 그녀가 그의 빈 잔을 채워주었다. 우리 어디로 여행이나 갈까? 몇 시간 후면 당신은 집에 가서 애를 기다려야 하고 나는 학원 아이들 관리해야 하잖아. 그 바다가 보고 싶어. 그와 그녀는 방갈로의 작은 창 너머로 내리는 함박눈을 바라보며 바다를 떠올렸다. 그 바다로부터 떠난 지도 십여 년이 넘어가고 있었다. 돈으로도 해결할 수 없는 게 있나봐. 이제…… 그걸 알았어. 그녀의 탄식이었다. 그녀의 피부 곳곳에서 붉은 꽃이 피어나고 있었다. 술과 몸 상태가 서로 어긋났을 때 생기는 현상이었다. 모텔에 가서 좀 쉬어야 할 것 같은데. 그녀는 고개를 가로저었다. 오늘은 끝까지 여기서 보내. 모텔은 지긋지긋해졌어. 그럼 화투나 칠까? 우리가 다시 만나 할 수 있는 일이란 게 고작 닭 먹고 술 마시고 섹스하고 화투 치는 거밖에 없니! 그녀가 던진 술잔은 벽에 부딪쳤지만 작은 실금 하나 가지 않았다. 그는 그 술잔을 휴지로 닦고 다시 술을 채워 그녀 앞에 가져다놓았다. 젖가슴은 예전보다 풍만해졌지만 힘을 잃었고 배와 허리는 상반신의 무게를 이기지 못하고 밖으로 삐져나와 두 겹의 주름을 만들고 있었다. 그의 몸도 그녀와 다를 게 하나 없었다. 배는 개구리 배마냥 불룩 튀어나왔고 머리카락은 미풍에도 두피를 빠져나와 홀

씨처럼 훌훌 날아다녔다. 그래, 화투나 치자. 그녀는 상을 밀치고 조금 전 두 사람이 사랑을 나누었던 군용 모포를 가져와 바닥에 깔았다. 한 사람은 알몸이었고 한 사람은 옷을 입은 묘한 구도였다. 그는 책상다리를 하고 앉은 그녀의 샅을 물끄러미 바라보았다. 네가 지면 하나씩 옷을 벗는 거고 내가 이기면 하나씩 옷을 입는 내기야. 뭔가 불공평하지 않아? 뭐, 아무렴 어때! 창밖의 눈은 함박눈에서 싸락눈으로 변해 있었다. 십여 년 전 그 바다로부터 떠나온 뒤의 풍경이었다. 그때는 바닥에 먹을 패가 없어 헉헉거렸지만 십여 년 뒤의 풍경은 먹을 게 너무 많아서 탈이었다. 네가 지면 어떻게 할 건데? 그대로 있는 거지, 뭘 어떻게 해. 넌 아줌마 알몸 눈요기나 실컷 하는 거지. 이웃 방갈로에서 다시 여자의 교성이 피어나고 있었다. 밤이 모두 떨어진, 눈이 내리는 밤나무숲의 방갈로 안에서 사람들은 화롯불을 놓고 둘러앉아 모두 고소한 밤을 구워 먹고 있는 것 같았다. 그가 알몸이 되면 그녀가 옷을 입었고 다시 그녀가 알몸으로 돌아가면 그의 몸에 옷이 걸쳐졌다. 이러다 어느 날…… 우리는 아무렇지 않게 헤어지겠지. 그렇겠지. 짧은 대답과 함께 그는 미지근해진 술을 비웠다. 자잘한 이유들로 만남이 무산되다가 어느 날엔 까마득하게 잊어버리겠지. 그러다 문득 생각나면 다시 몇 번 만나고…… 그와 그녀는 담요 위의 화투장을 치우지도 않은 채 그 위에서 메마른 사랑을 시작했다. 등과 엉덩이, 허벅지에 선명한 화투장 자국을 몇 군데나 남기고서야 사랑을 마쳤다. 창밖의 눈은 함박눈으로 돌아왔지만 술기운이 사라지는 두 사람의 알몸엔 물방울 하나 들어 있지 않을 것 같았다. 생각해보니 우린 다시 만나면서 서로가 갖고 있었던 것 중 어느 하나도 포기하지 않은 것 같아. 그녀의 얼굴이 빠르게 좌우로 흔들렸다. 아니야, 난 그러려고 했어. 그녀의 부인에 그는 드러누운 채 창을 향해 힘겹게 고개를 끄덕였다. 하지만 이렇게 가끔 만나는 것도 좋아. 그녀의 묘한 수긍에 그는 자리에서 일어나 고개를 끄덕였다. 벗어놓은 바지 주머니에서 그의 휴대폰이 요란하게 진동했다. 휴대폰은 진동을 멈추지 않은 채 다시 그의 주머니로 들어갔다. 받아. 받지 않아도 되는 전화야. 받아! 나 위하는 척 전화 안 받는 거 싫단 말이야!

이번 대통령은 누가 될까? 누가 되든 상관없잖아! 그녀가 덧붙였다. 안 그래? 다시 시작된 대통령 선거가 막판으로 치닫고 있었다. 본격적으로 겨울이 되면서 그와 그녀는 밤나무골의 방갈로와 기존의 단골 모텔을 정리하고 새로운 모텔을 찾아 유목민처럼 전전하고 있었다. 두 사람의 마음속으로 몇 차례 격렬한 파도가 지나간 뒤부터 만남도 오히려 편안해졌고 만남의 횟수도 늘어났다. 모텔이 서로 다른 이름을 걸고 있는 것처럼, 자세히 들여다보면 다른 창밖 풍경, 다른 침대, 다른 거울과 다른 사랑의 도구들을 가지고 있다는 사실을 알았던 것이었다. 마음이 이제 대통령 선거와는 멀어졌다는 거겠지. 비꼬는 거야? 물침대에 누운 그녀가 항의를 하듯 발가락을 게의 집게 모양으로 만들어 그의 사타구니를 집어 비틀었다. 아냐, 나도 정치엔 흥미 없어. 저들이 진정으로 우리 생활에 관심이 없는 것처럼. 그는 그녀의 발가락에 물려 꼼짝하지 못하는 물건을 구출하자마자 그녀의 몸 위로 달려들었다. 전국의 대도시를 순회하며 유세를 하는 대통령 후보들과 그들의 지지자들이 내지르는 함성이 뒤편 대형 와이드비전을 통해 흘러나왔다. 그와 그녀는 그 함성을 배경으로 뒤엉켜 돌아갔다. 그녀는 리모컨을 손에서 놓지 않은 채 사랑을 했다. 보수와 중도, 진보의 함성이 번갈아 흘러나오다가 어느새 화면은 에로영화로 돌아가 둘의 알몸을 붉게 물들였다. 그 신음이 다 지나가기도 전에 프리미어리그의 중계방송이 방을 가득 채웠다. 행복해! 그녀의 공감각적 시청소감이었다. 그는 십 년 전의 대통령 선거 때 그녀가 그에게 내뱉었던 말을 또렷하게 기억했다. 그 시간 동안 세상도 달라졌고 그와 그녀도 많이 달라져 있었다. '불안해'에서 이상한 '행복해'로 건너오는 동안의 일이었다. 그는 그녀가 욕실에서 샤워를 하는 동안 '행복해'의 주변을 찬찬히 둘러보았다. 호텔은 아니었지만 물침대는 넓고 쾌적했다. 베개와 이불에는 예전처럼 다른 사람의 머리카락이나 거웃이 붙어 있지 않았다. 창밖엔 다른 건물의 어둡고 지저분한 뒷면이 보이는 게 아니라 아름다운 겨울 산이 우뚝 자리하고 있었다. 그는 담배를 물고 좀더 자세히 살펴나갔다. 그녀와 그가 벗어놓은 옷들은 품위를 지키기엔 그런대로 무난했다. 그리고 마침내 샤워를 끝낸 그녀가 흰 수건으로 중요한 부분을 가린 채 나타났다. 그녀는 망설이지 않고 그의 품으로 안겼다. 행복해. 나도. 그는 귓속말을 건넨 그녀에게 팔베개를 만들어주고 텔레비전의 대선 관련

프로를 시청했다. 점찍어놓은 후보가 누구야? 나도 따라 찍을게. 그녀의 질문에 그는 그녀와 다시 만나서 먹은 닭의 수효를 세듯 잠시 막막해하다가 입을 열었다. 나는 이 불이 오래오래 타오를 것이라 믿었는데…… 어이없게도 오늘 날짜의 신문지가 화르르 타듯 짧게 불꽃을 피웠다가 사그라졌어. 왜 이렇게 된 거지? 내 마음속에 뭐가 들어앉아 있는 건지 모르겠어. 너도 나랑 비슷한 거 같은데, 뭐라고 설명해줄 수 있어? 대체 무슨 소리야? 그녀는 머리가 아프다는 듯한 표정을 짓곤 이불 속으로 손을 디밀어 그의 물건을 다시 세우려고 정성을 들였다. 통 말을 듣는 기미가 보이지 않자 그의 얼굴을 쏘아보더니 이불 속으로 머리를 디밀고 사타구니를 향해 내려갔다. 그는 후보들이 정책토론을 하는 텔레비전 화면에서 눈을 떼지 않았다. 그렇지만 귀를 세우고 눈을 부릅떠도 모든 게 헛갈리기만 했다. 과거마저 헛갈렸다. 갑자기 혼란스러워진 마음을 어찌하지 못하고 있을 때 그녀가 이불을 들추고 나오며 쏘아붙였다. 정말 이럴 거야! 그는 그녀의 화난 얼굴을 보다가 문득 알았다. 그녀와 그의 만남에 있어 이제 비로소 누가 대통령이 돼도 상관없다는 것을. 마침내 그녀와 그의 기억이 거의 다 타버렸다는 사실을.

남한강변에서 맞는 바람은 매서웠다. 그와 그녀는 서둘러 작은 분식집으로 뛰어들어갔다. 연탄난로 옆으로 의자를 당겨 앉고 손을 비볐다. 춥다! 그치? 응. 올겨울 들어 제일 추운 것 같아! 아줌마, 라면 두 그릇 고춧가루 확 풀어서 얼큰하게 끓여주세요! 그래도 눈이 안 와서 다행이야! 이 추위에 길마저 얼어버리면 어쩌겠어.
난 스노타이어도 아니란 말이야! 야, 난 지난겨울 학원버스에 아이
들 태우고 가다가 눈길에 미끄러져 까딱했음 대형 사고 날 뻔했어!
운전실력이 좋아서 겨우 사골 면했지만. 겨울엔 무조건 조심해야
돼! 그럼! 그와 그녀는 연탄난로 옆에 앉아 정말 얼큰한 라면을 먹
었다. 창문 너머로 가장자리에서부터 안쪽으로 얼어가는 남한강이
보였다. 컵에 든 물로 입속을 가셔내고 담배를 피웠다. 아주머니에
게 부탁해 커피까지 얻어마셨다. 가야지? 그래, 가야지. 그와 그녀
는 분식집 앞에 서서 저편에 주차해놓은 서로의 자가용을 확인했다.
그가 그녀에게 말했다. 잘 가! 그녀가 응답했다. 너도. 그리고……
좋은 사람 만나길 바랄게. 흙먼지가 섞인 맞바람을 뒤집어쓴 채 멍
하니 서 있는 그에게 그녀의 작은 손이 악수를 청해왔다.

아홉 개의 이야기

한 강

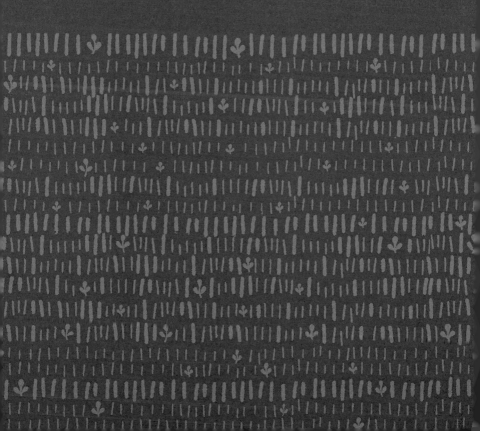

1970년 광주에서 태어났다. 1993년 『문학과사회』에 시를 발표하고, 1994년 서울신문 신춘문예에 단편 「붉은 닻」이 당선되며 등단. 소설집 『여수의 사랑』 『내 여자의 열매』, 장편소설로 『검은 사슴』 『그대의 차가운 손』 『채식주의자』 『바람이 분다, 가라』가 있다. 이상문학상, 오늘의 젊은 예술가상, 한국소설문학상을 수상했다.

작가를 말한다

'검은 사슴'은 모자가 달린 베이지색 봄 바바리 차림에 끈이 달린 자주색 구두를 신고 있었고 두 손을 주머니에 찔러 넣은 채 천천히 보도블록 위를 걷고 있었다. 저 걸음걸이로 그는 또 길게 소설의 운명을 살아갈 것이다. 속에 뜨거운 활화산을 품고. 그런 생각이 들자 어쩐지 마음이 아련히 아파오고 눈이 시렸다.

윤대녕(소설가)

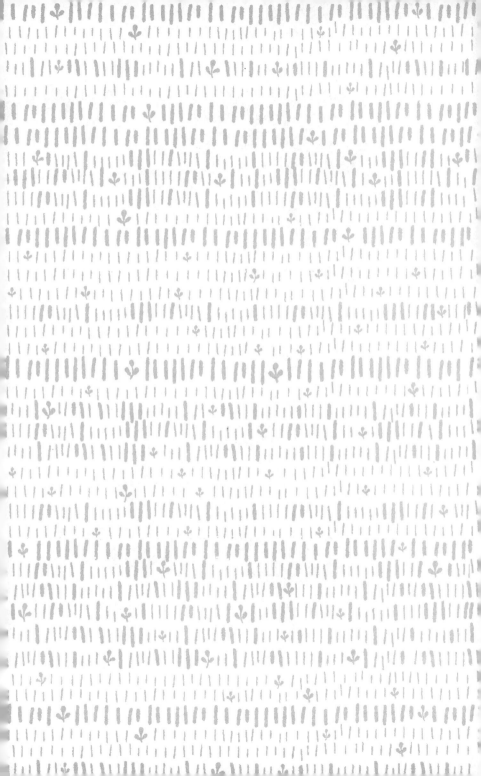

첫사랑

　그 아침에도 소녀는 소년의 등에 매달려 자전거를 타고 섬에 다녀오는 길이다. 철제 뒷좌석 위에는 아무것도 깔려 있지 않다. 자전거가 덜컥거릴 때마다 소녀의 앙상한 엉덩이가 아프다.

　아파?

　응.

　많이 아파?

　아니.

　많이 아프면 아프다고 그래.

　조금밖에 안 아파.

　그들은 조금씩 흔들리며 해안도로를 나아간다. 그들이 섬에 다녀오는 것은 이날로 사흘째다. 소녀의 자전거 연습 때문이다. 이백 미터 길이의 폭 좁은 다리로 연결된 섬에는 큰 차들이 다니지 않는다. 기껏해야 경운기나 오토바이뿐이다. 그전에 그들은 만을 끼고 도는 이 해안도로에서 자전거 연습을 했는데, 소녀는 잘 나가다가도 큰 차가 앞이나 뒤에서 나타나기만 하면 느닷없이 균형을 잃곤 했었다.

이날 섬에서 소녀는 마침내 잡아주는 이 없이, 손잡이가 몹시 흔들리긴 했지만, 페달을 힘차게 밟아가며, 처음부터 끝까지 혼자서 수백 미터를 달렸다. 소년은 숨차게 소녀의 자전거를 뒤따라 달리며 외쳤다.

잘했어!

잘했어!

아주 잘했어!

소녀는 소년의 고함이 점점 멀어지는 게 미안해 뒤를 돌아보고 싶었지만, 돌아보면 넘어지고 말 것 같아 계속 앞만 보고 달렸다. 그러다가 문득 뒤돌아보았을 때 소년은 키가 팔뚝만큼 아득하게 줄어들어, 헉헉대며, 여름날의 비포장도로를 달려오고 있었다.

그들은 해안도로에서 왼쪽으로 틀어 비포장도로로 들어선다. 그 길은 논두렁을 따라 나 있다. 볕이 뜨겁다. 마른 모래알들이 먼지를 날린다. 트럭 한 대가 경적을 울리며 그들을 뒤따라 비포장도로로 들어선다. 길을 꽉 채울 만큼 너비가 큰 트럭이다.

어디로 비켜야 하나.

트럭은 바싹 뒤를 쫓아온다. 길은 울퉁불퉁하다. 자전거를 멈출
짬이 없다. 길 바깥쪽은 깊은 논두렁이다.

꼭 잡아.

조심해.

걱정 마.

소년은 어깨와 다리에 바짝 힘을 준다. 최대한 자전거를 길 끝에
둔다. 논두렁으로 곤두박질치지 않을 만큼 간격을 두느라고 신경
을 곤두세운다. 트럭이 그들의 옆을, 그들의 속력보다 빠르게, 그
러나 아주 빠르지는 않게 스쳐 지나간다.

트럭이 완전히 지나갔을 때 소년은 한숨을 내쉰다. 페달을 세차
게 굴러 길 가운데로 나아간다. 그는 아까 트럭을 피하는 동안, 길
가에 뻗어내려와 있던 가시나무 덩굴에 소녀의 발등이 깊이 찔린
것을, 그 뒤로도 계속 자전거가 나아가는 바람에 세 줄기의 빗금이
그어지고 피가 흐르기 시작한 것을 모른다. 소녀가 입술을 물고 아
픔을 참고 있었던 것을 모른다.

한참 있다가 소녀는 그만 가자고 한다. 소년은 자전거를 멈춘다.
소녀의 발등에 난 상처와 피를 본다. 절름절름 뒷좌석에서 내려서
며 소녀는 웃는다.

괜찮아.

어떻게 된 거야!

소년은 버럭 화를 낸다. 소녀에게가 아니라 자신한테다. 정말 화

가 나 이마까지 새빨개졌다. 금방 울음을 터뜨릴 것 같다.

괜찮아, 네 잘못이 아니야.

젠장, 젠장할.

소년이 제 가슴을 두들긴다.

미안해. 정말 미안해. 어떡하지? 어떡해!

집에 가서 약 바르면 되지.

말은 그렇게 하면서도 못내 쓰라리고 아파, 소녀의 눈에는 송글송글한 눈물이, 발등에는 붉은 핏방울이 맺혔다.

며칠 뒤 소녀는 여름 동안 머물렀던 그 바닷가 마을을 떠나 자신이 살던 도시로 돌아갔다. 가을학기가 끝나고서는 더 큰 도시로 옮겨갔다. 그 뒤 다시 소년을 만나지 못했다.

서른 살이 되던 겨울, 어느 저녁 그 여자는 세면대에서 발을 씻다 말고 갑자기 손을 멈춘다. 상처는 진작 아물어 흔적도 남아 있지 않다. 다만 그 가시덩굴이 날카롭게 그녀의 발을 찔러올 때 입술을 악물었던 그날의 햇빛, 눈이 아리도록 바다와 논배미와 비포장도로의 모래먼지 위로 차올랐던 햇빛이 그녀의 차가운 발등 깊숙이 박힌다.

바람

아직 어두울 때 그녀는 떠났다.

조심스럽게 문을 닫은 뒤 열쇠를 돌리다 말고 그녀는 뒤를 돌아보았다. 쌀쌀한 복도의 눈 없는 어둠이 그녀를 노려보고 있었다. 계절이 바뀌고 있었다. 그녀는 외투를 벗었다. 가방에서 스웨터를 꺼내 셔츠 위에 겹쳐 입은 뒤 다시 외투를 걸쳤다.

그 건물에 세든 사람들은 모두 잠들어 있었다. 불빛이 문틈으로 새어나오는 방은 없었다. 복도 끝 비상계단의 촉(燭) 약한 알전구 불빛만이 희미하게 흔들리고 있었다. 그 빛을 향해 그녀는 걸어갔다. 바깥은 더 추울 것이다, 라고 그녀는 생각했다. 따스한 이불과 식어버린 차를, 무수히 밑줄 그어놓은 책들을, 뒤척이는 밤들과 김 서린 거울 속의 응시를 그녀는 떠났다.

낡은 건물의 현관을 빠져나오자마자 그녀는 놀란 듯 멈춰 섰다. 바람 때문이었다. 좋지 않은 계절을 택했다, 라고 그녀는 중얼거렸다. 캄캄한 도로변을 따라 큰 보폭으로 걸어갔다. 한 발짝을 내밀 때마다 그녀는 망설였다. 구둣발이 땅을 디딜 때마다 두려움과 후회가 함께 밟혔다.

모든 창문이 어두웠다. 방금 감은 그녀의 머리카락이 흐트러지며 지느러미처럼 허공을 헤엄쳐 다녔다. 한산한 차도를 따라 차들이 질주해갔다. 그녀가 숨을 들이쉴 때마다 어둠이 코로, 입으로, 목구멍으로 삼켜졌다. 그녀는 계속해서 걸어갔다. 흰 입김이 불꽃

처럼 너울거렸다. 그 속으로 그녀의 얼굴이 지워졌다. 낡은 스카프
가 바람에 쓸려갔다. 외투가, 여윈 몸뚱이가 바람 속으로 풀어졌다.
점점이, 흔적 없이 흩어졌다.

그 뒤 그녀를 다시 본 사람은 없었다.

푸른 산

이따금 그녀는 같은 꿈을 꾸었다. 나지막한 슬레이트 집들이 밀집한 산기슭을 헤매는 꿈이었다. 그녀가 가려고 하는 곳은 푸른 봉우리였다. 회청색 비구름들로 둘러싸인 그곳은 깎아지른 듯 높았다. 그러나 높고 가파른 것은 괜찮았다. 문제는 아무리 헤매어도 그쪽으로 가는 길을 찾을 수 없는 것이었다.

안경을 벗어놓은 것처럼 시야가 흐릿했다. 어찌됐든 위쪽으로 오르기만 하면 될 테지만, 미로처럼 얽힌 골목은 한결같이 막다른 길로 이어졌다. 사위는 고요했다. 목이 말랐다. 소떼를 몰고 가는 노인, 더러운 옷가지를 걸친 소년들이 벽 사이를 흐르듯 걷다가 사라졌다. 문이 없는 집들이었다. 누구 없어요? 담벼락을 두드리며 외치면 갈라진 자신의 목소리만 되돌아왔다.

푸른 산의 꼭대기에는 비가 내렸다. 회청색 구름장들이 알알이 빛나는 빗방울로 흩어졌다. 그곳을 향해 고개를 뒤로 꺾은 채 그녀는 골목 속에서 옴쭉달싹할 수 없었다. 날아서 갈 수만 있다면…… 그러다가 타는 듯한 갈증을 느끼며 꿈에서 깨어나는 것이었다.

꿈뿐 아니라 생시에서도 그녀는 이따금 그 산을 보았다. 서울이 산으로 둘러싸인 도시인지라 어디서건 북한산과 관악산 줄기를 볼 수 있었는데, 그 윤곽선 위로 거대하게 솟은 그 산이 서울을 굽어보고 있을 때가 있었다. 운무에 가려 봉우리가 보이지 않는 푸른 산.

청남빛 산허리와 그 계곡의 깊고 짙은 그늘을 올려다보느라 그녀
는 하던 일을 멈추고 우두커니 제자리에 서 있곤 하였다.

달빛

서늘한 손이 이마를 어루만진 듯해 여자는 잠에서 깨어났다. 창
밖 숲을 적신 뒤 숲그늘을 묻혀가지고 들어온 달빛이 파랗게 그들
의 베갯머리를 물들이고 있었다. 남자가 잠결에 몸을 뒤척이더니
팔을 뻗어왔다. 여자가 몸을 일으켜 앉은 탓에, 남자의 손은 빈 이
부자리 위에 힘없이 얹혔다. 달빛이 밝아, 그의 감긴 속눈썹, 어린
아이처럼 벌어진 입술이 고요히 드러났다.

여자는 허리를 수그렸다. 남자가 잠결에 쓸쓸해질까봐, 그 손등
에 얼굴을 가만히 쓸었다.

어깨뼈

사람의 몸에서 가장 정신적인 곳이 어디냐고 누군가 물은 적이 있지. 그때 나는 어깨라고 대답했어. 쓸쓸한 사람은 어깨만 보면 알 수 있잖아. 긴장하면 딱딱하게 굳고 두려우면 움츠러들고 당당할 때면 활짝 넓어지는 게 어깨지.

당신을 만나기 전, 목덜미와 어깨 사이가 쪼개질 듯 저려올 때면, 내 손으로 그 자리를 짚어 주무르면서 생각하곤 했어. 이 손이 햇빛이었으면. 나직한 오월의 바람 소리였으면.

처음으로 당신과 나란히 포도(鋪道)를 걸을 때였지. 길이 갑자기 좁아져서 우리 상반신이 바싹 가까워졌지. 기억나? 당신의 마른 어깨와 내 마른 어깨가 부딪친 순간. 외로운 흰 뼈들이 달그랑, 먼 풍경(風磬) 소리를 낸 순간.

자유

새벽녘 꿈에 여자는 낯선 밤길을 혼자 걷고 있었다. 수천의 흰 팔을 펼쳐 벌린 나목들 위로 사금파리 같은 별들이 빛났다. 처음에 좁다랗던 길의 폭은 나아갈수록 성큼성큼 넓어졌다. 고개를 들고 사위를 둘러보면 아무도 없었다.

여자는 남자를 찾지 않았다. 소리를 내어 부르지도 않았다. 그 길은 혼자서 가는 길이었다. 남자는 처음부터 여자의 곁에 없었으며 앞으로도 없을 것이었다. 그 사실이 너무도 당연하여 여자는 조금의 그리움도 느끼지 않았다. 오히려 자신의 옆에 아무도 없다는 사실을 확실히 하기 위해 두 팔을 들어 옆으로 길게 뻗어보기까지 했다. 자신을 둘러싼 거대한 밤의 공간에 여자는 감동했다. 어두운 겨울 흙으로부터 메마른 나무뿌리들을 거슬러오르는 물소리가 여자의 귓바퀴를 타고 돌았다.

새벽 창이 박명으로 파르스름하게 밝혀졌을 때 여자는 눈을 떴다. 고요히 곁에 누운 남자를 보았을 때 여자를 당혹스럽게 한 것은 그 낯선 꿈의 서늘함이 아니라, 별 환한 그 길 위에서 자신이 느꼈던 자유였다.

목소리

사람이 죽을 때 가장 마지막까지 남아 있는 감각은 청각이라고 남자는 들었다. 볼 수도 냄새 맡을 수도 고통을 느낄 수도 없는 마지막 순간까지 이승의 소리들은 귓전에 머물 것이다. 아무것도 보지 못하는 태중에서 소리부터 듣게 되는 것과 같이.

남자는 얼굴보다 목소리가 아름다운 여자와 함께 살았다. 어둠 속에서 여자가 속삭이는 음성을 듣다가 잠들곤 했다. 여자가 나직이 노래를 흥얼거릴 때면 하던 일을 멈추고 눈을 감았다.

남자가 여자의 목소리를 좋아한다고, 연필 같아서 그렇다고 했을 때 여자는 강아지풀 같은 웃음을 터뜨렸다.

그게 대체 무슨 말이야?

여자의 목소리가 깊은 밤 종이 위에서 사각거리는 연필 소리 같다는 말을 남자는 하지 않았다.

남자의 유일한 염려는, 여자의 목소리가 그보다 먼저 지상에서 사라지는 것이다.

서쪽의 숲

그녀와 그는 숲이 가까운 이층집에 세들어 살았다. 여름밤에는 멀리서 산뻐꾸기가 울었고, 봄이면 계곡을 따라 흰 산벚꽃 잎들이 물살의 모양대로 흘렀다. 저녁이 내릴 때쯤 그들은 숲으로 걸어 나가곤 했다. 숲은 서쪽으로 펼쳐져, 무성한 나무들의 잎사귀들이 저녁 역광을 받으며 이리저리 몸을 뒤집었다.

그들이 그 집을 떠나던 초가을 아침, 이삿짐을 내던 그녀에게 이웃집 여자가 다가왔다. 얼굴만 익을 뿐 인사한 적 없던 창백한 얼굴의 중년 여자였다. 여자는 두 손 가득 파랗게 담겨 있던 대추알들을 그녀의 두 손에 부어주었다.

어디로 가세요?

도회로 가요.

멀리 가시네요.

그렇게 멀지는 않아요.

그녀는 여자를 향해 활짝 웃었다. 여자는 부끄러운 듯 빈손을 치맛자락에 닦으며 뒤돌아섰다. 대추알을 불룩하게 넣은 그녀의 호주머니에서 향긋한 냄새가 났다.

그들이 그곳을 떠난 뒤 깊은 가을이 왔다.

어느 저녁 그들은 슬리퍼를 꿰어 신고 뒷베란다로 나갔다. 서쪽으로 난 창 너머로 해가 지고 있었다. 먼 고층빌딩들의 유리창이

붉게 빛났다. 가까운 상가건물 아래로 자동차와 행인들이 오갔다. 어디선가 사이렌 소리가 이명처럼 울려왔다.

그들은 두 겹의 창문을 열었다. 창틀 옆 선반의 말라붙은 대추알들 가운데 하나씩을 골라 입에 넣었다. 들큼한 열매의 즙을 삼키는 동안, 그들은 아무 말도 꺼내지 않았다.

세월

그녀는 그의 손을 잡고 걸었다. 수차례 모퉁이를 돌고 비탈을 오르는 동안, 세상은 어두워지고 하나둘 먼 데서 불빛이 밝혀졌다. 그녀는 그에게 물었다.

우리, 어디로 가고 있는지 알고 있는 거야?

난 널 따라오고 있었어.

우물 속처럼 깊은 음성으로 그가 대답한다. 그의 야윈 손은 땀에 젖었고, 안경알 속의 눈은 어렴풋이 눈물에 흐렸다.

나도 네가 알고 있는 줄 알았어.

문득 놀란 듯하던 그의 얼굴이, 앓다 나온 아이처럼 이내 쓸쓸해진다. 괜찮아, 하고 그녀는 말한다.

내 어깨를 좀 안아봐.

그가 그녀의 어깨를 안았을 때 그녀는 안다. 키가 크지도 등짝이 넓지도 않은 이 사내, 수십억 사람들 가운데 그저 한 사람, 태어나지 않았을 수도 있는, 어디쯤 존재하는지조차 모르고 살아갈 수 있었던 사내의 품에, 그녀가 일생 동안 찾아 헤매온 온기가 다 들어 있었던 것을 안다.

돌아가자.

팔을 풀며 그가 말한다. 그녀는 묻는다.

돌아가는 길을 모르잖아?

그래, 몰라.

그럼 돌아갈 수 없는 거잖아.

그의 손이 외투 주머니 속으로 숨는다. 어깨가 조용히 소스라친다. 그가 묻는다.

넌 무섭지 않아?

무서워.

난 네가 무서워하고 있는 줄 몰랐어.

괜찮아. 곧 밤이 될 테니까.

그는 침묵한다. 침묵 속으로 박명이 스며든다. 땅거미가 내리면서 하늘과 땅이 한몸으로 푸르러, 어느 순간부턴가 경계를 알 수 없어졌다. 젊은 그의 머리털이 희끗희끗 세어온 것을 그녀는 안다. 그의 이마에 깊숙한 고랑이 패기 시작한 것을 안다.

아주 어두워지면⋯⋯

그가 말한다.

아주 어두워져서 아무것도 안 보이고 안 만져지고 안 들리면, 꿈속같이 고요해지면, 그 캄캄한 곳에서, 그때⋯⋯

그는 말을 끊는다.

그때?

그때 무서워하거나 쓸쓸해하지 말아. 내가 있다는 걸 잊지 말아.

그녀는 불쑥 화가 난 시늉을 한다.

왜 그런 말을 해. 너나 잊지 말아.

그의 얼굴이 어둠에 묻힌다. 그의 입술이 보이지 않는다. 그의 목소리가 잦아든다.

더 어두워졌어.

계속 어두워질 건가봐.

우린 계속 이렇게 걸어가면 되는 건가?

멀리서 깜박이던 불빛들이 더 멀어져갔다. 전생에서처럼 아득하게 그의 숨소리가 들려왔다. 그들의 어깨는 구부정했고 발걸음은 더뎠다. 흰 날갯죽지 같은 그의 머리털이 어둠 속에 어른거렸다. 축축하게 땀에 젖은 손, 그의 손을 잡고 그녀는 걸었다.

분열

박 성 원

1969년 대구에서 태어났다. 1994년 『문학과사회』에 단편 「유서」를 발표하며 등단. 소설집 『도시는 무엇으로 이루어지는가』 『이상(異常) 이상(李箱) 이상(理想)』 『나를 훔쳐라』 『우리는 달려간다』가 있다. 오늘의 젊은 예술가상, 현대문학상을 수상했다.

작가를 말한다

플라톤의 대화편들이 여실히 보여주듯 이성(logos)의 사용은 불가피하게 아포리아를 산출한다. 데카르트가 탄식하자 이상은 웃었고, 해체론자들은 '결정불능성(undecidability)'이라는 개념으로 맞장구쳤다. 이 모든 논란들은 때로 지루하지만 이 아포리아를 '게임의 법칙'에 따라 섬뜩하게 재구성한 박성원의 소설들은 늘 재미있다. 그의 소설은 이상에 대한 집요한 오마주이며 데카르트의 포스트모던한 복습이다. 신형철(문학평론가)

ⓒ 백다흠

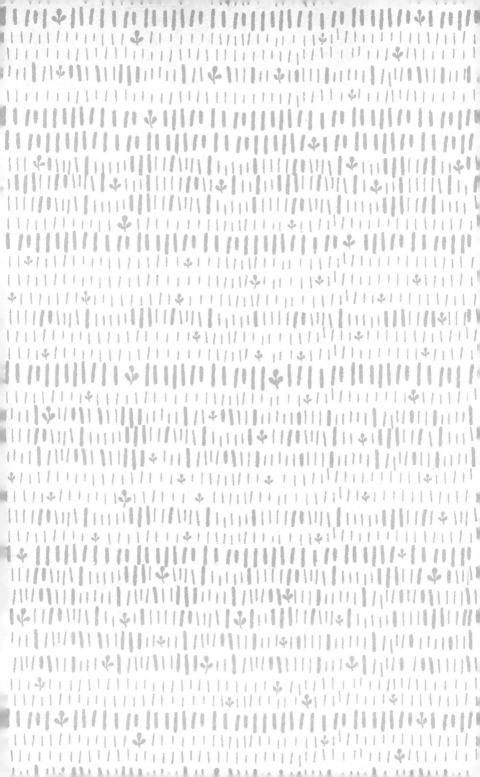

그는 생수와 술을 사기 위해 차를 세웠다. 친구의 말처럼 광교를 지나 바닷가까지 이어지는 그 길에는 가게는커녕 인가도 드물었다. 그의 친구는 광교를 지나면 가게가 없다는 말을 여러 번 했었다. 하지만 그는, 너무 구겨져서 그려준 길보다 주름이 더 많은 약도와 소나무숲 사이로 보이는 바다를 번갈아 보다 무심결에 지나쳤다. 바다는 소나무 뒤에 숨어 있다가 틈이 보이는 순간 플래시를 터뜨리듯 나타나 그의 눈을 잡아끌었다. 나뭇가지 사이를 비집고 뛰쳐나온 바다는 차가운 은색이었다.

　은색이었다…… 은색…… 너는 거기서 글쓰기를 멈추었다. 연필을 조용히 내려놓은 다음 손으로 얼굴을 비볐다. 볼이 뜨거웠다. 너는 손으로 턱을 괸 다음 바다를 떠올렸다. 그러나 이상하게도 너의 머릿속에 떠오른 바다는 넓고, 파랗고, 하늘과 맞닿은 수평선이 보이는 바다가 아니었다. 하늘 아래 있는 게 아니라 오히려 하늘이 짓눌리고 있는 바다였다. 너는 바다를 생각하면서 바다의 넓음보다 무거움을 느꼈다. 무거움 때문에 숨조차 제대로 쉬기 힘들었다. 모래 속으로 자꾸 빠지는 발이 답답하고 무거운 것처럼, 너는 무거운 수평선을 바라보다 어지럼까지 느꼈다. 심호흡을 했지만 답답하긴 마찬가지였다. 도저히 담거나 안을 수도 없는 무게감. 감당할 수 없는 버거움. 어쩐 일인지 바다를 떠올릴 때마다 너는 숨이 가빴다. 왜 광활하지 않고 무거운 걸까. 어째서 넓고 시원해야 할 바다가 그렇게도 숨막히는 걸까.

너는 고개를 들어 방 안을 살폈다. 미색 벽지였지만 더 이상 미색은 찾아볼 수 없었다. 벽지는 곳곳에 빗물이 새어들어 먹장구름이 잔뜩 낀 흐린 날 같았고, 보기만 해도 악취가 뿜어져나올 것 같았다. 가끔 실수로 미끄러져들어오는 바람이 아니라면 환기라곤 되지 않았고, 방 안을 점령하고 있는 것은 얌전히 앉아 있는 먼지뿐이었다. 연립주택 지하 보일러실을 급조해 만든 그 방에서 너는 지난겨울, 쉴새없이 돌아가는 보일러 소리 때문에 난청을 겪기도 했다. 하지만 나는 잘 알고 있다. 너를 괴롭히던 것은 벽지나 배고픔도 아니었고, 젖은 빨래처럼 만드는 여름의 더위나 각혈하게 만드는 겨울의 추위도 아니었음을. 누구보다도 나는 잘 알고 있다. 무엇보다 너를 괴롭힌 것은 분열에서 오는 외로움이었다는 것을.

분열 때문에 외롭지만 너는 분열을 이해한다. 인간의 몸은 애초부터 세포분열로 이루어짐을 너는 알고 있다. 모든 진행과 성장은 분열로부터 이루어진다. 분열은 인간에게 있어 필연적이다. 하지만 사람의 세포는 몸을 파괴하기 위해 분열하는 것이 아니다. 성장하고 보충하고 고치고 돕기 위해 끝없는 분열을 하는 것이다. 반면 악의에 찬 분열도 있다. 암세포처럼 오직 파괴하고 죽이기 위한 분열이 있다. 그 분열은 일종의 자본주의적 분열이다. 끝없이 상품을 양산하고, 사람들을 그 상품에 목매달게 부추기고, 쓰레기를 상품으로 둔갑시키고, 희미하게나마 남아 있던 주체성을 모조리 앗아가 자신이 노예로 길들여져 있다는 사실도 모르게 만드는 분열이 그것이다. 말기 암환자가 되어서야 암세포를 느끼는 것처럼 행복에 젖어 있는 사람은 자신의 행복이 무엇으로 이루어져 있는지 모른다. 사람이 행복한 것이 아니라 실은 상품이 행복한 것이고, 상품의 힘으로 살아가는 문명이 행복한 것이다. 적어도 너는 그따위 분열만이 명백한 적이고, 나머지 분열은 오직 치유와 돕기 위한 분열이어야만 한다고 그렇게 생각했다. 그러나 세상은 네가 원하는 대로 돌아가지 않음을 너는 보았다. 세상의 모든 게 분열되었다. 단지 취향과 입장이 다르다는 이유로, 보잘것없는 사소한 이유로, 암세포들이 비웃고 있는 가운데 분열은 정당화되었고, 너는 더욱 외로움을 느꼈다.

네 곁을 떠나지 않는 것은 책뿐이었다. 너는 네가 가진 책들을 사랑한다. 네가 가진 책들은 서로 다른 취향과 입장을 지니고 있지만, 암세포와는 달리 서로 성장하고 치유하기 위한 분열을 네게 보여주었다. 너는 외로움을 느낄 때마다 책 속으로 도피했다. 네 곁을 떠나지 않고 너의 손길을 기다리는 것은 오직 책뿐이었다. 어느날 너는 그 사실을 깨달았다. 그날은 네가 술을 무척 많이 마신 날이었다. 세상이 온통 가득 찬 행복으로 신음하고 있을 때, 그러니까 쏟아지는 상품에 광신도들처럼 허우적거리고 있을 때, 너는 술을 먹다가 치밀어오르는 외로움 때문에 도망치듯 네 방으로 숨었다. 너는 네가 사는 작은 방에 불을 켰다. 어둠이 재빨리 빛 속으로 잠복했을 때, 너는 너를 기다리고 있던 책들을 보았다. 각기 다른 세상을 보여주고 있던, 그러니까 분열을 보여주고 있던 책들은 서로 틈도 없이 밀착한 채, 쓰러지지 않기 위해 서로를 받쳐주고 있었다. 너는 그중 한 책을 꺼냈다. 수줍게 서 있다가 너의 손길을 받은 책은 네가 펼치자 숨어 있는 속살을 드러냈다. 그 책은 몇 년 전에 네가 읽은 책이었다. 그때는 그저 그랬지만 너는 그날 그 책을 보며 울었다. 종이는 매끄러웠고, 하얀 속살에 점점이 박혀 있던 글자들은 하나하나 일어서서 너의 숨결을 감쌌다. 너의 머릿속은 진한 애무를 받았고, 너는 우는 것 말고는 아무것도 할 수 없었다.

너의 술주정을 받아준 것도 너의 책들이었고, 너의 한숨과 숨결과 사랑과 정액을 받아준 것도 네가 가진 책들이었다. 그 책들이 없었더라면 너는 아마도 광포한 테러리스트가 되었거나 아니면 세상을 등진 미치광이가 되었거나 아니면 상품을 고르는 행복에 취한 익명이 되었을 것이다. 그 뒤로 너는 그 흔한 영화나 스포츠경기도 잘 보지 않았다. 세상에는 서로 성장하고 치유하기 위한 분열의 책들이 너무나 많은 것을 알았기 때문이었다. 너는 너무나 외로웠고, 외로운 만큼 책을 사랑했다. 일 년 사이에 너의 책들은 두 배가 넘게 늘었고, 이승우의 소설 제목처럼 너는 책과 함께 갔다. 그러나 외롭기는 마찬가지였다. 암세포가 명백히 아닌데도 불구하고 악의적인 분열은 끝없이 이어져 너를 괴롭혔다. 모든 사람이 손창섭의 소설을 좋아할 수는 없다. 모든 철학자들이 한 가지 철학사상을 따르는 것은 아니다. 모든 사람들이 포크음악을 좋아하는 것은 아니다. 그처럼 분열은 있을 수밖에 없다. 그러나 취향과 입장에 따른 분열은 암세포들의 분열과 합세를 해 작품들이 지니고 있던 제 나름의 가치마저 죽여버렸다. 그래서 너는 언제나 외로운 것이다. 소설이라는 것을 쓰고는 있지만 세상이 바뀔 것이라는 또는 미래가 밝을 것이라는 기대는 가지고 있지 않다.

너는 방 안을 둘러보다가 한구석에 뭔가 있는 것을 보았다. 너는 의자에서 일어나 그것을 주웠다. 그것은 작은 나뭇조각이었다. 나뭇조각인 것은 알지만 너는 그것이 어디서 떨어져나온 조각인지는 알지 못한다. 너는 어디서 떨어진 조각인지 알기 위해 방 안에 보이는 모든 나무 제품을 찾아다녔다. 문과 책꽂이와 의자와 책상과 싱크대까지 조사했지만 떨어진 부분을 찾을 수 없었다. 너는 나뭇조각을 보면서 네가 쓰는 소설과 같다는 생각을 했다.

너는 '은색이었다'라는 문장 다음에 떠오른 바다의 상념들에 대해 쓰려고 했지만 머뭇거렸다. 네가 쓰려는 소설은 아름다운 사랑 이야기였고, 그것은 사랑 이야기에 비해 다소 어둡고 무거운 표현이기 때문이었다. 너는 '은색이었다'라는 문장 다음 '짓누를 듯 무거운 바다'라고 쓰고는 물음표를 달았다.

드문드문 서 있던 집들은 어느 순간부터 보이지 않고, 대신에 길이 굽어 있다는 표지판과 '낙석주의' '갓길 없음' 같은 일종의 경고문들이 그 자리에 초라하게 서 있음을 알았다. 그는 속도를 줄였다. 그리고 앞뒤를 살폈다. 왼편으로는 길 모양을 따라 뱀의 허리처럼 부드럽게 휘어진 옹벽이 길 끝까지 이어져 있었다. 그리고 오른편으로는 휘우듬한 소나무들이 떼를 지어 그가 볼 수 있는 길 끝까지 서 있었다. 소나무들은 해풍에 시달려서인지 하나같이 꾸부정하고 비틀거리는 모양이었다. 길은 포장되어 있었지만 곳곳에 깊게 파인 자국이 여럿 있어 마치 주름 많은 노인의 얼굴을 보는 것 같았다. 다니는 차도 없었다. 광교까지만 하더라도, 그리고 광교에서 가까운 곳에 위치한 해수욕장에는, 비록 겨울이긴 하지만 그래도 적잖은 차들이 다녔다. 그러나 광교를 지나 친구가 그려준 약도를 따라 길을 들어선 뒤로 그는 다니는 차를 보지 못했다. 친구의 말처럼 호젓하다 못해 외로울 정도였다. 들어올 때 마실 것, 피울 것, 먹을 것을 단단히 준비해오지 않으면 안 돼, 하고 몇 번 힘주어 말하던 친구의 말이 거짓은 아닌 것 같았다. 도망 중인 그로서는 다행이었다. 지금쯤 수배가 떨어졌을지도 모른다고 그는 생각했다. 도피처를 찾아 산속에 틀어박혀 있는 친구를 찾아가는 길이었지만, 좁은 땅에서 그렇게 오래 숨어 있지는 못하리란 것을 그도 잘 알고 있었다. 비록 도망자 신세가 되었지만 그는 자신의 행위가 정당했다고 생각했다. 잡힐 때까지 그는 생각을 정리하고 싶었다. 생각만 정리된다면 자수를 할 것이고, 또 잡히더라도 아무 문제가 없을 것 같았다. 그는 속도를 더 줄여 주위를 둘러보았지만 가게가 있을 것 같지는 않았다.

그는 차를 돌려 다시 광교 방향으로 향했다. 그는 주행계를 봤다. 광교에서부터 이십여 킬로미터 이상을 온 거리였다. 지칠 정도로 보이던 소나무숲과 옹벽이 끝나자 벌판이 이어졌고 집이 하나씩 나타났다. 그는 집이 보일 때마다 속도를 줄였다. 작은 마을일수록 집 모양을 그대로 유지한 가게가 많이 있음을 그는 상기했다. 그의 예상대로 광교가 얼마 남지 않은 곳에서 그는 가게를 찾았다. 제한 속도 이상으로 달렸다면 그냥 스쳐 지났을 정도로 가게의 규모는 작았다.

가게 앞에는 손가락 모양의 입간판이 서 있었고, 입간판의 손가락이 가리키는 방향에는 편의점이라는 글자가 붉은색 페인트로 씌어 있었다. 그는 가게 앞에 주차를 하려 했지만 두 대의 차량이 이미 주차되어 있어 주차 공간이 전혀 없었다. 그중 한 차에는 스키 장비가 얹혀 있었는데, 바닷가에서 그것도 유명 해수욕장이 아닌 작은 어촌에서 만나는 스키장비는 낯설어 보였다. 그는 하는 수 없이 가게를 조금 지나쳐 농로와 이어지는 길에 세웠다.

차에서 내린 그를 처음 맞아준 것은 노쇠한 신음을 내며 들판을 마구 달리고 있던 매서운 바람이었다. 바람이 워낙 거세게 불어 그는 숨쉬는 것조차 힘들었고, 바람에 노출된 살갗은 타들어가는 것 같았다. 그는 손으로 귀를 감싼 채 가게까지 뛰었다.

가게 안은 후끈해서 그가 쓴 안경에 김이 서렸고, 그가 알아볼 수 있는 것은 달무리처럼 희붐한 불빛뿐이었다. 그는 김이 어느 정도 걷힐 때까지 멍하니 서 있었다. 지독한 안개 같은 김이 어느 정도 사라지자 그의 눈에 가장 먼저 보인 것은 알록달록한 스키복을 입은 두 남자였다. 한 명의 스키복은 온통 보라색이었고 다른 한 명의 스키복은 진분홍 꽃잎이 화사하게 번져 있는 무늬였다. 그들의 스키복은 물에서 막 건진 생선의 비늘처럼 번들거렸다. 그는 그의 안경에 달무리처럼 희붐하게 번지던 불빛이 진짜 빛이 아니라 그들의 번들거리는 스키복이었음을 알았다. 또 사내들은 그리 밝지 않은 가게 안에서 선글라스를 착용하고 있었는데, 선글라스 위 이마에는 활강할 때나 쓸 것 같은 커다란 고글이 또 하나 한자리를 차지하고 있었다. 마치 큰 눈 아래 작은 눈이 한 쌍씩 더 달려 있는 외계인 같았다.

가게 안에는 두 명의 젊은 여자도 있었다. 한 여자는 긴 생머리였고, 또 다른 여자는 단발머리였다. 스키복을 입은 남자들이 여자들을 따라다녀서 그는 그들을 일행으로 생각했다. 계산대에는 주인으로 보이는 노인이 신문을 보고 있었다. 주름이 깊게 파여 있어 가뭄에 갈라진 논바닥 같았고, 머리털이 거의 빠진 머리는 그가 지나쳐온 벌판을 연상케 했다. 주인은 보고 있던 신문을 내려놓으며 돋보기 위로 그를 봤다. 그는 얼굴을 제대로 보여주지 않기 위해

가게 안을 두리번거렸다. 그는 늙은 주인에게 한파주의보가 내린 날씨 이야기로 인사를 대신한 다음 그들을 지나쳐 생수와 술을 골랐다. 그는 친구가 흑맥주를 무척 좋아한다는 것을 떠올렸다. 그는 냉장고를 열고, 늙은 주인에게 흑맥주가 있는지 물었다. 주인은 흙으로 만든 맥주도 있냐며 다시 돋보기 위로 눈을 크게 뜨고 그에게 되물었다. 그는 다른 술을 골랐다.

그가 맥주를 담고 있을 때, 한 여자가 달려와 이름을 부르며 그의 어깨를 잡았다.

—영한 씨, 우리가 장을 봐서 가겠다니까 왜 나왔어? 여기까지 마중 나온 거야?

긴 생머리의 여자였다. 그는 어리둥절했다. 영한이라는, 여자가 말한 이름을 떠올렸지만 처음 듣는 이름이었다. 그가 생각할 틈도 없이 긴 생머리를 한 여자가 그의 팔을 잡아끌었다. 그는 여자가 착각을 한 것이라 생각했다. 긴 생머리를 한 여자는 단발머리에게 큰 소리로 말했다.

—인사해. 내가 말한 영한 씨야. 요즘 새로 만나는 사람.

여자는 그렇게 말한 다음 스키복을 입은 남자들에게 말했다.

—보셨죠? 이제 우리에게 일행이 있다는 말을 아시겠죠? 우린 이 친구의 별장으로 갈 거라고요. 그러니 우릴 그만 따라다니세요.

여자는 그에게 웃음을 지으며 와줘서 고맙다는 말을 했다.

그는 겁부터 났다. 무슨 영문인지 알 수 없었지만 누군가가 자신을 아는 척한다는 것부터 그를 두렵게 만들었다. 그는 자신의 팔을 잡고 있던 여자의 손을 빼며, 다른 사람과 착각한 것은 아닌지 물었다. 그 순간 여자는 실망스런 표정과 노여운 표정을 반반씩 지었다. 그는 여자의 표정을 보고서야 겨우 상황을 알아차릴 수 있었다. 스키복을 입은 사내들이 멍청하게 있다가 낄낄거렸다. 늙은 주인이 돋보기 위로 눈알을 돌리며 그와 여자들을 번갈아 보았다. 그는 스키복을 입은 사내들이 여자들에게 치근거렸음을 그제야 알았다. 여자는 스키복을 입은 남자들을 따돌리기 위해 그를 끌어들인 것이었지만 그는 여자가 자신을 다른 사람과 착각한 것이라고만 생각했다. 그는 얼굴이 화끈거렸다. 그러나 정의감을 내세워 여자들을 갑자기 아는 체하기도 힘들었다. 그는 도망 중이었고, 자신은 사람들의 눈에 띄면 안 된다는 생각을 했다.

그는 당황하여 술과 먹을거리를 장바구니에 마구 담았지만 무엇을 넣었는지조차 잘 생각할 수 없었다. 그는 더 이상 신경을 쓰지 않으려 했지만 좁은 가게 안에서 물건을 고를 때마다 그들과 부닥칠 수밖에 없었다. 그는 그들 중 한 여자와 자주 눈이 마주쳤는데 긴 생머리 여자였다.

그는 여자의 눈길을 피해 물건을 대충 담았다. 그리고 계산대로 가기 위해서 비좁은 통로를 지나쳐야만 했는데, 그 통로에서 스키복 사내들과 여자들은 여전히 실랑이를 벌이고 있었다. 그가 통로를 지나려 했지만 사내들은 잘 비켜주지 않았다. 사내들의 입에서 술냄새가 풍겼다. 그가 좀 지나갑시다, 하고 말하자 그제야 사내들은 늦잠에서 일어나는 아이들처럼 기지개를 켜듯 천천히 몸을 비켜주었다. 그 틈을 타 여자들이 그의 뒤에 따라붙었다. 남자 중 한 명이 야, 그렇게 도망가면 앞으로 어떻게 하겠다는 거야, 하고 여자들에게 말했다. 여자에게 한 말이었지만 도망이라는 말에 그는 움찔 놀랐다. 저절로 어깨가 크게 들썩이더니 움츠러들었다. 그는 장바구니를 내려놓으며 노인에게 얼만지 물었다. 노인은 그가 고른 물건을 하나씩 꺼낼 때마다 혀를 차며 돋보기 위로 눈을 치켜뜨고는 그를 보았다. 노인은 깊게 파인 주름을 금방이라도 부러뜨릴 것처럼 얼굴을 찡그렸다. 그가 비닐에 담긴 물건을 안고 가게를 나가려고 할 때 긴 생머리를 한 여자가 다시 그의 팔을 붙잡았다.

―저희랑 함께 나가면 안 될까요?

그는 머뭇거렸다.

―부탁이에요, 네?

여자가 말했지만 그는 머뭇거릴 수밖에 없었다. 여자는 그에게 겁나서 그러는지 물었다. 그는 그게 아니라고 말하려다 그냥 고개를 돌려 스키복을 입은 사내들을 보았다. 보라색 스키복을 입은 사내가 그에게 다가왔다.

―물건 다 사셨습니까? 영한 씨?

사내는 그렇게 말하고 재미있다는 듯이 웃었다. 그는 사내의 검은 선글라스를 피해 고개를 돌렸다. 되도록 사람들의 눈에 띄고 싶지 않았다. 하지만 여자가 그에게 자꾸 매달렸다. 그러자 사내는 여자를 그에게서 떼어놓고는 가게 밖으로 그를 데리고 나갔다. 그러고는 말했다. 자신들은 친구 사이인데 얼마 전에 다투었고, 자기

들끼리 여행 간다고 해서 그런 줄 알았는데 휴게소에서 우연히 보게 되었고, 이상한 느낌이 들어 스키장에서부터 미행한 것이라고. 그러니 아무 의심 말고 그냥 갈 길이나 가라고 말했다. 사내는 광대뼈가 무척 컸는데, 사내가 말할 때마다 광대뼈가 움직여 선글라스가 덩달아 들썩였다. 그가 가게 안을 보며 망설이자 사내는 벌건 대낮에 인신매매를 할 것도 아니고, 만약 믿지 못하겠으면 들어가서 확인해보고 경찰에 신고라도 하라고 덧붙였다. 그는 경찰이라는 말에 그냥 물러서야만 했다. 그는 비닐봉투를 안고 그의 차가 있는 쪽으로 걸었다.

그가 차를 다시 돌린 것은 가게를 지나 십여 킬로미터 이상을 갔을 때였다. 아직 해가 있는 오후였고, 비록 늙었지만 주인도 있었기 때문에 큰 걱정은 하지 않았다. 하지만 아무래도 여자들이 마음에 걸렸다. 여자들이 가게 밖으로 나간 다음 돌아가지 않은 자신을 겁먹었다고 오해할 것이 신경 쓰였다. 자신이 비겁해서가 아니라 도망 중이어서 어쩔 수 없다는 상황을 설명할 순 없겠지만 그래도 돌아갔을 때까지 그들이 실랑이를 벌이고 있으면 여자들만 데리고 나올 참이었다. 그러나 그가 되돌아갔을 때 가게에는 노인 말고 아무도 없었다. 그는 가게 안을 둘러보다가 노인에게 조금 전의 젊은이들이 모두 갔는지 물었다. 노인은 다시 이맛살을 찌푸리며 돋보기 위로 눈을 빼고는, 거, 젊은 사람이 아가씨들을 좀 돕지 않고 뭐 했어, 하고 말했다. 그가 대답을 하지 못하고 머뭇거리자 노인은 자신이 사내들을 쫓아냈다고 말한 다음 신문으로 눈을 돌렸다. 그는 뭔가를 말하려다 노인에게 인사를 하고는 가게를 나왔다. 바람은 여전히 차가웠고, 금방이라도 눈이 내릴 것처럼 잔뜩 찌푸린 하늘이었다.

  너는 거기까지 쓴 다음 다시 글쓰기를 멈추었다. 왜냐하면 그때 선배가 너를 찾아왔으니까. 선배는 너에게 뭐 하고 있었는지 물었고, 너는 부끄럽다는 듯 뒷머리를 긁었다. 선배는 말했다. 네가 말하지 않아도 알겠다. 너의 표정만 보고도 네가 소설 쓰고 있었다는 것을 알겠다. 사실 나는 네가 소설을 쓸 때마다, 아니 보다 정확히 말하자면, 네가 소설을 쓴다고 생각할 때마다 심한 구역질이 난다. 분열, 분열 하지만 내가 봐서는 너야말로 분열증이 있다. 선배가 말했지만 너는 가만히 듣고만 있었다.
  내가 요즘 외국인노동자의 집이 무척 바쁘다고 말했을 때 너는 단지 그러냐고 나에게 말했다. 내가 가입 권유를 한 것도 아니었고, 네가 먼저 돕고 싶다는 말을 한 걸 너도 기억할 거다. 물론 네가 김간사와 나눈 이야기도 내가 들어서 잘 안다. 김간사가 그렇게 물었지? 그래, 무슨 일을 돕고 싶습니까? 하고. 그때 너는 김간사에게 어떤 도움이 필요한지 물었고, 김간사는 외국인노동자의 집에서 가장 필요한 것은 의료 문제이기 때문에 의사나 간호사면 좋겠다는 말을 했고, 다음으로 필요한 것은 법률 문제이기 때문에 법에 대한 지식이 있어 도우면 좋겠다는 말을 했고, 또 다음에는 언어 문제가 있어 외국어를 잘하면 도움이 된다는 말을 했고, 언론인이면 말할 나위 없이 도움이 되겠고, 영화나 방송 일에 종사하고 있어 사람들에게 알려주면 도움이 되겠고, 하다못해 사업주거나 아니면 동료직원이라도 된다면 큰 도움이 될 거라고 말했다. 김간사가 너에게 무슨 일을 하냐고 물었을 때 너는 아무 말도 하지 못했다. 네가 느끼는 것처럼 내가 봐도 너는 이 사회에 정말 도움 안 되는 인간이다. 하다못해 그런 봉사단체에서까지도 너는 아무런 도움도 되지 않는다. 이 사회가 얼마나 힘들게 돌아가는지 너는 모른다. 네가 이 사회의 생산에 조금의 보탬이라도 되었다고 생각하나? 소설로는 아무것도 할 수 없다. 소설을 쓴다고 그게 시멘트가 되기를 하나, 물건과 교환할 수 있기를 하나, 무슨 가치가 생기기를 하나? 너는 정말이지 아무짝에도 쓸모없는 일에 너를 바치고 있다. 네가 말하는 암세포 분열 따위, 사실 나는 그런 말 들어도 무슨 말인지 하나도 모르겠다. 너는 남들이 박 터지게 싸울 때도 너만 잘 살겠다는 놈이다. 선배는 그렇게 말하고는 잠시 방 안을 훑었다. 아, 그 말은 취소한다. 지금 보니까 너는 잘살지도 못하는구나. 하긴 그따위로 사니 잘살 턱이 있나. 너는 원래 네 꿈대로 혼자 농사나 짓고 과수원을 하며 살았어야 했다. 그게 아마도 네가 이 세상을 위해 생산해낼 수 있는 가장 최선이었다. 네가 그토록 가기 싫어했던 대학을 가라고 내가 강요한 것도, 나는 네가 이 사회에 어느 정도 일익을 담당하리라 생각한 탓이다. 너는 평소에 이 사회를 보고 늘 쓰레기라고 말했지만 너야말로 이 사회에서 가장 악취 나는 쓰레기다. 그래서 너만 생각하면 구역질이 난다는 것인데. 선배는 그렇게 말하고 너를 한동안 노려보았다.

　이것 한번 봐라. 또 아무 말이 없지 않느냐. 너는 대체 어떻게 된 인간인 게, 사람이 바로 앞에서 말을 하면 좀 대꾸라도 해봐라. 도대체 네놈의 머릿속에는 뭐가 들어 있는지 하나도 모르겠다. 부디 네 진심을 단 한번이라도 털어놓아봐라. 이 정신분열증 환자야.

　너는 말이 없었고 선배는 그냥 가버렸다. 나는 너의 눈치를 보며 이불을 뒤집어쓴 채 몰래 누웠다. 내가 잠든 것을 확인하자 너는 몇 번인가 한숨을 쉬다가 술을 꺼내 조금 홀짝였다. 그러곤 너의 형이 들려주었던 옛날 노래를 들었다. 너는 내가 잠들었는지 알았겠지만 사실 나는 너를 항상 지켜보았다. 나는 너를 위로해주고 싶었다. 노예는 노예로 태어나는 것이 아니다. 노예로 길들여지는 것이다. 사람들은 자신이 노예라는 사실을 모른다. 주인을 선택할 수 있기 때문에 자신은 노예가 아니라고 착각한다. 노예처럼 남들 말에, 그리고 사회의 말에 질질 끌려다니면서도 자신이 노예인지 전혀 모른다. 하지만 너는 다르다. 선배의 말처럼 네가 쓰는 소설은 요즘 세상에서는 아무런 가치가 없다. 소설을 가지고 써먹을 데도 없으며, 비싼 것과 교환할 수도 없다. 때문에 역설적으로 가장 좋은 무기다. 그렇게 너에게 위로를 해주고 싶었지만 나 또한 너를 지켜보기만 할 뿐 아무 말도 할 수 없었다. 난 전혀 강하지 않다. 나 또한 너처럼 나약할 뿐이다.

　그는 약속한 시간보다 늦게 도착했다. 길을 잃고 헤맨 탓이었다.

친구가 그려준 약도는 별 도움이 되지 않았다. 하지만 그는 길을 잃은 것을 오히려 다행이라고 생각했다. 바닷가까지 이어진 길을 지나고 비포장도로를 거쳐 산으로 올라갈 무렵부터 그는, 이미 친구가 여러 번 말한 것처럼, 아늑함과 안전함을 느꼈다. 빽빽이 들어선 나무들은 가지를 서로 포개고 있어 바깥을 몇 겹으로 가리고 있었고, 가지들이 끝난 지점에는 시원하게 뚫린 하늘이 금방이라도 떨어질 것처럼 가까이 보였고, 수북하게 쌓여 있는 낙엽은 차마 깰 수 없는 적막과 고요를 품고 있었다. 그는 운전을 최대한 조심스럽게 했다. 오직 들리는 소리는 자동차 엔진 소리뿐이었고, 자동차가 움직일 때마다 고요함과 적막이 움츠러들기 때문이었다. 그는 친구의 집까지 가는 동안 여러 번 차를 멈추었다. 그는 숲의 정적을 자동차 엔진 소리로 깨기 싫었다. 짐만 없었다면 차를 두고 걸어가고 싶었다. 도시에서 느끼던 거짓 웃음을 조금도 느낄 수 없었다. 그저 숲에 안겨 잠들고 싶었다.

그는 적막과 고요함을 깨뜨리지 않기 위해 최대한 느릿느릿 차를 몰았고, 중턱까지 가자 친구의 집을 쉽게 발견할 수 있었다. 집의 일층은 전면이 통유리였다. 통유리는 하늘과 숲을 몽땅 빨아들일 듯이 풍경을 머금고 있었고, 그 모습은 멀리서도 한눈에 띄었다. 친구가 바깥에 불을 피웠는지 연기가 하늘을 간질이듯 피어오르고 있었다. 그는 친구를 만나면 오는 길이 너무나 좋았다고, 진정한 평화와 사랑을 느꼈다고 말하고 싶었다. 숲이 끝나자 너른 길이 나타났고, 그 길은 앞마당까지 이어져 있었다. 앞마당에는 추위에도 불구하고 두툼한 옷을 입은 친구가 바비큐 통에다 이미 고기를 굽고 있었고, 그 앞 식탁에는 술과 접시들이 놓여 있었다. 바비큐 통 옆에는 모닥불이 타고 있었는데, 여자 두 명이—한 명은 긴 생머리였고, 다른 한 명은 단발머리였다—깔깔 웃으며 불을 쬐고 있었다. 그가 차를 세울 무렵 친구는 고기 집는 집게를 흔들며 인사를 했다. 친구는 인사를 하다 말고 달려드는 연기를 피해 상체를 뒤로 젖혔고, 잠시 얼굴을 찡그렸다. 들어오는 차를 보고 여자들도 고개를 돌렸는데, 그는 여자들의 얼굴을 보는 순간 조금 전 가게에서 보았던 여자들임을 알았다. 그는 당황하였다. 그 여자들이 어떻게 친구 집에 있는지 알 수 없었다.

차에서 내린 그를 친구는 낚아채듯이 여자들 앞에 데리고 갔다. 그러곤 장황하게 소개했다. 많이들 기다렸지. 여긴 내 친구. 그런데 이 친구 앞으로 소설을 쓰기로 했대. 작업실이 없다기에 나와 함께 여기서 당분간 지내면서 소설 쓰기로 했어. 친구가 소개하자 여자들은 웃으며 인사를 했다. 단발머리는 어머, 어디선가 많이 뵌 분 같아요, 우리 어디서 만났더라? 하고 크게 웃었다. 친구는 그에게 정말 아는지 물었고 그는 고개를 저었다. 그는 여자들에게 사과를 하고 상황을 말하려 했지만 무슨 말을 어떻게 꺼내야 할지 알 수 없었다. 도망 중이어서, 지금쯤 수배가 떨어졌을지도 모른다고, 그래서 돕고 싶었지만 돕질 못했다고 하면 그녀들은 이해를 할까. 다시 가게를 갔다는 말도 하고 싶었지만 핑계밖에 되지 않는 것 같았다.

—앞으로 소설을 쓰신다니 드리는 말인데요, 멋진 주인공이 나타나 위기에 빠진 여자를 구해주고, 또 그 여자와 사랑에 빠지는 그런 소설 좀 써주세요. 저는 그런 내용이 좋아요.

단발머리는 환하게 웃으며 그렇게 말했고, 긴 생머리를 한 여자는 아무런 말 없이 그를 보기만 했다. 그는 얼굴이 화끈거렸고, 피를 공급받지 못한 듯 손은 마구 저려왔다.

친구는 고기를 구우려 돌아가 다시 말했다. 너도 이야기 들어볼래? 글쎄, 이 아가씨들이 오는 길에 하마터면 봉변을 당할 뻔했대요. 휴게소에서 만난 남자들이라는데, 길을 몰라 물었더니 남자들이 한참을 설명하더래. 그런데 길 설명이란 게 그렇잖아? 쭉 가다가 삼거리에서 좌회전, 다시 가다가 두번째 건널목에서 우회전, 직진하다가 큰 교차로에서 좌회전, 직진, 우회전, 다시 좌회전. 몇 번이나 들어도 까먹게 되지. 그래서 이 친구들이 들어도 모르겠다며, 같은 방향이면 같이 갈 수 있느냐고 물었대. 남자들이 광교까지는 같은 방향이라고 말해서 광교까지 함께 왔는데, 광교가 무엇으로 유명한지 알지? 모른다고? 넌 텔레비전도 안 보냐? 요즘 한참 뜨는 드라마에서 주인공이 광교에서 배운 회국수나 막회무침으로 서울의 일류 음식점들과 싸우는 드라마가 있어. 정말 그런 음식이 광교에서 유명하냐고? 물론 아니지. 바닷가니까 원래부터 횟집은 있었겠지만, 그런 음식은 없었어. 그 드라마 이후에 오히려 우후죽순처럼 원조라는 간판을 내건 집들이 마구 생겼지. 응, 그래 우선 건배하자. 어쨌든 이 아가씨들이 광교에서 드라마에 나온 집이 어딘지 물었고, 사내들은 그 집을 잘 안다고 점심을 같이 먹자고 해서 먹었대. 내가 보기엔 그놈들도 순 깡통이야. 개업한 지 일 년도 채 되지 않았을 텐데, 그놈들 말로는 드라마가 뜨기 전부터 수 년째 단골이었다고 말했대. 말이 되냐? 말이? 그러고는 놈들이 반주로 술 한잔 괜찮겠냐고 해서 조금 마셨대. 뭐라고? 정말 반 잔도 마시지 않았다고? 뭘, 술냄새가 풀풀 나던데. 알았어. 미안해. 농담이야, 농담. 밥값도 따로 내려고 했는데 놈들이 냈다더군. 기분 좋게 가게까지 왔는데, 그때부터 놈들이 헤어지기 아쉽다는 둥, 함께 스키장으로 가자는 둥, 뭐 그렇게 달라붙더래. 그때 가게에서 어떤 바보 같은 남자를 만났는데 그 바보 같은 놈이, 그래 반갑다. 같이 술 마시는 거 오랜만이네.

친구의 말을 가로막으며 여자들이 재미없으니 그만 이야기하자고 했고, 친구는 앞으로 그런 놈을 만나면 자지를 차버려, 라는 말로 끝냈다. 그는 자지를 맞을 놈이 스키복을 입은 사내들인지 아니면 여자들의 눈에 비친 비겁하고, 눈치 없고, 용기 없는 사람인지 알 수 없었다.

친구는 횡성 한우라며 구운 고기를 내밀었다. 모닥불은 보기보다 따뜻했다. 겨울바람이 오히려 시원하게 느껴질 정도였다. 친구는 들판과는 달리 이곳 산속은 막혀 있어 겨울에도 따뜻하다고 말했다. 친구는 그에게 단발머리와 곧 약혼할 거라고 말했다. 긴 생머리를 한 여자도 그 사실을 처음 들었는지 단발머리를 껴안으며 축하한다고 말했다. 모두 기뻐하고 여러 번 건배를 했지만 그는 잘 웃지 못했다. 볼을 어색하게 접긴 접었지만 웃음을 어떻게 짓는지 잊어버린 사람처럼 근육은 이내 펴져서 경직되었다. 그는 여자들과 눈이 마주칠 때마다 불안했다. 단발머리를 한 여자가 사진기를 꺼냈다. 그 여자는 사진을 여러 번 찍었다. 그때마다 플래시가 터져 그는 눈이 아렸다. 그는 그 빛이 자신을 놀린다고 생각했다. 도망자 주제에, 비겁하기까지 하다니. 친구는 자신이 사랑하는 사람들과 함께 있어 이 시간이 더없이 행복하다며 그를 껴안고 사진을 찍었다. 친구는 여자들을 찍어주었고, 그러다가 그에게 긴 생머리의 여자와 한 장 찍어주겠다고 했다. 그는 사양했지만 친구는 몰아붙였다. 단발머리는 억지로 그를 긴 생머리를 한 여자에게 떠밀었다. 플래시가 터질 때마다 그는 자신의 얼굴이 달아오르는 것을 느꼈다. 친구가 좀 웃으라고 강요했지만 그의 볼은 생기를 잃고, 감각이 없어졌다. 친구가 그를 떠밀어 그의 볼이 여자의 볼과 살짝 부딪쳤다. 그는 짧은 순간이었지만 여자의 솜털을 느꼈다. 분명 부드러웠지만 부드러운 느낌이 강하게 전해질수록 그의 근육은 딱딱하게 굳어갔다. 어색한 그는 술을 마셨다. 친구는 얼마 전에 개봉한 영화 이야기를 꺼냈고, 단발머리는 영화를 찍다가 다친 주연배우를 걱정했다. 그들은 배우의 쾌유를 기원하며 건배했고, 그는 자신이 떠밀었던 사람이 부디 죽지 않고 살아 있기만을 기원했다. 그러나 살지는 못했을 것이다. 그 어떤 의술로도 죽은 자를 깨울 수는 없을 것이다. 긴 생머리를 한 여자가 유명 축구선수의 세미누드가 들어간 화보집에 대해 말을 꺼내자 단발머리는 그 축구선수의 이혼에 대해 말했고, 친구는 중계권료와 방송국 간의 경쟁에 대해 말을 이었다. 그는 이야기를 들으며 자신의 정당방위를 진술해줄 여자를 찾아다녀야 하는지 고민했다. 그 여자는 어디로 간 것일까. 아마 겁을 먹고 무조건 도망친 것이겠지. 하필이면 자신의 정당성을 진술할 여자는 사라지고, 자신이 저지른 사건의 목격자만이 그 순간에 나타났을까. 그들은 이야기를 쉬지 않고 계속했고 그는 그들의 이야기를 들을 때마다 머릿속이 더욱 헝클어지고 복잡해졌다. 그는 듣고 싶지 않았으나 들려오는 소리들을 막을 수는 없었다. 긴 생머리를 한 여자는 친구가 나온 대학에 가고 싶었지만 자신과 단발머리는 시험에서 떨어졌다고 했다. 그러자 친구는 그럼 내가 대신 다녀준 거네, 라고 말했고 여자들은 까르르 웃었다. 그는 그들의 이야기를 들으며 거북과 아킬레스가 달리기 경쟁을 하는 제논의 역설을 떠올렸다. 단발머리는 긴 생머리와 함께 주식투자를 했지만 돈을 거의 날렸고, 반면 친구는 주식으로 돈을 벌어 이 집을 지었다고 했다. 그러고 나서 친구는 그럼 이 집은 두 분이 날린 돈으로 지은 집이네, 하고 말했다. 어떤 사람이 돈을 벌면 누군가는 반드시 잃게 되어 있다. 한 사람이 웃기 위해선 반드시 다른 한 사람이 울어야만 하는 암세포 같은 세상을 그는 생각하며, 자신이 살기 위해 한 남자를 벼랑 아래로 밀쳤던 모습을 떠올렸다. 친구는 문화기획을 한다는 긴 생머리 여자에게 사대부 집안에서 제주(祭酒)를 올릴 때 사용하던 백화옥병이라는 술병의 근사한 빛깔과 은은함, 그리고 집안마다 조금씩 다른 문양에 대해 이야기했고, 긴 생머리 여자는 큐레이터와 함께 검토하기로 했다. 단발머리는 전시를 하면 취재해서 잡지에 싣기로 했고, 그는 그들과 어울려 할 수 있는 말이 단 한마디도 없음을 알았다. 그들은 웃었고 그는 앞으로 어떻게 해야 할지 앞날을 걱정했다. 술이 떨어졌고, 그는 차에서 가져오겠다며 자리를 급하게 일어섰다. 친구는 그런 그를 보고 원래는 아주 재미난 친군데 낯가림을 하는 모양이라며 웃었다.

그는 자동차까지 가면서 뒤돌아보고 싶었다. 그가 가는 동안 그의 등뒤로 맑게 웃는 소리들이 끊임없이 들려와 그의 등을 간질였다. 그는 그들이 무엇 때문에 그렇게나 웃는 건지 궁금했다. 뒤돌아보고 싶었지만 그러나 그럴 용기가 나지 않았다.

그가 가져온 술을 보고 친구는 흑맥주는 없어? 하고 말했다. 그러자 단발머리를 한 여자가 가게에 있던 주인이 흙으로 만든 맥주도 있냐고 물었다는 말을 했다. 그는 어색해서 친구에게 너무 춥다며 먼저 들어가겠다고 했다. 함께 어울리지 않는 그를 보고 친구는 못마땅하게 생각했다. 여자들도 춥지 않다며 더 있자고 말했지만 그는 힘들었다. 그는 핑곗거리를 찾다가 더 어두워지기 전에 짐을 옮기겠다며 자리에서 일어섰다.

그가 얼마 안 되는 짐을 옮기는 동안 그들의 웃음소리는 지칠 줄 모르고 다가와서 그의 몸 곳곳을 누비며 간질였다. 그는 옷을 벗고 옹이가 가득한 나무에 대고 등을 긁고 싶었지만 어느새 숲에는 지독한 어둠만이 폭 뒤덮고 있어 나무는커녕 바로 앞도 보이지 않았다. 어둠을 잡아먹고 있는 것은 오직 환하게 피어오르고 있는 모닥

불뿐이었고, 보이는 것은 모닥불 앞에서 웃고 있는 그들뿐이었다. 그들의 웃음소리는 숲의 고요와 적막을 잠시 깨뜨렸다. 그는 숲에서 비린 냄새가 풍겨오는 것을 느꼈다.

그는 짐을 모두 옮기고 나서 바깥으로 나가지 않았다. 그는 유리를 통해 그들을 지켜보았다. 그날도 그랬다. 그는 그날의 일을 떠올리기 싫었지만, 그날의 일은 막을 수 없는 햇빛처럼 그의 눈두덩을 뚫고 들어와 그의 눈을 달구었다. 그는 그날 여자를 돕지 않고 그냥 못 본 척하고 지났어야 했다고 생각했다. 그랬다면 그는 도망자 신세가 되지도 않았을 것이고, 그들과 함께 웃고 떠들 수 있었을 것이다. 그는 갑자기 화가 치밀어올랐다. 그러나 어쩔 수 없는 일이다. 시간을 되돌릴 수는 없기 때문이었다. 시간은 절대 역행하지 않는다. 그는 노트를 꺼내 앞으로의 계획에 대해 정리를 해보았다. 가지고 있는 돈의 액수를 적었고, 이곳까지 경찰이 찾아왔을 때를 대비해 탈주 계획도 세워야 했다. 사건이 미결로 파묻힐 때까지 숨어 있어야 하는지 아니면 자수라도 빨리 하는 게 나을지 판단이 서지 않았다. 누군가에게 털어놓고 싶었지만 그 누구에게 털어놔야 할지 알 수 없었다. 그는 노트에 자수, 정상참작, 목격자, 행방 등 수많은 단어들을 썼지만 그중 한 단어도 그에게 다가오지 않았다. 그 모든 게 엉터리 같았다.

—어머, 소설 구상하시나봐요. 나중에 소설 쓰면 꼭 악당을 혼내는 멋진 주인공에 대해 쓰세요.

그들이 남은 술을 가지고 들어왔다. 술을 많이 마셨는지 바람을 맞은 가지들처럼 모두들 흔들거렸다. 그는 자리를 피하고 싶었지만 그렇다고 혼자 바깥으로 다시 나갈 수는 없었다. 도피처인 친구 집을 떠날 수도 없었다. 그들과 어울리지 못한다면 그는 또 한 번 옹졸한 사람밖에 되지 않을 것 같았다. 그는 애써 웃음을 지으며 그들을 반겼고, 그들은 화장실을 한 번씩 다녀온 다음부터 그에게 술을 권했다. 그는 주는 대로 술을 마셨다. 차라리 빨리 먹고 취해서, 어느 구석에 처박혀 잠만 자고 싶었다. 누군가가 게임을 하자고 했다. 또 누군가가 벌칙으로 술 마시기를 하자고 했다. 그는 고의로 게임에서 자주 졌고, 벌주를 비웠고, 그들은 그런 그를 보고 웃었다. 그는 급속도로 취했고, 기억은 탈색되어 군데군데를 백지로 만들었다. 그가 잘 알지도 못하는 게임은 계속되었고, 누군가가 진실게임을 하자고 했다. 진실게임? 그걸 게임이라고 말할 수 있는지 모르겠다. 어쩌면 그것은 시간을 때우기 위해 급하게 만든 하찮은 장난인지도 모른다. 그래, 장난이다. 장난. 아니면 시시한 농담 같은. 그는 진실게임이란 말을 듣는 순간 입 안에 있던 술이 튀어나올 만큼 크게 웃었다. 진실이라니. 진실에 게임이란 말을 붙이다니. 도대체 그게 가능한 일인지 알 수 없었다. 그는 기억뿐만 아니라 눈앞의 모습과 들려오는 소리들 대부분을 잃기 시작했고, 그들이 회전목마를 탄 것처럼 빙글빙글 도는 것을 보았다. 그들이 말하며 웃기 시작했다. 나는 용기 없는 남자가 제일 싫더라. 그는 그 모습을 보면서 지구가 자전하고 있다고 생각했다. 그러나 자신은 움직일 수 없었다. 몸을 조금도 움직일 수 없었다. 자전하는 지구 위에서 그 혼자만이 자전하지 않는 느낌이었다. 용기 없는 사람은 그래도 나아. 그보다 더 싫은 사람은 자신이 용기 없음을 인정하지 않고 졸렬하게 사람들을 피하는 사람이지. 그는 그들을 바라보는 것만으로도 어지럼을 느꼈다. 그는 이상하다고 생각했다. 자신은 전혀 움직이지 않고 그들이 회전하고 있는데, 어떻게 자신이 어지러운 것인지 알 수 없었다. 그는 함부로 말하지 말라고 말하고 싶었다. 도망 중만 아니었어도 나는 그렇게 행동하지 않았을 것이다. 내가 도망자 신세가 된 것도 괜히 남을 돕다가 된 것이다. 그러니 더 이상 나를 놀리지 마라. 감춰진 진실도 모르면서 함부로 말하지 마라. 악당을 혼내주는 그런 멋진 소설을 쓰라고? 그래 너희가 원하는 것은 오직 그런 것뿐이다. 너희가 원하는 것은 넘쳐나는 행복과 무엇을 골라야 할지 모르는 고민과 제도와 상품이 요청하는 대로 열광하는 것뿐이다. 눈으로 들어오는 영상만 좇으며, 제사를 올리기 위해 만든 술병이나 문화로 기획하고, 다친 배우나 걱정하고, 암세포가 던져준 대로 같은 옷을 입고 끝없이 열광하는 너희는 너희를 주인으로만 안다. 노예 주제에 다른 사람을 놀리고 비웃을 줄만 안다. 내가 어떻게 알겠느냐, 스키복을 입은 남자들 말처럼 너희는 그들과 연인이었고, 너희가 다른 남자를 만나러 가는지 확인하기 위해 그들이 따라온 것인지. 하지만 그는 어지러워 아무 말도 할 수 없었다. 어지럽지 않더라도 그는 그렇게 말할 수 없었다. 그는 더 이상 갈 데도 없었다. 그는 더 이상 숨을 곳도 없었다. 더구나 단발머리와 친구는 약혼할 사이인데 함부로 말해서 쫓겨나고 싶지도 않았다. 그는 비겁하다는 말을 듣고 웃었고, 나약하고 옹졸한 인간이라는 말에 더 크게 웃었다. 그러자 그들도 즐거워 웃기 시작했다. 그는 드디어 그들과 어울리는 방법을 알 것 같았다. 어쩌면 그 여자에게서 사랑을 받을지도 모른다고 그는 생각했고, 그러자 숲의 정적이 깨지면서 오직 넘쳐나는 웃음만이 숲을 폭 뒤덮었다.

너는 거기서 멈추었다. 너는 연필을 조용히 내려놓은 다음 얼굴을 비볐다. 네가 켜놓았던 음악은 끝이 났고 돌덩이처럼 무거운 침묵만이 방 안에 가득했다. 너는 술을 찾았지만 술도 다 떨어졌다. 아름다운 사랑 이야기를 쓰겠다더니 결국 너는 사랑 이야기를 쓰지 못했다. 너는 의자에서 일어나 창밖을 봤다. 새벽이었다. 너는 별이 보고 싶었지만 도시의 새벽은 별을 잃었다. 너는 그녀에게 전화를 하고 싶었지만 너무 늦은 시간이었다. 너는 연필을 부러뜨리고 싶은 욕망을 갑자기 느꼈다. 하지만 연필은 아무런 죄가 없다는 것을 너는 잘 알고 있다. 너는 책꽂이로 가서 자기 전에 읽을 책을 골랐다. 너는 책을 읽었고 책은 너를 묵묵히 받아주었다. 너는 사랑 이야기도 쓰지 못했고, 별도 보지 못했고, 아무 말도 하지 못했다. 결국 너는.

파괴적인 충동

정 영 문

1965년 경남 함양에서 태어났다. 1996년 『작가세계』에 장편 『겨우 존재하는 인간』을 발표하며 등단. 소설집 『목신의 어떤 오후』 『더없이 어렴풋한 일요일』 『꿈』 등. 장편소설 『바셀린 붓다』 『핏기 없는 독백』 『달에 홀린 광대』 등이 있다. 동서문학상을 수상했다.

작가를 말한다

나중에 식사시간이 되어서야 그는 얼핏 모습을 드러내었는데 굳이 정색을 하고 바라보지 않아도 눈에 띄는 그의 기다란 실루엣은 상상했던 시조새나 신천옹보다는 빈 들에 홀로 자란 고독한 나무 같았고, 젊지도 늙지도 않은 어중간한 상태의 그 나무는 세상으로부터 약간 비켜나 있는 듯 보였다. 함정임(소설가)

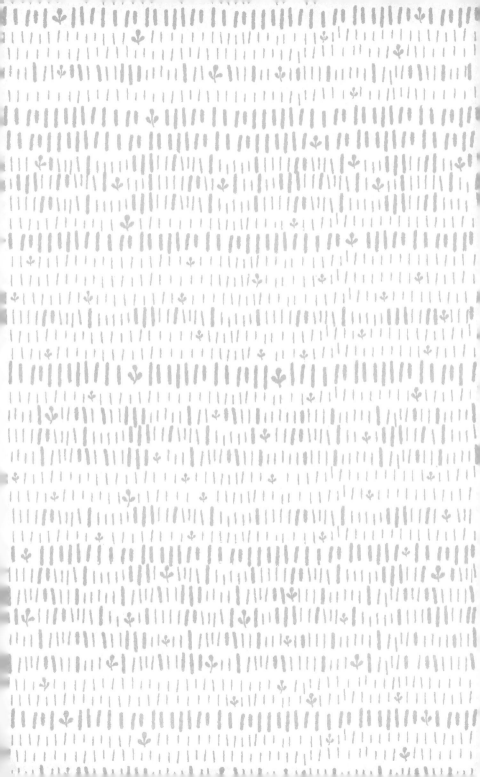

생각했던 대로 코트에는 아무도 없었다. 아직 날씨가 추운 탓도 있었지만 땅이 젖어 있어 누구도 테니스를 치러 올 생각을 하지 않은 게 분명했다. 지난가을에 떨어진, 이제는 넝마처럼 너덜너덜해진 낙엽들만이 이따금 부는 바람에 코트 안을 이리저리 뒹굴고 있을 뿐이었다. 잠시 텅 빈 코트를 바라보다가 그 안으로 들어선 나는 코트의 한쪽 구석에 있는, 혼자 연습할 수 있는 시멘트 벽을 향해 공 몇 개를 날린 후 그것으로 연습은 충분하다는 듯 코트로 나가 혼자서, 마치 누군가와 시합을 하듯 반대편 코트로 공들을 날렸다. 그런 식으로 주머니에 있던 공을 모두 날려보낸 후에는 다시 반대편 코트로 가 공을 주워 날리기를 반복했다. 나는 그렇게 테니스를 치며 내가 왜 갑자기 테니스를 칠 생각을 하게 되었는지를 생각해보았다. 거의 테니스라곤 쳐본 일이 없는 내가 집 안의 어딘가에 처박혀 있던 라켓을 꺼내게 된 이유는 분명치 않았다. 그날 아침 내가 창밖을 내다보고 있을 때 운동복을 입은 누군가가 마치 테니스를 치기라도 하듯 팔을 휘두르며 골목길을 달려가는 것을 보았기 때문은 아니었다. 오히려, 테니스를 치고 싶은 알 수 없는 충동이 인 것은 아침에 눈을 뜨면서였다. 코트는 테니스를 치기에는 아주 마땅치 않았다. 겨울이 끝나가면서 언 땅이 녹아 흙바닥은 질척거렸다. 공은 제대로 튀지 않았을 뿐만 아니라 제대로 굴러가지도 않았다. 그럼에도 나는 끈기 있게 공을 쳤다. 나는 몸을 기계적으로 움직였고, 그러자 내 몸이 실제로 기계인 것처럼, 또는 기계와 크게 차이가 없는 것처럼 느껴졌다. 하지만 그 기계는 곧 지쳤고, 그래서 나는 잠시 그냥 선 채로 쉬었다. 그러자 뇌사 상태로 병원의 중환자실에 누워 있는 아버지에 대한 생각이 떠올랐다. 아버지가 뇌사 상태인데도 불구하고 내가 그렇게 테니스를 치고 있는 것이 잘못으로 여겨지지는 않았다. 아버지는 내가 테니스를 치고 있는 것과는 상관없이 뇌사 상태에 빠져 있었고, 나는 그가 뇌사 상태에 빠져 있는 것과는 상관없이 테니스를 치고 있었다. 아버지의 주치의는 내게 안락사를 제의했다. 아니, 정확히 말해 안락사는 아니고, 인위적인 생명 연장의 노력을 포기해 자연적인 죽음을 맞이하게 하자는 것이었다. 나는 생각해보겠다고 했다. 나는 쉽게 결정을 내릴 수가 없었다. 아버지가 그렇게 죽게 되는 것은 내게보다는 그에게 좋은 것일 수 있다는 것이 나의 생각이었는데 그 생각을 나의 생각으로 인정하기 어렵다는 것 역시 나의 생각이기도 했다.

나의 생각들은 그렇게 서로 갈등하고 있었다. 어쨌든 그는 단지 살아 있다는 사실 그 자체만으로 고통을 겪고 있었다. 나는 공을 주워 모은 후 다시 한번 힘 있게 공을 날렸다. 그런데 공 하나가 코트 구석으로 굴러갔고 그것을 줍기 위해 구석으로 간 나는 그곳에서 죽어 있는 쥐를 발견했다. 아니, 그것은 아직은 완전히 죽지는 않은 상태로 몸을 뒤집은 채로 경련하고 있었다. 그것이 살려두어서는 안 되는 어떤 것처럼 여겨져서는 아니었지만, 나는 거의 나 자신도 모르게 테니스 라켓의 테두리로 쥐를 내리쳤다. 그것은 공격이라고밖에는 표현할 수 없는 어떤 돌발적인 행동이었다. 내 안의 뭔가가 쉽게 폭력적인 양상으로 드러나는 것을 거의 보아온 적이 없는 나였지만 그 갑작스런 행동에 나 스스로도 놀라거나 하지는 않았다. 사실상 나는 아무런 느낌도 가질 수가 없었다. 나는 쥐를 내리치는 일을 태연하게, 어떤 일을 저지르기보다는 수행하듯 했고, 그래서 그 태연함이 다소 지나치다는 생각을 할 수 있었을 뿐이다. 쥐의 내장이 터지며 땅바닥에, 그리고 라켓에 피가 묻었다. 마침내 쥐는 가벼운 경련을 몇 번 일으킨 후 더 이상 움직이지 않게 되었다. 그것을 보자 마음이 가라앉은 것은 아니었지만 마치 그렇기라도 하듯 나는 가벼운 웃음을 지어 보였다. 그런데 그 순간 누군가가 코트 옆을 지나가다가 알은척을 하며 나를 향해 손을 들어 보였다. 하지만 그는 내가 알지 못하는 낯선 사람이었다. 그 낯선 사람은 내게 미소를 지어 보였다. 나는 얼굴을 찡그렸는데 그건 그의 미소가 너무나 어색하게 느껴졌기 때문이기보다는 너무도 환하게 느껴졌기 때문이었다. 그는 계속해서 철망 너머에 서서 가만히 나를 지켜보고 있었다. 그는 누군가를 감시하기보다는 구경하는 사람의 표정으로 나를 바라보았다. 나는 그를 무시하려 애를 썼다. 하지만 그는 철망 가까이 다가와 철망 사이에 손가락을 끼운 채로 나를 바라보았고, 그러자 그와 나 사이에 놓인 철망이 어떤 동물을 가둬놓은 우리처럼 여겨졌다. 하지만 나와 그 중 누가 갇혀 있는 쪽인지는 분명치 않았다. 그는 바보처럼 입을 헤벌린 채로 웃고 있었다. 나는 분노를, 거의 분노에 가까운 어떤 감정이 치미는 것을 느꼈다. 그의 모습에서 불순한 의도나 악의 같은 것을 읽을 수 있었던 것은 아니었지만 그 사실이 나를 가라앉히지는 못했다. 나는 다시 그를 무시하고 공을 치기 시작했다. 하지만 공들은 제대로 맞지 않았다. 한데 내가 조금 후 다시 고개를 돌렸을 때에는 그의 모습은 보이지 않았다. 나는 다시 고개를 돌렸고, 그가 조금 전에 서 있던 곳과는 반대쪽에 있는 철망 밖에서 나를 바라보고 있는 것을 발견했다. 나는 알 수 없는 수치심이 몰려오는 것을 느꼈다. 나는 당장이라도 달려 나가 그를 라켓으로 내려치고 싶은 충동을, 조금 전 라켓으로 내려친, 이미 죽은 쥐를 떠올리며 간신이 눌렀다. 그는 자신의 자리에서 꿈쩍도 않고 있었다. 이제 그는 더 이상 웃고 있지 않았다. 그의 얼굴은 기이하게 무표정했다. 그 얼굴은 아무런 표정이 없다기보다는 표정으로 담을 수 있는 모든 표정을 다 담고 있는 것으로 보였다. 나는 더 이상 공을 치고 싶은 의욕을 이끌어낼 수 없었고, 그래서 그냥 돌아갈 준비를 했다. 하지만 공

하나는 끝내 찾지 못했다. 대신 나는 내 것이 아닌, 털이 모두 빠진 낡은 고무공 하나를 찾아냈고, 그것을 챙겼다. 하지만 코트를 나온 나는 그 사내가 나를 바라보는 대신 조금 전 그가 보고 있던, 그 안에는 이제 아무도 없는 코트를 계속해서 바라보고 있는 것을 보았고, 어쩌면 그는 나와는 상관없이, 단순히 철망 너머의 코트 안을 바라보았는지도 모른다는 생각이 들었다. 집으로 가는 길에 몇 번 뒤를 돌아보았지만 그 사내가 뒤를 따라오거나 하지는 않았다. 그럼에도 나는 필요 이상으로 걸음을 빨리했다. 그런데 집에 도착한 나는 집 앞에 사람들이 모여 있는 것을 발견했다. 그리고 그들 사이에는 개 한 마리가 누워 있었다. 그것은 나도 아는 개였으며, 그것 역시도 나를 알아보았다. 그것은 내가 그것 앞을 지나갈 때면 이유 없이 꼬리를 치곤 했는데 그럴 때면 나는 그것을 향해 내게 그럴 건 없다고, 혼잣말을 하곤 했다. 모여 있는 사람들 가운데는 내가 사는 집의 주인 여자의 모습도 보였다. 이상하게도 집 앞을 지날 때면 거의 매번 그녀와 마주쳤다. 그럴 때면 우리는 인사 정도는 나눴지만 얘기를 나눈 것은 없었다. 그녀는 앞집에 사는 개가 골목을 지나가던 차에 치여 죽었다는 얘기를 했다. 그 개는 주로 앞집의 대문 앞에서 앞발 위에 고개를 얹은 채로 가만히 엎드려 눈을 감고 있거나, 아니면 그 상태로 눈을 뜨고 지나가는 사람들을 조용히 쳐다보거나 했으며, 집 근처 골목을 왔다 갔다 하는 경우에도 활기라곤 없었다. 한마디로 무척 조용했다. 심지어는 한번은 그 개의 이상할 정도의 조용함을 참을 수 없어 그것을 향해 으르렁거려보기도 했지만 그때에도 그것은 무심한 표정으로 나를 물끄러미 쳐다보기만 했다. 어쩌면 그것은 짖는 능력을 상실했는지도 몰랐다. 나로서는 평소에 그 개를 좋아한 건 아니었지만 개의 그러한 점은 좋아했다. 그런데 그 개가 죽었다는 얘기를 듣자 새삼스럽게 불쌍하다는 생각이 들었다. 어떻게 하다 차에 치였다던가요, 주인 여자를 향해 내가 말했다. 목격자가 없어 정확히는 알 수 없지만 개를 친 운전자의 말에 의하면 개가 갑자기 차 앞으로 뛰어들었다고 해요, 주인 여자가 말했다. 평소에 그렇게 느릿느릿하던 개가 갑자기 차 앞으로 뛰어들었다는 건 믿어지지 않는군요, 내가 말했다. 동시에 나는 내가 주인 여자와 그렇게 얘기를 하고 있다는 것이 믿어지지 않았다. 그리고 나는 내가 그 개에 대해 남의 일이 아닌 것처럼 얘기하고 있다는 사실을 깨달았고, 그 점이 약간 놀랍게 생각되었는데 그건 내게 대상에 애정을 전제하는 진정한 의미의 관심이 아닌 호기심이 있을 뿐이었기 때문이다. 그러게 말예요, 주인 여자가 말했다. 개가 차에 치이는 사고의 경우 대체로 개 쪽이, 개의 임자 쪽이 불리하게 마련이죠. 개로서는 사고 순간을 증언할 수가 없으니까요. 그리고 이렇게 개가 죽어버린 경우에는 더 말할 나위가 없고. 우리는 몇 마디를 더 주고받았다. 하지만 나는 내가 그 죽은 개에 대해 진정한 관심을 갖고 얘기를 하고 있는 것이 아니라는 사실을 새삼스럽게 깨닫고는 주인 여자에게 인사를 한 후 집 안으로 들어갔다. 방 안에 들어서자 죽은 개의 영상이 죽은 쥐의 영상과 자꾸만 겹쳐 떠올랐고, 어느 순간에는 개도 쥐도 아닌 어떤 동물의 모습으로 떠올랐다. 하지만 외투를 벗고 나자 그 모든 영상들이 깨끗이 사라졌다. 나는 깜빡 잠이 들었고, 내가 깼을 때에는 이미 저녁이었다. 나는 잠시 어둠 속에 누워 있었는데 그때 누군가가 초인종을 눌렀다. J였다. 나를 본 그녀는 내게 무슨 일이 있었던 건 아니냐고 물었다. 그건 왜 물어, 내가 말했다. 얼굴이 좋아 보이지 않아서, 그녀가 말했다. 그걸 물어서 말인데 그것까지는 모르겠어, 내가 말했다. 그녀는 더 이상 묻지 않았다. 그래서 나는 그녀에게 다른 얘기를, 앞집의 개가 차에 치여 죽었다는 얘기를 했다. 그녀는 관심을 보이며 상세하게 얘기해달라고 했다. 나는 상세하게는 모른다고, 내가 아는 거라곤 그 개가 지나가던 차에 치여 죽었다는 것밖에는 없다고 했다. 그 개가 어떻게 죽었는지 내가 자세히 알지 못해서이기도 했지만 그 이상은 얘기하고 싶지 않았고, 그래서 그 죽은 개에 관한 이야기는 그것으로 끝이라고 했다. 그녀는 아쉬운 듯한 표정을 지었다. 그녀의 그 아쉬운 표정이 개가 죽어서인지 아니면 그 개가 어떻게 죽었는지 내가 자세히 알지 못해서인지는 알 수 없었다. 그러자 그녀는 자신이 알게 된 어떤 이야기를 들려주었다. 아이를 보아주는 어떤 여자가 무슨 이유에서인지 몇 달에 걸쳐 계속해서 일정한 시간 동안 아이를 간지럼을 태워 결국 아이를 미치게 만들었다는 것이었다. 나는 그녀의 이야기를 흥미롭게 들었다. 간지럼을 태워 사람을 미치게 만들 수도 있다는 건 몰랐군, 내가 말했다. 나는 그녀가 한 이야기를 잠시 머릿속으로 생각해보았다. 그러자 그 이야기는 슬픈 것으로 여겨졌고, 그래서 더 이상은 생각지 않았다. 그녀는 가끔 내가 좋아할 만한 이야기를 내게 들려주곤 했다. 그녀에게 있어 내가 좋아하는 점은 그런 것이었다. 그리고 그런 것 때문에 그녀를 좋아하기도 했다. 언젠가 그녀가 들려준, 적도 부근의 어느 작은 섬에 사는 사람들의 이야기는 내가 가장 좋아하는 것 중의 하나였다. 그 섬의 특이한 점은 그 섬의 모두도 대부분도 아니지만 많은 사람들이 완전 색맹이라는 것이었다. 일반적인 지역의, 인구 분포당 색맹인 사람의 비율에 비춰보았을 때 그 섬의 색맹 비율은 불가사의할 정도로 높았다. 많은 과학자들이 그 이유를 알아내기 위해 노력했지만 완전한 결론에는 이르지 못한 상태였다. 섬의 풍경 대부분이 초록색의 열대수목들로 이루어진, 그래서 초록색 외의 다른 색상은 거의 찾아보기 어려운 그 섬의 특이한 자연 환경 때문일 수도, 또는 그 섬에 사는 사람들이 거의 주식처럼 섭취하는 어떤 나무의 열매 때문일 수도, 또는 어떤 유전자적인 이유 때문일 수도 있다는 추측은 하지만 그 정확한 이유는 밝혀지지 않았다. 그럼에도 불구하고 그 섬에 사는 사람들은 생활에 거의 아무런 어려움을 겪지 않았다. 그들은 먹기 좋게 익은 바나나를 노랗게 변한 색을 통해서가 아니라 그 과일의 질감과 향기를 통해 구별할 줄 알았다. 그녀의 그 이야기는 그녀가 들려준 이야기 중 내가 가장 좋아하는 것일 뿐만 아니라 내가 아는 가장 서정적인 이야기였으며 가슴 아프면서도 마음을 푸근하게 하는 이야기였다. 그런데 그녀가 하는 어떤 이야기를 듣고 있으면 어느 순간 아무런 관련 없는 이야기들이 모두 이상한 관련을 갖고 있는 것처럼 느껴지기도 했다. 아니, 그녀의 얘기뿐만이 아니었다. 내가 알게 되거나 생각해낸 많은 것들이 서로 뒤엉켜 본래의 내용과는 다른 것이 되곤 했다. 나의 머릿속에는 서로 관련이 없어 보이는 것들이 이상한 연관을 갖추기도 하는 반면 밀접한 또는 튼튼한 연관이 있어 보이는 것들의 관련성은 힘없이 부서져나가곤 했다. 언젠가 J가 말한 것처럼 내가 다소 이상한 방식으로 뭔가를 보는 이유도 거기에서 기인하는 것인지도 몰랐다. 우리는 저녁을 같이 먹었다. J는 얼마 전 자신이 여행을 갔다 온 이야기를 했다. 그녀의 여행 얘기는 별로 재미가 없는 정도가 아니라 재미라곤 없었다. 그 얘기를 끝낸 다음 그녀는 나 또한 여행을 갔다 오는 건 어떠냐고 말했다. 여행이라도 갔다 오라고, 내가 말했다. 여행은 내가 엄두를 내기 어려운 어떤 것이었다. 한번은 여행을 떠나기 위해 기차역에 나갔다가 대합실을 오가는 사람들의 무수한 발걸음—그것은 세상을 움직이는 힘이었다—을 보다가 그것을 더 이상 참을 수 없어 여행을 포기하고 그냥 돌아온 적도 있었다. 나는 그 많은 사람들이 어딘가를 향해 가고 있다는 사실이 무척 놀라웠다. 그럼 함께 여행을 가는 건 어때, 그녀가 말했다. 그녀는 자신이 무척 좋은 생각을 해냈다는 듯 눈을 반짝이며 말했다. 그것은 더 어려운 일로 느껴지는걸, 내가 말했다. 그녀는 나를 재촉했다. 나는, 그건 좋은 생각이 아니라고, 생각을 해보면 그것이 좋은 생각이 아니라는 생각이 들 거라고 말했지만 그녀는 막무가내였다. 그리고 지금은 여행을 하기에 적당한 때가 아냐, 내가 말했다. 여행을 하기에 적당한 때 같은 건 없어, 그녀가 말했다. 언제든 여행을 떠나면 그때가 적당한 때가 되는 거야. 결국 나는 그녀의 억지에 못 이겨 그녀를 따라나섰다. 집 앞에는 그녀의 것인 낡은 자동차가 우리를 기다리고 있었다. 나는 금방이라도 멈춰 설 것만 같은 그 차에 타고 싶지 않았지만 그녀는 나를 차 안으로 떠밀어 넣었다. 차에 타 출발을 한 후에도 나는 원치 않은 일을 할 때면 그렇듯이, 그리고 그래야 하듯이 못마땅한 얼굴로 아무 말 없이 차창 밖만 내다보았다. J는 내가 얼굴을 찌푸리고 있는 게 즐거운 모양인지 속도를 높였다. 곧 우리는 시내를 벗어나 고속도로로 들어섰고 또다시 얼마 있지 않아 국도로 들어섰다. 나는 졸음이 왔고, 잠시 졸다가 깨기를 반복했다. 그 중간중간 그녀는 우리가 어디쯤 가고 있는지를 얘기했지만 내게는 그 얘기들이 하나도 들리지 않았다. 잠시 후 그녀는 우리가 어느 섬으로 연결되는 다리를 건너고 있다며 잠시 밖을 내다보라고 했고, 그래서 나는 잠시 밖을 내다보았지만 칠흑 같은 어둠 외에는 아무것도 보이지 않았다. 마침내 목적지에 도착한 우리는 어떤 여관에 투숙했다. 잠이 덜 깬 나는 계속해서 자고 싶었지만 J는 잠이 오지 않는 듯 무슨 얘긴가를 계속해서 했다. 나는 잠결에 그녀의 이야기를 건성으로 들었다. 하지만 어느 순간 그녀는 잠이 든 듯 잠시 후에는 코를 고는 소리가 몹시 시끄럽게 들려왔다. 그 소리에 잠이 완전히 달아난 나는 그곳의 모든 사람들이 낮과 밤을 가지지 않고, 잠을 잘 때면 섬이 떠나갈 정도로 심하게 코를 고는, 코골이들의 섬을 상상하며 잠시 누워 있었다. 하지만 점점 코

고는 소리는 더 커져갔고, 마침내는 참을 수 없는 지경이 되었다. 나는 색맹인 사람과는, 심지어는 죽은 사람과도 얼마든지, 기꺼이 잠을 잘 수 있었지만 코를 고는 사람과는 절대로 잠을 잘 수 없었다. 나는 방을 나왔고, 여관 주인에게 얘기해 옆방을 달라고 했다. 그녀는 무슨 이유에서 그러는지 궁금하다는 표정을 지었지만 그 이유는 묻지 않았다. 새로 들어간 옆방에서도 그 옆방의 그녀가 코를 고는 소리가 들렸지만 내가 그 소리에 잠을 이루지 못할 정도로 시끄럽게 들려지는 않았다. 그럼에도 나는 쉽게 잠을 이루지 못하고 뒤척였다. 나는 코골이들의 섬에서 멀지 않은 곳에 있는 불면증에 시달리는 사람들로 가득한 섬을 상상했다. 그들은 이웃한 코골이들의 섬에 사는 사람들과는 무관하게 잠을 이루지 못했다. 그들이 잠을 자지 못하는 이유가 그들 가까운 곳에 있는 코골이들 때문은 아니었지만 코골이들의 섬에서 들려오는 코 고는 소리는 그들을 뒤척이게 했다.

　이튿날 거의 정오가 다 되어 일어난 나는 잠시 그곳이 어디인지 알 수 없었다. 나는 창밖을 내다보았고, 갈매기들이 나는 모습을 볼 수 있었고, 그 갈매기들이 내는, 뭔가를 찢어놓고 있는 듯한, 울음소리를 들을 수 있었다. 그럼에도 그곳이 바닷가라는 생각은 쉽게 할 수 없었다. 나는 천천히 자리에서 일어나 창가로 가 그곳에 놓인 의자 위에 앉아 밖을 내다보았다. 나는 바다를 바라보며 그것이 바다라는 사실을 나 자신에게 주지시키기라도 하듯, 바다야, 하고 천천히 발음했다. 흐린 하늘 아래로 바다를 주된 풍경으로 하고 있는 텅 빈 풍경이 펼쳐져 있었다. 하지만 그 텅 빈 풍경은 황량하거나 황폐한 풍경만이 지닐 수 있는 아름다움을 보여주지도, 마음을 푸근하게 만들지도 않는, 그냥 뭔가가 빠져 있는 듯한 느낌을 줄 뿐이었다. 그때 저 멀리서 누군가가 천천히 걸어와 내가 바라보고 있는 풍경 속으로 들어왔다. 어떤 여자였다. 하지만 모자를 눌러 쓴 그녀의 얼굴은 볼 수 없었다. 그럼에도 나는 그녀가 누구인지 알 수 있었다. 그 모자 아래로 내가 잘 알고 있는 그녀의 작은 체구가 보였던 것이다. 하지만 그녀가 쓴 모자는 처음 보는 것이었다. 모자는 그녀의 작은 몸에 비해 챙이 너무 커 보였다. 그녀는 몇 걸음을 더 옮겼고, 나의 시야 한가운데에서 멈춰 섰다. 그녀는 바다 쪽을 향해 고개를 돌린 채로 잠시 가만히 서 있었다. 나는 그녀에게서 눈을 떼 멀리 수평선을 바라보았다. 수평선 근처에는 고기잡이배처럼 보이는 몇 척의 작은 배들이 떠 있었지만 그 배들이 돌아오고 있는지 아니면 먼바다로 나가는지, 아니면 그냥 멈춰서 있는지는 알 수 없었다. 바다에 온 것이 후회가 된 것은 아니지만 잘한 일로는 여겨지지 않았다. 주위를 둘러보았지만 그녀의 모습은 어디에서도 보이지 않았다. 나는 창 유리에 비친 나의 모습을, 어쩔 수 없이 보이기 때문에 바라본다는 식으로 잠시 바라보았다. 그때 누군가가 내 방문을 여는 소리가 들렸고, 뒤를 돌아보았을 때에는 조금 전 해변가에 서 있던 그녀가 방 안에 서 있었다. 그녀는 잠을 편히 잔 얼굴이었다. 그녀는 내가 옆방으로 옮긴 이유에 대해서는 묻지 않았다. 그 이유는 그녀 자신이 잘 알고 있는 것 같았다. 진작에 내가 코를 심하게 곤다는 얘기를 했어야 하는데, 그녀가 말했다. 우리는 식사를 한 후 바닷가를 산책했다. 나는 방 안에 그대로 있고 싶었지만 그녀의 등살에 어쩔 수가 없었다. 대체로 나는 바다를 좋아하지 않았다. 조금도 지칠 줄 모르고 끝없이 출렁이는, 스스로에게, 자신의 어떤 충동에 시달리고 있는 것 같은 파도를 보고 있으면 온몸의 힘이 모두 빠지곤 했다. 새삼스럽게 바다에 온 것이 후회가 되었다. 우리가 온 곳은 우리가 묵었던 여관 외에 다른 여관이 서너 곳 더 있고, 식당과 다른 가게들이 몇 곳 있는, 대체로 한적한 해변이 있는 섬이었다. 이걸 봐, 우리가 해변을 걷기 시작한 지 얼마 되지 않았을 때 J가 모래 위의 뭔가를 가리키며 말했다. 나는 그녀가 가리키는 것을 바라보았다. 조기처럼 보이는 어떤 물고기가 다른 물고기에 의해 물어뜯긴 듯 지느러미와 꼬리와 머리의 일부가 뜯겨나간 채로 죽어 있었다. 그 훼손된 시체에서 나는 고통이라기보다는 어떤 알 수 없는 불편한 고충 같은 것을 느꼈고, 그래서 그것을 집어 바닷물 속으로 던졌다. 손가락에서 비린내와 함께 생선의 부패한 냄새가 강하게 났지만 나는 그것을 씻어내지 않았다. 우리는 계속해서 해변가를 따라 천천히 걸어갔다. 모래사장 위에는 조개껍질이 널려 있었다. 이곳은 해수욕장처럼 보이지만 수영을 하기에는 알맞지 않아, J가 말했다. 물속에는 조개껍질이 널려 있어 쉽게 발을 베이게 돼. 그걸 어떻게 알아, 내가 말했다. 전에 언젠가 여기 물속에 들어갔다가 발을 베인 적이 있거든, 그녀가 말했다. 그런데 발이 베이고도 그걸 금방 알지 못했어. 조개껍질이 워낙 예리해서야. 이런 곳이라면 해수욕을 금지하는 팻말 같은 거라도 설치해놓아야 하지 않아, 내가 말했다. 그렇기도 하지, 그녀가 말했다. 하지만 내가 그랬던 것처럼, 물속에 조개껍질이 널려 있다는 사실을 알지 못하고 물속에 들어갔다가 발을 베인 후 이곳이 수영을 하기에 적당치 않은 곳이라는 것을 알게 하는 것도 나쁘지 않은 것 같아. 언젠가 한번 여름이 되면 이곳에 와 발을 베일 수도 있다는 걸 알고도 물속에 들어가보고 싶군, 내가 말했다. 물은 조금씩 들어오고 있었다. 우리가 낮은 모래언덕 하나를 넘어가자 모래사장 위에 소파처럼 보이는 뭔가가 버려져 있는 것이 눈에 들어왔다. 소파야, J가 소리쳤다. 소파처럼 보이는 어떤 것인걸, 내가 말했다. 하지만 우리가 그것 가까이 다가갔을 때 그것은 소파처럼 보이는 어떤 것이 아니라 소파 그 자체였다. 소파가 전혀 의외의 장소에 놓여 있는 것이 낯설게 여겨지거나 하지는 않았다. 저 소파 위에 누군가가 누워 있는 것만 같아, J가 말했다. 하지만 우리가 그것이 있는 곳으로 갔을 때 그 위에는 누구도 없었다. 낡은 3인용 비닐 소파는 군데군데 찢겨 있었다. 이걸 누가 여기에다 버려놓았지, J가 말했다. 어쩌면 버린 게 아니라 일부러 갖다놓았는지도 모르지, 여기에 이렇게 앉아 있기 위해서, 소파 위에 앉으면서 내가 말했다. 그 말을 듣고 보니 그런 것 같기도 한걸, 그녀가 말했다. 아니면 다른 섬에서 이곳으로 떠밀려왔는지도 몰라. 아니, 그 가능성은 큰 것 같지 않군, 내가 말했다. 이렇게 여기 앉아 있으니까 마치 집의 거실에 앉아 있는 것 같아, 소파 위에 앉은 그녀가 말했다. 거실이 넓어서 좋군, 내가 말했다. 해변과 바다와 하늘이 거실의 풍경을 이루고 있어, 그녀가 말했다. 막상 바다에 오니까 생각했던 것만큼 나쁘진 않군, 내가 말했다. 아마도 거실에 있다는 느낌을 가질 수 있어서인지도 모르겠어. 우리는 잠시 말없이 앞쪽을 바라보았다. 하지만 소파 위에 앉은 채로 끈질기게 일렁이는 파도를 바라보고 있자 극심한 무력감이 찾아오는 것을 어쩔 수가 없었다. 그래서 나는 파도를 향해, 너의 필요에 의해 내 앞에서 그렇게 일렁이지는 말라고, 그런 수작은 내게 통하지 않는다고, 조용히 말했다. 하지만 파도에게 나의 그런 이야기는 아무런 소용이 없었다. 그사이 바닷물이 우리의 발밑까지 차올랐다. 밀물이 들어오면서 조금씩 소파가 물에 잠기기 시작했다. 조금 후면 물 위에 뜬 소파 위에 앉아 있을 수 있겠군, 내가 말했다. 그 순간 무슨 이유에서인지 J가 신발과 양말을 벗고 치마를 걷어올린 채로 차가운 물속으로 들어가 아이들처럼 발로 물장난을 쳤다. 나는 그녀가 하는 짓을 신기하다는 듯이 쳐다보았다. 그런데 갑자기 그녀가 비명을 질렀다. 무슨 일이야, 그녀의 비명 소리에 깜짝 놀라며 내가 소리쳤다. 그녀는 물 밖으로 뛰쳐나왔다. 뭔가에 쏘인 것 같아, 그녀가 말했다. 나는 주위를 둘러보았다. 하지만 모래와 물 외에는 아무것도 보이지 않았다. 해파리에게 쏘인 것 같아, 그녀가 말했다. 그녀의 발목이 빨갛게 부어올랐다. 해파리의 모습은 보이지 않았다. 해파리가 분명해, 내가 물었다. 그녀는 말을 잇질 못했다. 그럼 해파리에게 쏘였다고 치고, 해파리에게 쏘인 기분이 어때, 내가 물었다. 그녀는 통증으로 얼굴을 찌푸렸고, 다시금 아무 말도 잇질 못했다. 이곳에 해파리가 사는 줄 몰랐어, 내가 말했다. 그리고 이런 차가운 날씨에도 해파리가 바닷가까지 나오나? 그녀는 신음 소리를 냈다. 해파리에게 쏘였을 때 가장 좋은 방법은 그냥 참는 거야, 내가 말했다. 그다음으로 좋은 방법은, 이건 어디서 들은 이야기인데, 쏘인 부위에 오줌을 누는 거지. 그녀는 이제 악을 쓰며 울부짖기 시작했다. 나는 달리 마땅한 방법을 찾을 수가 없었고, 그래서 그녀가 고통스러워하고 있는 모습을 가만히 지켜보았다. 그렇게 쳐다보고만 있을 거야, 그녀가 말했다. 그래, 그럴 거야, 내가 말했다. 그녀는 나를 흘겨보았다. 설사 내가 그렇게 얘기를 했다 하더라도 그것이 나의 본심이 아니라는 건 알 수 있지, 내가 말했다. 그것까지는 모르겠고, 그게 본심이라는 것까지는 알겠어, 그녀가 말했다. 정말 가만히 있기만 할 거야? 나는 어떻게 해야 좋을지 알 수가 없었다. 그녀는 나를 흘겨보았다. 나를 그렇게 흘겨보니까 하는 말인데 그렇게 흘겨보아도 좋아, 내가 말했다. 그런데 왜 물에 뛰어든 거야? 모르겠어, 어쩌면 이렇게 뭔가에 쏘이려고 그런 모양이야, 찌푸린 얼굴로 악을 쓰며 그녀가 말했다. 나는 그녀를 부축해 여관 근처로 갔고, 여관 옆에 있는 약국에 가 약을 사왔다. 그녀는 통증이 심한 듯 얼굴을 찌푸렸다. 먼저 들어가, 조금만 더 있다가 들어갈게, 약을 건네주며 내가 말했다. 나는 그녀가 여관에 들어가는 모습을 지켜본 후 다시 바닷가로 나가 소파가 있는 곳으로 갔다. 소파는 이제 물 위에 떠 있는 것처럼 보였다. 그것은 조금씩 흔들리기는 했지만 떠내려가지는 않았다. 나는 신발과 양말을 벗은 후 소파가 있는 곳으로 가 그 위에 누워 바다를 바라보았다. 내 옆으로 바다가 나와 함께 누워 있었다. 나는 잠시 잠이 들었고 꿈을 꿨다. 나는 바닷가에 놓여 있는 어떤 침대 위에 누워 있었다. 나는 내가 누워 있는 그 하나의 침대가 아닌, 세상의 모든 침대 위에 있는 것 같았는데 그것은 아늑한 느낌과는 다르며, 색다른 느낌과도 같지 않은 뭐라 말할 수 없는 느낌이었다. 하지만 내가 편안하게 있고자 할 때면 그것을 방해하는 뭔가가 있어야 한다는 듯 근처에서 무슨 소리인가가 들려왔다. 침대에 누워 있던 내가 옆으로 돌렸을 때에는 내가 알지 못하는, 체구가 몹시 큰 두 사람이 내 옆에 있었다. 그중 한 사람이 이제 그만 잠을 자야겠다는 말을 하며 그것이 당연하다는 듯 내 침대를 차지했고, 그러자 그의 동행 역시 당연하다는 듯 침대 위로 올라와 내 옆에 누웠다. 그들에게는 나의 모습이 보이지 않는 모양이었다. 침대는 세 사람이 자기에는 너무 비좁았고, 그들의 커다란 덩치는 조금씩 나를 침대 밖으로 밀어냈다. 내 침대를 뺏은 그들은 부부처럼 서로를 마주본 채로 곧 잠이 들어 심하게 코를 골기 시작했다. 내가 다시 잠에서 깼을 때에도 소파는 그대로 있었다. 아주 잠시 잠이 들었던 게 분명했다. 나는 소파에서 일어나 앉아 바다를 바라보았다. 그런데 어쩐 일인지 그 바다의 거대한 풍경 속에 뭔가 어울리지 않는 어떤 것이 있다는 느낌을 지울 수가 없었고, 그래서 나는 잠시 그것이 무엇인지를 생각해보았다. 그리고 잠시 후에는 그 어울리지 않는 것이 그 버려진 소파도 다른 무엇도 아닌, 나 자신이라는 결론에 이르렀다. 나는 나 자신이 어떤 오점처럼 느껴졌다. 그래서 나는 그 느낌을 부풀리기 위해 숨을 한껏 들이쉬었고, 더 이상 숨을 들이쉴 수 없는 상태가 되었을 때, 마치 그 오점의 부피가 포화 상태에 이르기라도 한 듯 자리에서 벌떡 일어났다. 나는 다시 해변가를 걸어갔다. 우리가 묵고 있는 여관 앞까지 온 나는 여관을 바라보았다. J가 창가에 서 있는 것이 불분명하게 보였다. 나는 그녀를 향해 손을 흔들었다. 하지만 그녀는 나를 향해 손을 흔들거나 하지는 않았다. 어쩌면 그녀는 나를 보지 않고 있는지도 몰랐다. 아니면 나는 그녀가 아닌 옆방의 다른 누구를 향해 손을 흔들었는지도 몰랐다. 조금 후 내가 여관에 들어갔을 때 그녀는 잠이 들어 있었다. 나는 그녀의 코 고는 소리를 잠시 듣다가 내 방으로 갔다.

이튿날 우리는 다시 해변으로 나갔다. 해파리인지 뭔지 알 수 없는 어떤 것에 쏘인 J의 상처는 아물어 있었다. 그녀는 그녀가 해파리에게 쏘였을 때 내가 보인 반응을 두고 나를 욕했다. 나는 그 욕을 들어 마땅하다는 듯 잠자코 그것을 들었다. 하지만 내가 아무런 반응을 보이지 않자 그녀는 더 이상 내게 욕을 하지 않았다. 우리는 전날과는 반대쪽으로 해변을 따라 산책을 했다. 우리가 한참을 걸어 섬의 끝에 있는 언덕 가까운 곳에 이르렀을 때 갑작스럽게 어디선가 요란한 폭음과 함께 비행기의 희미한 소음이 들려왔다. 약 삼백 미터쯤 떨어진 해변가의 진지에서 전방 천 미터쯤 떨어진 곳을 향해 날고 있는 소형 모형 비행기 뒤쪽에 매달린 긴 끈에 매달린 표적을 향해 사격을 가하고 있었다. 진지가 있는 언덕 위에서 섬광이 번쩍였다. 대공포 사격 연습을 하나봐, 내가 말했다. 여긴 안전할까, 불안스런 얼굴로 J가 말했다. 어디에도 안전한 곳은 없어, 내가 말했다. 그 말을 하며 나는 며칠 전 내가 테니스 코트에서, 죽어가는 것을 내리쳐 죽인 쥐를 떠올렸다. 혹시 이쪽으로 포탄이 날아오지는 않을까, 그녀가 말했다. 잘못하다가 이쪽에 떨어질 수도 있잖아. 우리를 표적으로 해서 쏘는 건 아니니까 이쪽으로 날아오기는 힘들 거야, 내가 말했다. 그래도 잘못 날아올 수는 있잖아, 그녀가 말했다. 아주, 잘못 날아오기를 바라는 것처럼 말하는군, 내가 말했다. 우리는 잠시 점점 강도를 더해가는 기관포 사격을 지켜보았다. 그런데 그때 어디서 어떻게 왔는지 알 수 없게 몇 명의 아이들이 모습을 나타냈다. 아니, 그들이 어떻게 왔는지는 알 수 없었지만 어디서 왔는지는 알 수 있었다. 그 조금 전 나는 그들이 해변의 어떤 가게 근처를 서성이고 있는 것을 보았던 것이다. 내가 알 수 없었던 건 그들이 어떻게 그렇게 빨리 우리가 있는 곳으로 올 수 있었는가 하는 것이었다. 내가 산책을 하면서 문득 뒤를 돌아보았을 때 그들은 우리와는 꽤 떨어진 곳에 있었던 것이다. 어떻게 잠깐 사이에 그들이 그렇게 빨리 올 수 있었는지 이해가 되지 않았다. 어쩌면 그들은 내가 생각했던 것보다 가까운 곳에 있었거나, 내가 그들을 그들이 있었던 곳보다 먼 곳에 있다고 생각한 게 틀림없었다. 이 두 경우 실제로 그들이 있었던 곳은 동일한 곳이었을 테지만 나는 그 두 경우의 장소를 나의 생각으로 일치시킬 수도, 거리를 좁힐 수도 없었다. 내 생각 속에서는 먼 곳에 있던 그들은 내가 고개를 돌려 그들을 마지막으로 본 이후로 빠르게 그들과 우리 사이의 거리를 좁히며 줄곧 우리의 뒤를 밟았는지도 몰랐다. 모두 다섯 명으로 십대 후반으로 보였다. 두 아이는 코밑에 솜털밖에 없었지만 다른 두 아이는 제법 수염이 듬성듬성 났고, 한 아이는 어른처럼 무척이나 무성한 수염을 깎지 않은 얼굴을 하고 있었다. 어느 모로 보아도 착해 보이지는 않았다. 그중 한 아이가 아주 공손한 태도로 돈이 있으면 조금만 달라고 했다. 그 공손한 태도 뒤로 그는 우리를 위협하고 있었다. 세 명만 돼도 어떻게 해볼 텐데, 다섯은 너무 많아, 하는 생각을 나는 했다. 얼마나 필요하지, 내가 말했다. 나의 목소리는 내가 듣기에도 약간 떨리고 있었다. 나는 지갑에 있는 돈 일부를 꺼내 그에게 주었다. 그는 더 이상은 없냐고 말했다. 이번에도 공손한 태도는 잃지 않았다. 나는 남은 일부 중의 일부를 다시 주었다. 그는 나를 다시 쳐다보았다. 나는 지갑 속에 남아 있던 돈 모두를 주었다. 하지만 그 돈 모두를 합해도 그렇게 많은 액수는 아니었다. 이게 다예요, 다른 한 아이가 말했다. 그리고 그들 가운데서 가장 어려 보이는 또 다른 한 아이가 호주머니 속에 든 날카로운 칼을 살짝 내보였다. 그의 뺨에는 칼자국이 나 있었다. 나는 그 칼이 나를 찌를 수도 있다는 두려움과 함께 무자비하게 난자당하고 싶은 어떤 충동에서 비롯된 강한 기대감을 갖고 그것을 바라보았다. 칼을 든 아이는 이 모든 것이 재미있다는 듯 웃고 있었다. 그는 얼마 전 내가 테니스를 칠 때 코트 밖에서 나를 향해 웃고 있던 자를 떠올리게 했다. 하지만 이번에는 분노도 수치심도 일지 않았다. 오히려 웃음이 나려 했고, 나는 하마터면 그 아이와 함께 웃을 뻔했다. 그때 J가 재빨리 자신의 지갑 속에 든 돈 모두를 꺼냈다. 그것은 상당히 많은 액수였다. 나는 그녀가 평소에 그토록 많은 돈을 지니고 다니는 것은 알지 못했다. 아이들은 그중의 일부를 다시 돌려주고 나머지를 가진 후 이번에도 공손하게 고맙다는 말을 한 다음 갔다. 어쩌면 남자가 그렇게 가만히 당하고만 있을 수 있어, 우리만 남게 되었을 때 J가 말했다. 내가 얼마나 겁이 많은지, 그리고 기회가 주어지면 얼마나 비겁할 수 있는지 몰랐단 말야, 내가 말했다. 그 정도인지는 몰랐어, 그녀가 말했다. 그런데 당신의 잘못으로 돌릴 수는 없지만 당신이 이렇게 여행을 오자고 하지만 않았으면 일어나지 않았을 이 일을 누구의 잘못으로 돌려야 하는 거지, 내가 말했다. 그녀는 나를 흘낏 쏘아보았다. 누구의 잘못도 아냐, 그녀가 말했다. 그런데 살다보면 누구의 잘못으로도 돌리기 어려운 일들이 종종 일어난단 말야, 내가 말했다. 그녀는 아무 말도 하지 않았다. 그런데 평소에도 그렇게 많은 돈을 갖고 다녀, 내가 물었다. 아니, 이런 적이 없는데 어쩌면 이렇게 잃기 위해서, 쓰기 위해서 가져온 것 같아, 그녀가 말했다. 어쨌든 다행이야, 별일 없이 지나가서. 일이 이렇게 되어서가 아니라, 진작에 이런 일이 일어날 줄을 알았다는 생각이 들어, 내가 말했다. 그녀는 아무 대답도 하지 않았다. 나는 고개를 돌려 멀어져가고 있는 아이들의 모습을 바라보았다. 그들은 이번에는 실제로도, 그리고 나의 생각으로도 아주 천천히 멀어져가고 있었다. 그리고 그렇게 가고 있는 그들이 우리와는 아무 상관없는 존재들로 느껴졌다. 그리고 조금 전의 두려움은 이상하리만치 금방, 그리고 완전하게 사라졌다. 마치 우리에게 아무 일도 없었던 것처럼 느껴졌다. 그것은 J 역시 마찬가지인 것 같았다. 내가 다시 고개를 돌려 그녀를 바라보자 그녀는 웃음을 지었고, 우리는 함께 웃었다. 그 순간에도 포사격은 계속되고 있었다. 저녁이 되면서 하늘이 어두워지며 섬광이 더욱 또렷하게 빛이 났다. 우리는 충분히 안전한 곳에 있는 것처럼 느껴졌다. 한데 그 순간 J가 소리를 질렀다. 왜 자꾸 사람 놀라게 소리를 지르는 거야, 내가 말했다. 머리 위에 뭐가 떨어졌어, 그녀가 말했다. 그녀의 머리에는 뭔가가 묻어 있었고, 그녀는 손으로 그것을 떼어냈다. 푸르스름한 뭔가가 그녀의 손에 묻었고, 그녀는 손을 코에 갖다 대었다. 이게 뭐지, 그녀가 말했다. 갈매기의 똥 같은데, 내가 말했다. 그리고 실제로 그것은 갈매기의 똥이었다. 갈매기 똥이잖아, 하고 말하며, 또다시 그녀는 웩, 하고 소리를 질렀다. 내가 뭐랬어, 내 말이 맞지, 내가 말했다. 그녀가 정말로 난처한 표정을 지었으므로 나는 그녀를 재미있다는 듯이 바라볼 수 있었다. 그녀는 가방에서 휴지를 꺼내 머리와 손에 묻어 있는 똥을 닦아냈다. 하지만 아무리 닦아내도 냄새는 쉽게 사라지지 않았다. 그런데 왜 당신과 함께 있으면 꼭 내게만 좋지 않은 일이 생기는 거지, 그녀가 말했다. 그게 내 잘못인가, 내가 말했다. 당신의 잘못은 아니지만, 그럼에도 당신의 잘못으로 돌리고 싶

어, 그녀가 말했다. 달리 누구의 잘못으로도 돌릴 수 없으니까. 그
래, 어쩌면 그 갈매기가 내 머리를 겨냥했는데 당신 머리 위에 잘
못 떨어졌는지도 모르지, 내가 말했다. 다시 우리가 여관으로 돌아
왔을 때 J는 그만 집에 돌아가고 싶어했다. 더 이상 당신과 함께 이
곳에 있게 되면 무슨 좋지 않은 일이 또 일어날지 모르겠어, 그녀
가 말했다. 어떤 좋지 않은 일이 일어날지 두고 보는 것도 재미있
을 텐데, 내가 말했다. 지금까지 일어난 좋지 않은 일만으로도 충
분해, 그녀가 말했다. 하지만 나는 혼자 좀더 있고 싶다고, 그러니
먼저 가라고 했다. 어쩐지 나는 그녀가 그렇게 먼저 가겠다는 얘기
를 꺼내지 않았으면 내가 그녀에게 먼저 가달라는 말을 했을 거라
는 생각이 들었다. 그리고 그녀와 함께 하는 그 여행에서의 그녀의
역할은 끝이 난 것 같았다. 그럴 이유라도 있어, 그녀가 물었다. 아
니, 모르겠어, 그냥 혼자 더 있고 싶어, 더 있어야 할 것 같아, 내가
말했다. 하지만 이곳이 마음에 들어서는 아냐. 말은 그렇게 했지만
그곳의 어떤 점이 마음에 들려고 하는 것도 사실이었다. 그녀는 더
이상 캐묻지도, 함께 돌아가자고 강요하지도 않았다. 그녀는 몸을
씻은 후 자신의 짐을 챙긴 다음 내가 돌아가는 데 필요한 여비를
준 후 떠났다. 나는 그날 밤 혼자 여관방의 침대에 가만히 누워 천
장을 멍하니 바라보며 머릿속에 아무렇게나 떠오르는 생각들에 잠
겨 시간을 보냈다. 나는 내가 왜 하루를 더 머물려고 했는지 생각
해보았지만 알 수 없었다. 아무 일도 없는 하루를 더 보내기 위해
서, 아니면 무슨 일이 생기기를 바라며? 그 어느 쪽도 아닌 것 같

왔다. 하지만 나는 무슨 일이 생기게 된다 하더라도, 아니면 아무 일도 일어나지 않게 된다 하더라도 상관없다는 생각을 했다. 어쨌든 그것은 중요한 것이 아니었다. 그렇다고 다른 어떤 중요한 것이 있는 것도 아니었다. 나는 머릿속에서 어지럽게 파고드는 생각들을 도무지 정리할 수가 없었다. 그럼에도 나의 정리되지 않은 생각 속에서 이 세계는 너무나도 잘 정리된 채로 있는 것 같았고, 그래서 그 세계는 그대로, 그런 상태로 있어야 한다는 생각은, 그런 정도로는 정리할 수 있었다. 그런 다음 나는 나의 시선을 좀더 좁혀 먼 곳에 시선이 가 닿게 하거나 시선을 좀더 넓혀 좀더 가까운 곳에 이르게 했다. 하지만 그 모든 시선은 그 시선을 가로막고 있는 천장에 가 닿을 뿐이었다. 점차 나의 시선들이 서로 어긋나게 겹치기 시작했고, 수많은, 분명치 않은 생각들이 파도처럼 떠밀려왔다가 물러났다. 나는 그중의 어떤 생각들을 마치 테니스 공을 라켓으로 툭툭 치듯 갖고 놀다가 던져버리곤 했다. 그러던 어느 순간 문득 어떤 파괴적인 충동에 대한 생각이 떠오르며, 그에 어울리는 영상들이 집요하게 떠돌았고, 나는 그 집요하게 떠도는 영상들을 물리치기 위해 모래 외에는 아무것도 없는 텅 빈 사막을 떠올리며 그 사막의 영상 속으로 걸어 들어가는 상상을 하려 했지만 쉽지 않았다. 다시금 파괴적인 힘에 대한 막연한 생각들이 이어졌다. 그것은 분명하게 알 수는 없었지만 쥐를 라켓으로 내리칠 때 또는 기관포 사격에서 발생하는 폭발하는 힘과는 또 다른 어떤 성질의 힘으로 느껴졌다. 나는, 너의 쉬고 있는 어떤 충동을 일깨워 그것으로 하여금 너를 상대하게 할 필요는 없겠지, 하고 나 자신을 향해 말했다. 그렇게 혼자 공상을 하던 중 잠이 들긴 했지만 잠자리는 무척 불편했다. 어쩐지 품을 수 없는 생각을 품은 채로 잠을 자서라는 생각이 이튿날 오후가 되어서야 일어났을 때 들었다. 정신을 차린 후 옷을 모두 입은 다음에도 나는 곧바로 방을 나서지 못하고 머뭇거렸는데 그건 뭔가가 나를 그곳에서 나서지 못하게 하는 것만 같았기 때문이다. 그래서 나는 나의 이마를 세게 문지르는 것으로 그 순간 나를 가로막고 있는 듯한 느낌을 문질러 지웠고, 실제로 그렇게 한 후에야 그 방을 나설 수 있었다. 그날도 나는 식사를 한 후 해변을 따라 섬을 산책했다. 한데 얼마 걷지 않아 전날 본 아이들이 바닷가에 서 있는 것을 발견했다. 그들이 무엇을 하고 있는지, 또는 무슨 일을 꾸미고 있는지는 알 수 없었다. 그들은 별 생각 없이, 그리고 마땅히 할 일도 없이 서성이고 있는 것 같았다. 아니면 그들의 또 다른 희생양을 찾고 있는지도 몰랐다. 나는 그들 가까운 곳을 지나쳐갔다. 이미 그들이 나를 발견한 후라 되돌아가기도 그들을 피해 우회해 가기도 어색했기 때문이다. 그들은 나를 모르는 척했다. 마치 전날 우리 사이에는 아무 일도 없었던 것처럼 태연했다. 나 역시도 그들이 전날 마주친 아이들이었음에도 불구하고 모르는 아이들로 여겨졌다. 다시 또 돈을 요구해도 할 수 없어, 내게 남은 돈은 없으니까, 나는 생각했다. 하지만 그들은 내게로 와 또다시 돈을 요구하거나 하지는 않았다. 어쩌면 전날 우리가 준 돈을 아직 다 쓰지 않는지도 몰랐다. 나는 계속해서 한참을 걸었고,

전날 갔던 곳과는 반대쪽에 있는 섬의 끝에 이르렀다. 그곳에는 작은 돌산이 있었고, 그 아래에는 더 이상 사용하지 않는 채석장이 방치된 채로 있었다. 잔인하게 파헤쳐진 산의 잘려나간 바위 아래로는 돌 부스러기들이 널려 있었고, 그 옆에는 오래전에 멈춰 선 듯 녹이 슨 암석분쇄기가 거의 쓰러질 듯한 모습으로 서 있었고―그것은 그 섬에서 본 것 중 가장 인상적이었고, 나는 그 섬에 오길 정말 잘했다는 생각이 들었다―자갈을 실어나르는 컨베이어 벨트는 군데군데 구멍이 나 있었다. 나는 그 볼 만하지 않은 잔해들을 마치 현장을 꼼꼼히 조사하는 토목기사처럼 천천히 살펴보았다. 한데 어느 순간 내가 뒤를 돌아보았을 때에는 내 뒤에 누군가가 서 있었다. 전날 호주머니 속의 칼을 꺼내 보인 아이였다. 그는 혼자였다. 나는 순간적으로 분노를 느끼거나 하지는 않았고, 다만 그가 왜 그곳에 서 있는지가 궁금했다. 어쩌면 그는 해변에서 나를 본후 줄곧 내 뒤를 밟았는지도 몰랐다. 그는 전날 우리가 마주쳤을 때 그랬던 것처럼 또다시 웃고 있었다. 하지만 그는 호주머니 속의 칼을 꺼내 보이거나 하지는 않았다. 그가 웃고 있는 모습을 보자 문득 어쩌면 이 아이는 늘 이렇게 웃고 있는지도 모른다는 생각이 들었다. 아니면 그는 누군가를 위협할 때, 또는 어떤 위험이 따르는 순간에만 웃는지도 몰랐다. 하지만 그는 웃음을 지을 뿐 어떤 말도 하지 않았다. 잠시 나를 쳐다보던 그는 나와는 볼일이 없는 듯 나를 지나쳐 채석장으로 쓰였던 산 쪽을 향해 갔다. 나는 잠시 그가 그다지 높지 않은 산 위로 올라가기 시작하는 것을 바라보았다. 하지만 그다음 순간 어찌 된 일인지 나 또한 그를 따라 그 야산을 향해 가고 있었다. 그리고 그때 문득 좋은 생각이 떠올랐다. 나는 양말을 두 짝 모두 벗어 돌멩이 하나를 집어 양말 속에 넣은 다음 또다른 양말로 그것을 쌌다. 그의 모습이 바위산의 소나무와, 소나무 아래 자라고 있는 덤불숲 사이로 잠시 보였다가 사라지곤 했다. 나는 조용히 하지만 빠른 걸음으로 그의 뒤를 밟았고, 우리 사이는 계속해서 좁혀졌다. 나는 그의 뒤를 밟으며 그에 대한 적의를 일깨우기 위해 애를 썼지만 소용이 없었다. 그는 야산의 정상에 있는, 묘석도 없고, 군데군데 파헤쳐진, 방치된 무덤 위에 조용히 앉아 바다 쪽을 바라보고 있었다. 나는 덤불 뒤에 몸을 숨긴 채로 잠시 그를 바라보고 있다가 그를 향해 살금살금 다가갔다. 하지만 그는 깊은 생각에 잠긴 듯, 아니면 아무 생각 없이 멍하게 있는 듯 내가 그의 바로 뒤에 있다는 사실을 깨닫지 못했다. 뒤로 돌아앉아 있는 그는 어쩐지 어린 시절을 불우하게 보낸 것처럼 보였다. 나는 얼핏 그가 측은하게 느껴졌다. 나는 잠시 주춤했지만 곧 손에 들고 있던, 양말로 싼 돌멩이로 그의 머리를, 그 정도로는 죽지 않을 정도로 내리쳤다. 그에게 아무런 적의를 느끼지 못했다는 사실이 그를 돌로 내리치는 데 방해가 되지는 않았다. 그에게 해를 입힐 생각은 없었다. 다만 그에게 어떤 타격을 가하고 싶었다. 그리고 돌멩이를 양말 속에 넣어 충격을 줄이는 방법을 생각해내지 못했다면 이런 일은 저지르지 않았으리라는 생각이 들었다. 후회는 되지 않았다. 그렇다고 조금 전 내가 저지른 일이 잘한 일로도 생각되지 않았다. 다만 이 모든 것이 뭔가의 당연한 귀결처럼 여겨졌고, 그 래서 나는, 이건 부득이한 일이었어, 라고 중얼거렸다. 그는 옆으로 쓰러졌고, 머리에는 약간의 피가 묻어 있었다. 그는 잠시 실신했을 뿐 그의 생명에 지장이 있는 것으로는 보이지 않았다. 그가 정신을 잃은 채로 쓰러져 있는 모습을 보자 왜 내가 하루를 더 머물려고 했는지 그 이유를 알 수도 있을 것 같았다. 하지만 그 이유가 좀더 분명해진 것 같았을 뿐 끝내 그것을 완전히 알 수는 없었다. 나는 잠시 쓰러져 있는 그의 모습을 바라보았다. 야비하거나 비굴해 보이는 웃음을 짓고 있지도, 누군가를 위협하는 표정을 짓고 있지도 않은 그 순간의 그는 오히려 순진한 얼굴을 하고 있었다. 그리고 그의 콧수염 역시 아직 어른이 되지 못한 아이의 것처럼 보였다. 그는 그를 따라다니는 근심이 무엇이든 그것을 잊은 채로 잠들어 있는 것처럼 보였다. 나는 그를 향해 아무런 개인적인 감정은 없었다는 얘기를 했다. 하지만 정신을 잃은 아이는 그 말을 알아듣지 못했다. 나는 잠시 그를 위해 할 수 있는 일이 없을까를 생각했고, 그가 추울 수도 있다는 생각이 들었고, 그래서 외투를 벗어 그의 몸을 덮어주었다. 하지만 그렇게 하고 나자 내가 추웠고, 그래서 나는 그 외투를 벗겨 다시 껴입었다. 어쨌든 그는 옷을 충분히 두껍게 입고 있어 몸이 얼거나 하지는 않을 것 같았다. 나는 무심히 그의 호주머니 속에 손을 넣었고, 그 안에서 칼을 꺼냈다. 칼은 생각만큼 예리하지는 않았다. 나는 그 칼을 내 호주머니에 넣은 다음 다시 한번 그가 괜찮은지를 확인한 후 그를 뒤로하고

산을 내려왔다. 이제는 그 섬을 떠날 충분한 이유가 마련된 것처럼 느껴졌고, 그래서 나는 해변을 따라 가게들이 있는 곳으로 와 근처의 버스 정류장이 있는 곳으로 향했고, 곧 도착한 버스에 몸을 실었다. 한데 버스가 출발한 후 그 아이가 벙어리인지도 모른다는 생각이 불현듯 들었다. 실제로 그는 내 앞에서 계속 웃기만 할 뿐 말을 한 적은 없었다. 그리고 그의 웃음은 벙어리들이나 짓는 웃음으로—벙어리들이 모두 그런 웃음을 짓는지는 알 수 없었지만—여겨졌다. 어쩌면 아무런 근거도 없는 생각일 수도 있었지만 그런 생각이 들면서 그 생각은 그가 벙어리임에 틀림없다는 생각으로 기울어졌다. 그리고 그날 저녁 집에 돌아온 나는 짧은 여행의 기억들을 되새기며 순간순간의 느낌들을 떠올리며 재미 삼아 그 모든 느낌들을 합산해보았다. 예상했던 것처럼 역시 아무런 느낌도 들지 않았다. 모든 느낌을 청산해버린 느낌마저도 들지 않았다. 그리고 아무런 느낌도 들지 않는 그 상태는 여행에 대한 기억 또한 말끔히 지워주었다. 마치 여행 같은 것은 다녀온 적이 없는 것처럼 여겨졌고, 나는 그 점이 만족스러웠다.

이튿날 나는 다시 병원에 갔다. 하지만 이번에 간 것은 아버지가 입원해 있는 병원이 아니라 치과병원이었다. 오래전부터 가려고 했지만 계속 미뤘던 일이었다. 나는 젊은 의사의 지시대로 몸을 뒤로 누일 수 있는 의자에 앉아 치료를 받았다. 치아 두 개가 썩어 덧 씌우기를 해야 하는 상태였다. 우선은 신경치료를 받기로 했다. 나는 의사가 내 잇몸의 신경을 건드리며 치료를 하는 동안 발 아래쪽의 책상 위에 놓여 있는 나선형의 어떤 작은 스테인리스 구조물을 골똘히 바라보았다. 장식품으로 보이는 그것은 어떤 전기 장치에 의해 나선형의 착시를 만들며 계속해서 돌아가고 있었는데, 그것을 한참 동안 보고 있으면 그 안으로 무한히 빨려들어가는 느낌을 주는 것이었다. 그 구조물은 원형 계단을 떠올리게 했다. 언젠가 한번 우연히 들어서게 된 빌딩에서 원형 계단을 발견하고는 그 계단을 올라가 꼭대기에서 지칠 줄 모르며 아래를 내려다본 적이 있었는데, 그 순간 나는 내가 나선형에, 나선형의 구조물에 어떤 집착을 보인다는 것을 처음 깨달았다. 그런데 나선형은 때로는 그 속으로 무한히 빨려들 것 같은 느낌을 주기도 하지만 때로는 그것으로부터 무한히 튕겨나가고 있다는 느낌을 갖게도 했다. 그리고 그 느낌은 그 순간의 어떤 느낌 속에서 어느 쪽으로도 기울었는데 일단 한쪽으로 기운 느낌은 다른 한쪽으로 기우는 것이 거의 불가능했다. 나는 나의 신경을 건드리는 소형 드릴의 날카로운 느낌을 고스란히 느끼며 병원 안에 있는 여러 가지 의료 기구와 장비들을 둘러보았다. 이빨을 뽑거나 치료하는 데 쓰이는 여러 가지 기구들이 있는 병실은 작은 실험실을 연상시켰다. 나는 그것들을 볼 수 있어서 무척 기분이 좋았고, 마취도 않은 채로 행한 신경치료의 통증도 거의 느낄 수가 없었다. 치료는 곧 끝이 났고, 나는 다음 진료 예약을 했다. 나는 치과병원에서의 그 좋았던 기분을 그대로 유지한 채로 아버지가 입원해 있는 병원의 중환자실로 갔다. 그곳에는 치과병원보다도 더 많은 볼 것들이 있었다. 중환자실로 들어선 나는 아버지를 잠시 살펴본 후 주위에 있는 산소 발생기와 인공호흡 장치, 가느다란 호스와 밸브와 튜브와 마스크, 그리고 그래프로 표현되는 뇌파 측정기, 그 밖의 다른 기계 장치의 게이지 등을 실컷 구경했다. 자신이 하는 일에 깊이 빠져 있는 기계 장치들은―나는 기계 장치들을 보면 그것들이 명상에 잠겨 있다는 착각마저 들곤 했다. 그리고 아주 단순한 것에서부터 아주 복잡한 것에 이르기까지 기계들의 완결성은 유기체의 그것만큼이나 나를 감탄하게 만들었다. 하지만 세상의 모든 기계 장치들은 너무나 기능적이고 효율적이어서, 바로 그 이유로 나는 효율성을 전적으로 무시한, 또는 배반한, 전혀 기능을 알 수 없는, 엄청나게 비대한, 아무런 쓸모가 없는 기계 장치―태생적으로 너무나 완벽한 결함 덩어리인, 아무런 용도도 갖지 못하는 그 기계는 완성되는 순간 폐기 처분될 것이다―를 제작해보고 싶은 유혹을 종종 느꼈다―나의 마음을 달래주었다. 나는 나의 기분을 돋워주는 여러 가지 기계 장치들로 번갈아가며 시선을 옮긴 후 잠시 시선을 두었다가 거두는 일을 되풀이했다. 하지만 평소 같았으면 불필요한 관심을 지대하게 보이며 전혀 지루해하지 않으며 바라볼 수도 있었을 그 모든 기계 장치들에도 불구하고 곧 나는 시큰둥해질 수 있었는데 그건 내 앞에 누워 있는 아버지 때문이었다. 그는 그의 애처로운 모습으로 어떻게든 나의 기분을 상하게 하고 있었다. 나는 다시 아버지를 유심히 바라보았다. 그의 꼭 쥐어진 손이 눈에 들어왔다. 그것은 그전에 내가 다녀갔을 때부터 계속해서 쥐어진 상태로 있었던 모양이었다. 뭔가를 숨기고 있는 듯한 그 손이 내가 그를 참는 것을 어렵게 만들었다. 그 럼에도 나는 그 손에 대해 커다란 관심을 가진 것처럼 유심히 바라 보았다. 하지만 내가 그것을 그렇게 유심히 바라본 것은 그것에 대한 미미한 정도의 관심마저 잃기 위해서였다. 조금 있자 의사가 왔고, 나는 아버지의 몸에 부착된 인공적인 생명 연장 장치를 제거하는 데 동의를 했다. 의사는 언제쯤 그 일을 하면 좋겠는지 생각을 해본 후에 다시 찾아오라고 했지만 나는 지금 바로 하는 것이 좋을 것 같다고 했다. 의사는 나를 한번 흘낏 쳐다보았다. 나는 더 이상 기다릴 것도, 생각할 것도 없다고 했다. 의사는 다른 한 의사를 불렀고, 그 새로 온 의사는 아버지의 몸에 연결되어 있던 튜브와 마스크, 그리고 주삿바늘을 제거했다. 아버지는 잠시 경련을 일으키더니 곧 잠잠해졌다. 이렇게 해서 마침내 아버지는 죽게 되었군, 아버지의 마지막 순간을 지켜보며 나는 생각했다. 의사는 잠시 자리를 비켜주었다. 나는 죽은 아버지를 내려다보았다. 나는 난생처음 보는 어떤 희귀 식물을 구경할 때처럼 그를 마지막으로 바라보았다. 연민과 경멸이 함께하는 어떤 감정이 치밀지도, 치밀 것 같지도 않았다. 나는 어떤 감정도 느낄 수 없었다. 나는 여전히 꼭 쥐어져 있는 아버지의 손을 잡아 그것을 펴려 했다. 하지만 손을 잡으려는 순간 나는 흠칫하지 않을 수 없었다. 정전기가 심하게 일며 불꽃이 번쩍 일었다. 나는 센 전류에 덴 것처럼 손을 흠칫 뗐다. 그러고는 다시 조심스럽게 그의 손에 다시 손을 대어보았다. 이번에도 정전기가 일었지만 조금 전처럼 심하지는 않았다. 나는 그의 손

을 펴보았다. 그 안에는 아무것도 들어 있지 않았지만 다른 놀라
운 것이 눈에 들어왔다. 그것은 손톱이었는데 손톱은 아주 길게 자
라 있었다. 그것은 관 속의 시체의 손톱을 떠올리게 하는 것이었
다. 나는 놀라운 어떤 것을 보기라도 한 듯 그 순간의 놀라움을 표
정에 그대로 지닌 채로 병실을 떠났다. 장례식은 이틀 후로 잡아두
었다. 나는 아무에게도 연락을 하지 않기로 마음을 먹었다. 연락
할 만한 사람도 없었다. 아버지와 오래전부터 따로 살아온 어머니
는 연락을 해도 오지 않을 것이었다. 그리고 딱히 준비를 해야 할
것도 없었다. 한데 내가 병원을 나와 걷기 시작한 지 얼마 지나지
않았을 때 내 앞에 놀라운 어떤 광경이 펼쳐졌다. 내 앞쪽에서 걸
어오던, 짧은 치마를 입은 한 젊은 여자가 마치 연극 무대에서처럼
갑자기 길 위로 쓰러지더니 발작 증세를 보이기 시작한 것이었다.
길을 가던 사람들이 걸음을 멈췄고, 그녀의 주위를 에워싸기 시작
했다. 하지만 누구도, 그녀를 지켜볼 뿐 어떤 조처를 취하지는 않
았다. 그녀의 흔히 볼 수 없는 표정과 몸동작이 그것을 막고 있었다.
그녀는 간질 발작을 일으키고 있는 것이 분명했다. 한데 흰 눈자
위가 드러난 그녀의 일그러진 표정과는 너무도 대조를 이루고 있
는 그녀의 고급스런 파란색 웃옷과 살짝 걷어올려진 짧은 치마 아
래로 드러난 너무도 하얀, 탄력 있는 허벅지가 약간은 기이하게 느
껴졌고, 나는 그 점을 생각하며 그녀를 내려다보았다. 그런데 그때
누군가가 나서서 그녀를 진정시키려고 했는데 소용이 없었다. 그
도 그럴 것이 그 순간 그녀가 갑작스럽게 발작을 멈추며 몸을 일으

켰고, 잠시 자신에게 무슨 일이 있었는지, 그리고 그녀를 에워싸고 있는 사람들이 뭘 하고 있는지 이해할 수 없다는 표정을 지은 후 너무도 태연스럽게 옷에 묻은 먼지를 턴 후 다시 걷기 시작한 것이다. 나는 잠시 그녀가 멀어져가는 것을 지켜보았다. 조금 전의 발작의 흔적은 그녀에게서 찾아볼 수가 없었다. 모든 것은 너무도 순식간에 일어났고, 나는 조금 전 본 것이 무엇이었는지 알 수가 없게 느껴졌다. 나는 쉽게 발을 뗄 수가 없었다. 나와는 상관없이 일어난, 내가 모르는 어떤 여자의 갑작스런 발작이 나를 내가 헤어나오기 어려운 상태로 몰아넣은 것처럼 느껴졌기 때문은 분명 아니었다. 그럼에도 오로지 자기에 의한, 자기를 향한, 자기 속에서 이루어지는 운동처럼 여겨지는 그 발작은 분명 인상적인 데가 있었다. 잠시 나는 내 주위로, 도로 위를 빠르게 지나가는 차량들과 그보다는 느리게 보도 위를 지나가는 사람들의 움직임을 바라보며 그(것)들의 움직임이 내가 몸을 움직이는 것을 어렵게 만들고 있는 것은 아니라는 생각을 하면서도 동시에, 내가 몸을 움직이는 것이 어려운 것은 그(것)들 때문이기도 한 듯 그(것)들을 바라보았다. 그 모든 움직임들이 나와는 아무런 상관도 없이 이루어지고 있는 것 같았고, 그것들 역시 서로 무관하게 이루어지고 있는 것 같았다. 나는 잠시 그 느낌 속에 머물다가 나의 그 느낌을 내가 서 있던 그 자리에 나를 대신해 남겨놓은 다음 다시 걸음을 옮겼다. 나는 조금 전의 그녀가 간 방향을 뒤쫓아갔지만 그녀의 모습을 찾을 수는 없었다. 나는 길을 잃은 것처럼 잠시 사람들 사이에 서 있다가, 근처에서 누구의 것인지 알 수 없는, 나무 울타리 속에 있는 흉상 하나를 발견하고는 그 앞으로 걸어갔다. 청동으로 만들어진 흉상 아래에 있는 팻말에는 그의 이름이 적혀 있었지만 먼지에 가려 잘 보이지 않았다. 그가 어떤 이유로 역사에 길이 남게 되었는지, 그래서 흉상으로 그 거리의 한 모퉁이에 서 있게 되었는지는 알 수 없었다. 나는 누구의 것인지 알 수 없는, 자신의 모습에, 자신의 기억에, 그리고 자신을 그렇게 서 있게 한 역사에 대해 흠칫하는 듯한 모습으로 서 있는 듯한 그 흉상이 그곳에 있어야 할 이유를 끝내 찾을 수 없었고, 마치 그 흉상의 모습을 참을 수 없어서인 것처럼, 그래서 그럴 수 있는 것처럼 다시 걸음을 옮기기 시작했다. 그후로 나는 뚜렷한 목적 없이 시내를 돌아다녔고, 완전히 지친 상태에서 집으로 돌아왔다. 나는 침대에 누워 아무 생각 없이 텔레비전을 켰다. 텔레비전에서는 테니스 시합을 하고 있었다. 시합을 하는 두 사람은 이 세계에서 가장 실력 있는 두 선수였다. 하지만 이상하게도 그날따라 그들은 실수를 많이 범했다. 세계 최고의 선수들이라는 말이 무색하게 느껴질 정도였다. 나는 텔레비전의 볼륨을 완전히 줄였다. 그러자 그들의 생동감이 없어진 동작은 우스꽝스럽게 느껴졌다. 나는 잠시 그들을 구경하다가 텔레비전을 끈 후 텔레비전의 어두운 화면을 노려보았다. 검은 화면 위로 어두운 통로 속에 서 있는 듯한 나 자신의 모습이 보이는 것은 아니었지만 나는 그러한 상상을 하면서 화면 속의 나 자신의 모습에 손을 대어보았다. 그 순간 정전기가 심하게 일었다. 나는 심한 충격을 받은 사람처럼 넋이 나간 듯 그대로 누워 있었다. 그리고 잠시 후에는 어떻게 된 일인지 전기 스탠드를 켠 후 종이를 꺼내 그 위에 수많은 나선들을 그리기 시작했다. 여러 개의 나선들이 포개지며 그것들은 서로 연결된 마술사의 링처럼 서로 뒤엉켰다. 나는 그 뒤엉킨 나선들 위로, 내가 어쩔 수 없는 이 상황이 나의 변함없는 상황이라고 나는 적는다, 라고 적은 후 어쩌면 그것은 틀린 생각일 수도 있다, 는 말을 덧붙였다. 그런데 그 순간 갑자기 전구에서 펑하는 소리가 나며 전등이 나갔다. 방 안이 깜깜해졌고, 나는 아무것도 볼 수가 없었다. 나는 잠시 어떤 의문 속에서처럼 그 어둠 속에서 조용히 앉아 있었다. 그러자 마치 누군가에게 나의 가장 큰 약점을 잡힌 것 같았다. 나는 나의 약점을 인정하듯 눈을 곧 감았지만 곧 누군가를 조롱할 때처럼 혀를 내밀었고, 혀끝에 닿은 어둠을, 또는 고요를, 그 아무렇지 않은 맛을 맛보았다. 그러면서 나는 눈에 보이지 않는 곳에, 집 안 구석구석 쌓여 있을 먼지들을 상상했다. 이상하게도 그 메마른 먼지를 상상하자 입 안에 침이 고이기 시작했다. 나는 물을 마시기 위해서인 듯 자리에서 일어났지만 그렇게 하는 대신 가만히 손을 더듬어 스탠드를 찾았고, 그 안에 든 전구를 빼냈으며, 그런 다음 아무렇지 않게 그것의 갓 속에 손을 집어넣었다. 마치 기다렸다는 듯 220볼트의 전류가 나의 몸을 관류했다. 전율이 느껴졌고, 나는 그것을 모르는 척 가만히 손을 빼지 않았다. 아니 그것은 손을 뺀 후의 나의 생각일 뿐 짧은 순간에 손을 뺐다. 하지만 감전의 충격은 정전기의 충격과는 비교가 되지 않게 컸다. 왼쪽 상반신이 뭔가에 심하게 부딪힌 것 같았다. 또는 끓는 물에 살이 살짝 데쳐진 것 같았다. 나머지 몸과는 확연히 구분되는 느낌에 의해 나는 나의 왼쪽 상반신이 마치 바닥에 떨어져 부딪히며 떨어져나간 석고상의 일부처럼 느껴졌고, 그래서 항상 부동의 상태에 놓여 있는 석고상처럼 꼼짝 않고 앉아 있었다. 그러다가 문득 잠이 들었고 꿈을 꿨다. 내가 귓속에 손가락을 넣자 그것이 아무런 어려움 없이 안으로 깊숙이 들어가 그 손가락으로 뇌를 만지작거리는, 고통스럽지는 않았지만 아주 비위가 상하는 꿈이었다.

어튼날 아침식사를 한 후 무엇을 할지 망설이다가 나는 다시 테니스 코트에 갔다. 하지만 테니스장을 가려고 해서 간 것은 아니었다. 집을 나와 걷다보니 어느새 그곳에 가 있었다. 하지만 이번에는 테니스 라켓도 공도 가져오지 않은 상태였다. 그날은 정전기가 너무도 심해 그 어떤 사물에도 손을 대기가 어려울 정도였다. 나는 실제로 공은 치지도 않으면서 마치 공을 치는 것처럼 팔 동작을 하며 코트를 누비고 다녔다. 실제로 테니스를 치는 것이 아니라 치는 흉내를 내는 것이기에 더욱 열중할 수 있는 것 같았다. 하지만 혼자 테니스를 치면서도 부진을 면치 못하고 있다는 생각이 들었고, 그래서 나는 다소 과장되게, 아주 큰 동작으로 손목을 휘둘렀다. 그런데 그 순간 손목 관절이 삐끗했다. 하지만 통증은 느껴지지 않았고, 대신 전날 감전된 부위의, 잊고 있었던 뻐근한 느낌이 다시 찾아왔다. 나는 잠시 테니스 코트를 둘러싼 철망 가까이를 따라 코트를 돌기 시작했다. 하지만 일전에 본 사내의 모습은 찾아볼 수가 없었다. 대신 나는 한쪽 구석에서 낙엽에 덮여 있는 공 하나를 발견했다. 나는 벤치에 앉아 공을 땅바닥에 튕기며 공이 바닥에 튀는 소리에 귀를 기울였다. 탁하면서도 메마른 소리가 났다. 그리고 그때 근처에 있는 어느 집에서 그게 무엇인지 분명하게 알 수 없는 어떤 관악기를 연습하는 소리가 계속해서 들려왔다. 나는 잠시 그것이 무슨 곡인지를 골똘히 생각해내려 해보았고, 마침내 생각해낸 것은 그것이 내가 모르는 곡이라는 것이었다. 그 곡뿐만 아니라 그것을 연주하는, 관악기인 것이 분명한 그 악기 또한 무엇인지 끝내 알 수가 없었다. 그래서 나는 마치 그 동작에서 어떤 도움을 구하듯 손가락 관절을 천천히 구부리며 관절의 구부러지는 모습을 가만히 바라보았다. 손목에서 약간의 통증이 느껴졌고, 자세히 보자 손목이 약간 부어 있었다. 그때 문득 조금 전 손목을 큰 동작으로 휘두른 기억이 떠올랐고, 거기에는 휘두른 행위가 있었을 뿐 그 휘두름에 가격당한 것은 아무것도 없었다는, 그리고 그것은 내가 그 코트에서 얼마 전 쥐를 내리쳤을 때에도, 여행을 간 섬에서 만난 그 아이를 내리쳤을 때에도 마찬가지였다는 생각이 들었다. 그런데 그 순간 내가 앉아 있던 벤치 옆에 있는 수돗가에 있던 고무호스에서 갑작스럽게 물이 뿜어져나오며 춤을 추기 시작했다. 호스가 이리저리 맴을 돌면서 물줄기가 나를 향해, 나를 뒤쫓듯이 뿜어졌다. 나는 자리에서 벌떡 일어나 물줄기를 피했다. 그런데 어쩐 일인지 물줄기는 마치 나와 장난을 하듯, 계속해서 끈질기게 나를 따라다녔다. 나는 물줄기를 피할 수가 없었고, 몸이 물에 젖는 것을 피할 수가 없었다. 그도 그럴 것이 나는 물줄기를 피하듯 몸을 이리저리 움직였지만 사실은 그 물줄기가 내게 퍼부어질 수 있도록 하며 그것을 완전히 피하지는 않았던 것이다. 나는 계속해서 뿜어져나오는 물줄기를 피하지 못하며 이리저리 미친 듯이 뛰어다녔다. 그사이 나의 입에서는 웃음이 터져나왔고, 나는 그 터져나오는 웃음을 멈출 수가 없었다. 그리고 그 순간 문득 그 웃음에서, 웃음을 향한 충동에서 나는 파괴적인 충동을 느낄 수 있었다. 하지만 그 파괴적인 충동이 그 멈출 수 없는 웃음 속에 있는 것인지 또는 그 웃음을 짓고 있는 내 안의 뭔가에서 기인하는 것인지는 알 수 없었다. 그럼에도 나는 그 파괴적인 힘이 내가 테니스 코트에서 죽어가는 쥐를, 그리고 여행 중 만난 아이를 내리칠 때 느낀 파괴적인 충동과도, 기관포탄의 공중에서 파열하는 힘과도 또 다른, 아니, 크게 다르지는 않고, 약간 다른, 그럼에도 분명히 다른 점이 있는 것이라는 생각을 다소 어렵게나마 할 수 있었다.

옆방의 옆방은 옆방

김 현 영

1973년 경기도 안양에서 태어났다. 1996년 『문학동네』 신인상에 단편 「여자가 사랑할 때」가 당선되며 등단. 소설집 『냉장고』 『까마귀가 쓴 글』, 장편소설 『러브 차일드』가 있다.

작가를 말한다

에로티시즘이 존재의 불연속을 연속으로 체험하려는 내적 갈망의 표현이라는 해석은 적어도 그의 소설에는 부합되지 않는다. 그의 소설에서 에로티시즘은 불모의 욕망을 죽음으로 연결하는 상상력의 재료로 한정되면서, 결여와 틈을 더욱 견고하게 만든다. 결여는 채워지지 않으면 존재의 불확실성을 증폭시켜 더욱 고독한 상황으로 내몰게 마련이다. 강상희(문학평론가)

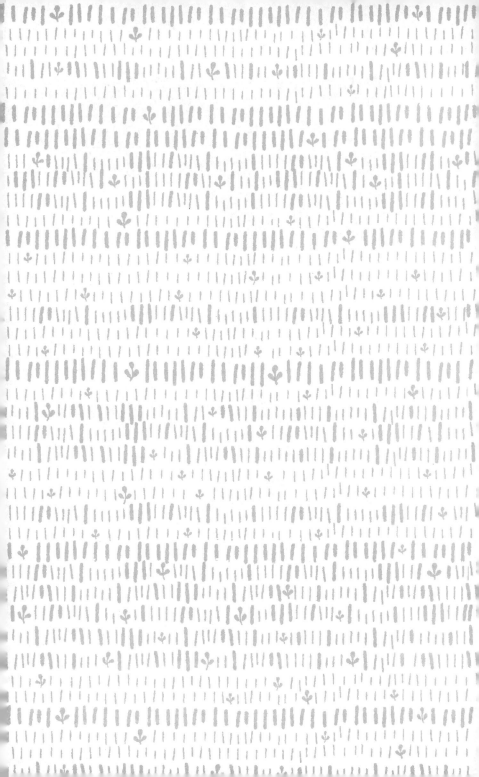

불현듯 떠오른

'이 극화는 픽션이오니 현실과 착오 없으시길 바랍니다.'

불현듯 왜 그 문장이 떠올랐는지 모르겠다.『소년중앙』혹은『새
소년』? 아무튼 7, 80년대에 인기를 누렸던 어린이 잡지 중 하나
였을 것이다. 옆방 아이가 다달이 챙겨보던 그 잡지엔 늘 만화책
한 권이 별책부록으로 따라붙곤 했다. 그곳엔 찌빠, 까목이, 쭉정
이…… 뭐 그런 애들이 '따로 또 같이' 모여 살고 있었다. 여섯 가
구가 한집에 모여 살았던, 그 무렵의 나의 거주지처럼. 나와 한집
에 살았던 그 많은 사람들을 다 기억하는 건 물론 아니다. 굳이 그
러고 싶지도 않다. 하지만 내 의지와 상관없이 어떤 기억들은 불시
에 나를 습격한다는 걸 나는 잘 알고 있다. 살갗이, 아니 나란 존재

김현영 | 옆방의 옆방은 옆방

가 전부 사라질 때까지 긁어낸다 해도 결코 끝나지 않을 지독한 가려움증과도 같은 기억들. '이 극화는……'으로 시작되는 문장도 이를테면 그런 기억 가운데 하나인 셈이다. 나는 옆방 아이의 책꽂이에서 훔쳐낸 별책부록 속의 삶을 훔쳐보는 걸 아주 좋아했다. 그럴 수밖에 없었다. 왜냐하면 무엇이든 훔치고 보는 게 바로 내 취미였으니까.

찌빠, 까목이, 쭉정이와 더불어 별책부록에 수록되어 있던 공상과학만화 한 편은 늘 이렇게 시작하곤 했다. '이 극화는 픽션이오니 현실과 착오 없으시길 바랍니다.' 그것은 일종의 경고문이었다. '민족중흥의 역사적 사명을 띠고 이 땅에 태어'난 어린이들이 혹시라도 '안으로 자주독립의 자세를 확립하고 밖으로 인류공영에 이바지할 때'임을 망각하기라도 할까봐 말이다. 나는 한번도 그 만화를 제대로 본 적이 없었다. 나는 국가의 교육정책을 충실히 따르는 학생이었으며 현실과 공상 사이에서 헤맬 만큼 어리석은 인간도 아니었다. 그뿐이 아니었다. 그러고도 그 만화를 보지 않았던 결정적인 이유는…… 그 무렵의 나는 '픽션'이라는 말의 뜻을 알지 못했다. 첫 장부터 뜻 모를 단어가 나오는 만화를 나는 결코 즐겁게 봐줄 수가 없었던 것이다.

'픽션'의 의미를 가르쳐준 사람은 동갑내기인 옆방 아이였다. 국민학교―이것이 '황국신민학교'의 준말이라는 사실을 알려준 사람도 바로 그 아이이다―에 입학하고서야 겨우 한글을 뗀 나와는 달리 그 아인 이미 네 살 때부터 동화책을 줄줄 읽어내리다 못해

숫제 외워버리기까지 했다고 한다. 난 언니가 있잖아. 언니가 소리 내서 책 읽을 때 어깨너머로 배웠어, 한글은. 비결을 묻는 내게 옆 방 아이는 그렇게 내꾸했다. '이깨너머로'와 같은, 나로서는 생소하기 짝이 없는 표현을 구사해가며 말이다. 그때 그애의 표정을 나는 똑똑히 기억한다. 그건 언니를 가진 사람만이 지을 수 있는 표정이었다.

그애에겐 언니뿐 아니라 여동생도 있었다. 그것도 둘씩이나. 언니의 어깨너머로 한글을 깨쳤다는 그 아이를 본받아서인지 아직 취학 전인 그 아이의 동생들도 동화책을 줄줄 읽고 좔좔 외워댔다. 그들은 마치 『작은 아씨들』에 나오는 네 자매처럼 보였다. 메그, 조, 베스, 그리고 에이미…… 오랜 세월 내 손아귀 안에서 길이 들어버린 호두알과도 같은 이름들. 하지만 내게는 언니가 없었다. 과자 훔치는 것 말고는 아무것도 할 줄 모르는 남동생이 하나 있을 뿐이었다. 그럼에도 불구하고, 아니 바로 그렇기 때문에 나는 거울 앞에서 옆방 아이가 만들어 보였던 그 표정을 그대로 재연하고 또 재연해보았다. 내게도 언니가 생긴 듯한 기분이 들기 전엔 결코 지치지도 않았다. 나는 툭하면 그애 앞에서 그 표정을 지어 보였다. 말끝마다 '어깨너머로'를 붙이는 것도 물론 잊지 않았다.

옆방 아이 덕분에 나는 하나의 표정과 하나의 표현, 그리고 픽션의 의미를 갖게 되었지만 잃은 것도 있었다. 그놈의 픽션 때문에 내가 그애의 별책부록을 훔쳤다는 결정적인 단서를 주고야 말았던 것이다. 내게 픽션의 의미를 알려준 이후로 옆방 아이는 자신의 별책부록을 늘 나 먼저 보게 했다. 난 아무 때나 봐도 돼. 그 책은 어차피 내 건데 뭐. 그러니까 너 먼저 보란 말이야. 거절이라도 할라치면 그 아인 그렇게 말하곤 했다. 그래도 나는 끝까지 거절했다. 뒤늦은 알리바이였다. 그래서 나는 픽션의 의미를 알게 된 후에도 '이 극화는……'으로 시작되는 그 만화를 볼 수 없었다. 그래서 나는 '이 극화는……'으로 시작되는 그 만화의 제목도, 등장인물도, 작가도 기억하지 못한다. 그렇다고 픽션이란 말을 써먹지 않을 내가 아니었다. '안으로 자주독립의 자세를 확립하고 밖으로 인류공영에 이바지하기 위해'서라면 수단과 방법을 가리지 않고 배우고 익혀야만 하는 것이다.

우리 집 윤국노가 웃었어. 내가 한 시간도 넘게 바라봐주었더니 글쎄 날 보고 씩 웃었다니까. 내가 별책부록 보기를 거절한 지 몇 달이 지났을 때 옆방 아이는 그런 말을 했다. 그 당시 우리 동네엔 집집마다 민정당 국회의원 윤국노의 달력이 붙어 있었다. 윤국노의 사진과 일 년 치 달력이 전부 한 면에 인쇄되어 있는, 달력이라기보다는 브로마이드에 가까운 것이었다. 나는 그애의 방에서 함께 윤국노의 사진을 들여다보았다. 한 시간이 흘렀다. 윤국노는 웃지 않았다. 두 시간, 세 시간이 지나도 마찬가지였다. 어? 이상하네. 나 혼자 있을 땐 분명히 웃었는데. 옆방 아이의 변명. 웃기지도 않았다. 거짓말을 하는 주제에 마치 나 때문에 부정을 타서 윤국노가 웃지 않는다는 듯한 말투였다. 나나 그애나 같잖은 집에 사는 건 마찬가지지만 그애네 할아버지는 굉장한 부자라고 했다. 삼촌들 결혼식에선 윤국노가 주례를 서거나 화환을 보내줬다고도 했다. 똑같이 같잖은 집에 살고 있어도 옆방 아이네는 방세를 내지 않았다. 집주인이라서가 아니었다. 그 집은 영등포와 안양 일대에 다량의 부동산을 소유하고 있는 어떤 이의 것이었는데 그 어떤 이가 바로 그애의 이모할머니라고 했다. 나는 그 모든 사실을 아주 잘 알고 있었다. 그래서, 그러므로, 나는 이렇게 말해주었다. 미친년, 픽션하고 있네.

픽션을 떠올린 장소

다행히도 학교는 조금 변했다. 교문 왼쪽에 '자리 잡고 있던 교사 한 채가 철거된 자리엔 'English Zone'이라고 이름 붙은 작은 공원이 생겨났다. 아마도 그곳에선 오직 영어로만 소통해야 할 것이다. 공원 이름과 용도가 따로 놀지만 않는다면 마땅히 그러할 것이다. 그리고 또한 그래야만 했다. Once upon a time in here…… 어떤 일이 일어났는지 아무도 알지 못하도록……

국민학교—이젠 초등학교라고 해야 한다. 국가가 결정한 일이다. 우린 더 이상 황국신민이 아니다—에 입학하고 처음으로 새마을 저금을 하는 날이었다. 입학 후 처음 한 달 동안은 모든 수업이 운동장에서 이루어졌다. 수업이래봤자 고작 율동 몇 가지 배우는 게 전부였지만. 그 기간엔 학부모가 함께 등하교하는 것이 관례였다. 나에겐 부모가 없었다. 할머니, 할아버지가 있었을 뿐. 옆방 아이가 바바리코트를 차려입은 엄마 손을 잡고 학교에 갈 때 옆방 아이의 옆방에 살고 있던 나는 할머니와 함께 등교해야 했다. 나는 언제나 할머니보다 다섯 걸음 이상 앞서 걸어갔다. 마치 남인 양. 할머니는 그나마도 자주 빠졌다. 할머니는 집 앞에 노점을 차려놓고 번데기나 소라, 쥐포, 군밤, 냉차 따위를 팔았다. 어엿한 사업가였단 말이다. 사업가가 집안의 소소한 일에 신경 쓸 겨를이 없다는 건 너무 당연한 일이었다. 처음으로 새마을 저금을 하던 날, 할머니는 학교에 오지 못했지만 저금할 돈만은 챙겨주었다. 수업이 끝난 후 담임선생은 학급 번호순으로 저금을 받기 시작했다. 지금은 'English Zone'으로 변신한 바로 그 교사 앞에서였다.

내 차례는 아주 빨리 다가왔다. 나는 반에서 가장 키가 컸으며 생일도 빠른 편이었다. 당연히 내 번호는 선두그룹에 속해 있었다. 할머니가 주머니에 넣어준 거금을 나는 당당히 꺼내들었다. 그리고 마침내 그 자랑스런 손바닥을 쫙 폈을 때…… 여기저기서 폭소가 터져나왔다. 이주일이 바로 눈앞에서 '수지Q' 춤이라도 추고 있는 듯한 분위기였다. 웃는 사람은 대부분 어른들이었다. 나는 그들이 왜 그렇게 웃어대는지 이해할 수 없었다. 애는…… 삼백 원이 뭐니? 느이 엄마가 그것밖에 안 주던? 배꼽을 잡고 웃던 아줌마들 중에 누군가가 말했다. 그녀의 눈동자 속에 갇힌 나는 정말로 이주일처럼 보였다. '못생겨서 죄송'하다며 싹싹 빌지 않는 이상 그녀가 순순히 나를 놓아줄 것 같진 않았다. 엄마, 나는 천 원 저금할래. 아니, 이천 원 저금할래. 아니, 삼천 원. 그녀의 딸내미는 엄마의 지갑에서 마치 미용 티슈라도 뽑듯 천 원짜리 지폐를 마구 뽑아대며 또 그렇게 말하고 있었다. 그런 딸내미를 꽉 깨물어주지 못해 안타깝다는 얼굴로 그녀는 다음과 같은, 내 생애 결코 잊을 수 없는 교훈을 남겼다. 그래, 저금은 많이 할수록 좋은 거란다. 착한 어린이는 그래야 하는 거야.

한 주에 한 번씩 나눠주곤 하던 가정통신문에는 분명히 "저금하는 날—한 달 동안 아껴 쓴 용돈을 모아서 가지고 오세요"라고 적혀 있었다. 그 말을 곧이곧대로 믿었으므로 나는 유죄였다. 겨우 삼백 원을 받아들면서도 심장이 떨렸던 나는 소심하기 짝이 없는 인물이었다. 나는 '민족중흥의 역사적 사명을 띠고 이 땅에 태어'나지 말았어야 했다. 하지만 기왕에 태어나버린 몸이라면 진정으로 '민족중흥의 역사적 사명을 띠'기 위해 새롭게, 다시, 태어나야 했다. 그리고 나는 당연히 그렇게 했다.

나는 할머니 전대에 손을 댔다. 옆방 아이의 저금통도 훔쳐냈다. 언젠가 옆방 아이는 말한 적이 있었다. 자신의 할아버지는 대단한 기분파이기 때문에 절 한 번 받을 때마다 만 원짜리 지폐를 쑥쑥 빼든다는 것이었다. 그애는 앉은자리에서 일곱 번이나 절을 한 적도 있다고 했다. 솔직히 그 당시의 나는 '기분파'니 '앉은자리'니 하는 단어의 뜻을 정확히 알진 못했다. 그러나 이것만은 분명히 알고 있었다. 그애는 보름에 한 번꼴로 제 할아버지네 집에 다녀오곤 했다. 그러므로 그애의 저금통 하나쯤이야 어떻게 되어도 문제 될

게 없다는 사실이었다.

내 전술은 물론 그게 다가 아니었다. 동네 아주머니들 틈에 끼어 리본으로 장미를 말고 출석부나 장부책 따위에 쓰일 검정 하드커버도 만들어냈다. 침을 뱉느라 하루를 다 보낸 적도 있었다. 원기소 통만한 크기의 젖빛 플라스틱 통을 가득 채운 나의 타액은 활명수 같은 액체 소화제를 만드는 데 쓰인다고 했다. 침의 거품이 삭지 않고 살아 있어야 하는 게 바로 그 부업의 관건이었다. 관리자가 젖빛 플라스틱 통을 수거해가기 직전, 그때마다 나는 양치질 중에 생성된 치약 거품들을 통에 뱉었다. 척 보기에 내 침은 아주 양질의 것이었다. 제약회사의 이미지나 약품의 부작용 따위, 그 따위 눈에 보이지 않는 것들은 내 알 바 아니었다. 걸핏하면 체하는 옆방 아이라면 모를까 내 위장은 아주 튼튼했으니까. 내게 있어 액체 소화제란 불필요한 단어일 뿐이었으니까. 그렇게 나는 무슨 수를 써서라도 저금을 많이 하는 착한 어린이가 되었다.

언젠가는 『아아, 이승복』이란 책을 읽고 옆방 아이가 쓴 독후감을 베껴서 상을 받기도 했다. 까막눈인 할머니에게 성적표를 보여줄 때마다 '양'은 '수'로, '가'는 '우'로 읽어주었다. 가끔은 '품'자 마크가 찍힌 공책을 가리키며 '상'을 받았다고 떠벌렸다. 정말로 '수'로 가득 찬 성적표를 받아온 사람은 옆방 아이였지만, 운동장 조회를 서는 날마다 상을 받은 사람도 그애였지만…… 그러나 나는 조금도 죄의식을 느끼지 않았다. '나라엔 충성, 부모에겐 효도'라는 말을 실천하기 위해 나는 최선을 다했을 뿐이었다. 나는 무죄였다. 게다가 이승복 동상이나 '품'자 마크가 찍힌 공책 같은 건 이제 더 이상 존재하지 않는다. 'English Zone'으로 바뀌어버린 저 오래된 교사처럼 이미 없어진 장소에 불과한 것이다. 존재하지 않는 장소에 존재할 수 있는 사람은, 물건은, 추억은…… 없다. 그러므로 한때 그곳에 존재했던 나도 더 이상은 없는 것이다. 지금 없는 것들은 과거에도 없었던 것이다.

하지만 모든 게 다 사라진 건 아니었다. 불행히도 학교는 아주 많은 부분이 그대로였다.

3학년 때 옆방 아이와 나는 처음으로 같은 반이 되었다. 'English Zone' 맞은편 동쪽 교사엔 그때처럼 지금도 3학년 교실들이 모여 있다. 그리고 동쪽 교사와 교문 사이에 있는 우천 교실, 교문과 마주 보고 있는 중앙 교사, 그 모든 것들의 한가운데에 자리한 운동장까지…… 변한 건 또한 아무것도 없었다.

옆방 아이는 우리 반에서 가장 공부를 잘하는 아이였다. 나눗셈을 제대로 못했던 나의 뺨이 담임선생의 손가락 사이에서 꼬집히고 있을 때 그 아인 선생을 대신해 교사용 참고서에 나와 있는 새로운 문제들로 흑판을 하얗게 채워버렸다. 그러므로 내 뺨을 꼬집는 손은 바로 그애의 손이기도 했다. 옆방 아이는 또한 우리 반의 '달리기 왕'이었다. 토너먼트 식으로 치러진 달리기 왕 선발대회는 우리가 2학년이었을 때만 해도 존재하지 않았던 것이었다. 그 대회가 생긴 건…… 어쩌면 우리가 2학년이던 그해 겨울, 88 서울올림픽이 마침내 확정된 탓인지도 몰랐다. 운동회가 열리는 날마다 늘 일등으로 운동장을 질주하던 그 아인 당연하다는 듯 달리기 왕이 되었고 증서까지 받았다. 서울올림픽은 아직 시작되지도 않았는데 옆방 아인 벌써부터 그 덕을 톡톡히 누리기 시작했던 것이다.

달리기 왕이 된 그 아인 자동으로 육상부 소속이 되었다. 수업이 끝나면 혹독한 육상 훈련이 그 아일 기다리고 있었다. 수업은 아예 제치고 훈련만 받는 날도 다반사였다. 어쩌다 빠지기라도 하면 육상부 선배란 사람들이 교실까지 찾아와 그 아일 협박했다. '7년 묵은 거지'란 별명을 갖고 있던 선배 하나가 특히 집요해 보였다. 그녀는 트레이닝복에 달린 지퍼를 목 끝까지 끌어올린 채 항상 생라면을 씹으며 등장했다. 그 당시 학교에선 '선수 돕기'란 명목으로 한 달에 한 번씩 전교생들로부터 라면이나 과자, 빵 따위를 거둬들였다. '7년 묵은 거지'가 매일같이 생라면을 입에 달고 다닐 수 있는 비결이 바로 거기 있었다. 또 빠지면 이렇게 부숴서…… 봉지도 뜯지 않은 네모반듯한 라면을 주먹으로 쾅쾅 내리치며 '7년 묵은 거지'는 입을 열었다. 단 한 번의 주먹질에도 라면의 네 각은 모조리 허물어졌다. 봉지도 저절로 찢어졌다. 그리고 그 사이로 비어져나온 라면은 이미 가루가 되어 있었다. 그걸 입 안에 털어 넣으며 그녀는, 곤죽이 될 때까지 널 씹어버릴 거야…… 협박했다. 라면 스프에게도 물론 제 몫이 있었다. 그녀는 그 매운 분말을 한입에 털어 넣기 무섭게 도로 옆방 아이의 두 눈을 향해 분사했던 것이다. 다시는 뜀박질 못하게 네 두 눈도 파버릴 거야…… 최후통첩도 그녀는 물론 잊지 않았다. 앞을 볼 수 없다면 달릴 수도 없는 일. 그러므로 그건 다리몽둥이를 부러뜨리겠다는 것보다 훨씬 멋진 협박이었다.

아, 그 순간의 나는 어째서 '7년 묵은 거지'가 아니라 그냥 나였을까? '7년 묵은 거지'가 바로 나였다면 얼마나 좋았을까? 돌이켜 다시 생각해보아도 원통한 일이었다. 그리고⋯⋯ 어쩔 수 없는 일이었다. 그건 갈색 구두 대신 빨간색을 샀어야 한다는 식의 후회, 또는 엔지니어가 아니라 화가가 되었어야 한다는 그런 종류의 회한과는 확실히 다른 것이었다. 예컨대 '한없이 투명에 가까운 블루'처럼 한없이 투명에 가까워질 수는 있으나 결코 투명이 될 수는 없는 블루, 후회나 회한조차도 불가능한 어떤 결핍⋯⋯ 이었다.

내가 아닌 '7년 묵은 거지'의 협박에 내가 아닌 옆방 아이는 겁을 먹었다. 결국 옆방 아이는 있지도 않은 심장병 핑계를 대며 육상부에서 빠져나왔다. 라면과 빵을 공짜로 실컷 먹을 수 있는 육상부를 왜 그만두느냐며 나는 진심으로 안타까워했다. 그 아이의 대답은 간단했다. 육상선수는 공부 못하는 애들이나 하는 거라는 것이었다. 역시, 그 아인 내가 아니었다. 공부도 못하고 또 달리기 왕도 아닌 나는 결코 그 아이가 될 수 없었다.

그해 겨울방학을 앞두고 담임선생은 학생들로부터 쌀 한 됫박씩을 거두었다. 불우이웃을 돕기 위해서였다. 물론 나도 갖다 냈다. 그런 내가 불우이웃일 수는 없었다. 그럼에도 불구하고 거두어들인 쌀을 가져갈 아이로 지목된 사람은 바로 나였다. 한 됫박 쌀조차 내지 못한 학생이 분명히 있었지만 그래도 불우이웃은 오직 나

하나뿐이었다. 넌 부모님도 안 계시고 또 할아버지도 이렇게 무직이잖니. 학기 초에 제출했던 가정환경 조사서를 펼쳐들며 담임은 말했다. 주거형태, 자가, 전세, 월세, 동산, 부동산…… 온통 생경한 단어들로만 이루어진 가정환경 조사서. 글을 읽을 줄 아는 내게도 어려운 걸 까막눈인 할아버지와 할머니가 알아먹을 턱이 없었다. 나의 보호자들을 대신해 그걸 작성해준 사람은 옆방 아이의 아버지였다. 그는 내 보호자의 직업을 무직이라고 기재했다. 그리고 담임은 바로 그 무직 때문에 내게 쌀을 주겠다는 것이었다.

무직이면…… 나쁜 거예요? 나는 반문했다. 직업이 없는 거니까 좋은 건 아니겠지. 이어지는 담임의 말. 직업이 왜 없어요? 직업 적는 칸에 이렇게 무직이라고 씌어 있잖아요. 나는 정말 이해가 되지 않았다. 무직이라는 건 직업이 없다는 뜻이야. 아퀴를 짓는 담임의 말끝엔 고드름이 뚝뚝 맺혀 있었다. 그에게는 불우이웃 돕기라는 것도 한시바삐 처리해야 할 귀찮은 공문서들 중에 하나일 뿐이었다. 그러므로 무직을 회사원이나 미용사, 택시 기사처럼 무슨 직업인 줄로만 알고 있는 덜떨어진 아이는 그저 무시하는 게 상책이었다. 그렇게 나는…… 처리되었다.

옆방 아이의 아버지가 거짓 기재를 한 건 아니었다. 생활비를 벌어옴에도 불구하고 나의 할머니는 세대주도 공식 보호자도 아니었다. 우리의 세대주이자 공식 보호자인 할아버지는 정말로 무직이었다. 아니다. 할아버지에겐 많은 직업이 있었다. 폭음, 만취, 폭행, 기타 등등. 게다가 직업의식도 투철했다. 걸핏하면 그는 얼마

되지도 않는 세간에다 휘발유를 뿌려댔다. 실오라기 하나 걸치지 않고 퍼포먼스를 할 때도 있었다. 가장 압권은, 고정관념의 타파였다. 어느 날 문득 할머니의 목을 겨누고 있던 부엌칼. 그때 그 장면을 보지 못했다면 나는 지금까지도 부엌칼을 그저 파나 무를 자를 때 쓰는 도구로 알고 업신여겼을 것이다. 사물에 대한 고정관념으로부터 우리를 풀어준 그는, 해방군이었다. 우리의 위대한 지도자들이 모두 그러했듯이.

할머니와 나는 그의 위대함을 널리 알리기 위해 그의 상상력이 비상하는 날마다 이 집 저 집을 순례하고 다녔다. 우리만큼 대단한 보호자를 두고 있는 집은 거의 없었다. 우리의 보호자가 그 누구보다 월등하다는 걸 부인하는 사람도 전무했다. 우리는 언제나 환영받았으며 우리의 보호자가 존재하지 않는 남의 집에서도 편히 쉴수 있었다. 하지만 그의 존재가 유명해지는 게 꼭 기쁜 일만은 아니었다. 가장 걸리는 사람은 옆방 아이였다. 그애는 매일 일기를 썼으며 그걸로 상도 곧잘 받았다. 그애가 내 보호자를 훔쳐가는 건 시간문제였다. 그애의 일기장 속에서…… 그는 날마다 술주정을 늘어놓는다, 나는 벌거벗은 그의 몸뚱어리에 꽉 붙들려 있다, 할머니는 나를 도와주지 못한다, 부엌에 둔 칼이 그의 손으로 자리를 옮겼을까봐 나는 잠을 이루지 못한다, 그보다 먼저 칼을 손에 쥐어야 한다는 생각에 내 손은 부들부들 떨려온다…… 그애의 일기장 속에서.

나는 선수를 쳤다. 나도 매일같이 일기를 썼다. 내 일기장 속에서 옆방 아이가 맡은 역할은 희대의 거짓말쟁이였다. 새 학년이 시작될 때마다 나눠주던 가정환경 조사서도 나는 직접 작성하기 시작했다. 그애 아버지의 직업은 곧 내 보호자의 직업이 되었다. 가족사항을 적는 칸에다가는 그애의 자매들 이름을 쭉 써내려갔다. 과자나 훔쳐 먹고 다니던 남동생이 학교에 들어가자 내가 작성할 가정환경 조사서는 두 장이 되었다. 덕분에 어린 나이에도 불구하고 나는 어른의 글씨체를 갖게 되었다. 덕분에 쌀을 받아오는 일 따위는 다시 일어나지 않았다.

그러나 내가 달라졌다고 해서 상황까지 달라지는 건 아니었다. 동쪽 교사, 운동장, 우천 교실이 변함없이 이곳에 남아 있는 것처럼. 아직도 건재하고 있는 이곳에서 나는 여전히 과거의 나일 수밖에 없었다. 그건 옆방 아이도 마찬가지였다. 이곳이 없어지지 않는 한 그 아인 여전히 일등으로 운동장을 질주하고 있는 것이었다. 교사용 참고서에 나와 있는 새로운 문제들로 흑판을 하얗게 메우고 있는 것이었다. 육상선수는 공부 못하는 아이들이나 하는 거라며 잘난 척하고 있는 것이었다. 그러고도 모자라 그 아인 내 눈빛, 나만의 눈빛을 훔쳐가기까지 했다. 아직도 남아 있는 이 우천 교실에서였다.

해와 비를 차단하기 위해 쳐놓은 천막 아래엔 시멘트로 급조한 벤치들이 모여 있었고 옆방 아이와 나는 거기 앉아 있었다. 한 학년이 스무 학급으로 이루어질 정도로 학생은 넘치고 교실은 부족하던 시절, 이부제 수업은 필수였다. 우리는 오전반 수업이 끝나고 교실이 비워지길 기다리는 중이었다. 무엇 때문인지 옆방 아이는 안절부절못하는 눈치였다. 서치라이트라도 되는 양 그 아이의 고개는 오른쪽에서 왼쪽으로 왼쪽에서 오른쪽으로 쉬지 않고 움직이며 허공에 수십 개의 부채꼴을 그리고 또 그렸다. 고갯짓이 멈춘 건 오전반 수업을 마친 학생들로 인해 교사 입구가 왁자지껄해졌을 때였다. 옆방 아이의 두 눈에 탁, 불이 켜졌다. 그 아이의 안광은 곧바로 오직 한 사람만을 위한 스포트라이트가 되었다. 조명을 받고 있는 인물은 인형같이 예쁘고 조그만 여자애였다. 흰색 터틀넥 스웨터, 진초록 체크무늬 멜빵 스커트, 감색 카디건, 검정 에나멜 구두, 노란색 란도셀 가방과 신발주머니, 그리고 긴 웨이브 머리와 앞가르마, 가르마 양옆에 꽂은 오륜 모양의 머리핀까지…… 옆방 아이는 샅샅이 비추고 있었다. 가슴에 달린 명찰을 보니 1학년짜리 여자애였다. 1학년답게 다른 아이들은 선생의 팔과 손, 심지어는 옷자락에까지 매달려 있었지만 그 여자애는 멀찌감치 떨어진 채 혼자 걷고 있었다. 예쁘고 깜찍하게 생긴데다가 깔끔하게 차려입고 다니긴 하지만 사교성이라곤 통 없는 모양이었다. 그게 아니면 지나치게 오만한 건지도 몰랐다. 그리고 만약 후자 쪽이라면 그 아인 세상에서 가장 재수 없는 인간이었다, 내게는. 아니다. 인형 같은 그 여자애는 무조건 재수 없는 인간이었다. 옆방 아이의 두 눈을 스포트라이트로 만들어버린 것만으로도 그애는 유죄였다.

나, 저애를…… 납치하고 싶어. 여자애가 완전히 시야에서 사라지고 난 후 그제야 옆방 아이는 입을 열었다. 나는 대꾸할 말을 찾을 수가 없었다. 납치, 납치, 납치라니…… 장도리로 뒤통수를 얻어맞았다고 해도 그렇게 놀라진 않았을 것이다. 게다가 전원이 나가버린 그애의 두 눈은 뿌옇게 흐려진 상태였다. 아주 익숙한 눈빛이었다. 그건…… 옆방 아이를 바라보던 내 눈빛, 바로 그것이었다. 샐긋 가라앉아 있던 모종의 침전물들이 마구잡이로 떠올라버린, 돌이킬 수 없는, 위험한.

납치라고? 넌 「113 수사본부」도 못 봤니? 그런 건 간첩이나 하는 거야, 이 빨갱이야! 나는 말했다. 거의 비명에 가까웠다. 내 안에서 과다 분비되고 있는 모멸감과 상실감이 나를 그렇게 만들고 있었다. 내 두 눈을 뿌옇게 흐릴 수 있는 사람은 달리기 왕, 메그의 동생이자 베스와 에이미의 언니인 조, 별책부록과 저금통의 주인, 교사용 자습서를 손에 든 학생…… 이었다. 내 눈빛, 오직 내 것일 뿐인 그 눈빛을 훔쳐낸 도둑이나 납치범, 빨갱이 따위가 아니었다. 정말 아니었다. 나란 존재를 뿌리째 뽑아버린 옆방 아일 나는 용서할 수 없었다. 기만의 장소가 되어버린 우천 교실, 그곳이 사라지지 않는 한 영원히 살아 있을 그애를 나는 영원히 용서하지 않을 것이었다.

존재하는, 혹은 사라진

교문을 나서자마자 세쌍둥이처럼 나란히 붙어 있는 세 개의 문구점이 보인다. 에덴문구, 어린이문구, 그리고 뽀빠이문구. 간판이 랄 것도 없이 맨 벽에 페인트로 쓴 고딕 글씨체도 그대로이다. 옆 방 아이는 어린이문구의 단골이었다. 그냥 단골도 아니었다. 인사 성 밝은 그애를 주인아줌마는 가장 예뻐했다. 어린이문구 앞에서 나는 안녕하세요, 안녕하세요, 안녕하세요…… 각기 다른 톤으로 되뇌어본다. 오래전 그때처럼. 그러나 그렇게 숱한 연습을 하고 들 어갔어도 아줌마는 한번도 나를 칭찬해주지 않았다. 정말 재수 없 는 일이지만 어린이문구가 건재하는 한 인사성 밝은 그 아이는 여 전히 존재할 것이다. 칭찬 받지 못했던 나도 물론.

학교에서 집으로 가는 길의 첫번째 지형지물, 청원아파트. 있다. 새마을 저금으로 삼백 원을 냈던 나를 비웃으며 천 원짜리 지폐를 미용 티슈처럼 뽑아대던 바로 그애가 살던 곳이다. 이름도 생각난 다. 승윤. 나의 이 비상한 기억력…… 구차하다. 문짝마다 정밀기 계, 지그연마, 성형연마…… 4·4조로 딱딱 떨어지는 글자들이 적 혀 있는 영세 공장들의 거리. 여전하다. 옆방 아이가 사용하는 모 든 단어에 반응을 보인 나였지만 4·4조의 이것들은 지금까지도 요령부득이다. 앞으로도 그럴 것이다. 내게 필요한 건 현실이 아니 었다. 픽션으로 가는 비상구였을 뿐.

이제 두번째 지형지물이 보인다. 화단극장. 아니, 보이지 않는다. 그냥 그것이 존재했던 자리일 뿐이다. 황정아 주연의 「가위 바위 보」는 3학년 전체가 단체로 관람한 영화였다. 옆방 아이의 영화 감 상문은 제법 칭찬을 받았다. 감상문의 결론은 반공정신 무장. 그애의 감상문을 감상하기 전까지만 해도 나는 자식들을 뿔뿔이 떠나보내야 했던 황정아 때문에 가슴이 아플 따름이었다. 다른 건 없었다. 그러나 옆방 아이와 같은 결론에 도달하지 못했으므로 내 감상은 오류였다. 그애와 같은 반만 아니었어도 그애의 감상문을 베껴쓸 수 있었을 것이다. 오류를 범하지 않았을 것이다. 그러므로 나의 오류는 곧 옆방 아이의 것이기도 했다.

화단극장에서 반공영화만 상영한 건 물론 아니다. 진짜 전공은 미성년자 관람불가 쪽이었다. 먹다 버린 사과나 바나나, 혹은 벌레 먹은 장미나 산딸기 같은 것들. 쓸모없어진 것. 사회를 '정화' 하여 마침내 '정의사회'를 구현하기 위해 성년자들은 캄캄한 극장 안에서 열심히 쓰레기들을 치우는 중이었다. 미성년자들은 그 거대한 암흑의 입구, 딱 거기까지만 갈 수 있었다. 영화의 스틸 사진이 붙어 있는 곳은 언제나 아이들로 바글거렸다. 그곳이 바로 한계였기 때문이다. 가고 싶어도 더는 갈 수 없는, 성년과 미성년 사이의 휴전선이었기 때문이다. 전라의 선녀를 끌어안고 있는 선비, 꽃잎이 둥둥 떠다니는 나무 욕조 속의 나신들, 쓰러진 항아리 안에서 뱀처럼 똬리 틀고 있는 남녀…… 스틸 사진들은 유혹적이었다. 그러나 또한 요령부득이었다. 영화는 1초에 24프레임이나 돌아가는 연속 사진이었다. 그중에 한 단면만으로 전체를 헤아린다는 건 불가능했다. 그래서 아이들은 해방군을 기다렸다. 족쇄와도 같은 저 휴전선을 넘어 자유민주주의의 땅, 성년으로 그들을 인도할.

옆방 아이는 발군이었다. 퍼즐 게임이라도 하듯 그애는 스틸 사진만 가지고 영화 줄거리를 꿰어 맞췄다. 그 영화를 이미 보기라도 한 듯, 아니 직접 시나리오라도 쓴 것처럼 심지어 대사까지 읊어댔다. 최고 히트작은 「망령의 웨딩드레스」였다. 주연은 선우은숙, 안약 탓이라는 의심을 받을 정도로 그렁그렁한 눈망울의 소유자. 신혼여행 첫날 남편이 보는 앞에서 괴한으로부터 강간당한 그녀. 아내를 지켜주지 못한 자책감보다 훼손된 순결 때문에 더 고통 받는 남편. 신혼의 한순간이 아니라 모든 미래를 송두리째 빼앗긴 그녀. 수치심, 죄책감, 절망. 그리고 자살 혹은 자살한 척. 그리하여 망령이 된 혹은 망령인 척하는 그녀. 검은 웨딩드레스를 입은 망령의 처절한 복수. 진짜 줄거리와는 사뭇 거리가 있었겠지만 어쨌든 스틸 사진과는 맞아떨어지는 이야기였다. 특히 망령의 검은 웨딩드레스는 호러인 동시에 에로이자 멜로인 그 영화에 아주 잘 어울리는 소품이었다. 강간이나 절망 같은 어려운 단어가 등장함에도 불구하고 아이들은 옆방 아이의 픽션 속으로 빨려들어갔다. 학교에서 보여줬던 모범생의 이미지와는 전혀 다른 그 모습을 낯설어하는 사람도 없었다. 여자였나 싶으면 남자였고 남자인가 싶으면 또 여자가 되는 그 아이. 그래도 이상하지 않은. 오히려 당연한. 아수라 백작 같은. 남과 북의 이중간첩. 어디든 속하고 아무 곳에도 속하지 않는.

과연 나는 그 아이의 전부를 훔칠 수 있을까? 아니, 일부라도 가능할까? 일부라면 어떤 일부? 남쪽의 그 아이? 아님, 북쪽의? 절망이었다. 그 아인 알고 있었지만 나는 몰랐던, 너무나 어려운 단어,

절망…… 이었다. 화단극장은 사라졌지만…… 나는 모르겠다. 이미 잘린 희망의 등걸에서도 또 새로운 싹이 나고 자라는지를. 극장은 사라졌어도 절망은 사라지지 않았다. 나를 절망케 한 그 아이도 여전히 존재한다. 이 하곳길은 뭔가 그애에게만 유리하다는 생각, 떨칠 수 없다. 삶이 우리에게 언제나 그러했듯이. 하지만 그럼에도 불구하고 내 발걸음은 멈추어지질 않는다.

석탄을 실은 화물열차가 지나다니던 협궤 철도는 흔적조차 찾을 수 없다. 철도 옆 연탄공장도 대형 백화점의 주차장으로 변신한 지 오래이다. 사철 어두웠던 연탄공장 앞. 하마터면 옆방 아이는 그곳에서 유괴될 뻔한 적이 있었다. 언젠가는 제 할아버지 집에 가기 위해 혼자 버스를 탔다가 또 그런 일을 당했었다. 만약 그 사람들을 따라갔다면 나는 지금쯤 어떻게 살고 있을까…… 옆방 아이는 종종 말하곤 했다. 그러지 않아서 천만다행이라기보다는 오히려 아쉽다는 표정이었다. 인적이 뜸한 시간을 골라 나는 연탄공장 앞을 서성거렸다. 그애 할아버지네 집으로 가는 버스에 공연히 올라타기도 했다. 그러나 나를 유괴하려는 사람은 아무도 없었다. 아주 우연한 기회조차도 내게는 찾아오지 않았다.

연탄공장 다음은 전철역. 위치는 그대로지만 역사는 민간 자본으로 새로 지은 것이다. 외벽을 전부 유리로 마감한 초현대식 건물. 에스컬레이터에 올라탄 수많은 사람들이 속이 다 들여다뵈는 유리 건물 속으로 빨려 들어간다. 내뱉어진다. 수많은 사람, 하나의 얼굴. 무표정, 무표정. 나는 그들 속으로 투신한다. 어차피 통과해야 하는 길. 어쩔 수 없다. 보이지 않는 손이 내 입을 열려고 한다. 앙다 문다. 그래도 새어나온다.

이곳엔 일제 때 지어진 낡은 역사가 있었어요. 재래식 변소엔 언제나 낙서가 가득했지요. 그걸 보느라 내 친구 하나는 변소에 들어갈 줄만 알았지 나올 줄은 몰랐답니다. 이 근방 아이들은 모두 이역 앞에 모여서 함께 등교를 했더랬어요. 6학년 오빠들이 노란 깃발 높이 들고 앞장섰지요. 9통 2반, 10통 4반…… 깃발엔 그런 게 써 있었구요. 근데 9통 2반에서 나와 같이 살고 있던 어떤 아이는 한번도 그 줄에 서지 않았답니다. 다른 길로 늘 혼자 다녔어요. 한번은 그앨 미행했죠. 철로를 따라가는 우리와 달리 그앤 천변을 따라 걷더군요. 중간에 제지공장이 있었어요. 그앤 걸음을 멈추었죠. 쇠창살로 된 공장의 문 사이로 아주 넓은 꽃밭이 보였어요. 온통 튤립 천지였어요. 그앤 쇠창살 사이로 손을 뻗었죠. 그러나 꽃밭은 멀고 멀었답니다. 그애는 그렇게 꽃에 빠져 있는데 이상하게도 내 눈은 자꾸만 꽃밭 옆으로 돌아갔어요. 폐지 녹이는 약품이 커다란 화로 안에서 끓고 있더라구요. 그애를 거기다 처박아버리고 싶더라구요. 왜냐구요? 그냥, 그냥…… 재수 없잖아요. 어차피 가질 수 없는 거잖아요.

입술에서 찝찔한 맛이 느껴진다. 피다. 다행이다. 새어나오지 않고 배어나와서. 그러나 나는 결국 역 앞 광장을 걷고 있던 익명의 누군가와 몸이 부딪치고 만다. 그래서 어쨌다는 거야? 익명의 그, 입을 열지 않고도 그렇게 말한다. 그냥, 그냥, 그렇다고요…… 나 또한 입을 열지 않고 대답한다. 그, 사라진다. 드디어 나는 분주한 역 근처에서 벗어난다.

몇 발짝 앞에 육교가 보인다. 마지막 지형지물이다. 육교의 발치엔 구멍가게들이 옹기종기 모여 있다. 문을 연 곳은 없다. 이미 오래전에 폐쇄된 듯한 분위기다. 나는 그중 한 가게를 응시한다. 문턱이 닳도록 그곳을 드나들었던 어떤 여자애를 보고 있다. 그애가 어느새 내 옆으로 와 나란히 선다. 우리는 육교 계단에 발을 올려놓는다. 한 발짝, 꽃다발. 두 발짝, 보름달. 세 발짝, 노을. 네 발짝, 영국 카스테라. 다섯 발짝, 본 카스테라. 별것 아니다. 옆방 아이가 그 가게에서 사 먹었던 빵의 이름들이다. 그냥…… 그렇다는 말이다.

옆방의 옆방은 옆방

육교를 넘으면, 구시장이다. 일제 때 제법 큰 시장이었다고 해서 그렇게 불리곤 있었지만 나는 한번도 그곳을 시장이라고 생각해본 적이 없었다. 구시장에 살던 우리는 언제나 육교를 넘고 유흥가를 거쳐 진짜 시장에 다녀오곤 했으므로. 시장은, 없었다. 그리고 지금도……

육교가 없다 치면, 옆방 아이가 빵을 사먹던 가게와 우리가 살던 집은 정확히 대각선으로 마주 보고 있었다. 육교 발치에 놓여 있던 우리의 일본식 목조 가옥. 대문 옆엔 커다란 유리 장식장. 장식장 안엔 커다란 액자. 액자 속의 사진. 기모노를 차려입은 여인. 여인의 품안에 안겨 있는 아기. 사진은 이층에 세들어 있는 사진관에서 홍보용으로 내다 건 것이었다. 대문을 열고 들어가면 두 갈래 길이 나왔다. 사진관으로 올라가는 가파른 계단과 안채로 이어지는 통로가 왼쪽에 있었고 정면으로 보이는 쪽문 너머론 뒤란이 펼쳐져 있었다. 옆방 아이와 나는 왼쪽으로 방향을 잡아야 했다. 함께 우물과 안마당을 바라보고 함께 문간방을 거쳐 함께 안채로 들어가야 했다.

우리가 갈린 건 거기부터였다. 널마루를 사이에 두고 마주 보고 있던 두 개의 방. 그 아이는 왼쪽 방으로, 나는 오른쪽 방으로.

그애네 방이 조금 더 컸다. 방 하나와 맞먹는 크기의 다락도 있었다. 그러고도 모자라 우리의 공동 마루까지 침범했다. 냉장고, 장식장, 재봉틀…… 점령군의 이름들. 옆방 아이의 엄마는 자주 재봉틀을 돌렸다. 커튼을 만들고, 상보를 만들고, '작은 아씨들'의 드레스를 만들었다. 드르륵드르륵, 들들들들…… 재봉틀 돌아가는 소리가 따발총 소리처럼 들렸다. 냉동실 가득 다이너마이트처럼 생긴 수제 아이스케키를 쟁여놓기도 했다. 과자 훔쳐 먹는 게 취미였던 내 남동생은 다이너마이트를 품에 안은 채 아주 자주 전사했다. 옆방 아이의 것과 정말 똑같은 옷이 내게 건네지는 일도 있었다. 그때마다 나는 고도의 심리전에 말려들지 않기 위해 갖은 애를 써야만 했다. 옆방 아이의 옆방에서 살아내는 일은 결코 쉽지 않았다.

그러나 이제 그 집은 존재하지 않는다. 구시장 전체가, 존재하지 않는다. 미로처럼 얽히고설킨 골목들과 모퉁이마다 숨어 있던 불량식품 가게들, 그리고 성냥갑 같은 집들이 모두 다 사라진 것이다. 존재하는 건 장차 고층 아파트로 변신하게 될 구조물들과 중장비 기계들뿐이다. 누군가 그 집을 통째로 떠가기라도 한 듯 그 자리엔 깊은 웅덩이가 파여 있다. 그리고 웅덩이는 점점 더 크고 깊어져서 마침내 지하차도로 다시 태어날 것이다. 육교 아래엔 철로, 철로 밑으론 또 지하차도…… 사람과 기차와 자동차가 다니는 길들은 점점 더 분명하게 구분될 것이다. 내 길이 아닌 타인의 길로 들어서는 실수 같은 건 더 이상 하지 않게 될 것이다.

옆방 아이와 헤어진 건 4학년이 되던 해 가을이었다. 그애네 식구들은 할아버지와 함께 살기 위해 이곳을 떠났다. 그애와 내가 같은 반이 될 가능성도, 그애의 독후감을 베껴 쓸 기회도 모두 떠나버렸다. 그러나 나는 조금도 아쉽지 않았다. 어쩐 일인지 그 아이가 떠난 뒤로 내 성적은 쑥쑥 올랐고 독후감 같은 것도 일필휘지로 써내려갈 수 있게 되었던 것이다. 어느새 나는 그 아이가 되어 있었다.

중학교에 입학하고 그애를 다시 만났다. 정확히 말하자면 내가 찾아간 것이었다. 내가 배정 받은 중학교가 마침 그애가 살고 있는 동네에 있었기 때문이다. 나는 조금도 거리낄 것이 없었다. 심지어 자신 있었다. 그 아이와 식구들은 아주 반갑게 나를 맞아주었다.

키가 쑥쑥 자란 나와는 달리 그애는 위로는 안 크고 옆으로만 퍼져 있었다. 넌 꼭 모델 같구나. 그애가 말했다. 오래전 어느 날처럼 그애의 두 눈이 스포트라이트처럼 빛나고 있었다. 나는 짐짓 모른 체 했다.

그애의 집은 아주 근사했다. 당시 기준으로 보자면 빌딩이라고 부를 수 있을 만한 그런 집이었다. 층층마다 현대식 상점들이 입주해 있는 빌딩 전부가 그애네 것이라고 했다. 살림집은 가장 꼭대기 층에 있었다. 다섯 개나 되는 커다란 방을 모두 그애네 식구들이 사용하고 있었다. 어떤 방의 옆방에도 타인은 살지 않았다. 나는 현대식 주방의 식탁에 앉아 저녁밥을 먹고 더운물이 나오는 욕실에서 세수를 한 후 중앙난방이 되는 그 아이의 방에서 잠을 청했다. 잠이 오지 않았다. 그 아이와 난 굳이 할 필요도 없는 이야기들을 나누었다. 여전히 잠은 오지 않았다. 어느새 그 아이는 까무룩 잠이 들었지만 나는 잠들 수가 없었다.

그 아이의 속눈썹은 옛날과 다름없이 길고 길었다. 자느라 눈꺼풀을 내리깐 탓인지 유난히 더 길어 보였다. 당연히 그래야 한다는 듯 나는 그애의 속눈썹을 싹둑, 잘라버렸다. 깊은 잠에 빠진 그애는 그러나 깨어나지 않았다. 나는 그길로 그 집을 빠져나왔다. 그리고 다시는 찾지 않았다.

어이, 얼른 나와! 거긴 위험하다니까! 한때는 집이었던 웅덩이를 향해 인부 하나가 소리를 질러댄다. 야전 상의를 입은 여자가 그곳에서 서성거리고 있다. 언제 나타난 여자일까? 한눈에 보기에도 여자의 몸은 형편없이 말랐다. 아주 오래전의 나를 보고 있는 것만 같다. 중학생이 된 후로, 정확히는 옆방 아이를 마지막으로 만난 이후로 나는 야위어본 적이 없다. 그러므로 정말 오래전의 내 모습인 것이다, 저 여자는. 귀가 먹었는지 아니면 못 들은 척하는 건지 아무튼 여자는 웅덩이에서 빠져나오는 대신 오히려 철퍼덕, 그곳에 주저앉는다. 곧이어 주머니를 뒤지더니 무언가를 꺼내 들기까지 한다. 비닐 포장된 빵이다. 그것도…… 꽃다발이다. 소보로 위로 하얗게 굳은 설탕시럽이 뿌려져 있던, 지금은 아무 데서도 팔지 않는. 그러고 보니 여자가 앉아 있는 곳은 옛날에 우물이 있던 자리이다. 아니, 꽃밭이 있던 자리이다. 수도를 놓으면서부터 우리의 우물은 그애의 꽃밭이 되었으니까.

꽃 가꾸는 재미에 흠뻑 빠져서 그애는 나를 안중에도 두지 않았다. 넓은 꽃밭의 한 귀퉁이나마 내게 허락하지 않았다. 나는 조그만 화분을 세 개 구입했다. 그리고 그애와 똑같은 꽃을 키우기 시작했다. 그애는 상관하지 않았다. 그애의 넓은 꽃밭에 비한다면 나의 화분 몇 개는 미미하기 짝이 없었으니까. 그런데 어느 날부턴가 그애의 꽃밭에 이상이 생기기 시작했다. 개화 직전의 꽃봉오리가 통째로 꽃밭에 떨어져 있는 게 심심찮게 보였다. 봉오리는 예리한 날에 잘려 있었다. 하지만 내가 심은 꽃은 모두 무사했다. 달랑 세 개뿐인 내 화분을 그애는 모조리 뒤집어 엎어버리고 싶었을 것이다. 하지만 그애는 그러지 못했다. 증거가 없었기 때문이다. 걸리기만 해봐, 가만 안 둘 거야, 누가 그랬는지 내가 모를 줄 알고…… 잘린 꽃봉오리를 들고서 그애는 큰 소리로 말했다. 내 얼굴을 똑바로 쳐다보며, 범인은 너다라는 눈빛으로.

가타부타 아무런 말도 없이 나는 슬그머니 그 자리를 떠났다. 너는, 끝장이야…… 그애는 회심의 미소를 지었다. 비로소 이겼다는 생각을 했는지도 모르겠다. 그러나 그건 순전히 그애의 착각이었다. 내가 슬금슬금 그애를 피했던 바로 그다음 날에도 그애의 꽃밭에는 여전히 꽃봉오리가 열 개 이상 떨어져 있었으니까. 그뿐이 아니었다. 나의 꽃봉오리도 두 개나 떨어져 있었다. 그다음 날도 또 그 다음 날도 그런 일은 계속되었다. 그리고 비로소 나는 아침마다 생난리를 치기 시작했다. 그애가 내 꽃들을 엉망으로 만들었다며. 참으로 어리석게도 그애는 그제야, 그제야 깨달았다. 함정에 빠졌다는 사실을. 내 꽃봉오리를 자른 사람도 바로 나였다는 것을. 그애의 꽃밭을 엉망으로 만든 건 내가 아니라고 주장하기 위해 일부러 내 꽃까지 그렇게 잘라버렸다는 것을. 마임 배우처럼 그애는 아무 말도 없이 달랑 세 개뿐인 내 화분을 모조리 뒤집어버렸다. 그리곤 허옇게 드러난 봉선화의 뿌리를 마구 짓밟았다. 다시는 살아나지 못하도록 밟고 또 밟았다. 어차피 범인으로 몰린 마당에 더 이상 자존심을 세운다는 건 그애에게도 무의미한 일이었다.

날이 갈수록 우리들의 꽃은 점점 더 엉망이 되어갔다. 이제는 꽃을 가꾸는 게 아니라 어떻게 하면 더 처참하게 망가뜨릴 수 있는지가 더 큰 관심사가 되었다. 하지만 결국 우리는 어른들에게 들키고 말았다. 호된 꾸지람을 들었고 거짓 화해를 했다. 그리고 얼마 뒤 그 아이는 이사를 했다. 4학년 2학기가 막 시작됐을 무렵이었다. 그애는 당연히 전학도 갔다. 나는 다 끝났다고 생각했다. 그러나 그건 나의 착각이었다. 여름방학 과제물 전시회에서 나는 그애를 다시 만나야만 했던 것이다. 그애는 없었지만 그애의 일기장은 여전히 학교에 남아 있었다. '4학년 최우수상'이라고 적힌 리본을 매단 채 전교생에게 공개되고 있었다.

공사장 인부는 어느 틈에 야전 상의를 입은 여자의 팔목을 그러쥐고 있다. 완력으로라도 여자를 끌어낼 모양이다. 뜻밖에도 여자는 별 저항 없이 순순히 자리에서 일어난다. 다 먹지 못한 빵을 주머니에 챙겨 넣는 것도 잊지 않는다. 여자의 어깨쯤에 태양이 걸려 있다. 그들은 내가 서 있는 쪽으로 걸어오기 시작한다. 저무는 해를 등지고 있는 여자의 얼굴…… 잘 보이지 않는다. 하지만 여자가 가까이 오면 올수록 역한 냄새가 난다. 왜 만날 여기서 이러는 거야? 동냥을 하려거든 딴 데 가서 해. 죽고 싶어 환장했어? 인부는 타이르듯이 또 협박하듯이 말한다. 거의 매일같이 일어나는 일인 모양이다. 저기요, 그 빵…… 나는 겨우 입을 연다. 그들이 돌아본다. 태양을 등지고 있는 사람은 이제 나다. 비로소 여자의 이목구비가 뚜렷이 보인다. 아주 낯익은 얼굴이다. 여자는 남은 빵을 꺼낸다. 먹고 싶으면 먹어. 나에게 내민다. 진짜 꽃다발이다. 있을 수 없는 일이다. 뭐요, 당신은? 인부가 끼든다. 다행히도 아주 사실적인 목소리이다. 안 먹고 뭐 해? 네가 원한 게 이게 아니었어? 여자가 말한다. 그리고 덧붙인다. 날마다 기다렸단 말야, 오늘이

오기를. 그 순간, 해가 진다. 우리들 발밑에 붙어 있던 그림자들이
모두 사라진다.

"세상은 왜 미워하고 또 미워하는 죄악으로 가득 찼을까? 옆방
아이는 우리가 심은 꽃을 시기하나보다……"

전교생에게 공개된 그애의 일기는 그렇게 시작되고 있었다. 그
곳에서 나는 그애의 옆방 아이였다.

이것은 파이프가 아니다 권 지 예

1960년 경주에서 태어났다. 1997년 『라쁠륨』에 단편 「꿈꾸는 마리오네뜨」를 발표하며 등단. 소설집 『꿈꾸는 마리오네뜨』 『폭소』 『꽃게무덤』 『퍼즐』. 장편소설 『4월의 물고기』 『아름다운 지옥』 『붉은 비단보』가 있다. 이상문학상, 동인문학상을 수상했다.

작가를 말한다

기억과 상처는 망각할 수 있는 것이 아니라 지속적으로 재배치되고 재해독되는 것이라는 점에서 삶은 역설적으로 흥미진진하다. "나는 이해하기 위해서 회상하는 것이 아니라, 불행 또는 행복해지기 위해서 회상한다"(바르트)는 말은 그래서 정확하다. 타자가 숨고 낯설어지고 도망갈 때 그에 대한 갈망이 극대화된다는 것. 그리고 타자, 곧 시간을 애써 회고하고 기록하는 것을 멈추지 않는 충동. 그것이 삶, 혹은 소설의 문제가 아니었던가. 그리하여 권지예의 소설들은, "글쓰기는 당신이 없는 바로 그곳에(là où tu n'es pas) 있다는 것을 아는 것, 이것이 글쓰기의 시작"이라고 하는 바르트의 전언과 공명하여 '부재'의 글쓰기라는 명제를 가능케 한다. 김미정(문학평론가)

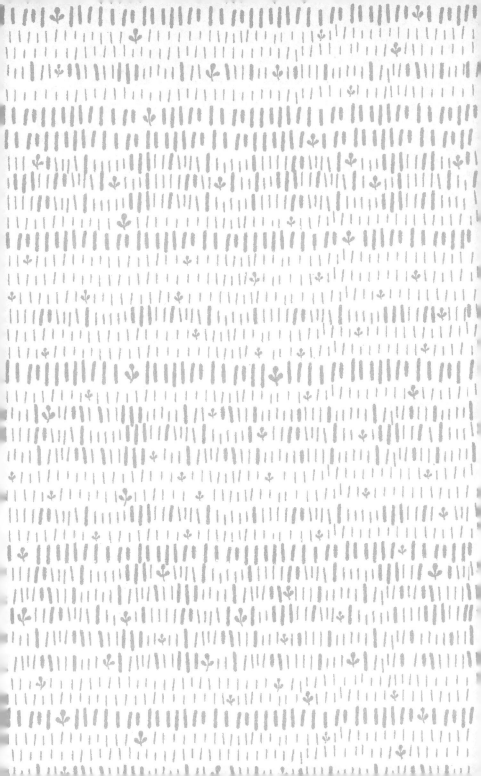

내 소설은…… 정화조야

휴대폰의 모닝콜 벨소리가 끈질기게 울린다. 여성 소설가 이미지는 평소의 습관대로 누운 채로 손을 뻗어 휴대폰의 플립을 거칠게 닫아버린다. 이렇게 모닝콜이 울려도 다시 잠이 살짝 들어 한 시간 후로 설정해놓은 두번째 알람 벨이 울려야 잠이 깨게 된다. 그 한 시간 정도의 가수면 상태를 즐기는 건 그녀의 오래된 습관이다. 정확히 소설을 쓰기 시작할 무렵부터 생긴 버릇이다. 그때 꾸는 꿈이나 생각들은 마치 수심이 얕은 맑은 물에서 하는 낚시처럼 금방이라도 건져올릴 수 있을 것만 같다. 꿈과 현실의 경계에서 즐기는 것. 작가가 되고 나서 언제부턴가 그녀는 남들과는 다른 세계에 속하게 되었다.

햇빛이 왜 이리 밝은 걸까? 만발한 흰색 라일락 꽃타래가 시멘트 담벼락에 제 그림자를 무심히 부려놓은 채 네 갈래 작은 꽃부리를 깊숙이 활짝 열어 속속들이 햇빛을 즐기고 있다. 그 꽃나무 그림자 밑으로 한 여자아이의 그림자가 다가온다. 소녀는 꽃그늘 밑에 다가와 앉는다. 소녀의 창백한 얼굴빛은 맑은 햇빛 탓인지 대리석처럼 실핏줄이 비칠 듯 투명하다. 몹시 마른 소녀는 만발한 라일락 꽃그늘 아래에 앉아 무언가를 소중히 두 손으로 감싸안는다. 손가락뼈가 부챗살처럼 앙상한 여자애의 손 안에 든 것은 금빛 털이 보송보송한 병아리다. 햇빛 속에서 병아리는 둥그렇게 감아놓은 노란색 앙고라 털실 뭉치처럼 포근해 보인다. 그 여윈 손의 소녀에게 병아리는 더없는 위안이 될 것처럼 보인다. 마음이 한결 따사해진다. 아, 저 여자애…… 소녀를 부르고 만져보고 싶은데…… 아, 이상해…… 시선은 소녀를 향하고 있다고 생각되지만 이상하게 꼭 거울을 통해 반사된 소녀의 영상을 보고 있는 것처럼 갑갑한 느낌이 든다. 게다가 깊고 고요한 정적마저 유리막처럼 가로막혀 소녀에게 눈길이, 손길이 미치지 못한다는 생각에 그저 안타깝기만 하다. 그런 심정을 아는지 모르는지 소녀가 무심하게 노래를 부르기 시작한다.

마차 위에 실려가는 슬픈 눈의 송아지
먼산 보며 눈물짓는 그 모양이 처량해
하늘 높이 날아가는 제비들 따라오면서

너 가는 길 어디냐고 물어봅니다.

두번째 알람 벨이 사정없이 울린다. 그것이 신호가 되기라도 한 듯 거울 속의 영상들이 수면 위의 동심원처럼 멀리 퍼져 사라진다. 어느덧 소녀도 노래도 자취를 감춘다. 이미지는 홀연히 사라지는 그 꿈의 꼬리를 잡으려고 손을 뻗치다가 잠이 깨버린다. 손에는 휴대폰이 들려 있다. 아아, 지금에야 알겠다. 그 소녀는…… 그 소녀는 오래전 죽은 여동생이다. 꿈속에서보다는 꿈이 깨서야 섬광처럼 더 명확해지는 것들이 있다.

여동생이 이렇게 꿈속에 나타난 건 정말 오랜만이다. 여동생이 처연하게 부르던 노래의 후렴구가 계속 이미지의 머릿속에 맴돈다. 도나도나 도나도나 도나도나도나…… 그 노래는 옛날부터 이상하게 가슴을 아리게 했다. 그녀는 잠이 덜 깬 상태로 재빨리 베개 밑을 뒤져 메모수첩에 '라일락' '병아리' '거울' '멀리 퍼지는 동심원' '마차 위에 실려가는 슬픈 눈의 송아지'라고 흘려쓴다. 아마도 여동생 꿈을 꾼 것은 얼마 전 펴낸 『황홀한 지옥』이란 장편소설 때문일 것이다. 그 작품은 한 여자아이의 성장기를 다룬 소설인데 이미지의 자전소설이란 타이틀을 달고 세상에 나왔다.

이미지는 눈을 감은 채로 깊은 숨을 몰아쉬었다가 내뱉는다. 천천히…… 그러나 호흡은 깊은 한숨처럼 금방 가라앉아버린다. 살짝 눈살까지 찌푸린다. 그러다 마지못해 눈을 떠서 한동안 허공을 응시하다가 고개를 돌린다. 드림캐처(Dream Catcher). 침대 머리

맡엔 드림캐처가 걸려 있다. 미국 여행 중 나이아가라 폭포 기념품 점에서 인디언들이 만든 수공예품이라고 해서 산 물건이었다. 거미집의 형상을 본떠 만들었다는 드림캐처. 둥그런 테 안에 거미줄처럼 그물이 쳐져 있고 그 테두리에 길게 연결된 네 개의 줄에는 새의 깃털이나 짐승의 털이 장식되어 있다. 잠잘 때 머리맡에 매달아놓으면 그물이 악몽을 사로잡아 아침까지 인간을 지켜준다고 인디언들이 믿고 있다는 물건. 하지만 그녀는 꼭 악몽을 물리치겠다는 의도보다는 꿈이나 무의식중에 무언가 소설의 영감을 낚고 싶다는 바람이 더 강했다. 그래서 그녀에겐 거미집보다는 오히려 작은 어망처럼 보이는 드림캐처. 가수면 상태를 즐기면서 의식과 무의식이 겹치는 수면(水面)에서 피라미처럼 파닥거리는 영감이나 이미지를 건져올리는…… 그렇게 무언가 포착하면 달아나기 전에 곧바로 살림망에 잡아넣어둬야 했다. 그래서 늘 메모수첩을 베개 밑에 넣어두곤 한다.

나중에 그렇게 끼적거려놓은 걸 읽다보면 마치 난해한 시를 읽는 것 같지만 그걸 연결해보면 초현실주의 그림처럼 그럴듯하게 느껴질 때도 있다. '라일락' '병아리' '거울' '멀리 퍼지는 동심원' '마차 위에 실려가는 슬픈 눈의 송아지'. 그녀는 수첩에 포획되어 살아 있는 물고기처럼 아직 펄떡거리는 단어들을 들여다보다가 수첩을 한 장 넘겨본다.

내 소설은 교통사고야. 우기면 장땡이지.

내 소설은 정화조야. 터지면 큰일나지.

내 소설은 방문판매야. 믿으면 안 돼.

내 소설은 쿵쿵따야. 맘만 먹으면 똑같은 거 계속해.

내 소설은 오징어야. 불붙으면 쫄거든.

내 소설은 소금이야. 웃기지도 않는 게 속에 염장 지르지.

내 소설은 꽃다발이야. 별 쓸모가 없거든.

내 소설은 커피야. 잠도 안 오고 생각만 많아져.

내 소설은 아파트야. 거기가 거기지.

내 소설은 반찬이야. 똑같으면 짜증나지.

내 소설은 우격다짐이야. 안 웃어도 계속하지.

내 소설은 미친년이야. 지멋대로지.

내 소설은 사이다야. 따고 나면 김빠지지.

갑자기 나타난 메모에 그녀는 풋, 하고 웃는다. 한 오락프로의 '내 개그는……'을 패러디하여 써본 것이다. 며칠 전에 어느 여성잡지에서 이번에 출간된 이미지의 자전적 장편소설에 대해 인터뷰를 요청했다. 그녀는 거절했다. 가십거리를 찾는 여성잡지는 소설보다는 이미지라는 여성 작가의 상업적 이미지에만 포커스를 맞출 것이다. 그녀가 완강하게 거절하자 잡지사 측에서 서면으로 인터뷰를 부탁하며 작가 사진은 쓰지 않고 대신 책 사진을 크게 넣겠다고 제안했다.

어젯밤에 메일박스를 열어보니, 첫 질문이 '선생님의 소설을 한

마디로 표현하자면?'이었다. 이미지는 그걸 보며 혼자 중얼거렸다. '애, 그걸 어떻게 한마디로 하니? 그러면 내가 진작에 하산하지, 이렇게 아직까지 쓰고 있겠니?' 그러면서 메일박스를 닫았던 것이다. 글쎄, 내 소설은……? 그녀는 잠을 청하기 위해 베드테이블에 있던 위스키 병을 꺼내 스트레이트로 한잔 쭉 들이켰다. 뭐든지 독한 게 그녀의 입맛에 맞았다. 바카디151이나 보드카 같은 독주, 사약 같은 에스프레소…… 술기운이 돌자 아주 위악적인 기분이 되어버렸다. 수첩에 '내 소설은……'이라고 적고 나니 술김에 갑자기 장난기가 발동했던 것이다. 교통사고, 정화조, 방문판매, 쿵쿵따, 오징어, 소금, 꽃다발, 커피, 아파트, 반찬, 우격다짐, 미친년, 사이다…… 그러고 나서 끼이끼이끼이…… 아귀 맞지 않는 문이 삐그덕대는 소리처럼 일부러 기분 나쁜 소릴 내며 웃었더니 기분이 한결 좋아졌던 것이다.

남편은 작업실에서 자는지 아침까지 돌아오지 않았다. 화가 단단히 난 모양이었다. 그러나 그게 어디 내 잘못인가? 남편의 분노, 그건 일고의 가치도 없다고 그녀는 단정해버린다. '내 소설은'에다가 '내 남편은'을 넣어보았다. 쯧쯧쯧…… 하지만 그를 이해할 수는 있을 것 같다. 소설가의 남편이 어디 보통 사람인가. 소설가의 남편은 남자가 아니다. 남편의 선언이 맞을 수도 있다. 모든 게 그녀의 소설 『황홀한 지옥』 때문이다. 소설이 복수하고 있다. 여성소설가 이미지는 자신이 만든 '황홀한 지옥' 때문에 이제 지옥 맛을 단단히 보고 있는 건지도 모른다.

어느 날 힘센 괴물이……

이미지는 홀로 늦은 아침을 벅고 머그잔에 커피를 만들어 거실로 간다. 휴대폰을 눌러 오늘의 스케줄을 점검한다. 저녁 일곱시에 신사동의 한정식집에서 프론티어 클럽 멤버들과의 약속이 잡혀 있다. 탁자 위에 조간신문이 놓여 있다. 조간신문을 가져다 바닥에 넓게 펼친다. 헤드라인만 건성으로 읽으면서 신문을 넘기다가 그녀는 자신의 책 광고를 본다. 문화면 아래 5단짜리 광고다. 출간 이후 벌써 여러 차례 나오는 광고다. 그녀의 얼굴 사진이 지면의 반을 차지하고 있다. 그녀는 그 얼굴을 낯설게 바라본다. 광고의 카피는 과장이 지나쳐 좀 우스꽝스레 여겨지기도 한다. 지면의 상단 한쪽 귀퉁이에서 단추만한 시몬 드 보봐르의 얼굴이 이미지의 사진을 비웃듯이 내려다본다. "여자는 만들어지는 게 아니라 태어난다." 보봐르의 말을 거꾸로 뒤집은 광고 카피. 게다가 "한국의 여성 작가가 자전소설에서 이렇게 대담하게 자신의 모든 것을 고백한 적은 없었다!" "첫 키스, 첫 경험, 대담한 행동을 여실히 보여주는 그녀의 솔직함!" 이런 문구가 쭉 딸려나온다.

광고를 볼 때마다 이미지는 곤혹스럽다. 마치 자신의 소설이 자유분방하고 문란한 여자 연예인의 성 고백서처럼 오도되고 있는 것 같다. 불쾌감과 분노와 서글픔과 자괴감이 한꺼번에 비벼져 마치 이상한 음식을 입에 댄 듯 구토감이 일곤 했다. 대중들은 소설가 이미지를 『황홀한 지옥』 속의 여주인공과 동일시할 것이다. 소설가에게 자전소설이란 타이틀이 이렇게 무서운 것인가? 숨을 곳이 없다는 것이 이렇게 가혹한 것이란 걸 이미지는 깨닫는다. 애초에 출판사에서 자전소설이란 타이틀을 쓰겠다고 했을 때 이미지는 단순하게 생각했다. 굳이 비율을 따져본다면 아주 약간, 51프로 정도의 자전적인 요소가 있다고 생각되었다. 자전소설이 아니라고 말하기에는 한 2프로 정도는 부족하지. 어쨌거나 한 51프로는 되잖아. 하지만 그 부족한 2프로는 무서운 위력을 발휘했다.

나머지 49프로의 허구는 어디로 숨었는가. 아니 허구는 숨지 않았다. 오히려 51프로의 삶이 49프로의 허구에 슬그머니 업혀 100프로의 완벽한 거짓 삶으로 탄생되어버렸다. 허구는 숨지도 않고 죽지도 않았다. 허구는 변신했을 뿐이다. 어느 날 실재세계에 아주 위협적인 괴물로 나타났다. 이미지의 삶은 이제 소설 속 여주인공의 삶으로 간단히 규정되어버린 것이다. 이제 이 불멸의 오해와 그 아래 숨겨진 진실을 어떡할 것인가.

그동안 발표되었던 이미지의 소설은 손쉽게 불륜소설로 분류되기도 했었다. 예전에도 간혹 소설 속 여주인공과 이미지를 혼동하는 독자들도 있었다. 의혹에 찬 눈으로 이미지의 삶에 은근한 호기심을 갖고 있는 지인들을 만나는 경우도 있었다. 그러나 이미지는 개의치 않았다. 그건, 소설은 어디까지나 허구니까.

애초에 이 장편을 시작한 것은 죽은 여동생 때문이었다. '마차 위에 실려가는 슬픈 눈의 송아지' 같은 여동생의 이미지가 그녀의 삶에서 줄곧 따라다녔다. 마차에 실려가는 송아지는 꼼짝없이 도

살될 운명이다. 왜 그래야 되는지 송아지는 알 수가 없다. 네게 누가 송아지가 되라고 했나. 왜 너는 자유롭게 날 수 있는 제비와 같은 날개를 갖지 못했나…… 그것은 오히려 슬픈 운명에 관한 이야기였다.

하지만 소설 앞에 찍힌 이 '자전소설'이란 스탬프는 좀 억울하다. 그 스탬프는 49프로의 소설적 허구가 작가의 삶으로 오해되는 낙인이 되어버렸다. 게다가 광고는 힘이 세다. 광고의 힘을 아는 이미지는 요즘 두렵다. 광고는 엉뚱하게도 여주인공의 애정행각에만 초점을 맞춘다. 그것도 작가 이미지의 성에 대한 대담성 운운하면서 변죽을 울린다.

그때 전화벨이 울린다.

"미지냐? 집에 있었구나."

어머니다. 전화선 너머에서 어머니의 목소리는 좀 가라앉아 있다.

"엄마, 별일 없어요?"

"그래…… 책은 잘 나가고? 어쨌든 광고도 하고 하니 책도 많이 팔아야지."

그녀는 어머니에게 책이 나온 사실을 말하지 않았다. 하지만 신문 기사나 광고를 어머니가 못 보진 않았을 것이다. 이미지는 갑자기 마음이 무거워진다. 예전에도 책이 나오면 어머니에게 알리지 않았다. 하지만 어머니는 서점에 가서 책을 사다가 읽으셨던 모양이었다. 첫 책이 나왔을 때, 어느 날 느닷없이 어머니는 "너 그

렇게 맘 고생하며 살아온 거 읽고 내 맘이 참 심란했다", 한마디만
했을 뿐이다. 하지만 그 말이 오히려 이미지의 마음을 심란하게 흔
들었다. 엄마, 그건 소설이라구요. 하지만 이미지는 입을 다물었다.

"이번 소설 말이다…… 너 참 기억력 하나는 대단하더라. 우리
딸이 참 똑똑하긴 해. 어쩜 그 옛날 일을 그렇게 환하게 기억하고
있니? 죽은 미선이 일도 그렇고…… 덕분에 눈물 콧물 다 짰다.
근데 왜 그렇게 거짓말을 했어? 고쳐주고 싶은 게 좀 있더라. 나야
뭐 그렇다 치고…… 나야 좀 깔아뭉개져도 소설 잘 팔리고 너 성
공하면 난 다 괜찮아. 근데 네 아버지 말이다. 돈도 못 벌고 바람만
피우는 주책바가지처럼 그려놨다고 삐졌다. 늙으면 쫌팽이가 되는
지 원…… 친구들한테 체면도 깎이고 요즘 새로 시작한 사업상 교
제에도 지장이 있다고……"

"엄마, 그건 소설이야. 거기 나온 사람은 아버지와 엄마가 아냐."
이미지는 갑자기 가슴이 답답해 소리를 지른다.

"왜 다 우리 집 식구들이 죄 나오더만. 그리고 니 얘기라고 광고
도 팡팡 하잖니. 근데 아버지 말이다. 토라져서 어쩐다니. 집안 얘
길 쓸라면 제대로 써야지 하고 화가 단단히 나신 거 같더라. 말이
야 바른말이지, 우리 집안이 그렇게 막된 집안은 아니잖냐."

클럽 프론티어

이미지가 약속 장소인 한정식집의 예약된 룸으로 들어가자 모두들 기다렸다는 듯이 인사를 건네왔다. 대충 열다섯 명은 온 것 같다.

"어이! 미지 왔다. 역시 스타는 나중에 나타나는 법."

"오우! 우리 시대의 보봐르. 야, 근데 보봐르냐? 보바리냐?"

"야 인마, 보바리는 소설 주인공 이름이지. 마담 보바리. 하긴 보봐르나 보바리나 거기서 거기야. 둘 다 바람둥이니까."

"이미지, 너 요즘 광고에 계속 뜨더라."

"미지야, 책 사왔다. 사인해줘."

"쟨 사진빨이 잘 받아."

"아냐, 실물이 낫지."

"쟤 덕분에 우리 프론티어 클럽도 뜨고……"

"야 근데 우리 클럽 이름 그대로 쓰지 왜 삥끼칠을 했냐?"

"난 근데 왜 네 소설에다 한자리 안 넣어줬냐?"

"야 근데 그거 다 정말이야? 소설에 나온 거. 삥도 좀 섞였지?"

그녀는 비어 있는 진석의 옆자리로 가 앉는다. 진석은 프론티어 클럽의 회장이다. 물론 이십 년도 넘은 스무 살 무렵에 말이다. 모두들 갓 스물이 되었을 무렵 만난 친구들이다. 영어회화 서클, 클럽 프론티어의 멤버들은 오 년 전부터 일 년에 두 번꼴로 만나기 시작했다. 군데군데 여자친구들이 끼어 앉아 있는 게 눈에 띄었다. 쭉 일별하고선 눈인사로 대신하고 젓가락을 드는데 앞에 앉은 민선이 속삭였다.

"야, 너 전혀 고생한 애 같아 보이지 않았었는데. 너, 고생 많았다며? 힘들었겠다."

옆에 앉은 진석이 잔에 소주를 따르며 말했다.

"하여간 넌 용감해."

"용감?"

"아니 대담해. 자 건배!"

책에 관한 이야기인가보다. 이미지는 건성으로 술잔을 부딪치고는 단숨에 털어넣었다. 기분이 편치 않았다. 이제 이 클럽의 멤버들도 중년의 얼굴들을 가졌다. 나이가 이쯤 되니 늙는 데도 이미 개인차가 많이 벌어져 있는 걸 그녀는 확인하게 된다. 예전에 통통하게 귀여웠던 민수는 몸이 심하게 불어 귀여운 모습은 온데간데없이 밉살스런 인상이 되어버렸다. 반곱슬의 숱 많은 우아한 장발로 여학생들의 인기를 끌었던 정훈의 머리칼은 어디 갔는가? 앞머리가 거의 빠져 이마의 면적이 너무 넓어져버렸다. 우아했던 얼굴도 한없이 우울하게 길어져버렸다. 이미지의 건너편에서 갈비를 뜯고 있는 형식이나 그녀를 보자 미소를 보내며 말없이 술잔을 들어올리는 창기 정도는 그래도 양호하다. 예전엔 뼈만 앙상해 골체미를 자랑하던 성균은 오히려 중년 살이 붙으면서 점점 더 인물이 훤해지고 있다.

남자 멤버에 비해 여자 멤버들은 상태가 양호한 편이지만, 아직 처녀인 은숙이가 오히려 살이 쪄 몸매가 망가져가고 있다. 당시 최고의 미모를 자랑하던 여선이는 그 뚜렷하던 윤곽이 나이 먹어가면서 오히려 사납게 변하고 있는 듯하다. 그러나 대체로 아이를 둘 이상씩 둔 가정주부들이지만, 여자친구들은 그런대로 모두 나이에 비해 화사해 보인다.

술이 몇 순배 돌자 진석이 툭 치며 묻는다.

"근데 나 너무 궁금한 게 있어. 『황홀한 지옥』에 우리 클럽의 두 남자가 나오잖냐? 주인공 성애가 두 남자 사이를 왔다 갔다 하고. 거기서 현수는 누구고 영훈은 누구냐? 도대체 그 두 사람이 누구야? 나한테만 살짝 말해. 감이 좀 잡히긴 하지만. 어차피 공개된 거 말하면 어때? 혹시……"

진석은 고개를 들어 건너편 저쪽에 있는 누군가를 일별하더니 혼자 쿡쿡 웃는다.

이미지는 진석의 눈길을 따라가본다. 거기엔 정훈과 창기가 은숙을 가운데 놓고 무언가 즐거운 농담을 하고 있는 것 같았다.

"왜 우리 남자 멤버들은 한 달에 한 번 골프 회동을 하잖냐. 근데 지난번 주말엔 끝나고 모여서 술 한잔씩들 했는데 그 두 남자가 누굴까, 하고 한참들 말이 많았다니까. 이놈들 모두 하는 말이 난 개가 날 좋아하는 줄 알았는데 그렇게 딴 놈이랑 찐하게 놀았단 말야? 걔 순진한 줄 알았는데 그렇게 호박씨 깔 수 있냐 그러며 다들 분개했지."

"야, 니네들 그걸 진짜로 믿고 있니? 그거 다 거짓말이야. 거짓말이라구. 기본적으로 소설이란 거짓말이야. 뛰어난 거짓말쟁이가 뛰어난 이야기꾼이라고 할 수 있지. 너희들 다 진짠 줄 아는 거 보니까 내가 뛰어난 이야기꾼이긴 한가보네."

이미지는 태연한 척 웃으며 말한다. 그러나 이상하게도 허탈해진다. 눈치도 없는 진석이 계속 물고 늘어진다.

"난 감 잡았어. 혹시 말야, 걔 아니냐?"

"뭐? 누구?"

"한 사람은 오늘 이 자리에 안 나왔고. 한 사람은…… 에이, 안 갈쳐줘. 약오르지?"

진석의 눈길이 저 건너편의 정훈과 창기 쪽에 어른거리고 있다. 그녀는 진석이 누구를 지목하는지 직감적으로 알 것 같다. 창기는 골프 마니아지만 정훈은 전혀 골프를 치지 않는다. 그렇다면 아마도 지난번 골프 회동 때 남자 멤버들은 그 자리에 없는 정훈을 동네 축구공처럼 자기네 맘대로 몰고 다녔을지도 모른다. 오오 불쌍한 정훈.

이미지는 저도 모르게 짜증이 울컥 솟아 진석의 무릎을 탁 때렸다.

"그만 해!"

"알았어, 알았어. 뭐 그깟 걸 갖고 성질을 내냐? 다 지난 얘긴데."

그때 마침 진석의 휴대폰이 울린다.

"어어? 상욱이냐? 왜, 오늘 안 되겠다구? 너 혼자만 돈 버는 거 아냐. 늦게라도 와 인마. 야, 그럼 짜샤, 다들 왔지. 오늘 미지 책 사인회도 겸하는 날이잖아. 늦게라도 와. 우리 밥 먹고 이차는 아마 전에 갔던 블루문으로 가지 싶은데…… 가서 내 전화하든가 할 게. 누구? 그럼 인마, 창기도 정훈이도 민수도 다 왔어. 여자애들 도 다 왔어. 누구 바꿔줄까? 미지? 내 옆에 있지. 바꿔줄까?"

갑자기 진석이 자신의 휴대폰을 그녀의 귀에 대준다. 이미지는 마지못해 휴대폰을 귀에 갖다댄다.

"미지니? 오랜만이야. 나 오늘 거긴 못 갈지도 몰라. 일도 일이 지만…… 그냥 듣고만 있어. 이차 끝나고 집에 갈 때 나한테 전화 줄래? 집이 같은 방향이잖아. 너 오늘 차 안 가져왔지? 전화 줘, 알았지?"

"아니, 그럴 필요 없어."

이미지는 휴대폰을 귀에서 떼어 플립을 닫아 진석에게 건네준다.

비밀의 화원

상욱은 전과 3범이다. 멤버들이 갓 스물의 대학 신입생이었을 때 그는 스물세 살이었다. 처음에 그는 부모의 강권에 못 이겨 의 대에 진학했다가 곧 작파하고 다음해에는 불문과에 다시 입학했다. 그러다 노상 그 과 특유의 도저한 데카당의 퇴폐 물결에 휩쓸려 술 에 젖어 지내다보니 학점이 펑크가 나 손을 쓸 수가 없었다고 한다. 그래서 마지막으로 결심한 게 전과였다. 결국 철학과였다. 그래서 그는 우리 또래들보다 세 살이 많다. 전과 3범, 그는 자신을 그렇게 불렀다. 철학과도 만족스럽진 못했지만 더 이상 전과(轉科)를 하는 건 부모를 위해서나 자신을 위해서나 일종의 심각한 범행으로 여겨졌기 때문에 전과 3범으로 그쳤다고 했다. 어쨌든 철학이 그에게 밥을 먹여주지는 못했으나 그는 이제 밥 먹고살 만해졌다.

그의 아내는 프론티어 멤버 출신이라고 하나 이미지는 그녀를 알지 못한다. 이미지에게는 사 년 후배인 상욱의 아내는 부유한 집안 출신의 야무진 여자라는 것만 들어서 알고 있다. 상욱이 군대에 다녀와 복학했을 때 들어온 신입생이라고 들었다. 상욱은 현재 처가의 사업인 식당업을 물려받아 아내와 함께 운영하고 있다. 이름만 대면 알 만한 번듯한 프렌치 레스토랑이었다.

프론티어 멤버들과 블루문에서 이차가 무르익고 있을 때 상욱으로부터 휴대폰으로 전화가 왔다. 열한시가 넘은 시각이었다. 할 얘기가 있다고 꼭 보자고 하며 블루문의 주차장에서 기다리겠노라고 이미지에게 살짝 빠져나오라고 했다. 마침 술에 취한 진석이 또 자전소설 얘기를 꺼내며 화제를 몰아가는 게 지겨웠던데다 옆에 앉은 정훈의 우울한 눈빛과, 조명을 받아 더욱 겨울 들판처럼 황량하게 보이는 그의 숱 없는 속알머리가 왠지 견디기 힘들었을 때였다. 화장실을 다녀오는 체하며 주차장으로 나가니 어둠 속에서 웬 고급차 한 대가 비상등을 깜박거렸다. 상욱의 차였다. 그러나 운전석 문을 열고 나온 건 상욱이 아니라 그의 기사였다. 기사가 고개를 숙이며 뒷문을 열어주었다. 상욱이 손을 들었다.

옆자리에 동승하자 상욱이 악수를 청하며 너털웃음을 터뜨렸다.

"어이! 이미지 여사!"

전작이 있었는지 상욱의 입에서 코냑 같은 향 짙은 독주 냄새가 몰려왔다. 그가 왜 기사를 대동했는지 알 것 같았다.

"우리 둘이 집이 같은 방향이잖아. 저명한 여류 소설가를 에스코트하겠다는 일념으로 달려왔으니 그런 눈으로 보지 마. 어이, 미스터 장! 가자구."

"너 취했니? 비아냥거리는 거 술버릇이잖아."

"너야말로 취했냐?"

"아니, 별로⋯⋯"

기사가 차를 부드럽게 출발시키자 이미지가 상욱을 보며 물었다.

"근데 무슨 할 얘기가 있다구?"

그 말에 상욱은 눈을 감고 조용히 입가에 미소만 지었다. 그때 기사가 음악을 틀었다. 시크릿 가든의 곡이 애절하게 흘러나왔다. 이미지는 입을 다물고 달리는 차 안에서 계속 이어지는 밤의 한강을 바라보았다. 강변도로를 따라서 명멸하는 가로등과 불야성을 이루는 아파트의 불빛과 환상적인 조명으로 무지개처럼 걸려 있는 다리들을 지나면서 생각했다. 밤의 한강은 정말 아름답다고. 밤이 없다면⋯⋯ 비록 거짓일지라도, 곧 다가올 빛에 바스러질지라도 꿈과 환상을 주는 밤이 없다면⋯⋯ 강물의 표면이 빛을 받아 끊임없이 이어지는 심전도 그래프처럼 보였다. 정말 강물처럼 유유히 세월이 많이도 흘렀구나. 한때 아주 옛날에는 이 남자 때문에 한두 번쯤 남몰래 눈물을 흘린 적도 있었지.

눈을 감고 상념에 잠겨 있는 사이 차는 어느새 여의도로 진입했다. 그리고 어느 빌딩 앞에 섰다.

"집에 데려다준다며?"

"여기 꼭대기에 괜찮은 양주 바가 하나 있어. 야경도 괜찮고…… 아직 할 얘길 못했잖아. 한잔만 더 하자. 집에는 기사가 데려다줄 거니까 걱정 말고. 미스터 장, 한 시간쯤 있다가 내려올 테니까 밑에서 기다려요."

머뭇거리는 사이에 상욱이 앞장서서 엘리베이터 버튼을 눌렀다. 그는 그리 많이 취하지는 않은 것 같았다. 양주 바에 들어서자 마담인 듯한 여자가 반갑게 맞아주며 조용한 방으로 그를 안내했다. 소파에 자리를 잡고 나자 그가 전에 마시다 놔둔 술을 가져오라고 했다.

그와 이렇게 단둘이 술자리에 마주 앉은 건 이십 년도 넘었다. 물론 둘이서 따로 통화를 하는 일도 아주 드물었고, 간혹 프론티어 모임이 있을 때면 그의 차를 타고 귀가한 적은 있었지만 왠지 둘은 따로 만나지 않았다.

그는 발렌타인을 온더록스 잔에 따르고 나서 얼음을 넣으며 말했다.

"늘 너와 단둘이 이렇게 한번 만나야지 생각은 하고 살았다. 이십 년 동안……"

예전보다 다소 살이 찐 모습이긴 했지만 그는 아직 얼굴에 삶의 고단함을 뒤집어쓰고 있진 않았다. 그 말을 하면서 수줍은 표정을 짓는데 놀랍게도 마술을 부린 듯이 이십 년 전의 모습으로 그가 돌아가 있는 것 같았다. 한동안 침묵이 흘렀다. 그는 몹시도 말하기 힘든지 거푸 술잔에 입을 댔다.

아주 오래전, 한때 이 남자는 이미지를 사랑한다고 말했던 적이 있다. 지금 생각해보면 파피 러브지만 둘이서 가슴 아프게 한동안 애를 태운 적도 있다는 걸 이미지는 술기운에도 명백히 기억하고 있다.

"소설은 잘 팔리니……? 근데 거기서 영훈이가 혹시 나니?"

"왜…… 그런 거 같아? 네가 더 잘 알 거 아냐."

이미지는 비웃듯 말한다.

상욱이 머리칼에 손을 넣으며 거칠게 긁더니 말한다.

"글쎄…… 나인 거 같긴 한데…… 우리가 언제 그런 일이 있었냐……?"

이미지는 위스키를 스트레이트 잔에 따라 단숨에 마셔버린다. 소설에 나오는 정사 장면을 말하는 것인가.

"나는 분명 너를 정말 되게 좋아했어. 그런데 자전소설이라는 것에 내가 그런 식으로 등장하다니…… 황당하더구나. 그거 혹시 정훈이 아니었어?"

이미지는 가만히 입을 다물고 방금 전 상욱이 손으로 헤쳐놓은 그의 헝클어진 머리칼을 바라보았다.

"그래, 오늘 물어보자. 이십 년 동안 줄곧 궁금했지. 세월이 지나서 널 만나니 그 물음이 무슨 의미가 있나 싶었다. 하지만……

미지야, 오래전에 너와 내가 마지막으로 만나기로 한 날 기억나지? 그날, 난 널 볼 수 없었고 그리고 그날 이후 넌 클럽에도 나오지 않았지. 너는 그렇게 떠나갔던 거야."

이미지는 몇 년간 끊은 담배 생각이 간절해서 기어이 상욱의 담배를 꺼내 불을 붙였다.

상욱이 이미지를 노려보더니 날카롭게 물었다.

"너가 사랑했던 건 나니? 정훈이니?"

담배 연기는 이미지의 입에서 나와 모호한 형상을 만들다가 이내 허공으로 흩어졌다. 스무 살 무렵에 상욱과 정훈은 연적인 줄도 모른 채 각각 이미지를 좋아했다. 상욱이 지금 누구를 더 사랑했냐고 묻는 질문에 이미지는 아무 대답도 하고 싶지 않다. 각각 둘 사이에서 비밀스런 감정의 공유를 즐겼는지도 몰랐다. 그 나이에는, 그 무렵엔 감정의 유희 그것만으로도 충분히 짜릿하고 애틋했다. 엄밀히 말하자면 이미지는 사랑에 빠지고 싶지 않았는지도 몰랐다. 양쪽에 균등하게 무게를 두고 있으면 넘어지거나 허방에 빠질 이유가 없다…… 그러다 어느 날 둘 사이의 끈을 놓아버리게 된 건 클럽 엠티를 다녀온 직후였다.

어느 깊은 가을날 클럽에서 교외로 1박 2일 엠티를 갔었다. 초저녁에 땐 장작이 밤새도록 온돌을 달구다가 멤버들이 모두 술에 취해 잠이 든 새벽녘엔 바닥이 싸늘해져버렸다. 몸으로 스며드는 한기 때문에 자꾸 두꺼운 이불을 끌어덮으며 잠에 빠져 있는데 언뜻 꿈을 꾸었다. 반듯하게 누운 이미지의 몸으로 사방에서 뱀들이 서서히 몸을 틀며 올라오고 있었다. 그것을 똑똑히 보면서도 그녀는 놀라서 벌어진 입술로 가쁜 숨만 몰아쉬고 있었다. 몸 위로 뱀들이 유연하고 느리게 진행하고 있는 걸 보면서도 그녀는 손가락 하나 꼼짝할 수가 없었다.

그러나 곧 그녀는 그게 꿈이라는 걸 깨달았다. 그리고 잠깐 안심했다. 그러나 곧 후회했다. 추위 때문인지 누가 바짝 들러붙고 있었다. 게다가 손으로 이미지의 몸을 더듬기 시작했다. 누굴까……? 새벽녘에 모두들 술에 곯아떨어져 어떻게 잠이 들었는지 기억이 나지 않았다. 그때 꿈이 아닌 현실은 더욱 위험할 거라는 예감이 들기 시작했다. 살짝 잠이 깬 이미지가 흐릿한 박명 속에서 발견한 것은 상욱이었다. 새우처럼 등을 구부려 누운 그가 이불 밑으로 살짝 손을 뻗어 이미지의 가슴께를 더듬고 있었다. 그런데 그때 그녀는 허벅지로 올라오고 있는 또 하나의 손을 동시에 느꼈다.

다른 쪽 옆을 돌아보고는 이미지는 경악을 했다. 다른 쪽에는 정훈이 자고 있었던 것이다. 놀랍게도 그의 손도 두꺼운 이불 밑으로 뱀처럼 천천히 그녀의 불두덩을 향해 감겨들기 시작했다. 이미지의 몸은 순간적으로 굳어졌다. 두 남자는 짐짓 잠든 척, 그러나 집요하게 양쪽에서 이미지의 몸을 몰래 탐색해갔다. 정훈과 상욱 사이에서 그들 몰래 감정적 유희만을 즐겨왔던 그녀는 그 순간 너무도 당혹스러웠다. 그녀는 이제 쌍두마차를 거느리던 오만한 여주인이 아니었다. 마치 두 남자는 사이좋게 서로의 영역을 지키는 순찰대처럼 그녀의 몸을 나눠서 즐기는 듯 느껴질 지경이었다.

이미지는 잠시 고민했다. 두 남자의 손이 조금씩 기어들어오는 것을 그대로 둘 것인가. 그래서 두 남자의 손이 이미지의 몸 위에서 뜻하지 않은 어설픈 악수를 나누게 되는 걸 방치해야 하는 걸까. 이미지는 고개를 흔들었다. 고개를 흔들고 몸을 뒤치는 기척을 느꼈는지 두 남자의 손은 잠시 주춤거렸다. 하지만 곧 다시 양쪽에서 독 오른 두 마리의 뱀처럼 다시 이미지의 몸으로 기어들어왔다. 이미지는 움직일 수가 없었다. 그녀가 금방이라도 급하게 몸을 빼내면 더 갈급하게 다가온 두 손이 당장이라도 만나게 될지도 몰랐다. 그녀의 몸에서 두 남자의 손이 만나게 되는 건 정말 끔찍하게 여겨졌다. 두 손이 만나기 전에…… 이미지는 이불 속에서 살며시 자신의 양손을 뻗어 두 남자의 손을 하나씩 쥐고 손을 그들의 몸 쪽으로 돌려주었다. 그러고 나선 짐짓 크게 기지개를 켜고 몸을 털고 일어났다. 그리고 누구에게라고 할 것도 없이 큰 소리로 말했다. 나 변소 가고 싶어. 무서운데 누구 나 좀 데려다줄래? 그러나 두 남자는 짐짓 자는 척만 했다. 이미지는 방을 빠져나왔다. 그때 이미지는 결심했다. 여기까지야. 여기서 끝이야.

"생각해봐. 너와 만나기로 한 날, 바로 그 장소에서 정훈이를 만났어. 그때 내가 얼마나 놀랐겠냐. 너도 알겠지. 네가 계획한 일이었으니까. 정훈이가 눈시울이 젖어서 술을 마시고 있었지. 너와 방금 헤어졌다면서…… 내가 앉은 정훈이 앞자리에서 난 희미하게 너의 냄새를 맡을 수 있었고. 얼마나 배신감이 느껴졌겠냐. 정훈이도 마찬가지고…… 그 이후 지금까지 정훈이와는 이상한 암묵적인 관계로 이어져오고 있는 것 같아. 말은 안하지만 서로 어색하고……"

상욱이 담배를 꺼내물너니 말헸다.

"네 소설에 나오는 너랑 찐하게 섹스하는 남자, 영훈이는 정훈이 맞지? 내가 아니지? 정훈이랑 그런 관계라는 거 지금은 이해해 줄 수 있어. 난 너하고는 키스밖에 안했잖아. 뭐라고 해야 할까. 기분이 이상하더라. 나는 널 정말 사랑했는데 소설에는…… 왜 내가 너를 겁탈하는 거처럼 나오니? 그건 정훈이 아니니? 근데 또 이해할 수 없는 게 캐릭터를 보자면 영훈이란 남자는 나를 모델로 하고 있다는 게 뻔한데 어떻게 그런 거짓말을 할 수 있는 거니? 난 내가 그렇게 파렴치한이라 생각하지 않는데…… 그건 나를 두 번 죽이는 일이야."

소설은 허구야. 거짓말이라구. 이미지는 이번에는 이 말조차 하고 싶지 않았다. 상욱과는 두 번 키스를 했지만 정훈과는 키스조차 하지 않았다. 그러나 그 말을 하는 게 무슨 의미가 있을까. 대신 이미지는 이 얘기를 하고 싶었다. 소설의 캐릭터들은 분명 어떤 모델들로부터 창조될 수도 있지만, 대부분 여러 사람의 특징들이 모자이크처럼 합성되는 거라고. 다만 자신이 모델이 되었다고 생각하는 실제 인물들은 소설에서 단순히 몇 가지 일치되는 사실만으로도 자신을 모델로 이용했다고 분개하기도 감동하기도 한다고. 이미지가 상욱에게 그런 의도를 가지고 이야기하자 상욱은 의외의 반응을 보였다.

권지예 | 이것은 파이프가 아니다

"그래, 소설가들처럼 불쌍한 존재도 없는 거 같다. 자신의 과거와 사생활마저도 대중들의 먹잇감으로 던져야 하다니. 사고로 죽은 아들 이야기를 가슴에 묻어두지도 못하고 결국 소설로 만들어내는 어떤 작가를 보고 참 작가들이란 무서운 존재들이구나 싶었어. 널 이해 못하는 것도 아니야. 나는 백번 널 이해해줄 수 있어. 널 한때 되게 좋아했었고 세월도 이렇게 흐른 마당에, 인생이 뭐 별거냐. 다 이해해줄 수 있어. 너도 그게 직업 아니냐. 다 먹고살자고 하는 일인데……"

상욱이 이미지를 바라보는 눈빛에 연민이 서려 있다. 이미지의 속에서 뜨겁게 뭔가가 끓어오르고 있었다. 그건 단순히 술기운만은 아니었다.

"그런데 말야, 좀 문제가 생겼어. 난 그렇다고 쳐. 우리 마누라 때문에 말이지."

상욱이 담배 연기를 훅, 내뿜더니 좀 비굴해진 얼굴로 말했다.

"우리 마누라, 너하고 연애한 거 실제보다 더 심각한 걸로 예전부터 받아들이고 있었거든. 아마도 예전부터 클럽에선 우리 생각보다 더 찐한 소문들이 나돌았나봐. 네 소설 나오자마자 사서 읽더니 어느 날 펑펑 우는 거야. 내가 진실하지 못했다는 거지. 거짓말했다는 거지. 예전에 마누라 꼬실 때 마누라가 묻더라고. 이미지 선배와의 일 알고 있다고. 내가 그랬지. 아무 일도 아니었다고. 그런데 이번 소설 읽고는 날 이제 믿을 수 없다고 이혼하겠다고 난리를 치더라. 사실 요즘 며칠째 냉전 중이야. 이런 얘기 너한테까지

하기엔 뭐하다만 사실 내가 그동안 사고 치고 조용해진 지 몇 달 안 되거든. 견수 잡은 거지 뭐. 그래서 말인데…… 어이 참 미안하다야."

상욱이 거칠게 술을 입에 털어넣으며 더듬거리며 말했다.

"그럴 일은 아마 없겠지만…… 그러길 바라지만…… 하지만 그럴 기회가 있다면, 언제 네가 우리 집사람에게 진실을 좀 밝혀주면……"

이것이 파이프라면……

아까부터 토하고 싶은 생각이 불끈불끈 솟아오른다. 좀전에 상욱의 말을 더 이상 참지 못하고 얼음물을 그의 얼굴에 끼얹고는 이미지는 바를 나와버렸다. 그녀를 보더니 그의 기사가 상욱과 함께 나오는 줄 알고 예민한 충견처럼 차에서 얼른 나왔다. 이미지는 못 본 체하고 택시를 잡기 위해 큰길로 내려섰다. 속이 좋지 않았다. 어디 으슥한 데 가서 실컷 토하고 싶다는 생각이 들었지만 기사의 눈이 호기심으로 등에 꽂히고 있는 걸 그녀는 느꼈다. 게다가 그럴 틈도 없이 택시 한 대가 재빨리 미끄러져왔다.

택시 안에서 토기를 누르기 위해 애써서 신경을 딴 데 쓰느라 휴대폰을 열어 만지작거린다. 집으로 전화를 걸어보았다. 벨소리만 울릴 뿐 아무도 전화를 받지 않는다. 남편의 휴대폰으로 전화를 한다. 그저께 남편과 다투고는 처음으로 전화를 걸어보는 것이다. 휴대폰의 전원이 꺼져 있다는 멘트가 흘러나온다. 그저께 남편은 충전기를 두고 나갔다. 아침에 거실에 있던 그의 충전기를 보며 오늘쯤 휴대폰 배터리가 떨어지면 집으로 들어오겠거니 생각했다. 집에 없는 걸로 봐서 남편은 작업실에 있는 모양이다. 남편의 작업실에는 전화가 없다.

언제부턴가 남편은 이미지의 소설을 읽지 않는다. 그런데 어느 날 우편물을 뒤적거리던 남편이 무언가를 팽개쳤다. 그것은 그날 배달되어온 문학계간지였다. 『황홀한 지옥』이 출간된 출판사에서 나온 잡지였다.

"지가 내 마누라의 뭘 알아! 하여간 장사꾼들!"

이미지가 도대체 뭐기에 그러나 싶어 잡지를 펼쳐보니 그 출판사의 대표이사가 권두문에서 한국 작가들의 문학적 태도가 더욱더 진솔해질 필요가 있다는 걸 역설하면서 이미지를 예로 들고 있었다. 어린 나이에 순결을 잃고 진정한 사랑을 위해 방황했지만 부끄러워하지 않고 솔직담백하게 고백함으로써 문학적 진실에 빛을 던졌다…… 뭐 이런 유의 논조가 전개되고 있었다. 이미지 역시 관자놀이가 뛰면서 목이 뻣뻣해졌다.

"그가 당신이 처녀인지 아닌지 어떻게 아냐구…… 내가 더 잘 알지."

이미지는 아무것도 아니라는 듯 웃으며 농담했다.

"그러게 말야. 우리 명예훼손죄로 걸어버릴까?"

이미지의 말에 남편이 픽 웃었다.

"염장 지르지 마. 그냥 이럴 땐 가만있는 게 수야. 나대는 게 더 우스운 거지."

그랬는데 본격적으로 광고가 나가고 지인들로부터 이런저런 가십성 얘기를 들었던 남편은 그저께 아는 작가의 출판기념회 때문에 귀가 시간이 늦은 것을 꼬투리 잡더니 급기야 그동안 참았던 분노를 이미지에게 터뜨렸다. 그동안 더할 수 없는 이해와 관대함으로 소설가 아내의 창작을 외조하던 남편이 생전 처음으로 화를 내자 술김에 이미지도 팽팽하게 대들었던 것이다.

"이제 당신을 잘 믿질 못하겠어. 당신 나 처음 만났을 때 처녀 아니었지?"

"그건 당신이 더 잘 알잖아!"

"당신도 당신 소설도 이제 잘 못 믿겠어."

"왜 그래? 유치하게!"

"당신은 고도의 거짓말쟁이야."

"그거 몰랐어? 나 소설가야."

"당신의 그 자전소설이 불씨가 되었다는 거지. 다른 소설들도 이제 믿을 수 없어. 소설가의 남편. 치욕스러워. 도대체 내가 뭐가 되냐!"

그날 밤의 일이 떠오르자 갑자기 속에서 토기가 급하게 올라왔다. 달리는 택시 안의 차창을 열고 고개를 내밀어 급히 토하다보니 토사물이 반쯤은 택시 안의 시트에 튀었다. 시큼한 냄새가 진동하자

운전기사가 노골적으로 투덜거렸다.

기사의 눈치를 보며 휴지로 닦아내다가 이미지는 마침 지나치고 있는 곳이 남편의 사무실 근처인 걸 깨닫고는 급히 차를 세워 내린다. 작업실이 세든 건물에 거의 일 년 만에 와본다. 문을 두드렸지만 안에서는 아무 기척이 없다. 다행히 핸드백 속에 있던 열쇠고리에 남편 작업실의 열쇠가 걸려 있었다. 작업실 문 앞에서 열쇠로 문을 따고 들어가니 테레빈유 냄새가 확 끼쳐온다. 이상하게 이미지는 예전부터 이 냄새를 좋아한다. 속이 가라앉는 것 같다.

불은 켜져 있는데 남편은 보이지 않는다. 갈아신지 않은 양말에서 나는 발고린내와 익숙한 남편의 체취가 공기중에 떠돌고 있는 걸로 봐서 그가 자리를 비운 지 오래된 것 같진 않다. 쓰레기통에는 다 먹고 버린 컵라면 용기와 커피 캔과 맥주 캔이 넘쳐났다. 캔버스도 하얗게 비어 있다. 이 시각에 어디에 갔을까? 남편의 책상 앞 의자에 앉아보았다. 책상에는 에스키스와 붓들, 그리고 연필들, 화집들이 어지럽게 널려 있다.

이미지는 그중에서 맨 위에 펼쳐진 화집을 끌어다가 본다. 르네 마그리트의 화집이다. 몇 장을 넘기다가 이미지는 어느 그림 앞에서 전율을 느낀다. 이미지와 언어가 섞여 있는 그림이다. 그림은 아주 단순한 파이프를 사실적으로 그린 것이다. 그림의 제목은 「이미지의 배반」. 파이프 밑에는 불어로 이렇게 씌어 있다. Ceci n'est pas une pipe. '이것은 파이프가 아니다.'

어느 날 아침 이미지는 첫번째 모닝콜과 두번째 알람 사이에서 르네 마그리트가 그의 그림 속을 날아다니는 어지러운 꿈을 꾼다. 이미지의 머리맡에 있는 드림캐처는 어지러운 그 꿈속에서 하나의 싱싱한 언어를 잡아낸다. 샤포 믈롱을 머리에 쓰고 있는 르네 마그리트가 이렇게 속삭이는 걸 이미지는 낚을 수 있었다.

"이것이 파이프라면 이걸 잡고 담배를 피워봐."

갈팡질팡하다가
내 이럴 줄 알았지

이 기 호

1972년 강원도 원주에서 태어났다. 1999년 『현대문학』 신인추천 공모에 단편 「버니」가 당선되며 등단. 소설집 『최순덕 성령충만기』 『갈팡질팡하다가 내 이럴 줄 알았지』, 장편소설 『사과는 잘해요』가 있다. 이효석문학상을 수상했다.

작가를 말한다

비루한 존재들이 펼치는 향연 외에 이기호의 소설을 낯설게 만드는 또 하나의 요소는 바로 '직접화법' '개인적 방언' '수다' '소설의 제국주의' '이야기의 부활' 등 여러 다양한 방식으로 이름 붙여진 이기호 소설만의 독특한 형상화 방식이다. 이기호의 소설은 이미 한 평론가가 지적한 것처럼 소설이 그 발흥기에 보이던 잡식성과 혼종성의 정신을 누구보다도 충실하게 그리고 적극적으로 계승한다. 해서, 이기호의 소설은 소설 바깥의, 그리고 일견 소설적 표현과 전혀 어울릴 것 같지 않은, 오히려 경우에 따라서는 소설적 담론 구조와 배치되는 다양한 담론 형식을 끌어들여 그것을 소설적 언어로 채택한다.

류보선(문학평론가)

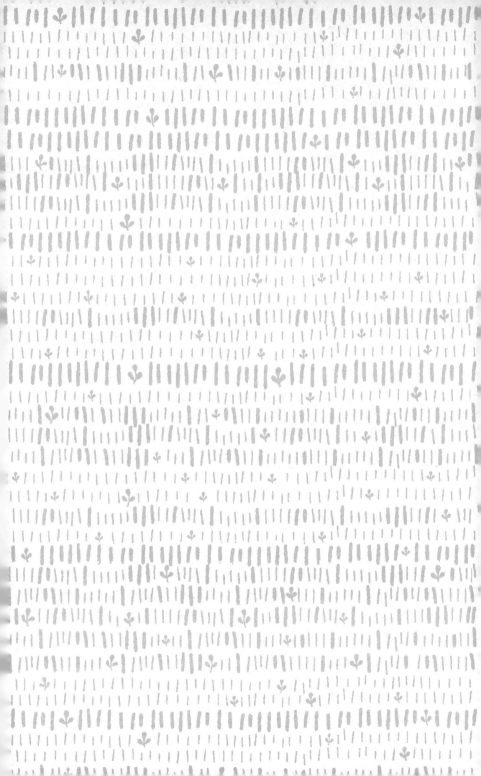

소설 제목을 생각한다.

누구는 제목을 먼저 정해야 소설을 시작할 수 있다고 하지만, 나는 매번 다 쓴 다음에야 겨우, 정말이지 겨우, 제목을 정하곤 한다 (물론 지금 쓰고 있는 이 소설도 마찬가지 운명일 것이다). 언뜻 봐선 그게 단순한 취향의 문제인 것 같기도 하고, 혈액형의 문제인 것 같기도 하지만, 또 다르게 보면 그게 바로 '우연을 대하는 각자의 자세' 문제인 것 같기도 하다.

나는 늘 우연이란, 지배해야 마땅한 어떤 영토 같은 것으로 배워 왔다. 그것이 근대소설이 갖춰야 할 가장 필수적인 기본기라는 가르침도 받았다. 이전 소설들이 우연으로 사건이 해결되는 반면, 근대소설은 우연으로 시작해 필연으로 끝나는 장르라고, 그게 바로 논리라고. 그래서 우리는 소설을 쓰기 전 철저하게 설계도 먼저 그려야 한다는 말도 들었다. 공학적으로, 나사못 하나 허투루 박지 말고, 꼼꼼하게. 제목도 마찬가지로.

그러나 나는 그 논리가 버거워, 종종 우연으로 소설을 끝내버리곤 했다. 며칠 밤을 지새우며 내적 필연성으로 주인공을 몰고 가기 위해 용을 쓰다가 그만, 제풀에 지쳐 에라이, 뿡! 이쯤에서 하나님이나 산신령 등장, 뭐 이런 식이 되었던 것이다. 그래서 나는 학부 시절 은사님들께 '자넨 기본기가 덜 된 친구구먼'이란 소릴 자주 들었고, 아울러 낙제에 가까운 학점까지 덤으로 받곤 했다. 다시 말해 논리박약, 의지부족.

그때마다 나는 좀 억울했다. 하지만요, 선생님. 세상 사는 게 언제나 필연적이진 않잖아요? 논리적으로 설명할 수 없는, 그런 게 더 많잖아요? 꼭 그런 소설들만 써야 한다는 법은 없잖아요? 그러니까, 여태껏 그렇게 살아오지 못한 저 같은 친구는…… 그게 참 이해하기 어렵고, 해독하기 힘든, 난수표 같단 말입니다…… 한번도 대놓고 말을 하진 못했지만, 나는 늘 그렇게 생각했다. 말 그대로, 그렇게 살아오지 못했으니까. 내 혈액형이 내 마음대로 정해지지 못했던 것처럼.

그러니까 이 소설은 학부 시절 은사님들께 드리는 나의 때늦은 변명이기도 하다. 누가 그렇게 말하지 않았는가. 소설은 그 사람이 살아온 이력만큼 나온다고. 나는 에라이, 뿅! 만큼 살았으니, 에라이, 뿅! 같은 소설을 쓸 수밖에 없었던 것이다. 누가 뭐라 하더라도 그것이 나에겐 리얼리즘이었으니까. 그것이 내 태생이었으니까.

1. 육하원칙

십대 시절엔 집단 린치를 많이 당했다. 물론 그 시절엔 그런 일들이 전(全) 사회적으로 비일비재하게 일어나기도 했다(뭐, 지금도 크게 변한 거 같진 않지만). 친구들과 즐겁게 길을 걷고 있는데 어디선가 갑자기 짜안, 하고 맥가이버 머리를 한 형님들이 나타나 허어, 이런 귀여운 놈들을 봤나, 형들이 집엘 가야 하는데 회수권을 안 갖고 나왔지 뭐냐, 니들이 좀 꿔줘야겠다, 하는 일들 말이다. 그러다가 회수권에 나이키 운동화, 아식스 점퍼까지 꿔주고, 덤으로 뺨 몇 대와 말도 안 되는 훈계(공부 열심히 해라, 효도해라, 밤늦게 다니지 마라 등등)까지 들어야 하는, 그런 일들.

한데, 나의 문제는 그것이 단순히 뺨 몇 대와 훈계 몇 마디로 끝나지 않았다는 데 있었다. 맞았다 하면 꼭 전치 사 주요, 전치 육 주였다(전치 팔 주가 내가 가본 최대치였다). 기어이 경찰서까지 가고 마는 린치. 맞다보면 아무 생각도 나지 않는 린치. 런치도 아

닌 린치. 그 린치 덕에 십대 시절, 나는 총 일곱 번 경찰서에 가야
만 했다.

나에게 첫번째 집단 린치를 가한 조직은 '단구동 무지개'라는,
이름도 어여쁜 십대 폭력 서클이었다. 뭐, 이름만 들어도 대강 눈
치챌 수 있듯이 단구동에 거주하는 일곱 명의 십대 아이들이 모여,
어둠의 세력으로부터 단구동을 지켜내고, 더 나아가 원주 시내마
저 평정하자는, 그런 원대한 포부로 동네 오락실에서 결성된 조직
이었다. 빨주노초파남보. 형형색색, 각자 자신의 색깔에 맞는 티셔
츠를 입은 아이들. 그 아이들이 조직을 결성하고 나서 제일 처음
만난 사람이(그러니까 골목길에서), 바로 나였다.

당시 나는 열여섯 살이었다. 일요일 저녁이었고, 혼자 목욕탕에
가던 길이었다. 다음날 신체검사가 있었기 때문이었다. 일찌감치
저녁을 먹고, 천 원짜리 지폐 한 장 주머니에 쑤셔넣고(당시 학생
목욕비는 육백 원이었다. 사백 원은 언제나 그렇듯 딸기우유 값이
었다), 슬리퍼에 목욕가방을 들고, 마이클 잭슨 노래를 흥얼흥얼거
리며 동네 골목길을 지나가고 있었다. 아, 내일 가슴둘레가 적어도
구십은 나와야 할 텐데, 남자는 역시 '가빠'가 있어야 하는데. 그런
생각을 하며 괜스레 가슴에 빡, 힘을 줘보기도 했다. 그러다가 다
시 '삐릿!' 마이클 잭슨 노래를 부르고…… 그렇게 골목길을 걸어
가다가, 바로 그 문제의 빨주노초파남보들을 만난 것이었다. 형형

색색 티셔츠를 입은 아이들이 짜잔! 독수리 오형제처럼 내 앞에 나타난 것이었다. 그러니까, 다시 말해 골목길에 무지개가 뜬 것이었다.

　그런 경우, 일반적으로 천 원을 뺏기고, 뺨을 몇 대 맞고, 돈 좀 갖고 다녀라 인마, 하는 잔소리를 들은 다음, 풀려나는 것이 정석 플레이인데…… 앞에서 말했다시피 그날은 '무지개'가 처음 골목길에 뜬 날이었다. 즉, 내가 그들 조직의 개시 손님, 마수걸이였던 것이다. 개시 손님이 돈 천 원에, 나이키 운동화도 아닌 슬리퍼에, 달랑 목욕가방 하나 든 친구였으니, 빨주노초파남보들 또한 자신들에게 닥친(혹은 걸린) 이 우연이 원망스러울 법도 했으련만…… 웬걸, 무지개들은 전혀 낙담하지 않았다. 낙담은커녕 그들은 넘쳐나는 에너지를 주체하지 못하는 것 같았다(이제 막 결성되었으니 이해할 만도 하다). 마치 내가 단구동의 평화를 위협하는 어둠의 세력이라도 되는 양, 돌아가면서 있는 힘껏, 최선을 다해, 주먹을 내지르고 또 내질렀던 것이다. 내지르고 또 내지르고, 그러고도 분이 풀리지 않았는지 인근 신축건물 공사장 지하실까지 끌고 가 다시 정권 지르기를 반복했다(지금도 그 지하실의 시멘트 냄새가 생생하다. 불도 들어오지 않아 촛불 여러 개를 대신 밝혀놓은 채, 제법 운치 있는 분위기 속에서…… 나는 맞았다). 맞으면서도 나는 좀 어안이 벙벙했다. 암만 때려도 나에겐 정말 천 원밖에 없는데, 이게 뭔가…… 나의 경운 왜 일반적이지 못한가……

후에 알게 된 사실이지만, 그때까지도 그들 조직엔 어떤 체계 같은 것이 없었다고 한다. 그러니까 소위 말하는 '짱'은 있었지만(당연하게도 빨간색이 '짱'이었다), '넘버 투'와 '넘버 쓰리'가 없었다는 것이다. 해서 나를 샌드백 삼아 누가누가 주먹이 더 센가, 누가누가 더 발길질을 잘하나, 경쟁을 한 것이었다. '짱'에게 어떤 선명한 인상을 남기기 위해서, '넘버 투'를 향해서, 주노초파남보들은 개시 손님부터 최선을 다한 것이었다.

어느 정도 때린 다음엔 빨강이 나서서 다른 친구들을 교육하기도 했다.

"봐라, 여기서 이렇게 바로 센타를 까면 애가 절대 쫄지를 않아. 우선은 눈으로 이렇게 싸악 야리고, 그다음엔 냅다 이렇게 한 방, 갈기는 거야. 그리고 딱 한마디만 하는 거지. 까! 그러면 뭐 대부분 게임오버야. 지들이 알아서 십 원짜리 동전까지 다 내놓게 되어 있어. 알았지? 자, 그럼 너부터 한번 해봐."

주노초파남보들은 매사에 열심이었다.

단구동을 위협하는 어둠의 세력에서부터 교육용 실습자재까지, 나는 빨주노초파남보들의 충실한 개시 손님 역할을 한 뒤, 세 시간 만에 겨우 풀려날 수 있었다. 그들은 친절하게도 나를 처음 만난 골목길까지 부축해주었다(나는 가슴을 하도 맞아서 숨을 쉬기가 버거울 정도였다). 그리고 목욕가방을 손에 쥐여주며 작별인사를 건넸다.

"다음부턴 평소에 깨끗이 씻고 다녀, 인마. 그럼 목욕탕에 안 가도 되잖아. 또 보자."

무지개는 그 말을 남기고 골목길에서 사라졌다. 저 언덕 너머, 어두운 곳으로.

나는 뭐랄까, '삐릿!' 하며 엘에이에 사는 마이클 잭슨이 내 앞에 나타났다가 다시 흔적도 없이 사라진, 그런 느낌이었다. 그냥 평범한 일요일 저녁이었는데, 매일 지나다니던 골목길이었는데, 순식간에 세상과 시간이 몽땅 다 변해버린 기분이었다.

엄마는…… 거의 기다시피 해서 집으로 돌아온 나를 보자마자 무르춤, 그 자리에 주저앉고 말았다. 그도 그럴 것이 목욕을 하고 허여멀쑥한 얼굴로 돌아올 줄 알았던 막내아들이, 기어서, 그것도 얼굴에 신발 도장을 두 개씩이나 찍고 돌아왔으니, 세상에 놀라지 않을 엄마가 어디 있겠는가. 그러니 엄마에게도, 아빠에게도, 형에게도, 평온한 일요일 밤에 덩달아 우연이 찾아온 것이었다. 가족 구성원 중 한 명에게 갑작스러운 우연이 찾아왔을 경우, 가족 모두가 그것을 나누어 가지는 것이 우리네 소중한 미풍양속이니까.

아빠는 신속하게 나를 데리고 동네 파출소로(병원이 아닌) 갔다. 고등학교 검도부였던 형은 한 손에 목검을 들고 무지개를 찾아 밤

길을 떠났다(검도부들을 몽땅 소집하는 것도 잊지 않았다). 엄마
는 그냥 계속…… 울기만 했고(내 가슴에 대일파스를 붙이며), 나
는 그 모든 것이 그저 다 귀찮기만 했을 뿐이었다. 그냥 조용히, 아
무 일도 없었다는 듯, 가슴과 허벅지에 파스 몇 장 붙이고, 그렇게
잠들고 싶었다. 아픈 것도 아픈 것이었지만, 그래서 뭘? 이미 벌어
진 것을 다시 되돌릴 수도 없지 않은가, 그런 생각이었다. 또 그로
인해 벌어질 보복의 악순환 같은 것도 두려웠고……

그러나 아빠와 형의 생각은 그렇지 않았다. 다시 말해 나와 우연
을 대하는 자세부터가 달랐던 것이다. 갑작스럽게 닥친 우연은 꼭
응징해야 된다는 마인드, 그래야 다시는 우연이 찾아오지 않는다는
마인드, 그것이 바로 아빠와 형의 삶의 자세였다.

어쩌겠는가. 해서 나는 그때 처음으로 경찰관 아저씨(아빠의 친
구였다)의 책상에 앉아 육하원칙에 입각, 피해자 진술서라는 것을
쓰게 되었다. 누가, 무엇을, 언제, 어디서, 왜, 어떻게……

다른 것은 그리 어렵지 않게 술술 쓸 수 있었다. 일곱 색깔 옷을
입은 일곱 명의 십대 청소년들이, 나를, 오늘 저녁 여섯시부터 아
홉시까지, 단구동 대광상회 골목길과 동사무소 옆 신축건물 공사
장 지하실에서, 주먹과 발을 이용해 얼굴과 가슴과 허벅지를……
까지는 막힘없이 썼으나, 문제는 역시 왜, 였다. 왜, 왜, 왜, 왜……?
왜라니? 그것은 나도 궁금한 것이었다. 도대체 왜 하필 나에게.

하지만 형과 형의 검도부 친구들에 의해, 두 시간 만에 전원 오락실에서 검거되어(티셔츠 때문에 금방 눈에 띄었다고 한다) 파출소로 끌려들어온 빨주노초파남보들 역시 딱히 그 '왜'에 대해선 제대로 설명하지 못했다.

"그러니까, 그냥요…… 쟤가 마침 거길 지나가고 있었으니까요……"

"뭐, 심심하기도 하고, 조직도 결성된 김에……"

"쟤, 맞아요? 어, 딴 애 아닌가……?"

대체로 이런 반응들이었다. 육하원칙 논리에 제대로 맞지 않는 진술들. 두 눈을 감은 채 빨주노초파남보의 진술을 듣고 있던 경찰관 아저씨는, 책상 위에 놓여 있던 동아 새국어사전으로 아이들의 머리를 공정하게 한 대씩 내리치며 말했다.

"그냥은 무슨 그냥이야! 금품갈취를 위해서지! 다들 그렇게 써!"

그렇게 첫번째 육하원칙은 완성되었다.

2. 들배지기

무지개를 시작으로 마치 봄날 목련꽃 봉오리 터지듯, 나는 집단 린치의 시련을 여섯 번이나 더 겪어야만 했다(빨주노초파남보들은 훈방조치되었다. 빨주노초파남보의 부모님들이 아버지의 직장까지 찾아와 무릎을 꿇은 덕분이었다. 병원비와 한약 한 재로 합의가 이루어진 것이다). 그러니까 거의 네 달에 한 번꼴로 병원 신세를 진 셈이었다. 롤러장 화장실에서도 맞았고, 공공도서관 교보재 창고 뒤에서도 맞았다. 선배들의 교실에 끌려가 의자로 허리를 찍히기도 했으며, 당구장에선 유리 재떨이로 뒤통수를 가격당해 여덟 바늘을 꿰매기도 했다. 원주천 고수부지 주차장에선 삽자루로 맞았고, 공설운동장 옆 공터에선 다섯 명의 건장한 아이들에게 들배지기와 호미걸이, 덧걸이와 오금당기기 같은, 숙련된 기술이 가미된 린치를 당하기도 했다. 때린 친구들도 모두 제각각이었다. 대학생들도 있었고, 동갑내기 친구들도 있었다. 선배들도 있었고, 당시 원주 지역 십대들을 주름잡았던 불후의 조직 '야생마' 멤버들도 있었다. 그러니까 한번도 가해자가 겹쳤던 적은 없었던 것이다.

그러니까 그건 운이 없어도 좀 심하게 없었다, 라고밖에 달리 설명할 수 없는, 그런 일들의 연속이었다. 교회 친구들(무지개에게 폭행을 당한 이후, 나는 종교에 귀의하게 되었다)과 롤러장에 놀러 가서 손을 잡고 코너링 몇 번 한 것이, 그것이 도대체 무슨 잘못이었기에 우산대로 맞아야 했는지, 나는 알 수 없었다(이것 역시 경찰서에서 알게 된 사실이지만, 그때 나와 우연히 손을 잡고 롤러장 코너를 돈 여자아이를 한 남자아이가 짝사랑하고 있었단다. 그래서 나와 그 여자아이를 롤러장에서 본 순간, 미친 듯이 질투심에 사로잡혔다고 한다. 그러니 어쩌겠는가. 사랑을 위해서, 몇몇 친구들과 함께 화장실로 나를 끌고 가는 수밖에). 도서관에선 침 한번 잘못 뱉어서 맞았고, 선배들한텐 비디오 가게에서 차례를 양보하지 않았다는 죄목으로, 친구들 두 명과 함께 맞았다(나는 정말 그 양반들이 선배인 줄 몰랐다). 말귀를 제대로 못 알아들어 몇 대 정도에서 끝날 것을 일흔아홉 대까지 맞은 적도 있었고(그러니까 '야생마' 형님들께서 "너 오늘 몇 대 맞을래? 백 대 이하로 말해봐"라고 하신 것을 백 대 이상으로 알아듣는 바람에⋯⋯ '야생마' 형님들은 약간 당황한 얼굴로 일흔아홉 대까지 때리다가, 제풀에 지치고 마셨다), 세게 친 당구공이 엉뚱한 방향으로 튀어나가는 바람에 맞은 적도 있었다.

그리고⋯⋯ 옆 학교 씨름부 선수들이 단체로 지나가는 것도 모르고, 친구 한 명과 함께 이봉걸을 두고 옥신각신하다가, 그러니까 기술도 없이 덩치만 크면 뭐 하냐고, 그래서 씨름판이 재미없어지는 것 아니냐고 목소리를 높이다가⋯⋯ 공설운동장 옆 공터까지 질질 끌려가 진정한 기술씨름의 진면목을 보게 된 적도 있었다(이것 또한 후에 알게 된 사실이었지만, 그날은 마침 옆 학교 씨름부 선수들이 전국체육대회 강원도 단체전 예선에서 오 대 이라는 초라한 스코어로 탈락한 날이기도 했다. 코치와 선배들에게 '줄빳따'를 맞고 울적한 심사를 가눌 수 없었던 선수들은, 나를 상대로 시합 때 제대로 펼치지 못했던 자신의 기량을 한껏 발휘하였다. 들배지기에 이은 연타, 오금당기기에 이은 '조인트', 잡채기에 이은 복부 강타……). 나는 뭐랄까, 붕붕 하늘로 솟구치는 기분이 들었다. 붕붕, 떠올랐다가 추락하고, 붕붕, 날아다니다가 하강하고, 붕붕 몸이 가벼워지다가 묵직해지는, 그런 붕붕의 기억들(그때가 바로 전치 팔 주의 날이었다). 아, 어떻게 내가 '이봉걸'을 발음하는 순간, 바로 그 순간, 옆 학교 씨름부 선수들이 짜잔, 하고 나타날 수 있었는지, 그것도 하필 그날 시합에서 진 선수들이 나타날 수 있었는지, 나는 머릿속마저 붕붕, 뿌옇게 흐려지는 기분이었다.

정말, 하나님이 존재하고, 부처님이 존재해서, 무언가 나에게 상당한 반감을 가지고, 두 분께서 번갈아가며 계속 들배지기를 하고 있는 듯한 느낌, 그것 이외에는 다른 어떤 논리로도 설명할 수 없는 일들이 계속 일어난 것이었다.

들배지기는 기습적으로 상대편을 넘어뜨리는 것이, 잡채기를 하는 척하다 상대편을 들어올리는 것이, 그것이 기술의 핵심 관건이었다. 그러니까 나에겐 매번, 제대로 기술이 먹힌 셈이었다.

3. 의자왕도 아닌 의지

하나님과 부처님의 연이은 들배지기 공격 덕분에 친해진 사람들도 몇 명 있었다. 간호사 누나가 그랬고, 형사 아저씨가 그랬고, 나를 때린 씨름부 선수가 그랬다(알고 봤더니 씨름부 선수 중 한 명은 나와 초등학교 동창생이었다. 서로 신나게 맞고, 때리고 보니까 동창 사이였더라, 일이 다 끝난 뒤에 보니까 동창이었더라, 가된 것이다). 간호사 누나는 내가 입원할 때마다 매번 무슨무슨 실수를 저지르곤 했는데, 그 때문에 늘 수간호사 선생님한테 눈물이 쏙 나올 정도로 훈계를 듣곤 했다(그것도 환자 앞에서 그랬다. 나는 늘 '절대안정'이 요구됐지만, 절대로 안정할 수가 없는, 그런 병원이었다). 마스카라가 번진 눈으로 링거를 가는 모습이 안쓰러워 내가 몇 번 위로의 말(그러니까 '누나, 힘내요'라든가, '누나, 내 친구들이 다 누나 팬이에요' 등등)을 건네기도 했는데, 그때마다 누나는 무표정한 얼굴로 나를 빤히 내려다보다가 이런 말을 했다.

"너한테 그런 말을 들으니까…… 더 힘 빠진다, 애……"

형사 아저씨(원주경찰서 소년계 소속)는 진술서 때문에 친해지게 되었다. 아저씨는 피해자 조서를 작성하기 전에 늘 나에게 진술서를 먼저 쓰게 했는데(그게 업무상 더 편한 모양이었다), 그때마다 빨간색 사인펜을 들고 이런저런 교정을 해주었다.

"봐라, 이 문장은 주어가 '저는'인데 술어가 '때렸다'로 되잖니? 그러니 호응이 안 되는 거야. 그리고 '낯선 발자국 소리가 들렸다'가 아니고 '발걸음 소리'지."

나는 아저씨 말을 묵묵히 듣기만 했다.

"그리고, 이렇게 형용사 남발하지 말고, 간략하게 써. '매우 많이 맞았다' 하지 말고 '수십 차례 맞았다'. 이게 더 구체적이잖아?"

아저씨의 문장 지도는 국어선생님에 비해 무척 구체적이었고, 그래서인지 아저씨의 말은 귀에 쏙쏙 들어왔다.

네번째 진술서부터는(그러니까 아빠는 끝까지 포기하지 않았던 것이다. 맞는 족족 신고를 해야 직성이 풀렸던 것이다) 별다른 교정 없이 간략한 평만 해주었다. 그만큼 내 문장이 일취월장한 것이었다.

"'어떻게' 부분이 너무 장황하지 않니?"

"그래요? 줄일까요?"

"아니 뭐, 놔둬도 상관은 없지만……"

"'왜' 부분에 별로 쓸 말이 없으니까, 그러니까 자꾸 다른 부분만 길어지는 거 같아요."

"피해자들은 원래 다 그런 법이야. 자기한테 왜 그런 일이 일어났는지, 아무도 자세히 설명하지 못하거든."

"전 정말 모르겠는데요?"

나는 정말 억울한 표정을 지어 보였다. 그러자 형사 아저씨는 담배를 한 대 물면서 심드렁하게 말을 했다.

"그건 원래 처음부터 이유란 게 없었던 일이었거든. 근데, 어떡하든 서류를 작성해 법원까지 가야 해. 그러니 어떡해? 그때부터 이유란 게 생길 수밖에…… 뭐, 사는 것도 다 똑같지만."

나는 당시에는 아저씨의 말을 제대로 이해할 수가 없었다. 이 아저씨가 지금 피해자를 앞에 두고 무슨 엉뚱한 말을 하는 거야, 라고 마음속으로 원망을 하기도 했었다. 그리고 그런 원망 끝에 내린 결론이란 것이 결국, 내가 경찰서를 너무 자주 왔구나, 아저씨를 너무 괴롭혔구나, 하는 자책이었다. 이유가 없다니? 그건 수차례 집단 린치를 당한 고등학생에게 할 말이 아니었다. 차라리, 나도 이유를 잘 모르겠다, 그렇게 말해주었다면 내 마음이 좀더 편했을 텐데…… 물론, 지나고 나서 든 생각이었지만 말이다……

씨름부 동창생은 별다른 합의조건 없이 원만히 훈방조치가 되었다(알고 봤더니 부모님끼리도 잘 아는 사이였다고 한다. 원주 같은 소도시는 이런 게 안 좋다. 한 다리만 건너면 다 친구고, 다 친척 사이였다). 훈방조치는 되었지만, 안타깝게도 그 일을 계기로 씨름을 그만두게 되었다(훈방조치는 되었지만, 학교에선 정학처분을 당했고, 또 그로 인해 다시 코치에게 '줄빳따'를 맞았고, 맞으면서 자기가 육 년 가까이 해왔던 씨름에 대해 어떤 회의가 일었고, 그래서 코치를 향해 샅바를 집어던지고 뚜벅뚜벅 모래판을 걸어나왔다는 것이다. 다 믿을 만한 이야기는 아니지만 본인의 주장은 분명 그랬다). 나름대로 강원도 씨름계의 기대주였던 동창생은, 난생처음 샅바 대신 수학 정석과 맨투맨을 붙잡고 악전고투했지만, 성적은 그리 썩 좋지 않았다. 그리고 성적표가 나올 때마다 나를 찾아오곤 했다(우리는 그 이후, 무척 친해졌다. 동창생이 매일 문

병을 왔었기 때문이었다. 덩치에 맞지 않게 매번 안개꽃을 사들고).

"아무래도 대학은 무리겠지?"

동창생은 시무룩한 목소리로 말했다.

"무리지…… 다시 씨름을 해보는 건 어때?"

나는 동창생의 성적표를 보고 힘없는 목소리로 말했다. 우울한 성적표였다.

"너무 늦었어."

"그래도 넌 육 년이나 그걸 했잖아? 수학은 이제 몇 개월 안했고……"

"그래도 한번 안하겠다고 나왔는데 뭘. 그럼 끝이지."

"야, 그러니까 내가 괜히 더 미안해지잖아."

"네가 왜?"

"아니, 뭐…… 그게 다 날 만나서 그렇게 된 거 같고……"

"너하곤 상관없어. 다 내 의지였으니까."

"의지?"

"응, 의지."

동창생은 그렇게 말한 뒤 공공도서관으로 가는 버스에 올라탔다. 나는 그런 동창생의 뒷모습을 바라보며 '의지'라는 단어의 뜻을 곰곰이 생각해보았다. 의지라, 의지라…… 아무리 생각해보아도 단어의 뜻이 잘 떠오르지 않았다. 자주 쓰는 말이긴 했지만…… 내가 한번도 가져보지 못한 말이 분명했다. 의지라, 의지라니…… 의자왕도 아닌, 의지라니……

4. 후유증

의지도 좋지만…… 나는 당장 이떤 정신적인 내상과 싸워야만
했다. 그게 더 급했다. 몸이야 친절한 간호사 누나 덕분에 매번 그
럭저럭 일주일 안에 추스를 수 있었다고 하지만(전치 사 주라고
해서 정말 사 주 동안 병원에 입원해 있는 것은 아니다. 일반적으
로 전치 사 주는 사나흘, 전치 육 주는 일주일, 전치 팔 주는 길어
야 열흘이다. 경험상 그렇다), 몸속 깊이 새겨진 내상은 전치 따위
로 수치화시킬 수 없는 것들이었다.

그러니까, 한번 집단 린치를 당하고 난 뒤에는 적어도 두 달 동
안 집학교, 학교집 사이클에서 한 걸음도 벗어나지 못했던 것
이다. 작은 소리에도 깜짝깜짝 놀라고, 멀리 같은 반 친구가 반갑
게 손을 흔들면서 다가와도 부리나케 도망치고, 티브이에서 씨름
중계방송만 봐도 딸꾹질을 하는, 그런 증상이 반복된 것이었다. 꿈
만 꾸었다 하면 촛불이 켜진 지하실이요, 롤러장 화장실이었다. 나
는 늘 누군가에게 쫓기고 있었고, 잡히고 나면 경찰서나 병원이었
다(간호사 누나에게 맞는 꿈도 꾸었다). 늘 땀에 흠뻑 젖은 몸으로
잠에서 깨어났고, 그때마다 엄마가 쓰디쓴 한약을 내밀었다. 공부
는…… 원래도 하지 않았지만, 더 멀리하게 되었다. 아니, 할 수가
없었다.

그런 내 정신적 내상을, 그래도 같은 반 친구들이 따뜻하게 감싸안아주었다, 라고 말하고 싶지만…… 오히려 그 반대였다. 같은 반 친구들은 늘 이런 식이었다.

"야, 너 덕만이 형 알지? 그 형이 너 조심하래."

"덕만이? 그게 누군데?"

"아 왜 있잖아, 야생마 4기."

"이름이 덕만이야?"

"너 시내 나오지 말래. 밤길도 조심하래. 이번에 걸리면 정말 끝장이래."

"너…… 그 덕만이 형이란 사람, 잘 알아?"

"나? 난 잘 모르지."

"근데?"

"덕만이 형 동생이 덕진이거든. 걔가 내 친구 근배하고 중학교 동창인데, 걔가 그랬대."

"덕진이가……?"

"아니, 근배가."

친구들의 따뜻한 위로 덕분에 나는 야간자율학습도 할 수 없는 지경에 이르렀다(친구들은 매일매일 시내의 근황에 대해서 알려주었다. 덕만이가 '찡' 박힌 장갑을 끼고 다니더라, 씨름부 애들이 또 예선 탈락을 했다더라, 무지개 애들이 열네 명으로 늘었다더라, 와 그럼 쌍무지개네, 등등). 어둠이 내리기 전에 집으로 돌아와야,

집으로 가는 버스에 올라타야, 그래야 조금이라도 마음이 놓이곤 했다. 그래서 나는 거의 매일 초등학교 아이들과 함께 버스를 타고 다녔다. 좌석이 늘 텅텅 비어 있던 버스, 초등학교 아이들이 흘깃흘깃 내 눈치를 보던 버스. 그 버스를 타고 집으로 돌아오노라면 왠지 모르게 씨름부 동창생이 말한 그 '의지'라는 단어가 자꾸 떠올랐다. 그리고 그때마다 내가 마음속에 품고, 실천에 옮길 수 있는 의지란, 고작 남들 눈에 띄지 않게 돌아다니는 것, 그것이 전부이구나, 하는 생각을 했다. 조금은 쓸쓸한 의지 말이다.

사실, 집에 일찍 돌아온다는 것은, 그래서 집에서만 머문다는 것은, 십대인 나에겐 갑갑하기 그지없는 일이었다. 인터넷이 있길 하나, 케이블티브이가 있길 하나, 핸드폰이 있길 하나. 손쉽게 시간을 때울 수 있는 방법은 아무것도 없었다. 엄마와 아빠는 늘 안방에서 텔레비전을 보다가 잠이 들었고, 재수를 하고 있던 형은 밤이 늦도록 돌아오지 않았다. 나는 내 방 책상에 몸을 웅크리고 앉아, 가만히 창 밖을, 어둑어둑해진 골목길과 가로등을, 꽃잎이 모두 떨어진 목련과 장독대를, 녹이 슨 자전거와 비 맞은 야구 글러브를, 화단 한켠에 놓인 쥐덫과 오래전부터 비어 있던 개집을, 불 밝힌 교회 십자가와 밤하늘 카시오페이아를, 눈이 아플 때까지 쳐다보고 또 쳐다보았다. 그리고 그것들을 지켜보는 것도 지겨워지면, 수학공책 뒷장에다가 무언가를 끼적끼적, 아무런 생각이나 고민 없이, 갈팡질팡, 적어나갔다.

꽃이 폈네, 꽃이 졌네, 장독대에 있는 항아리야, 어쩌자고 또 임신을 했다더냐, 글러브가 웃는다, 글러브야, 글러브야, 어서 빨리 페달을 밟으렴, 쥐가 쫓아온단다, 쥐에게 잡히기 전에 개집으로 숨으렴, 해피는 아빠 뱃속에 들어간 지 오래란다, 아빠 뱃속에서 부활해, 저 하늘 카시오페이아가 되었단다, 카시오페이아가 내려와 목련꽃을 피웠으니, 해피가 목련이구나, 해피가 폈네, 해피가 졌네……

말도 되지 않는 그것들을 수학공책 뒷장에다 빼곡히 적어나가다 보면, 나는, 나도 모르게 얼굴이 홧홧 달아오르기도 했다. 그리고 어느 순간엔 거짓말처럼 눈물이 한 방울 툭, 공책 위로 떨어지기도 했다. 쓰고 싶지 않은데, 이딴 건 쓰고 싶지 않은데, 아이들과 당구장에서 멋진 '쓰리쿠션'이나 성공시키면서 하이파이브를 하고 싶은데, 그럴 수가 없으니…… 나는 계속 무언가를 쓰기만 했다. 무섭고, 쓸쓸했으니, 쓸 수밖에 없었다. 얼굴이 홧홧해지고, 눈물이 떨어져도, 그것이 무서운 것보단 나으니, 그렇게 할 수밖에 없었다. 수학공책이 다 떨어지면 화학공책에다 썼고, 화학공책이 다 떨어지면 지리공책에다, 지리공책이 다 떨어지면 독어공책에다. 집에서도, 학교에서도, 버스에서도, 나는 계속 쓰기만 했다. 갈팡질팡, 괴발개발. 무엇이 그리 두려웠는지, 참 많이도 썼다.

그런 내 공책을 우연히 보게 된 같은 반 짝꿍은, 공책에 씌어진 글들을 찬찬히 읽어나가다가 조용한 목소리로 이렇게 말했다.

"야, 네가 좆나 맞더니 이젠 정말 슬슬 미쳐가는구나. 야, 씨발 불쌍해서 어쩌냐?"

그러곤 다정하게 내 어깨를 토닥거려주다가, 다시 아이들을 향해 내 공책을 흔들며 큰 소리로 말했다.

"야, 이 새끼 미쳤어! 이거 봐! 이 새끼 진짜 돌았다니까!"

그러니까 친구들은 매사에 도움이 안 되었던 것이다.

5. 그야말로 갈팡질팡

그러나 집에서만 머무는 일은 언제나 두 달을 넘기지 못했다. 두 달 정도 지나고 나면 다시 서서히, 언제 그랬냐는 듯 정신적 내상을 지우고, 아이들과 어울려 발탄강아지마냥 이곳저곳을 쏘다녔다. 미군부대 근처 포르노 비디오 가게도 갔고, 당구장은 거의 매일같이 출근 도장을 찍었으며, 공공도서관도 갔고, 롤러장도 갔고, 교회도 다시 나가기 시작했다. 야간자율학습 시작 종이 울리면 학교 담을 넘었으며, 야간자율학습 마지막 종이 울리면 다시 담을 넘어와 가방을 쌌다. 공책에 무언가를 끼적거리는 일은…… 몸이 피곤해서, 너무 졸려서, 할 수가 없었다. 하루에 포르노 비디오를 한 편씩 보고, 당구를 꼬박꼬박 두 시간씩 쳐댔으니, 집에 돌아오면 씻지도 못하고 이부자리 위로 슬라이딩하기 바빴던 것이었다. 가끔, 아주 가끔, 수업시간에 다시 공책 뒷장을 펼쳐 무언가를 끼적거리려 했지만, 잘되지 않았다. 그저 계속 당구대를 그리고, '쿠션' 길을 그리고, 오목판을 만들었을 뿐이었다. 글은 무슨…… 머리 아프고, 울적해지게, 내가 미쳤다고…… 미치지 않고서야, 나는 그렇게 생각했다.

그리고…… 그러다가 결국 사고를 당하고 말았다.

그러니까 그날 또한 어떤 예감이나 전조 같은 것은 전혀 없었다. 그저 다른 날과 마찬가지로 같은 반 친구들 대여섯 명과 함께 학교 옆 건물 이층에 위치한 당구장에서, 충실히 야간자율학습에 임하고 있었던 것이다. 경기에서 지는 사람이 게임비를 지불하는, 전지구적인 당구 룰 때문에, 나와 친구들은 꽤 진지하고 신중하게, 당구를 치고 있었다. 더구나 이미 한 명은 게임에서 이겨 당구장 창턱에 올라앉아 여유롭게 승자의 담배를 피우고 있는 상황이었다. 한 큐 한 큐에 일주일 치 용돈이 왔다 갔다 하는 상황, 친구들 한 큐 한 큐에 깜짝깜짝 놀라는 상황, '뽀록'으로 경기를 끝내면 그야말로 살인이라도 날 것만 같은 상황. 그런 상황이었다. 예감은 무슨, '대'를 잡은 손바닥에 땀만 배어나올 뿐이었다.

한데, 그때 창턱에 앉아 거리를 내려다보고 있던 친구가 다급하게 나를 불렀다.

"야, 일루 와봐. 저거, 저거, 덕만이 맞지?"

때마침 나는 막바지 '쿠션'에 임하고 있었다. 초보자들도 능히 칠 수 있을 만큼 쉬운 공이었다. 상대방 공은 당구대 한쪽 구석에 수줍은 듯 숨어 있었고, 경쟁자들은 한숨을 내쉬고 있었다. 그러니까 별다른 일이 없으면 내가 이등으로 경기를 끝마칠 수 있는, 그런 상황이었다.

한데, 나는 그러질 못했다. 친구의 입에서 '덕만이'라는 이름이 발음되는 순간, '틱' 하고 그만 큐가 빗겨나간 것이었다. 그도 그럴 것이 내게 있어 '덕만이'라는 단어는, '핵전쟁'이나 '지구 멸망'과 거의 같은 수준의 단어였으니, 어쩌면 그건 너무나 당연한 결과일 수도 있었다. 핵전쟁의 틈바구니 속에서, 담담하고 편안한 마음으로 당구를 칠 순 없는 노릇이었으니까…… 그러거나 말거나, 나는 '대'를 쥔 채 친구가 있는 창가로 황급히 달려갔다.

그건…… 덕만이가 분명했다. 맥가이버 머리에, '찡' 박힌 가죽 장갑을 끼고, 허리띠를 한쪽으로 길게 내려뜨린 덕만이…… 원주 시내 십대들의 가슴을 서늘케 하는 불후의 조직 '야생마' 4기 멤버이자, 숨을 헉헉 몰아쉬며 내 가슴을 일흔아홉 대까지 때린 덕만이, 나에게 스물한 대를 세이브시켜놓은 덕만이, 덕진이 형 덕만이…… 그 덕만이가, 당구장이 있는 건물로 막 들어서고 있는 모습이 보였다. 이건 또 무슨 '우연의 쓰리쿠션'인가, 나는 멍하니 그런 생각을 했다.

그러나 언제까지 그렇게 멍하니, 생각만 하고 있을 순 없었다. 나는 결정을 해야 했다. 이대로 또 덕만이에게 맞느냐, 아니면 적극적으로 도망을 가느냐…… 당구장은 정사각형 모양이었다. 내실도 따로 있지 않았다. 화장실은 일층과 이층 사이 계단에 있었다. 당구장 출입문에 서면 당구장의 전경이 고스란히 드러나는 구조. 숨을 곳은 없어 보였다.

그러나 나는 허둥지둥, '대'를 쥔 채 이쪽 당구대에서 저쪽 당구대로, 이쪽 소파에서 저쪽 계산대로, 갈팡질팡 뛰어다녔다. 허리를 숙여 당구대 밑으로 기어들어가보기도 했다. 그러나 공간이 너무 좁았다. 나는 다시 일어나 당구장 맨 구석으로 뛰어갔다. 세면대 옆 수건 건조대 뒤에 몸을 웅크리고 앉아보았으나, 마음이 놓이질 않았다. 그래서 또다시 당구장 정중앙으로…… 짧은 시간, 나는 그렇게 당구장 안을 휘젓고 다녔다. 친구들은 멍한 표정으로 나를 지켜만 보았다. 당구장 주인 형도 멍, 소파에 앉아 있던 아저씨들도 멍. 내 머릿속에선 계속 북소리 같은 것이 들려왔다.

그렇게 계속 갈팡질팡하다가…… 그러다가 나는 결국 덕만이를 처음 발견한 창가로 뛰어갔다. 방법은 그 수밖에 없는 것 같았다. 이층이니까, 그래도 이층이니까…… 착지만 잘한다면 맞는 것보단 그게 더 나을 거란 생각이 들었다. 그제야 친구들도 무언가를 눈치챘는지 우르르, 창가로 달려와 내 팔을 잡으려 했지만, 나는 조금도 망설이지 않았다. 기껏해야 오 미터다. 스물한 대보다 더 나은 오 미터…… 그렇게 생각하자 어떤 의지가, 전에 없던 의지가, 나를 다그쳤다. 우연이 나를 찾아오기 전에 어서 빨리…… 폴짝, 나는 이층에서 뛰어내렸다.

성공이었다.

뛰어내릴 땐, 아무것도 보이지 않았고, 아무 생각도 들지 않았다. 단지 그뿐이었다. 갈팡질팡했지만, 어쨌든 나는 안전해졌으니까…… 그러면 된 거니까…… 나는 뒤도 돌아보지 않고 학교 쪽으로 달려갔다.

6. 성공은 성공이었지만

성공은 성공이었지만…… 그러나 나는 그날 이후, 한 달 넘게 오른쪽 다리에 깁스를 하고 다녀야만 했다. 착지는 무사히 했지만, 그렇다고 뼈까지 무사했던 것은 아니었기 때문이다. 오른쪽 복사뼈 위로 사 센티미터가량 금이 가고, 무릎 인대와 손목 인대도 늘어나버렸다. 병원 진단만으론 맞은 것보다 못한 결과였다.

친구들은 그날 일을 오랫동안 교실에서 얘기했다.

"난 말이야, 이 새끼가 그냥 자살을 하는 줄만 알았어."

"대단하지, 대단해. 그 다리를 하고서도 이건 그냥 막 학교 쪽으로 도망을 치는데, 칼 루이스가 따로 없더라구."

"덕만인 당구장에 들어오지도 않았다면서?"

"덕진이가 그러는데, 덕만인 그날 똥 싸러 들어온 거였대."

"똥?"

"그래, 똥. 그러니까 결과적으로 덕만인 똥만 쌌을 뿐인데, 쟨 다리가 부러진 거야."

"캬아, 과연 야생마답다, 야생마다워!"

친구들은 언제나 그렇듯, 도움이 안 되었다.

나는 또다시 야간자율학습에 참여하지 못하고, 혼자 집으로 돌아오는 생활을 반복했다. 집으로 돌아와서는 다시 공책에 무언가를 오랫동안 끼적거렸다. 공책에다 쓰고 또 쓰고, 나중엔 깁스를 한 석고붕대 위에도 깨알같이 작은 글씨로 무언가를 계속 써내려 갔다. 쓰다보면 간간이 얼굴이 홧홧해지기도 했지만, 지난번처럼 눈물은 흘리지 않았다. 이건 그래도 무언가 내 의지라는 것이, 비록 조금은 갈팡질팡했지만, 조금은 숨어 있는 것이 아니었을까, 하는 생각이 들었다. 무언가 쓰는 것 자체도 계속 갈팡질팡의 연속이었지만, 그래도 우연은 그런 식으로 받아들일 수밖에 없지 않을까,

글이라는 것이 원래 그러니…… 하고 내 마음을 다독거리기까지 했다. 순전히 내 좋을 대로, 내 맘대로.

7. 묘비명

그 이후로도 나는 여러 번의 우연을 만났다. 큰 도둑을 세 번 당했고(여기서 말하는 '큰'이란, 워드프로세서와 컴퓨터, 노트북을 말한다. 정말 나에겐 큰 도둑이었다). 두 번의 화재 현장에서 소방관 아저씨들의 도움을 받아 빠져나왔으며, 두 번의 큰 교통사고를 당했다. 그 모든 것들은 언제나 어떤 예감이나 전조 없이, 느닷없이 나를 찾아왔다. 나는 그때마다 늘 갈팡질팡하며 어찌할 줄 몰랐다. 늘 갈팡질팡 헤매다가 겨우 간신히 그 우연들에서 벗어나곤 했다. 그것이 비록 더 좋지 않은 결과를 가져왔을 때도 많았지만, 글쎄다…… 시간이 지난 뒤, 그 갈팡질팡들을 내가 모두 글로 옮겼으니, 그래서 그 글들로 지금까지 밥벌이를 해왔으니, 그리 큰 손해라는 생각은 들지 않는다.

그러니 나는 이제 이 소설의 제목도 정할 수 있게 되었다.

갈팡질팡하다가 내 이럴 줄 알았지

버나드 쇼의 묘비에 적힌 글귀이다. 갈팡질팡하다가 내 이럴 줄 알았지. 글쎄 말이다, 나도 그럴 줄 알았다. 다 지나고 난 뒤에 보니까…… 그러니까, 그러니까 말이다.

모퉁이

천운영

1971년 서울에서 태어났다. 2000년 동아일보 신춘문예에 단편 「바늘」이 당선되며 등단. 소설집 「바늘」 「명랑」 「그녀의 눈물 사용법」, 장편소설 「잘 가라, 서커스」가 있다. 신동엽창작상과 올해의 예술상을 수상했다.

작가를 말한다

욕망의 환유적 연쇄에 의해 짜여지는 그녀의 소설은 강렬하고 또 아름답다. 이 작가의 소설이 비슷한 연배의 젊은 작가의 성과물들 가운데 정신분석학적 해석을 자연스럽게 촉발하는 동시에 또 그것을 잘 견뎌내는 텍스트의 하나라는 점은 유념해둘 만한 사실인 것이다. 그것은 곧 그녀의 소설이 삶의 생생한 구체성 속에서 펼쳐지고 있음을 말해주는 징표이기 때문이다. 그녀의 소설은 육체의 심연에서 길어올린 외침과 속삭임, 열망과 수난으로 가득 차 있다.

남진우(문학평론가)

© 백다흠

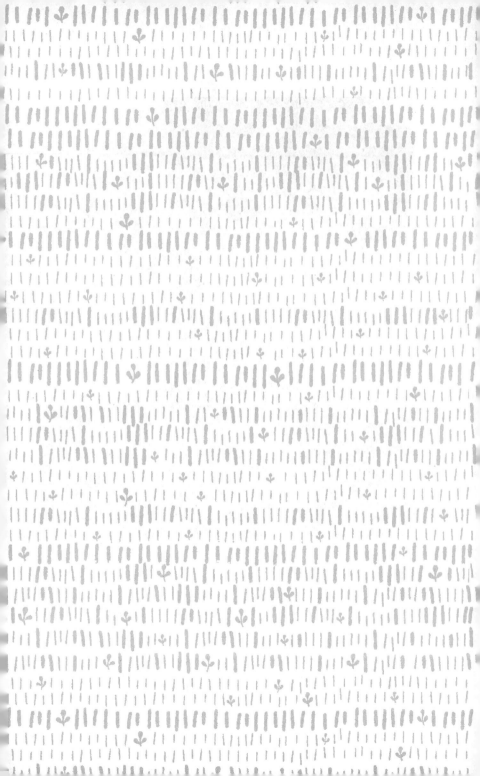

울음보가 터졌다. 엄마의 뒷모습을 보는 순간 눈물이 쏟아져나
왔다. 다락 계단을 기어오르면서부터 나는 이미 울고 있었다. 코피
가 나올 것처럼 콧잔등이 매큼해지고 입술은 움찔움찔 울음을 품
었다. 엄마는 내 울음소리에도 걸음을 멈추지 않았다. 엄마는 뒤도
안 돌아보고 걸었다. 내 울음이 엄마를 돌려세울 수 없다는 것은
나도 잘 알고 있었다. 그렇다고 울음을 그칠 수는 없었다. 내가 남
아 있다는 사실을 엄마에게 확실히 해두어야 했다. 엄마가 멀어질
수록 내 울음은 탄력 받은 스프링처럼 골목골목 퉁겨 올랐다. 엄마
는 길모퉁이를 돌 때 잠깐 멈추어 섰다가 이내 몸을 감추었다. 나
는 엄마가 담벼락에 숨어 잠깐이라도 내 쪽을 보아주길 간절히 바
랐다. 길모퉁이에 엄마 옷자락 대신 검은 비닐봉투가 날아올랐다.
바람에 나부끼는 검은 봉투를 눈으로 좇으며 한참 동안 울음을 멈

추지 않았다. 울고 있는 동안에는 엄마는 여전히 내 곁에 머물렀다.

머릿속으로 광주리를 이고 걸어가는 엄마를 그려보았다. 엄마는 긴 허리를 꼿꼿이 세우고 광주리에 찌개가 넘치지 않도록 조심하며 버스에 올랐을 것이다. 아빠의 공장에 닿으려면 버스를 한 번 더 갈아타야 하고 버스에서 내려서도 한참을 더 걸어 올라가야 했다. 바람이 불어와 내 눈에 물기를 앗아갔다. 눈물이 마르도록 바람에 얼굴을 내맡겼다. 눈물은 훔치는 것이 아니라 말리는 것이다. 눈물을 훔치면 얼굴에 더러운 자국만 남는다. 엄마는 해가 지기 전에는 돌아올 것이다.

어느새 내 입에서는 울음기가 말끔히 가시고 노랫소리가 새어나오고 있었다. 어려운 의식을 무사히 치른 사람처럼, 처음부터 울음은 없었던 것처럼, 말짱한 얼굴로 노래를 부르기 시작했다. 나는 흥얼거리다가 가사가 생각나지 않으면 입 안에 침을 모아 바닥으로 떨어뜨렸다. 바닥에 떨어진 침은 팔과 다리를 쫙 벌리고 뛰어가는 유령이 되거나 여덟 개의 다리를 버둥거리며 짓이겨진 벌레가 되었다. 때로는 그 둘이 합쳐져 새로운 모양이 만들어지기도 했다. 입 안이 바싹 말라 더 이상 침이 나오지 않을 때까지 계속해서 침을 뱉었다. 자두나 살구 같은 과일을 생각하면 말랐던 침이 얼마간 다시 솟아나기도 했다. 나는 몸속의 물기를 모조리 없앨 것처럼 끊임없이 침을 모아 뱉어냈다.

입 안이 바싹 마르고 나서야 침 뱉기를 그만두고 다락 안으로 몸을 들였다. 다락에는 상자 몇 개가 놓여 있을 뿐 두 사람이 누울 만

큰 널찍했다. 아빠는 거칠거칠한 합판 바닥에 장판을 깔고 밍크 담요를 덮어주었다. 나는 보드라운 담요 위에 배를 깔고 누워 상자 속을 더듬어보곤 했다. 상자 안에는 한번도 쓰지 않은 식기 세트와 엄마의 사진첩과 책들이 들어 있었다. 분홍색 장미무늬가 새겨진 접시들은 얇은 습자지로 싸여 있었다. 습자지를 한 겹 한 겹 벗겨낼 때마다 무언가 은밀하면서 고급스러운 것에 손을 댄 것 같은 부듯한 기분이 사락사락 온몸을 간질였다. 나는 그릇들을 꺼내 바닥에 펼쳐놓고 풍요로운 식탁을 차리기 시작했다. 어느새 다락 안에는 풍성한 밥상이 펼쳐졌다. 엄마가 상보로 덮어놓은 밥상보다 훨씬 아름답고 근사한 상이었다.

해가 지려면 아직 멀었다. 시간을 보내는 데는 사진첩만한 것이 없었다. 사진첩을 펼치면 다락은 사람들이 등장하고 퇴장하는 연극 무대가 되었다. 단발머리 엄마가 소풍을 가고, 아빠의 군대 동료들이 한곳을 쳐다보고, 내가 모르는 낯선 이들이 서로 부딪치고 휘감기는 수많은 극이 펼쳐졌다. 사진첩 첫 장을 펼쳤다. 허리까지 닿는 긴 머리에 미니스커트를 입은 엄마는 무척 예뻤다. 나는 엄마의 결혼식 사진이 제일 마음에 들었다. 하얀 드레스와 손에 든 꽃다발은 엄마와 참으로 잘 어울렸다. 수줍게 고개 숙인 엄마 옆에는 아빠가 이를 드러내고 함빡 웃고 있었다. 네 엄마는 참 예뻤어. 키도 크고, 새침데기였지. 어떻게 해서든 네 엄마랑 결혼하고 싶었다. 아빠는 결혼식 사진을 보며 말하곤 했다. 나는 아빠가 말한 '어떻게 해서든'의 의미를 잘 알고 있었다.

나는 사진첩을 얼른 뒤로 넘겨 오빠 사진을 찾았다. 오빠는 기차를 타고도 여섯 시간이나 걸리는, 거기서도 하루에 세 번밖에 없는 군내버스를 타고 한참 들어가야 하는 시골 초등학교 사택에서 살고 있었다. 나와 오빠는 일 년에 한 번쯤 만났다. 우리는 얼굴을 잊지 않기 위해 서로의 사진을 갖고 있었다. 그러나 우리는 일 년 만에 훌쩍 커버려 서로를 몰라보기도 했다. 오빠는 할머니 치마춤에 매달려, 나는 엄마 등 뒤에 숨어, 처음 만난 먼 친척 애들처럼 경계와 호기심을 동시에 가지고서 서로를 훔쳐보았다. 오빠와 나의 서먹한 만남을 이어주는 것은 언제나 할아버지 몫이었다. 교감선생님인 할아버지는 교실 책상을 한데 붙이고 커다란 모기장을 쳐준 다음 나와 오빠를 함께 자게 해주었다. 모기장 속에 나란히 누운 오빠는 학교에 떠도는 전설이나 옛날이야기를 들려주곤 했다. 그렇게 모기장에서 하룻밤을 보내고 나면 우리는 다시는 헤어지지 않을 사람들처럼 손을 꼭 잡고 운동장을 뛰어다녔다. 들판을 헤매고 다니며 먹을 수 있는 풀과 그렇지 않은 풀들을 오빠는 기막히게 잘 알아내곤 했다. 입 안이 새카매지는 열매를 먹고 나면 우리는 서로의 혓바닥을 들여다보며 웃어댔다. 오빠와 나의 웃음소리는 산과 들과 나무 사이마다 울려퍼졌다. 그러나 나는 다시 엄마 손에 끌려 서울로 돌아와야 했고, 그때마다 악을 쓰며 오빠 다리에 매달리곤 했다. 오빠는 잘 접은 딱지나 납작하게 편 병뚜껑 같은 것을 손에 쥐여주며 내 머리를 쓰다듬었다. 내게 있어 누군가와 헤어지는 일은 언제나 가장 큰 울음거리였다.

벌거벗은 오빠가 기다란 의자에 앉아 눈을 동그랗게 뜨고 있었다. 통통하게 살 오른 발밑에 '돌 기념'이라는 글씨가 선명했다. 오빠의 돌 사진을 찍고 나서 한 달 후 엄마와 아빠는 결혼식을 올렸다. 삼월 말 때 아닌 폭설이 쏟아진 어느 일요일이었다. 결혼식을 올리고 얼마 지나지 않아 엄마 뱃속에는 내가 자라고 있었다. 내가 태어나자 엄마는 오빠를 시골 할머니에게 맡기기로 결정했다. 오빠는 눈물 하나 보이지 않고 미소까지 지으며 손을 흔들어 이별식을 치렀다고 했다. 그때부터 오빠는 대견하고 듬직하고 속 깊은 아이가 되어 있었다. 엄마가 오빠를 지우기 위해 병원 근처를 서성일 때 이미 침묵함으로써 살아남는 법을 배웠을지도 모른다. 오빠가 엄마 뱃속에서 많이 울었다면, 그래서 엄마가 입덧을 하고 배가 심하게 부풀어올랐다면 오빠는 지금 없었을 것이었다. 오빠는 살아남았고, 당시 가장 비싼 산부인과에서 태어났다. 얼마나 비싼 곳이었는지 엄마는 그곳에서 하룻밤도 자지 못하고 미역국 한 그릇만 먹고 퇴원할 수밖에 없었다고 했다. 나는 일요일 아침 아버지가 목욕 간 사이 산파도 없이 태어났다. 한 대문 안에 얼굴을 맞대고 사는 여섯 가구의 여자들이 아빠 대신 문밖에 서서 내가 나오기를 기다렸다.

뱃속에서 죽임을 당할 뻔하지 않아서였는지, 아니면 가장 비싼 산부인과에서 태어나지 않아서였는지 나는 오빠처럼 침묵으로 살아남는 법을 배우지 못했다. 나는 언제나 엄마에게서 떨어질까 조바심이 났다. 자다 깨어서 엄마가 없으면 엄마가 올 때까지 울었다.

엄마는 화장실에 가면서도 포대기에 나를 매단 채 볼일을 봐야 했다. 허리가 약한 엄마를 위해 누군가 대신 업어주려 손을 내밀라치면 나는 오히려 더 큰 소리로 울었다. 나는 엄마 곁에 있기 위해 참으로 억척스럽게 울어댔다. 우는 것만이 나를 지킬 수 있는 유일한 방법이었다.

여자는 식탁 밑으로 들어가 길게 늘어진 식탁보를 잘 다듬어 빛을 차단시켰다. 어둠이 여자의 몸을 덮쳐눌렀다. 여자는 어둠에 몸을 내맡긴 채 꼼짝도 않고 누워 있었다. 여자는 전화기를 끌어와 남자에게 전화를 걸었다. 남자의 목소리가 들리자마자 여자는 눈물을 흘리기 시작했다. 소리를 죽이고 눈물만 흘렸다. 수화기 저편의 남자는 여자의 목소리를 듣지 않아도 전화를 건 사람이 여자라는 것을, 그리고 울고 있다는 것을 알고 있었다. 남자는 전화를 끊지 않고 여자의 숨소리를 들었다. 여자는 끅끅거리며 울음을 숨겼다. 그러나 남자는 콧물 들이마시는 소리와 숨소리 속에 숨은 물기를 찾아냈다. 언제부턴가 남자에게 여자는 울음소리로 존재했다. 남자는 여자의 울음소리를 들으며 담배를 피워 물었다. 여자는 울면서도 라이터돌 부딪치는 소리나 수화기에 와 닿는 한숨 소리를 어렴풋이 느낄 수 있었다. 울음을 멈춘 여자가 길게 숨을 내쉬고 수화기를 내려놓으려는 순간, 남자는 나지막이 미안해, 라고 말했다. 여자는 그 말을 듣지 못했다. 그래도 여자는 남자가 무어라 했을지 알고 있었다.

언젠가 여자는 빨래를 바싹 말릴 수 있는 볕 잘 드는 베란다를 갖고 싶다고 했다. 베란다만 있으면 어디라도 좋다고. 남자는 허리를 구부리고 들어가 오래도록 책을 볼 수 있는 다락이 있는 집에서 살고 싶다고 말했다. 베란다와 다락이 함께 있는 집은 찾을 수 없었다. 그것이 여자와 남자가 함께 살 수 없는 이유였는지도 몰랐다. 낡고 음습한 다락과 햇빛 찬란한 베란다는 같이 있을 수 없었다. 여자는 베란다가 있는 집에서 살기 시작했다. 좁고 낮았지만 볕이 잘 드는 베란다였다. 여자는 베란다에 낡은 소파를 놓고 재스민이나 천리향, 꽃치자 같은 향기 나는 꽃 화분을 들여놓았다. 해가 잘 드는 베란다에서 화초들은 쑥쑥 자라났다. 낡은 소파에 앉아 볕을 쐬는 여자는 편안하고 따사로워 보였다.

남자가 떠나자 여자는 다락이 갖고 싶어졌다. 여자는 방 안에 작은 책상을 치우고 중고 시장에서 사 온 식탁 두 개를 나란히 놓은 다음 그 위에 식탁보를 씌웠다. 길게 늘어진 식탁보는 식탁 밑을 아늑하게 만들어주었다. 여자는 식탁 위에서 작업을 하고 책을 보고 차를 마셨다. 그러다가 다락을 오르듯 식탁 밑으로 기어들어가 몸을 동그랗게 말고 눕곤 했다. 식탁 밑은 여자의 다락이었다. 여자의 낮은 다락에서는 나무 냄새와 먼지 냄새가 났다. 언제부턴가 여자는 베란다보다 다락에서 보내는 시간이 많아졌다.

여자는 작은 스탠드와 사진첩을 식탁 밑으로 옮겨놓았다. 식탁 밑에 들어가면 스탠드를 켠 다음 사진첩을 들여다보았다. 사진첩에는 한때 좋아라 지냈던 친구들이 있고 오줌을 지려 발가벗겨진 채 벌을 서는 여자의 어린 시절이 들어 있었다. 여자는 사진첩 속의 얼굴들을 하나하나 들여다보며 추억 속에 잠기곤 했다. 사진첩 맨 뒤에는 남자와 함께 찍은 사진들이 종이봉투에 따로 모아져 있었다. 여자는 조심스럽게 봉투를 펼쳤다. 사진 속의 여자는 환하게 웃으며 남자 쪽을 바라보고 있었다. 하지만 남자는 여자를 보지 않았다. 남자는 뭐라도 홀린 사람처럼 땅만 보았다. 다른 사진들에서도 남자는 바닥을 보거나 먼 곳을 바라보았다. 정면을 향할 때면 눈을 감거나 얼굴을 손으로 가리고 있었다. 사진을 보다가 여자는 남자의 푸른색 점퍼 소맷자락이 해져 있는 것을 발견했다. 그 옷은 여자가 첫 월급을 탔을 때 남자에게 사준 옷이었다. 여자는 좀더 세련된 옷을 사주고 싶었다. 그러나 남자가 고르는 옷은 한결같았다. 아무 장식도 없고 무늬도 없는 단색 점퍼. 남자는 그것밖에 고를 줄 몰랐다.

여자는 자주 가위에 눌렸다. 웬 얼굴 없는 남자에게 흠씬 두들겨 맞거나 구석으로 몰려 손가락질당하는 꿈을 꾸었다. 때로는 얼굴이 새빨갛고 쭈글쭈글한 갓난아이가 천장에 매달려 여자를 내려다보는 꿈을 꾸기도 했다. 그때마다 여자는 울부짖으며 잠에서 깨어났다. 꿈속에서는 시간이 너무 더디게 흘렀다. 여자는 울기만 할 뿐 도망가지도 바락바락 대들지도 못했다. 그렇다고 잠에서 쉽게 깨어나지도 못했다. 여자는 꿈에서 벗어나려고 기를 쓰고 울었다. 울다보면 제 울음소리에 놀라 잠에서 깰 수 있었다. 울면서 깨어난 날이면 여자는 남자에게 전화를 걸었다. 꿈속에서 여자를 괴롭히던 낯선 이가 남자이기라도 한 것처럼 남자를 향해 악을 쓰고 욕설을 퍼부었다. 남자는 여자의 마음이 가라앉을 때까지 끈기 있게 전화를 받아주었다. 때때로 밤길을 헤쳐 여자에게 달려와 먹을 것을 부려놓기도 했다. 공원 벤치에 앉아 김밥이나 통닭 같은 것을 꾸역꾸역 집어넣는 여자의 입가에는 그제야 안도의 미소가 떠오르곤 했다.

여자는 전보다 더 많은 날을 가위에 눌렸지만 남자에게 전화를 할 수 없었다. 언제부턴가 남자는 전화를 받지 않았다. 어느 날 여자가 누른 전화번호가 존재하지 않는 번호라는 안내가 들려온 후로는 더 이상 그 번호를 누르지 않게 되었다. 여자는 식탁 밑에 숨어 빈 수화기를 들고 소리를 죽여가며 혼자 울었다. 여자는 다락의 습기에 금세 잠겨버렸다.

내가 잠들고 나면 엄마와 아빠는 밤도둑처럼 다락으로 올라가곤 했다. 열린 문으로 어둠이 쏟아져나오고, 그 어둠 속으로 엄마와 아빠가 숨어들어가는 것을 어렴풋이 느낄 수 있었다. 다락문이 닫히고 철컥 쇳소리가 나면 그때부터 다락은 내가 범접할 수 없는 공간이 되었다. 나무 삐걱거리는 소리와 두런두런 낮은 속삭임을 들으면서, 나는 몰려오는 졸음을 지우고 일어나 다락을 엿보고 싶은 생각이 간절했다. 그러나 잠이 많은 나는 엄마와 아빠가 내려오는 것을 보기도 전에 다시 깊은 잠에 빠지곤 했다. 잠에서 깨어나면 제일 먼저 엄마가 옆에 누워 있는지를 확인했다. 혹시 어젯밤 엄마와 아빠가 다락으로 올라가 아주 내려오지 않은 것은 아닌지 걱정이 되었다. 손을 뻗어 엄마의 얼굴을 만진 다음 젖무덤을 파고들었다. 납작하게 붙은 젖가슴이 내 손에 만져져야만 마음이 놓였다.

엄마의 가슴이 부풀어오르기 시작했다. 엄마는 젖무덤을 헤치는 내 손을 단호하게 뿌리쳤다. 나는 엄마의 매정한 손이 야속했다. 엄마는 내게 동생이 생길 거라고 했다. 동생이라는 단어를 듣는 순간 나는 되우 맞은 사람처럼 휘청거렸다. 순간 시골에 있는 오빠를 생각했다. 엄마 뱃속에 생긴 아이가 세상 밖으로 나오면 나 또한 오빠처럼 시골학교 사택으로 쫓겨나게 될 것이 분명했다. 오빠와 매일 모기장 속에서 뒹굴고 들꽃을 따러 다니는 것은 신나는 일이겠지만, 그렇다고 엄마와 떨어져서 살 수 있는 것도 아니었다. 나는 엄마 없이는 한순간도 견딜 수 없었다. 나는 오빠처럼 손을 흔들며 떠날 준비가 되어 있지 않았고 대견한 아이가 되고 싶지도 않았다. 나는 뱃속의 아이를 저주했다. 영영 바깥으로 나오지 않게 그 속에서 죽어버렸으면 좋겠다고 생각했다. 동생이 나오지 않으면 나는 엄마와 헤어지지 않아도 될 것이었다. 나는 또한 다락을 저주했다. 동생을 만든 것은 다락이었다. 다음에는 엄마와 아빠가 다락으로 올라가는 일을 결코 허락하지 않을 참이었다. 나는 잠을 자면서도 감시의 눈길을 게을리 하지 않았다. 그때부터 다락은 풍요로운 무대가 아니라 나를 위협하는 공간에 불과했다.

나는 한동안 다락에 올라가지 않았다. 다락에 올라가지 않아도 혼자 보낼 곳은 많았다. 언제부턴가 동네 사람들은 하나 둘 집을 떠나기 시작했다. 한 대문을 쓰고 있는 여섯 가구 중에서도 우리 집과 미숙 언니네 집만 남았다. 신발 공장에서 본드칠을 하는 미숙 언니도 조만간 기숙사가 있는 공장으로 옮기게 될 것이라고 했다. 아침마다 화장실 문 앞에 길게 줄을 서지 않아도 되었다. 싸움 소리로 가득하던 수돗가에는 허연 거품 자국만 남아 있었다. 골목에는 사람들이 버리고 간 물건들이 나뒹굴고, 빈집에는 누군가 몰래 갖다버린 쓰레기들이 쌓여갔다. 비어 있는 집들은 하나같이 초라하고 우울한 표정을 하고 있었다. 나는 빈집을 돌아다니며 시간을 보냈다. 대문을 함께 쓰고 있던 여섯 집은 우리와 방향만 다를 뿐 모두 같은 구조를 하고 있었다. 어떤 집들은 다락에 짐을 너무 많이 올려 부엌 천장이 내려앉았고, 또 어떤 집들은 부엌 아궁이 시멘트가 떨어져나가 지저분했다. 그 위로는 볶은 보리처럼 작고 까만 쥐똥들이 쌓여 있기도 했다. 깨어진 항아리에서 된장이나 고추장 같은 것이 흘러나와 쿠린 냄새를 풍기는 부엌도 있었다. 나는 신발을 신은 채 누군가의 방이었던 곳을 함부로 드나들며 땟국 가득한 벽에 낙서를 했다. 때로 방구석에서 작은 핀이나 단추 같은 것을 발견하면 먼지를 털고 주머니 속에 숨겨넣었다. 미숙 언니가 이사를 가고 나서는 나는 주로 미숙 언니네 다락에 올라가 골목길을 내려다보거나 침을 뱉었다. 미숙 언니네 집에서는 어쩐지 본드 냄새가 나는 것도 같았다.

　벽마다 최후 통고가 나붙었다. 엄마는 우리 집이 헐리고 큰 도로가 생길 거라고 했다. 최후 통고가 붙은 지 얼마 지나지 않아 수도

와 전기가 끊겼다. 아빠는 멀리 도로까지 나가 전선을 따왔다. 검정 테이프를 이빨로 쭉 찢어 전선을 연결하는 아빠가 자랑스러웠다. 물은 아빠가 매일 아침 약수터에서 떠왔다. 이제 남은 집은 몇 가구 되지 않았다. 불도저가 집을 밀고 들어오기 전에 우리도 이곳을 떠나야 했다. 아빠는 공장 옆에 만들고 있는 새 살림집을 빨리 완성시켜야 했고, 엄마는 배가 불러오는데도 부지런히 광주리에 밥을 날라야 했다.

내가 아무리 엄마 뱃속에 대고 저주를 퍼부어도 아이는 무럭무럭 자랐다. 나도 이제는 오빠처럼 대견한 아이가 되어야 했다. 그러나 나는 엄마가 나를 남겨두고 떠날 때마다 더 크게 울어댔다. 엄마가 없으면 당장이라도 죽을 것처럼 악을 썼다. 그러나 엄마는 여전히 뒤도 안 돌아보고 골목을 빠져나갔다. 나는 무언가 기적이 일어나기만을 바랐다.

여자는 베란다가 있는 집에서 떠나야 했다. 보증금의 반을 뭉텅 떼어 통장에 넣었지만 은행 잔고는 그날로 비어버렸다. 남자가 여자에게 남긴 것은 감당할 수 없는 채무뿐이었다. 궁지에서 벗어나면 새로운 궁지가 나타났다. 주말이면 여자는 낮은 운동화를 신고 집을 보러 다녔다. 여자는 다락이 있는 집을 발견했다. 오랫동안 비어 있던 집은 눅눅한 냄새가 났고 가진 짐을 그냥 쌓아두어도 모자랄 정도로 비좁았다. 여자는 신을 신은 채 다락으로 올라갔다. 화르르 도망치는 쥐의 걸음 소리가 여자의 머리채를 잡아챘다. 여자는 놀라움에 다락 바닥에 주저앉아버렸다. 모두가 남자 때문이야, 여자는 소리를 지르며 남자를 다락 밖으로 밀어버렸다. 남자는 어둠을 안고 날아갔다. 남자가 사라시고 나서야 어두웠던 다락이 조금 환해졌다.

집을 보러 다닌 날에는 여자는 부은 다리를 의자에 올려놓고 잠을 자야 했다. 꿈속에서 여자는 골목을 헤맸다. 골목 한가운데 남자가 등을 보이고 서 있었다. 여자가 다가가자 남자는 길모퉁이 저쪽으로 사라졌다. 여자는 남자가 사라진 곳을 향해 달려갔다. 모퉁이를 돌자 새로운 모퉁이가 나타났다. 길은 굽이굽이 무수한 모퉁이를 만들었다. 여자의 그림자가 모퉁이에서 발걸음을 망설이고 있었다. 여자는 미처 따라오지 못한 제 그림자를 꺾으며 남자를 향해 뛰었다. 남자는 손에 잡히지 않았다. 여자의 손에 잡히는 것은 빈 바람뿐이었다. 바람은 어김없이 칼이 되어 여자의 손바닥을 베고 지나갔다. 손에서부터 흘러내린 붉은 피는 온몸을 타고 흘러내렸다. 여자는 주먹을 꼭 쥔 채 계속해서 뛰어다녔다. 잠에서 깨어나면 여자는 발이 저리고 손금이 아파오는 것을 느꼈다.

여자의 손에는 상처와 멍이 가실 날이 없었다. 얇은 쇠붙이에 벤 자국도 있었고 나뭇가지에 긁히거나 누군가에게 할퀸 자국도 있었다. 녹슨 못에 찔린 후 제대로 보살피지 않아 검은 자국이 선명한 상처도 있었다. 약지손가락에는 뼈가 드러날 정도로 깊게 파였던 상처가 남아 있지만 세월이 지나면서 상처의 색깔이 연해지듯 상처의 사연이나 시기도 함께 잊혀졌다. 여자는 낯선 사람 앞에서는 상처투성이 손을 감추려고 애를 썼다. 하지만 저도 모르게 손이 먼저 나가는 것은 여자도 어쩔 수 없는 일이었다. 여자는 모든 것을 만져야 마음이 놓였다. 무엇이든 손에 닿아야 알 것 같았다. 손끝에 닿지 않는 것은 믿지 않았다. 모든 것을 만져봐야 하는 습관은 여자의 손에 새로운 상처를 만들었다. 그렇다고 늘 상처만 만드는 것은 아니었다. 여자는 손으로 맛을 느끼는 법을 알게 되었다. 여자는 입으로 맛을 느끼기 전에 손끝의 촉감으로 맛을 느꼈다. 보드라운 생크림케이크에 검지손가락을 쿡 쑤셔넣으면서 여자는 달고 감미로운 맛에 빠졌다. 막 삶아낸 닭의 뼈에서 뜨겁고 부드러운 육질의 맛을 손가락으로 먼저 발라냈다. 여자는 때때로 살아 있는 꽃게를 삶아 살을 일일이 발라낸 다음 게살죽을 끓이곤 했다. 뼈에서 가닥가닥 살을 발라내고 죽을 끓이는 데 한나절이 걸렸지만, 여자는 팔꿈치까지 흘러내리는 찝찔한 국물 맛을 느끼면서 오래도록 게살을 발랐다.

여자가 마지막으로 남자에게 해준 음식도 게살죽이었다. 남자는 아무 말 없이 죽 한 그릇을 다 비웠다. 남자를 보내고 나서 여자는 식은 죽을 손으로 떠먹기 시작했다. 손끝에 들러붙는 촉촉한 풀기를 느끼며 여자는 남자의 손을 떠올렸다. 여자는 남자의 손을 하나도 빼지 않고 다 기억할 수 있었다. 잘 숙성된 수제비 반죽처럼 희고 몰캉몰캉한 손. 남자의 손은 가늘고 보드라웠다. 끝으로 갈수록 조금씩 가늘어져 분홍 손톱을 품은 손가락, 그 마디마디 숨구멍에 쑥스럽게 나온 몇 가닥의 털들. 긁힌 상처 하나 없는 남자의 손을 만질 때마다 여자는 음식을 먹을 때처럼 배가 불러왔다. 여자는 남자의 손에서 세상을 보았다. 그리고 여자는 남자의 손에서 출렁이는 바다와 깊은 굴을 본 것도 같았다. 지금쯤 남자는 배를 타고 먼 항해를 떠났거나 어느 막장에서 검은 분진을 마시고 있을 거라고 여자는 생각했다. 어쩌면 아주 가까운 곳에 있는지도 몰랐다.

내가 다시 다락으로 올라가게 된 것은 볼꼴 사나운 고양이 한 마리 때문이었다. 고양이는 골목 모퉁이집 부엌에서 발견되었다. 나는 오징어 다리를 질겅질겅 씹으며 빈집 순례를 하고 있던 참이었다. 부엌문을 열자 낡은 찬장 안에 웅크리고 있던 고양이가 후닥닥 튀어나왔다. 나는 너무 놀라 도망도 못 가고 그 자리에 엉덩방아를 찧고 말았다. 하도 오래 물고 있어 허옇게 불어버린 오징어가 바닥으로 떨어졌다. 때로 빈집 문을 열었을 때 재빨리 숨어드는 쥐나 노래기들은 보았어도 고양이는 처음이었다. 고양이는 나를 두려워하지 않았다. 슬금슬금 다가와 오징어 다리를 순식간에 해치우더니 내 주위를 맴돌았다. 나는 울음이 나오려는 것을 겨우 참으며 집으로 도망갔다. 방 안을 서성이며 숨을 고른 후 밥상에서 계란말이 접시를 들고 다시 그곳으로 갔다. 고양이는 며칠 굶었는지 내가 던져주는 계란을 날름날름 집어먹었다.

갑자기 마음속에 어떤 의협심 같은 것이 솟구쳤다. 고양이는 낡은 찬장처럼 주인에게 함부로 버려졌을 것이었다. 나는 다시 집으로 달려가 밥그릇을 들고 왔다. 밥을 조금씩 떼어 고양이를 집으로 이끌었다. 내가 굳이 꾀어내지 않아도 나를 따라오려던 양이었는지 고양이는 집까지 잘도 따라왔다. 집에 도착했을 때 밥그릇은 깨끗이 비어 있었다. 빈 밥그릇을 내려놓고 고양이를 품에 안았다. 고양이는 순순히 내 품에 안겨왔다. 고양이는 따뜻하고 보드라웠다. 고양이는 제법 무거웠다. 불룩한 배에서 무언가 꿈틀 움직이는 것이 느껴졌다. 나는 고양이를 안고 다락으로 올라갔다. 조심스럽게 다락 계단을 오르면서 내가 부쩍 컸다는 생각에 우쭐해졌다. 고양이는 엄마의 사진첩 상자 뒤에 자리를 잡았다. 애초부터 그곳이 자기 집이었던 것처럼 느긋하게 앉아 제 털을 핥아댔다. 나는 바닥에 엎드려 고양이 눈을 들여다보았다. 무언가 신비스런 기운이 전해져왔다. 엄마 뱃속에 든 동생이 보고 싶다는 생각이 들었다. 동생에 대한 맹목적인 적개심이 한꺼번에 사라진 것도 그때였다.

해가 지기도 전에 엄마가 돌아왔다. 그것도 늘 한밤중이 되어야 오던 아빠와 함께였다. 고양이를 상자로 가리고 다락문을 닫았다. 밥상에 둘러앉았지만 다락에 신경 쓰느라 뭐가 목으로 넘어가는지 몰랐다. 다행히 고양이는 울지도 않고 조용히 있었다. 고양이는 오빠처럼 울지 않아야 살아남는 법을 알고 있는 대견한 아이였다. 아빠는 조금쯤 흥분해 있는 것 같았다. 아빠는 공장 옆에 손수 만들고 있는 우리 집이 거의 완성되었다고 했다. 아빠는 내 머리를 쓰다듬으며 소리 내어 웃었다. 아빠의 커다란 손이 내 목덜미에 내려올 때마다 나도 따라 큰 소리로 웃었다. 웃으면서도 내 눈은 다락에 숨은 고양이를 향했다. 나는 밤새도록 다락에 귀를 곤두세운 채

선잠을 잤다.

배부른 고양이가 다락에 있다는 사실은 아무도 눈치채지 못했다. 나는 매일 아침 엄마가 나가기가 무섭게 밥그릇을 들고 다락으로 올라갔다. 엄마가 광주리를 이고 집을 나가는데도 나는 울지 않았다. 엄마는 모퉁이를 돌다가 처음으로 내 쪽을 쳐다보았다. 나는 어른스럽게 엄마를 향해 손을 흔들어주었다.

고양이와 나의 비밀스런 동거가 시작되었다. 고양이는 엄마 아빠가 나갈 때까지 조용히 있다가 내가 먹을 것을 들고 올라가면 그제야 소리를 내며 돌아다녔다. 가끔은 내 다리에 제 몸을 비비거나 혓바닥으로 핥기도 했다. 고양이와 함께 있는 동안에는 하나도 심심하지 않았다. 엄마와 아빠는 새 살림집을 완성시키고 짐을 정리하느라 정신이 없었다. 엄마는 식기 세트에 그려진 장미무늬와 똑같은 무늬가 수없이 펼쳐진 벽지를 보여주었다. 분홍빛의 화사한 벽지였다. 벽지를 바르고 나면 우리도 이 집에서 떠날 수 있었다. 엄마와 아빠는 전보다 더 흥분된 얼굴로 함께 집을 나섰다. 나는 여느 때처럼 밥그릇을 들고 다락으로 올라갔다. 그런데 순순히 내 품에 안기던 고양이가 갑자기 얼굴을 바꾸고서는 내게 털을 세우고 허리를 휘었다. 가까이 다가갈수록 고양이의 기세는 더욱 무섭고 험악해졌다. 나는 먹을 것만 던져주고 다락에서 쫓겨났다.

그때부터 다락에서는 이상한 소리가 들려왔다. 아기 울음소리 같은, 어쩐지 절규하는 것 같은 섬뜩한 소리였다. 고양이가 새끼를 낳는 거야. 나는 다락을 올려다보며 짐짓 어른스럽게 혼잣말을 했다. 어른인 척했지만 두려움은 가시지 않았다. 밖으로 달려나가 다락 창문 밑에 섰다. 골목에는 개미 한 마리 보이지 않았다. 골목은 한낮의 열기 속에 숨을 죽였다. 나도 다락 밑에 앉아 숨을 죽이고 다락을 훔쳐보았다. 다락에서 들리는 이상한 신음 소리는 끊겼다가 다시 이어지곤 했다. 문득 엄마 뱃속에 든 아이를 생각했다. 엄마도 아이를 낳으려면 저렇게 고통스러워야 되는 걸까? 나는 갑자기 엄마가 죽을지도 모른다는 생각에 슬퍼졌다. 그리고 나는 처음으로 슬픔에 차서 울기 시작했다. 울고 있긴 했지만 소리는 낼 수 없었다. 나는 속울음을 울며 엄마가 빨리 돌아오기만을 기다렸다.

어쩐 일인지 엄마는 저문 후에도 돌아오지 않았다. 밤이 깊을수록 엄마가 꼭 죽어버린 것 같다는 생각에 눈물이 솟구쳤다. 눈물을 멈추려 해도 멈춰지지 않았다. 아무리 울어도 엄마는 함께 있지 않았다. 나는 다락의 소리를 지우기 위해 텔레비전 볼륨을 크게 올렸다. 볼륨을 올려도 누구 하나 달려올 사람은 없었다. 모두 떠나버린 빈 동네에 나와 고양이의 울음소리만 공허하게 울리고 있었다. 나는 힘이 다 빠질 때까지 울었다. 그리고 언제인지 모르게 잠이 들었다.

잠에서 깨어난 것은 내 머리를 쓰다듬는 손길 때문이었다. 처음에는 그것이 누구 손인지 가늠할 수 없었다. 나뭇등걸처럼 거칠고 두툼한 손이었다. 나는 차마 눈을 뜨지 못하고 얼굴을 내맡겼다. 내 얼굴에 닿는 손에서 이상한 힘이 느껴졌다. 주위가 너무 조용했다. 텔레비전 소리도 고양이 울음소리도 없었다. 나는 조용히 눈을 떴다. 머리를 쓰다듬고 있던 손이 움직임을 멈췄다. 그 손이 내 몸을 일으켜 앉혔다. 밥은 먹고 자야제, 누군가 내 얼굴에 코를 바싹 들이대며 말했다. 나는 눈을 끔뻑이며 손과 북소리의 주인을 가늠해보았다. 할머니였다. 엄마는 없었다. 혹시 오빠가 온 것은 아닌가, 주위를 다시 한번 돌아보았다. 방 안에는 할머니와 나만 있었다.

엄마가 죽었어요? 나는 눈을 동그랗게 뜨고 할머니에게 물었다. 그게 뭔 소리다냐, 죽긴 누가 죽는다고, 엄한 소리 하면 못쓴다. 그러면 나를 데리러 온 거예요? 할머니는 아무 말도 하지 않았다. 동생이 나오려면 아직 멀었다고 그랬는데, 엄만 해가 지기 전에는 꼭 돌아왔었는데…… 나는 묻고 싶은 게 많았지만 물을 수 없었다. 할머니는 습관처럼 내 머리를 쓰다듬기만 했다.

여자는 제 속에 난폭한 짐승을 키우고 살았다. 그 짐승은 한동안 얼굴을 드러내지 않고 여자 속에 숨어 있다가 어느 날 문득 여자의 살을 뚫고 나와 헐떡이며 소리를 질러댔다. 여자는 그 광포한 짐승이 스스로 힘이 빠져 사라질 때까지 내버려두었다. 무엇도 그 짐승을 막을 수는 없었다. 그 짐승은 한밤중에 여자를 한강 둔치로 이끌어 숨이 차도록 달리게 만들거나, 자전거에 태우고 도로 한 차선을 차지한 채 자동차 경적 소리를 듣게 했다. 때로는 무서운 식욕을 부추겨 냉장고가 텅 빌 때까지 고기를 굽고 수제비 반죽을 뜨게 하기도 했다. 보름달을 두려워하는 늑대 인간처럼, 참회하는 악마처럼, 여자는 제 몸을 가두기로 했다. 여자는 짐승이 나타날 기미가 보일 때마다 자신의 다락으로 들어가 문을 걸어 잠갔다. 다락은 부적처럼 짐승을 막아주었다.

누군가의 죽음을 애도하고 싶었다. 그것이 남자였으면 좋겠다고 여자는 생각했다. 아무리 수소문을 해보아도 남자의 소식은 들을 수 없었다. 여자는 남자가 죽었을 거라고 추측했다. 애도할 만한 죽음이 나타나면 여자 속에 숨은 짐승도 사라질 것이라고 생각했다. 무언가 슬픈 일이 일어나기를, 짐승을 다스릴 만한 제물이 나타나기를 여자는 빌었다. 그러나 남자가 죽었다는 소식은 들을 수 없었다. 애타게 죽기를 바라는 마음만으로도 누군가를 죽일 수도 있다고 여자는 믿고 있었다. 죽음이라는 것이 상서롭지 못한 짐승을 잘못 죽이거나, 너무 열심히 살려고 버둥거리다가 어처구니없이 들이닥칠 수도 있는 일이라고 생각했다. 남자가 아직 죽지 않은 것은 여자가 남자를 기다리고 있기 때문인지도 몰랐다.

전속력으로 자전거 페달을 밟다가 여자는 한강대교 교각을 들이받고 나동그라졌다. 자칫하면 강둑을 넘어 물속으로 빠질 수도 있을 만큼 위험한 순간이었다. 자전거를 조종한 것은 제 속에 든 짐승이었다고 여자는 생각했다. 반바지를 입은 여자의 무릎에 깊은 상처가 패고 피가 흘러내렸다. 여자가 피를 닦는 동안 자전거 뒷바퀴는 속력을 잊지 못하고 한동안 헛바퀴를 굴렸다. 쇠로 만들어진 장바구니와 앞바퀴는 심하게 휘어져 있었다. 여자는 빠져버린 체인을 다시 맞춰보려고 했지만 손에 기름때만 잔뜩 묻히고 포기할 수밖에 없었다.

여자는 고장난 자전거를 끌고 거리를 걸었다. 사람들은 피를 흘리며 걷고 있는 여자를 흘끔거렸다. 여자는 묵묵히 앞만 보고 걸었다. 그러다 문득 심거리 길모퉁이에 이르자 걸음을 멈추었다. 여자는 길모퉁이를 돌 때마다 누군가를 기다리듯 걸음을 멈추는 버릇이 있었다. 길모퉁이에 서서 걸어왔던 길과 가야 할 길을 번갈아 바라보았다. 모퉁이는 길의 방향을 바꾸기도 하고 그늘의 위치를 바꾸기도 했다. 모퉁이에서는 누군가가 숨기도 하고 나타나기도 했다. 여자는 모퉁이를 돌기 전에 꼭 속도를 조절했다. 너무 빨리 걸어서도 너무 늦게 걸어서도 안 돼, 여자는 혼잣말을 하곤 했다.

자전거를 세워놓고 길모퉁이 상점으로 무작정 들어갔다. 상점에 들어서자 동물의 배설물 냄새와 개 짖는 소리가 여자를 맞았다. 새들은 날개를 퍼덕이며 새장 안을 날아다니고 개들은 폴짝거리며 여자를 향해 짖어댔다. 한 사내가 여자에게 다가갔다. 기름때 묻은 얼굴에서 핏자국 난 맨다리까지, 사내는 여자를 못마땅하게 쳐다보았다. 여자는 사내의 시선에는 아랑곳하지 않고 개들을 바라보았다. 여자는 철조망에 든 개들 중에서 가장 작고 병약해 보이는 것을 골랐다. 머리 부분의 털이 뭉텅이로 빠져 있고 그나마 자란 털도 푸석푸석해 보였다. 다른 개들과 달리 한쪽 구석에 웅크리고 누워 꼼짝도 하지 않았다. 사내가 개를 들어올리면서 개의 눈곱을 슬쩍 떼어내는 것을 여자는 놓치지 않았다. 여자는 계약서를 작성했다. 하루 만에 죽지 않으면 환불이 되지 않는다, 일주일 안에 죽으면 반 가격으로 다른 개와 교환해준다, 일주일이 지나면 환불도 교환도 안 되고 그걸로 끝이다, 계약서는 대충 그런 내용이었다. 여자는 하루 후에 환불을 하러 오게 될지도 모른다고 생각하며 개를 안아들었다. 무게감이 전혀 느껴지지 않을 만큼 작고 여윈 개였다. 사내는 개집과 사료와 용품 일체를 덤으로 얹어주었다. 여자는 구겨진 장바구니에 용품들을 쑤셔넣고 바들바들 떠는 개를 안고 집으로 돌아왔다.

쥐 같아, 쥐 한 마리쯤이야…… 여자는 개를 보며 생각했다. 개는 짖지도 먹지도 않았다. 사내가 덤으로 준 개집에도 들어가지 않았다. 개는 화장실 앞 발판에 누워 잠을 자다가는 코를 박고 낑낑거렸다. 여자는 한 손으로 개의 목을 잡고 들어올렸다. 여자는 개를 품에 안는 법을 몰랐다. 한 손으로 개의 몸을 받치고 한 손으로는 개의 목을 거머쥐었다. 그러고는 개 목을 쥔 손에 서서히 힘을 주기 시작했다. 여자는 개가 죽기 위해서는 얼마큼의 힘이 필요할지 가늠해보았다. 그러다 개를 바닥에 던져버렸다. 여자의 손에서 벗어난 개는 구석으로 기어가 몸을 웅크렸다. 갑자기 피로가 몰려왔다. 여자는 씻지도 않고 식탁 밑으로 들어가 잠이 들었다. 무릎에 난 상처에는 피가 딱딱하게 말라 있었고 종아리 여기저기는 피와 기름으로 지저분했다. 꿈속에서 여자는 삽을 들고 땅을 파고 있었다. 흙알갱이가 여자의 입속으로 튀어 들어오는데도 여자는 막무가내였다. 구덩이는 여자의 키만큼 깊었다. 가까스로 구덩이에서 빠져나온 여자는 커다란 자루를 그 속에 던져넣었다. 여자는 그 자루 속에 무엇이 들었는지 알지 못한 채 흙을 덮었다. 흙은 쉽게 채워지지 않았다.

여자는 낯선 감촉에 잠에서 깨어났다. 무릎께에서 무언가 보드랍고 따뜻한 온기가 느껴졌다. 몸을 일으켜 세우다가 식탁에 머리를 찧었다. 식탁 밑에 들어가면 시간과 공간을 가늠할 수 없었다. 여자는 손을 더듬어 스탠드를 켰다. 개가 여자의 무릎에 기대어 눈을 감고 있었다. 여자는 개가 죽었을 거라고 생각했다. 멈칫거리며 개의 몸에 손을 갖다 댔다. 여자의 손끝에 가느다란 떨림이 전해져 왔다. 여자가 개를 끌어와 가슴에 품었다. 개는 여자의 귓불을 두어 차례 핥고는 다시 잠이 들었다. 여자는 개의 체온을 느끼며 깊은 잠에 빠져들었다. 다음날 아침 여자는 자신의 무릎에 난 상처를 핥고 있는 개를 발견했다. 언제부터 그러고 있었는지 다리에 묻었던 핏자국은 거의 사라지고 없었다. 여자가 개의 머리를 쓰다듬자 개는 보일락말락하게 꼬리를 흔들었다.

여자는 남자가 했던 말을 떠올렸다. 위안이 아니겠니. 그 말을 하고 나서 한참 뒤에 남자는 사랑이란, 하고 덧붙였다. 또 한참 뒤에 남자가 말을 이었다. 서로에게 위안이 되지 않으면 그걸로 사랑은 끝인 거야. 남자가 떠나는 이유는 여자에게 위안이 될 수 없기 때문이라고 남자는 말했다.

죽지 마, 여자가 개의 귀에 대고 속삭였다. 죽지 마. 여자는 다짐이라도 하듯 조용히 제 속을 향해 말했다. 개는 화답이라도 하듯 여자의 품속으로 파고들었다.

우려했던 것과는 달리 개는 잘 살아남았다. 환불도 교환도 안 되

는 기한을 넘기자 개는 밥그릇에 빠질 만큼 식탐을 냈고, 집 구석
구석을 돌아다니며 말썽을 피웠다. 식탁 밑은 개의 차지가 되었다.
개집에 집어넣어도 어느 샌가 식탁 밑으로 들어가 있었다. 여자는
기꺼이 자신의 다락을 개에게 넘겨주었다. 다락은 더 이상 필요하
지 않았다.

　아침이 되어도 엄마는 돌아오지 않았다. 잠결에 엄마를 향해 손
을 뻗어보았지만, 내 손에 잡히는 것은 물컹물컹한 할머니의 가슴
뿐이었다. 자리에서 일어나 할머니 옆에 한참 동안 앉아 있었다.
오빠와 함께 지내게 되는 거잖아, 나는 내 어깨를 다독이며 작별
인사를 하듯 방 안을 둘러보았다. 갑자기 방 안이 낯설게 느껴졌다.
어차피 도로가 될 집이었다. 나는 스스로 불도저가 되어 집을 부
수기 시작했다. 창문이 휘고 방바닥이 갈라지고 다락이 내려앉았
다. 벽과 천장이 한데 뒤엉키고 부엌과 방의 경계가 무너졌다. 폐
허가 된 집이 눈앞에 펼쳐졌다. 무너진 집은 그저 나무와 시멘트
덩어리일 뿐이었다. 잔해를 헤치고 고양이가 나타났다. 고양이는
시멘트 덩어리 위에 두 발을 올리고 서서 나를 뚫어지게 바라보았
다. 나는 고양이를 향해 손을 뻗었다. 고양이가 갑자기 이를 드러
내고 울기 시작했다. 그것이 신호이기라도 하듯 여기저기서 고양
이들이 나타나 떼로 울어댔다. 무너진 집터에는 온통 고양이 울음
소리뿐이었다.
　자고 있던 할머니가 벌떡 일어나면서 눈앞의 풍경이 사라졌다.

풍경은 사라졌지만 고양이 울음소리는 멈추지 않았다. 할머니는
벌겋게 충혈된 눈을 부릅뜨며 주위를 두리번거렸다. 나는 그제야
다락에 있는 고양이를 생각해냈다. 할머니와 나는 거의 동시에 다
락을 쳐다보았다. 할머니의 얼굴이 심하게 일그러졌다. 할머니는
되는대로 빗자루를 집어들고 다락문을 열어젖혔다.

　누가 괭이를, 그것도 임신한…… 집안에…… 할머니의 목소리
가 툭툭 끊겼다. 할머니는 빗자루를 휘두르며 다락으로 올라갔다.
다락에서 할머니의 쿵쾅거리는 발소리와 고양이의 울음소리가 뒤
섞여 들려왔다. 한 집에 둘이 애를 가졌으니…… 그것도 괭이 새
끼를……

　나는 도망치듯 밖으로 달려나갔다. 골목에는 어미 고양이가 꼬
리를 치켜들고 서 있었다. 채 눈을 뜨지 못한 새끼 고양이들이 다
락 창문으로 하나씩 하나씩 떨어졌다. 어미 고양이는 새끼 고양이
가 떨어질 때마다 새끼를 물어 한쪽으로 옮기면서도 위협의 몸짓
은 거두지 않았다. 할머니는 미친 사람처럼 소리를 질러댔다. 새
끼 한 마리가 담벼락에 부딪혔다가 바닥으로 떨어졌다. 그것이 마
지막이었는지 할머니는 창문으로 고개를 내밀고 빗자루를 던져버
렸다. 빗자루가 새끼 고양이 위에 떨어졌다. 할머니는 맨발인 채로
뛰어나와 되는대로 돌멩이를 집어던졌다. 고양이가 새끼들을 이끌
고 골목을 벗어났다. 길모퉁이를 돌 때 고양이는 고개를 틀어 서슬
퍼런 눈으로 이쪽을 잠깐 보았다. 할머니가 빗자루를 다시 집어들
고 골목 모퉁이까지 쫓아갔다. 빗자루가 치워지자 혀를 빼문 새끼

고양이가 드러났다. 나는 금방이라도 토할 것만 같았다. 집안에 고양이를 들인 것이 할머니를 이렇게까지 화나게 하는 일인지는 나중 문제였다. 나는 할머니의 빗자루가 내게로 향할까봐 두려웠다. 할머니가 우악스럽게 내 손을 잡아챘다. 나는 할머니 손에 질질 끌려가면서도 고양이가 사라진 모퉁이와 다락 창문 아래 널브러져 있는 새끼 고양이를 흘끔거렸다.

점심때가 지나서 엄마가 돌아왔다. 그때까지 나는 방구석에 무릎을 감싸고 앉아 바들바들 떨고 있었다. 내 눈에서는 널브러진 새끼 고양이가 떠나지 않았다. 할머니는 방에 들어오지 않고 부엌에서 부산하게 움직였다. 쉭쉭 소리를 내며 그릇을 닦는 할머니의 입소리가 섬뜩섬뜩하게 느껴졌다. 문을 열고 들어서는 엄마는 슬프고도 무서운 얼굴이었다. 나는 엄마 품에 와락 안겨 헐떡이며 울었다. 엄마가 내 등을 토닥였다. 고개를 들자 포대기를 안고 문지방에 서 있는 아빠가 보였다. 갑자기 엄마가 내 눈을 가리고 꽉 껴안았다. 엄마가 나를 놓아준 것은 한참이 지나서였다. 엄마는 할머니가 펴놓은 이불 위에 힘겹게 몸을 뉘었다. 아빠 품에 안겨 있던 포대기는 보이지 않았다. 내 눈이 감겨진 사이 마술처럼 사라졌다. 나는 사라진 포대기에 대해 묻고 싶었다. 그때 아빠가 나를 향해 무섭게 말했다. 다락에 올라가면 안 된다. 이유를 물을 수 없을 만큼 단호한 목소리였다. 나는 가까스로 고개를 끄덕였다.

다락에서 가느다란 아기 울음소리가 들려왔다. 소리가 작기는 했지만 나는 도망간 고양이가 돌아온 것이라고 생각했다. 그런데 할머니는 아침처럼 빗자루를 들고 고양이를 내쫓지 않았다. 나는 누구에게라도 다락의 아기 울음소리에 대해 묻고 싶었다. 그러나 다락방은 물어서는 안 되는 비밀 같은 것이었다. 나는 입을 다물고 아빠의 눈치를 봤다. 식구들은 서로 눈이 마주치지 않으려고 애를 쓰는 것 같았다. 엄마는 한쪽에서 계속 잠만 잤고, 아빠와 할머니는 부엌과 방을 오가며 부산스럽게 짐을 쌌다. 내가 고양이 울음소리를 듣지 않기 위해 텔레비전 볼륨을 높이고 잤던 것처럼, 모두들 시끄러운 소리를 내며 다락을 외면하고 있었다. 오직 나만이 다락에서 들리는 울음소리를 듣고 있을 뿐이었다.

해질녘 울음소리가 조금씩 잦아들더니 더 이상 들리지 않았다. 다락이 조용해지자 부산스럽게 움직이던 아빠와 할머니도 갑자기 움직임을 멈추었다. 마치 울음소리에 맞춰 몸을 움직였던 것처럼 꼼짝도 않고 방바닥만 뚫어지게 쳐다봤다.

자네도 어쩔 수 없는 일이네, 거그서도 요리 돌려보내지 않았는가. 칠삭둥이는 살아도 팔삭둥이는 못 건지는 법이네. 정적을 깨고 할머니가 검지손가락으로 장판 위에 난 담뱃불 자국을 만지며 말했다. 그러고는 갑자기 떠오른 것처럼, 엄마한테 뭣 좀 사다주자며 내 손을 잡아끌었다. 문지방에 서서 나는 아빠가 어깨를 들썩이는 것을 보았다. 어둠이 내려앉고 있었다. 골목을 나서다가 나는 문득 죽은 고양이가 떠올라 할머니 손을 꼭 쥐었다. 길바닥에 남겨졌던 새끼 고양이는 사라지고 없었다.

다음날 아침 우리는 트럭에 짐을 실었다. 모두들 서둘러 떠나고 싫어하는 눈치였다. 나는 아빠와 함께 짐칸에 앉아 허물어지는 동네를 마지막으로 바라보았다. 전날 밤 다락문이 열리고 아빠가 밤 외출을 한 이유를 나는 묻지 않았다. 동네 어귀에서 새끼 고양이를 끌고 모퉁이를 돌아가는 고양이를 본 듯도 싶었다.

새집에는 다락이 없었지만, 나는 다락이 필요하지 않았다. 엄마는 더 이상 광주리에 밥을 나르지 않아도 되었다. 공장 옆에 합판과 벽돌로 지어진 방이었지만 네 식구가 살기에는 충분했다. 새로운 집에서는 놀 거리도 많았다. 엄마는 내 시야에서 벗어나지도 않았다. 나는 기계들 사이를 오가며 구경을 하거나 쇠붙이들을 가지고 놀았다. 새집에 들어간 지 며칠 지나 오빠가 커다란 가방을 메고 집으로 왔다. 오빠와 나는 더 이상 헤어지지 않아도 되었다.

자전소설 3
이별전후사의 재인식

1판 1쇄 | 2010년 11월 11일

지은이 | 박상우 외
펴낸이 | 정홍수
편집 | 김현숙 김현주
펴낸곳 | (주)도서출판 강
출판등록 | 2000년 8월 9일(제2000-185호)

주소 | 서울시 마포구 서교동 460-45(우 121-842)
전화 | 325-9566~7
팩시밀리 | 325-8486
전자우편 | gangpub@hanmail.net

값 12,000원
ISBN 978-89-8218-157-3 04810
ISBN 978-89-8218-154-2(세트)

이 도서의 국립중앙도서관 출판시도서목록(CIP)은 e-CIP 홈페이지(http://www.nl.go.kr/cip.php)에서
이용하실 수 있습니다.(CIP제어번호:CIP2010003878)